新☆ハヤカワ・ＳＦ・シリーズ

5003

サイバラバード・デイズ

CYBERABAD DAYS

BY

IAN McDONALD

イアン・マクドナルド

下楠昌哉・中村仁美訳

TOKYO HAYAKAWA BOOKS

A HAYAKAWA
SCIENCE FICTION SERIES

CYBERABAD DAYS
by
IAN McDONALD
Copyright © 2009 by
IAN McDONALD
Translated by
MASAYA SHIMOKUSU and HITOMI NAKAMURA
First published by
ORION BOOKS LTD, LONDON
First published 2012 in Japan by
HAYAKAWA PUBLISHING, INC.
This book is published in Japan by
arrangement with
GOLLANCZ
an imprint of THE ORION PUBLISHING GROUP LIMITED
through OWLS AGENCY, INC., TOKYO.

カバーイラスト　Stephan Martiniere
カバーデザイン　渡邊民人（TYPEFACE）

目次

サイバラバード・デイズ

サンジーヴとロボット戦士

Sanjeev and Robotwallah

中村仁美◎訳

その声を聞いたとたん、クラスじゅうの男子が駆けだしていた。「ロボット戦争、ロボット戦争だ！」うしろから先生が呼ぶ声がする。「帰っておいで、帰っておいで、本当に困った子たち」先生といっても、たかがビジネス英語を教えるAI《エーアイ》だ。老いぼれマウジ先生が低学年のクラスからよたよた駆けつけたころには、残っていたのは女子だけだった。きちんと床に座った女の子たちは、見開いた瞳に軽蔑の色を浮かべ、競って手を挙げて、エスケープした子らの名前を告げ口した。

サンジーヴは走るのが苦手だった。豆畑の中でひと息ついて喘息の薬を吸入しているうちに、ほかの子たちはずっと先に行ってしまった。人を押しのけて、なんとか村で一番高い丘によじ登る。川とムラドの浄水場を見わたせるこの場所は、ふだんは若いカップルが付添い人つきのデートを楽しむスポットだ。だが今日ばかりは、みんなの目は内陸の豆畑のむこうに釘づけだった。最初に尾根に上がったのは、畑に出ていた男たちだ。一番眺めのいい場所は、農具を手に下げた男たちでいっぱいだった。サンジーヴはマヘシュとアヤンジットの間に割りこんで、前に出た。

「ロボットはどこ、何が起きたの、何が起きたの？」

「むこうの木のとこに、兵隊がいる」

サンジーヴはアヤンジットが指さした方に目を凝らしたが、見えたのは黄色い砂塵と陽炎だけだった。

「アーラウラに来るのかな？」

「デリーのお偉がたが、アーラウラなんてクソったれな場所のことを気にするわけねえだろ」そう言ったのは、顔は知っているが名前までは知らない男（もっともそれを言うなら、サンジーヴは村じゅうの人の顔を知っていた）だ。「やつらの狙いは、ムラドだ。あそこをとれば、ヴァラナシは交渉に応じるしかねえ」

「ロボットはどこ、ロボットが見たいんだ」

そう言ってから、サンジーヴは自分で自分のバカさ加減をののしった。ロボットがどこにいるかは、一目瞭然だ。北の街道を雲のように大きな埃の塊がこっちへ進んでくる。上空には鳥の群れが舞っているのに、奇妙なくらい静かだ。埃のむこうで装甲が日光を反射し、かぎ爪のついたブーツ型の足が上がり、アンテナがしなり、昆虫のような頭部が上下に揺れ、武器が鈍く光るのが見えた。ロボットが前進するにつれて、サンジーヴたちは足元の丘が地震のように揺れるのを感じた。

遠くでだれかが叫ぶ声がした。四つ、六つ、十《とお》、いや一ダースもの光が、木立から放たれた。白煙が上がる。上空の鳥の群れが楔形《くさびがた》に隊形を変えると、舞い上がって一直線に木立へと向かう。（無人機《エアドローン》か）と、思う間もなく、（ミサイル攻撃だ！）ミサイルが目標に到達すると、爆竹のような閃光とともに爆発が起こり、煙がもくもくとわきあがった。爆音がサンジーヴたちの耳に届くころには、すべてが終わっていた。傷ひとつないロボットたちが埃の中から飛びだすと、雷がとどろくような音をたてて走り出す。「騎兵隊の突撃だ！」サンジーヴは叫ぶと、村の男たちとともに歓声をあげた。丘も村も、鋼の足が大地を蹴るのにつれて、大揺れに揺れた。木立から激しい銃撃が浴びせられる。ドローンは舞い上がり、渦巻く風のように木立の周囲をめぐった。突撃するロボットが、ミサイルを発射した。武器ポッドが開き、機銃が飛び出すのが、サンジーヴにもはっきり見えた。

木立の端に、炎の壁が噴きあがった。歓声はいつの間にかやんでいた。ロボットたちが、機銃掃射をはじめる。こわくて口を開くこともできなかった。燃えさかる木立は、銃撃の嵐できれいに吹き飛ばされた。木の葉も、枝も、幹も、ずたずたの細切れにされた。ロボットたちは木立の周囲を歩きまわりながら、十分ほど銃撃を続けた。ドローンはその間もずっと頭上を旋回していた。木立から出てくる者はなかった。

だれかがむこうで叫んだ。「バラット万歳！　バラット万歳！」だが、声を合わせる者はいなかった。最初に叫んだ男も、すぐに口をつぐんだ。かわりに、別な声が聞こえてきた。マウジ女先生がようやく、竹の杖をつきながら丘を登ってきたのだ。息を切らせながら、いつもの耳障りな声でどなっている。

「おりておいで、バカな男ども！　家族のところへ戻りなさい。まったく命知らずなんだから、死んだって知らないよ！」

夜のニュースでさっきの戦闘の話が出やしないかと、みんながテレビを見ていたのだけど、アラハバードやミルザプールではもっと大規模で華々しい戦闘があったらしい。アーラウラなんて無名の田舎で、ほんのひと握りの反対勢力が掃討されたなんてニュースは、項目に入らなかった。だけどその晩、サンジーヴは世界一のロボット大好き少年になった。なんでもすぐに食べてしまうアーラウラの牛どもの攻撃をまぬがれた新聞やバラット側の宣伝雑誌を集めては、写真を切り抜いた。日本製や中国製のアニメを、むさぼるように見た——中性的でセクシーな子どもたちが、巨大な戦闘ロボットに乗って戦うやつだ。妹のプリヤはあきれて目を丸くしたし、母親にいたっては、息子の性的欲求がちょっと普通じゃないのでは、と心配してお坊さんに相談した。インターネットから何ギガバイト分もの写真をダウンロードし、製造業者、モデル、シリアル・ナンバー、装弾数、オプション搭載兵器、発射速度から最高速度まで、何でもかんでも覚えこんだ。コンピューター（自称〝バラット政府〟は、すべての村にコンピューターを装備すべきだと考えていた）に手を焼く村の老人たちを手伝ってもらった小遣いを貯めて、日本製のカード・ゲームを買った。もっとも、サンジーヴの相手になる者はいなかった――サンジーヴはゲームのあらゆる細部を知りつくした、最強のプレイヤーだったからだ。二次元の世界に飽きると、今度はブリキ切りで空き缶を切ったり溶接したりして、自分で戦闘用ロボットの模型を作った。ミラクルG高速追尾ドローン、タイタン・ドレンチ拠点防御ロボット、レッド・コーラ暴動鎮圧ロボット。

　サンジーヴにアカウントを作ってもらったり、パスワードを設定してもらったりした老人たちは、口をそろえてサンジーヴにたずねた。「おい、おまえ、ちっとは物を知っとるようだな。このバラットとオウドの間のごたごたは、いったいこの先どうなるんだ？　古きよきインドのどこが問題だったっていうんだ？　それにいったい、いつになったらまた衛星放送でクリケットの試合が見られるようになるんだ？」

　ロボットのことならなんでも知っているサンジーヴだったが、こうした質問の答えはまるで見当がつかなかった。ニュースは息つく間もなく政治家や分離派のリーダーたちの動向を伝えている。けれど、そもそもどうして戦争が始まったのか、なんてもうだれもはっきり思い出せない。ビハールの武装革命主義者《ナクサライト》がやったのか、デリーの中央権力が強すぎたせいなのか、いまいましいイスラム教徒たちが、例によってイスラム法の施行を求めたのが悪かったのか？　老人たちも答えを期待してたずねたわけではなかった。老人はもともと愚痴っぽいものだ。それに、賢《さか》しげな少年に自分が何だって知っているわけではないことを思い知らせて、ちょっぴり意地の悪い喜びを感じているふうでもあった。

サンジーヴが答えのかわりにレイセオン三八〇ルドラ情報戦ドローンやアクー偵察メカのスペックを並べたてて、ロボットがどれだけ人間の兵士より優れているかを力説すると、老人たちは決まってこう言うのだ。「とにかくロボットなんぞには、もう金輪際お目にかかりたくないもんだ」老人たちの意見では、アーラウラが分離戦争に関わるのは、〝ヴォラ森の戦い〟（森にはもう新しい木が育ちつつあった）が最初で最後だろう、ということだった。

だが、そうではなかった。兵士たちは再びアーラウラにやってきた。暗くなってからやってきて、武器を手にしたまま、ゆっくりと畑を歩きまわった。出会った村人の話だと、敵意を示すわけでもなく、ただ銃を持ちあげて、あっちへ行け、と追い払うだけだった。兵士たちは村のすみずみまで、畑ひとつ庭ひとつもらさずに、あらゆる路地や横丁、すべての牛小屋や家畜囲いをめぐって歩いた。夜が明けるころには、アーラウラの地面はことごとく兵士の軍靴《ブーツ》の跡に覆われていた。盗まれたものも、動かされたものもない。「いったいあれは、何だったんだ？」村人たちは不思議がった。「やつらはいったい何をしに来たんだ？」

それがわかったのは、二日後だった。畑の作物は黒ずんで枯れはじめた。動物は野良犬にいたるまで、一匹残らず病気になって死んだ。

車が角を曲がってアンブレラ通りに入ると同時に、サンジーヴは走り出した。目立つ車だ。カーリー女神の色、黒と赤に塗られたでかい軍用の高機動多目的装《ハマ》輪《ー》車両で、デジタル合成処理された炎の模様は、車が横を通るたびに本物の火のようにちらちら揺れて見える。それに、見えるより先に音でわかる。ズン・ズン・ズンというインド版ヘビメタの響きは、聞きまちがえようがない。彼らがテイクアウトの食べ物をオーダーしようと窓を開けると、ギターの音とヴォーカルの金切り声があふれだす。待ちかまえていたサンジーヴが、声をかける。「何にいたしましょう、だんな？」

ヴァラナシに越してきてからというもの、サンジーヴはずいぶん足が速くなった。アーラウラの村が死んで、すべてが変わってしまった。

アーラウラは最後の最後に、ニュースの項目にとりあげられた――最初に新兵器の攻撃を受けた村として。その兵士たちのことを、みんなは〝疫病神《プラグウォーカー》〟と呼んだ。迷彩服に身を包んだ陰気な男たちで、ゆっくりと畑の作物の間を歩いてゆく――まるで祝福を与えるかのように両手を広げて。だが、実は疫病の種をまいているのだ。分離主義者に一粒の穀物も渡すまいという、自暴自棄な作戦だった。さしたる成果もあがらなかった。最初の二、三回こそうまくいったが、その後はだれもが〝疫病神〟をみつけしだい、射殺したからだ。

それでも、アーラウラの村は死んだ。最後の牛が死に、風が枯葉と黄色い埃を舞い上げるころには、村人たちも避けられない運命を受け入れざるをえなかった。車や軽トラック、ファトファトや乗合バスに乗って、みんな街へ出ていった。いつもいっしょにいようと誓いあったにもかかわらず、人口一千万を数えるヴァラナシの雑踏の中で、一家族、また一家族と、村人たちはばらばらになっていった。本当の意味で村が死んだのは、そのときだった。

サンジーヴの父親はアンブレラ通りに面した建物の最上階を住居用に借りると、蓄えをはたいてビールとピザを売る屋台を買った。今、街の人間が食べたがるのは、ピザだよ、ピザ。サモサでもツイスト・ロールでもラスグラ（シロップ漬けの団子）でもない。それに、ビールだ。キングフィッシャーやゴッドファーザーやバングラだよ。サンジーヴの母親は簡単な繕い物をしたり、行儀作法とサンスクリットを教えたりした。信心深い母親は、サンスクリットを勉強していたからだ。バーティばあちゃんと妹のプリヤは、旧市街に肩を寄せ合う、崩れかけた家々のむこうにそびえたつ、ガラスとクロムでできた新ヴァラナシのオフィスで、掃除婦をした。サンジーヴは背の高いネオンの傘（これがアンブレラ通りの名前の由来だ。雨や日射しをさえぎる役には立たないが、なぜかパーティー好きや夜型の人間、チンピラ《バッドマッシュ》や着飾った売春婦《ガーリー》をひきつける）の下で、父親の屋台を手伝った。そこで初めて、ロボット戦士たちに会ったのだ。

一目惚れだった。切れ目《スラッシュ》を入れた袖なしＴシャツ。いたるところに鋲を打った、とにかくかっこいいブーツ。むきだしの腕には、ヘンナの刺青とクリシュナの腕輪。髪は日本製アニメのキャラみたいにピンピンに立たせて、ジェルで固めている。アンブレラ通りの商人たちは、道をあけ、背を向けた。とにかくひどいやつらだ、という噂だった。サンジーヴも後には、彼らがちょっと待たされただけでパコラ売りの屋台をひっくり返したり、サリーを着たビジネス・ウーマンがこっちを見て眉をひそめたと難癖をつけていやがらせをしたり、ぐでんぐでんに酔っ払った自分たちを放り出した運転手のファトファトを叩き壊したりするのを、目にすることになる。だが、初めて会った夜、ロボット戦士たちは星くずのように輝いて見えた。自分も彼らのようになりたい。実現不可能な夢、純粋で、痛いほど激しい願い。歓喜のあまり、目の前が涙で曇るほどだった。彼らは兵士で、十代で、ロボット戦士だ。自動制御に任せておけるのは、バカで安物のメカだけ。巨大な戦闘ロボには、ＡＩだけじゃなくて人間の操縦者が必要だ。操縦者に必要な反射速度と凶暴さ（どちらの能力も戦闘用ドラッグで高められる）を兼ね備えているのは、十代の少年たちだった。

「ピザ、ピザ、ピザ、ピザだよ！」サンジーヴは駆け寄りながら叫んだ。「どんな種類だってある。それにビールも。キングフィッシャーでもゴッドファーザーでもバングラでも、よりどりみどり」

　ロボット戦士たちは足を止め、振り返って、サンジーヴを見た。が、すぐに背を向けると、また歩き出した。仲間たちが歩み去ろうとするなか、一人だけ、サンジーヴの方を向いたままの若者がいた。背が高い若者は、ドラッグのせいかひどくやせていて、落ち着かないようすで身体のあちこちを掻いていた。顔色の悪さが、化粧の下に透けて見えた。だがサンジーヴには、その若者が神のように見えた。

「どんなピザだ?」

「窯《タンドール》で焼いた鶏肉《マーグ》、牛肉《ビーフ》、羊肉《ラム》、串焼き肉《ケバブ》、肉団《コフ》子《タ》、トマト、ほうれん草」

「じゃあ、コフタをためそう」

　サンジーヴは肉団子が載ったピザの一片を、両手で捧げるように差し出した。ロボット戦士は親指と人差し指で肉団子をつまむと、口へ運んだ。溶けたチーズが糸を引く。若者は、それを器用にかみ切った。

「よし、悪くない。四切れくれ」

「ビールもあります――キングフィッシャー、ゴッドファーザー、バングラ……」

「欲張るな」

　その夜、サンジーヴは、ロボット戦士たちが免許を取れる年齢になると同時に買った大きな車と並んで駆けていた。戦闘用ロボを遠くまで偵察に送り出したり、重装備の戦車のうしろから行軍させたりできるロボット戦士が、ヴァラナシの街中では法定年齢に達するまで原付《モペッド》も運転できないなんておかしな話だが、サンジーヴはそんなことは考えたこともなかった。

「今日は敵をしとめた?」サンジーヴはドアの取っ手につかまり、混雑した通りをゆっくり走る車についていきながら、開いた窓にむかってたずねた。

「川岸のクンダカダールで、スパイや測量技師どもを追い散らしてきた」以前、最初にサンジーヴに話しかけた顔色の悪い若者が、そう答えた。自称ライというロボット戦士だ。戦士たちはみんな、日本製アニメに出てくるような名前を自分でつけて、通称に使っていた。「だれかがあのクソったれなオウドのダム屋どもの足を引っぱってやんなきゃならねえからな」

バック・ミラーからはプラスチック製の黒いカーリー女神像が、赤い舌を出し、黄色い目をむいてぶら下がっていた。首にかけた頭蓋骨の首飾りの目には模造サファイヤが輝いている。サンジーヴは注文をとると、人混みをかきわけ、ダッシュで父親のタンドールのところまで戻った。黒いハマーがそこらを二まわりするころには、注文の品がそろっていた。サンジーヴが箱に入った料理をライに渡すと、ライは汚れたバラット政府発行の軍票の束をよこす。サンジーヴがウェスト・ポーチをさぐってつり銭を取り出すと、チップ代わりに透明なプラスチックの小袋に入った戦闘用ドラッグが返ってくる。サンジーヴはそれを裏路地や中庭で売って、金に換えるのだ。一番の顧客は、学校の生徒たちだ。試験前に詰めこみ勉強をするとき、大量に使うらしい。一方、サンジーヴは学校なんてアーラウラで行っただけでもう充分だ、と思っている。手袋型コンピューター《パーマー》端末の中にインターネットと世界のすべてが詰まっているのに、なんで勉強なんてしなくちゃならないんだ？　黒や黄色、紫や青に輝くちっぽけなカプセルは、高名なジャーナリストが言うところの〝りっぱな社会的地位〟をサンジーヴ一家にもたらしてくれた。一家がスラム暮らしに陥らずにすんでいるのは、これのおかげなのだ。

だがその晩、ライは腕を伸ばして、プラスチックの小袋を取ろうとするサンジーヴの手をつかんだ。

「なあ、おれたちみんなの考えなんだが」ほかのロボット戦士たち、スニ、ラヴァナ、神速《ゴッドスピード》!、ビッグ・ババが、うなずいて先をうながす。「おれたちの使いっ走りや掃除、片づけなんかをやってくれるボーイを一人雇ったらどうだろうって。おまえ、やる気、あるか？　金は、払う——政府の軍票で、ドルやユーロじゃねえけどな。どうだ、おれたちのところで働かねえか？」

サンジーヴは家族に嘘をついた。豪華でハイテクでセクシーな、繊維状ダイヤモンドでできた本部のこと。自分が村に昔から伝わる歯磨き粉を使うやり方で、クロムの金具をぴかぴかに磨きあげてやったこと。失望を隠すために、嘘をついたのだ。ナイーヴな自分の期待過剰を隠すためでもあった。毎晩、毎晩、スパンデックスのスーツを着た中性的なロボット戦士たち、すごい破壊力を持つ戦闘ロボに搭乗した戦士たちの夢ばかり見ていたせいだ。第十五軽装甲偵察騎兵部隊（騎兵隊というより、むしろ騎馬衛兵に近い）の本部は、新しい駅の裏手にある埃っぽい産業道路に面した、安物の成型アルミニウム製の倉庫みたいな建物だった。戦士たちはそこから地方に散ったロボット部隊を操縦して、バラットのために戦うのだ。戦士たちの能力は、そう簡単には手に入らない、貴重なものだ。実際にレイセオン攻撃ロボットやアイワ偵察ロボットに搭乗させて、危険にさらすわけにはいかない。ロボット戦士が棺に入って戦地から帰還することはないのだ。

早朝のまぶしい日射しに目を細めながら、サンジーヴは閉まったシャッターの外にしゃがんで、わけもなく埃を蹴とばしたり、身体を掻いたりしていた。きっと、ファトファトの運転手が住所をまちがえたんだ。だが、そのうちにライとゴッドスピードがサンジーヴを中に入れて、どうやって安っぽい倉庫の中から戦闘用ロボが操縦できるのか、見せてくれた——固定された《ハーネス》リグから、モーション・キャプチャー用の装具が、操り人形のようにぶら下がっている。黒いミラーバイザーつきの昆虫を思わせるヘルメット（日本製アニメに出てくるような、本物のヘルメットだ）からは、ケーブルの束が延びていた。壁の一面は、プロセッサのコアを納めた半透明の青いドームで覆われている。隣の壁には巨大な超薄型ビデオスクリーンがかかっていて、進行中の戦争の諸相をあらわす、何万ものデータフラッシュが映し出されている——小競り合いや偵察、空爆、地上部隊の配置、地雷原の位置や低速ミサイルの進路、重装甲部隊やロボット部隊の現状などだ。師団本部にいる女性指揮官《ジェマダー》が出す命令は、このスクリーンに映し出される。サンジーヴは直接、その指揮官に会ったことがない。ロボット戦士たちも、だれ一人指揮官に会ったものはなかった。もっとも彼らは、指揮官がスクリーンに現われて、戦闘や攻撃の命令を出すたびに、その事実を冗談のネタにしていたが。スクリーンとむかいあう壁に沿ったあたり、モーション・キャプチャー用装具のうしろには、革のひび割れたソファーやカンバスチェア、給水機（いつでも満タンだ）、コークの自販機（いつも四分の一くらいしか残っていない）などが雑然と置かれている。スニーカーの跡だらけのコンクリの床には、ゲーム雑誌や女の子の写真が載った雑誌が死んだ鳥のように散らばっている。ドアをくぐると、娯楽室だ。もっとたくさんのソファー、折りたたみ式のベッドがいくつか、ゲーム機の端末に、VR《ヴァーチャル・リアリティ》セットが三組。その奥には、小さなキッチンとシャワー室がある。

「まったく、なんて臭いだ」サンジーヴはつぶやいた。

その日の昼までに、サンジーヴはこの〝本部〟を隅から隅まで、きれいに掃除した。雑誌は発行年月日順にきちんと並べられ、靴は一足ずつそろえられて、行方不明だった衣類は黒いビニール袋に詰められて、いつでも洗濯婦《ドビワラ》に渡せるようになっている。部屋には香を焚き、冷蔵庫の中の古くなった牛乳や傷んだ食べ物を捨て、コークの空き瓶をまとめて店に持っていって返金を受け取った——チャイをいれて、こっそり外からサモサを買ってくると、自分の店のだと言ってみんなに配った。それから、ビッグ・ババとラヴァナが三時間の戦闘ミッションのために装具《ハーネス》をつけるのを、どきどきしながら見守った。たったの半日本部にいただけで、サンジーヴはずいぶんロボットにくわしくなっていた。一人の少年が一体のロボットを操作するのではない。動作や認識の大部分は自動化されていて、レベル一・二のAIがコントロールしている。〝戦士〟たちの役目は、操縦者《パイロット》というよりロボット小隊の指揮官に近い。彼らの視点は、偵察用ロボットから攻撃用ロボット、情報戦用ドローンへと、めまぐるしく切り替わる。個人がそれぞれ、愛用の戦闘マシーンを持っているわけじゃない——銃弾の跡だらけの機体にそれぞれが好みのペイントを施して、落書きみたいな文字やヘビメタの歌詞に出てきそうな悪魔なんかを描くこともない。ロボットを戦闘用に使うのは、生身の人間やその家族なら耐えられないような損害を受けても、平気だからだ。カーリー騎兵部隊は、毎月、約一ダースの機体を順繰りに使っていた。どれをいつ使うかは、機体の損傷度合いと指揮官《ジェマダー》の判断で決められる。アニメとは、ずいぶん違う。それでも、装備に身を包んだカーリー部隊の少年たちはセクシーで危険でかっこよかった——たとえ毎晩、両親の待つ家に帰るのでも。彼らのために掃除をしたり、雑用をこなしたり、ハーネスをつけて〝作戦行動〟に従事した後、汗臭い身体でシャワーに急ぐ〝戦士〟たちにタオルを渡したりするのは、サンジーヴが自分の小さな世界の中でできる最高のことだった。ロボット戦士らはサンジーヴが世話をする相手、サンジーヴの仲間だった。ここは、男の世界だ。

「あんなチンピラたちと一日じゅう一緒にいて、少しもお日さまにあたらないなんて、あんたのためによくないよ」母親は次の授業に備えて小さな居間の床を掃きながら、そう言った。「父さんだって、もっと人手がいるって言ってる。よそから男の子を雇わなくちゃならないかもしれない、って。おかしな話じゃないか。

自分の息子がいるっていうのに。あのロボット乗りの男の子たちについちゃ、まるでいい評判を聞かないよ」

サンジーヴは母親に一日で稼いだ金を見せた。

「母さんはな、おまえが他人にうまく利用されてるんじゃないかって心配してるのさ」父親はピザ焼き窯にくべる薪を手押し車に積みながら、言った。「おまえはこの街の生まれじゃない。おれに言えるのは、あまり夢中になりすぎるなってことだ。兵隊さんには、そのうち失望させられるに決まってる。そういうもんなのさ。いつまでも終わらない戦争なんて、ないからな」

稼ぎの一部を父さんと母さんに渡し、残りの一部をプリヤのために信用組合に預けると、サンジーヴは残りの金をつかんでティー小路に向かった。最初の稼ぎは、ピカピカ光る革製で、炎のデザインがついた赤と黒のブーツの頭金になった。次の日、サンジーヴはそのブーツを得意げに履いて仕事に行った。わざわざブーツを履いた足をファトファトの運転手の横へ突き出して、道行くすべての人に見せびらかした。それから毎週、金曜日には必ずバタ靴店に寄って、分割払いの残金を支払った。十二週間後には、ブーツは完全にサンジーヴのものになった。そのころには、サンジーヴはTシャツも買っていたし、ラテックスまがいのズボンも（本物のラテックスはすごく暑いんだ。暑くて暑くてすごい汗で、とてもヴァラナシじゃ着られたもんじゃないんだ、父さん）、カーリー女神の腕輪や首飾りも、髪の毛を固めるジェルも、アイシャドウ用のコールも買っていた。でも、まずとにかくブーツだった。ブーツはロボット戦士の印だ。

「おまえも、行ってみるか？」

あまりに単純な質問だった。しかもまるで予想外だったので、サンジーヴはそのまま聞き流してしまうところだった。みんなが投げ捨てたファースト・フードの包み紙をかき集めたところで（まったく、困った人たちだ）、突然、質問の意味に気づいたサンジーヴは、頭を殴られたような衝撃を受けた。

「それって、もしかして……あれのこと？」サンジーヴは、はがされた生皮のように頭上のリグからぶら下がっているハーネスに顔を向けた。

「おまえがやりたいんならな。どうせたいしたことは何も起きちゃいない」

もう一カ月近くも、たいしたことは起きていなかった。最近で一番おもしろかったのは、デリーのことと似たような倉庫にいる連中が、特殊なソフトを使ってカーリー騎兵部隊のAIのファイアウォールをクラッキングしたことだ。ちょうどハーネスに入っていたビッグ・ババは、いきなり百万ボルトの電流が身体を駆けぬけたみたいに（サンジーヴは後で知ったのだが、ある意味、それに近いことが起きていたのだ）飛び上がった。次の瞬間、今度は生体コントロールのインターロックがぶっ飛んだ（わお！　部屋の中で花火をあげたみたいだった）。ビッグ・ババは癲癇の発作を起こしたみたいに床に倒れて足をバタバタさせていた。最初に警報ボタンに飛びついたのは、サンジーヴだった。緊急対応チームがとんできて、ビッグ・ババを金持ち用の私立病院に搬送した。サンジーヴが配達人《ダーバワラ》から昼食の弁当を受け取るころには、AIは新たなハッキング・ソフトに対抗できるパッチを装備していた。ビッグ・ババも偏頭痛がなかなか治らないほかはたいした不具合もなく、三日後にはお気に入りのソファーに戻ってきた。女指揮官は、電子メールでお見舞いのカードを送ってきた。

ライに手伝ってもらってハーネスを装着したサンジーヴは、わくわくする一方でちょっと不安でもあった。装具のことなら、スナップひとつに至るまで、よくわかっていた——もう何百回もみんなを手伝って、ストラップを締めたりモーション・センサーの位置を調整したりしてきたのだから。でも、今は特別にライが手伝ってくれている。サンジーヴをロボット戦士にするために。

「ちょっとばかし、くらくらするかも」ライはそう言って、サンジーヴの頭にヘルメットをかぶせた。一瞬、あたりは真っ暗になり、何も聞こえなくなった。だがすぐに内側の可動部が伸びてきて、サンジーヴの鼓膜を探りあてた。「こいつはまだ、開発中なんだ。骨誘導なんとかって名前で、こいつを使えば、画像や音を直接、人間の大脳に伝えられるんだそうだ」ライの声が通信機越しに聞こえてくる。「でも、もう間に合わねえかもしれねえな。さて、っと。とにかくそこに立ってろ。何も撃つんじゃないぞ」

サンジーヴはまばたきをして目を開けた。ライの警告がまだ耳の中に響いている。けどそこはもう、とある小さな村の学校の前だった。あんまりアーラウラに似ていたので、サンジーヴは思わずマウジ先生や聖なる赤牛のシリーを探してしまった。だが、よく見ると学校に人影はなく、こわれた屋根には軍用の迷彩シートがかぶせてあった。壁も、その基部のレンガ積みも、銃痕だらけだ。泥で上塗りした壁の表面が残っている部分には、急いで描いたらしいシヴァ神と横笛を持ったクリシュナ神の姿、それから〝第十三機械化騎馬衛兵《ソワー》部隊：本部〟という文字が書いてあった。ベルトをきっちり締めたかっこいい制服を着て、竹の棒を持ち、口ひげを生やした男たちがいる。真鍮の水汲みつぼを持った女たちと自転車に乗った男たちが、開いた門の前を通り過ぎていった。うーんと伸びをしたサンジーヴは、センサーを伸ばして壁のむこう側をのぞくことができるのに気がついた。アーラウラと同じような、戦禍を避けることもできないほど貧しく、小さな村。左手には、埃をかぶったインドセンダンの木の下に、一体のロボットが立っていた。（きっとこいつも、同じ型のロボットなんだ）サンジーヴは思った。ジェネラル・ダイナミクス社製A八三三〇サイ――骨組みだけみたいな体を持った、英第七機甲師団も顔負けの暴れん坊だ。見るからに危なそうなかぎ爪のついた二本の脚に、センサーだらけの重い頭、二本の腕は機関砲。治安維持任務にも対応できるよう、砲にはガス弾やスライム弾も装備できるようになっている――〝戦闘メカ〟の二〇二三年十月号には、確かそう書いてあった。

サンジーヴは自分の足に視線を落とした。たくさんのアイコンが花開くように視野に現われた――現在位置、標高、外気温、残弾数、燃料タンク内のメタンの量、戦術用と戦略用の衛星地形図（自分は今、ビハールの南西部にいるらしい）。けれども何よりサンジーヴを夢中にさせたのは、自分の足を上げる動作を頭に浮かべただけで、かぎ爪のついたサイの足が地面から持ち上がることだ。

（いいから、やってみろよ。戦闘も起きそうにない静かな日だし、任務ったって、ビハールの田舎の牛のクソだらけの村で歩哨に立ってるだけじゃないか）

（前へ）サンジーヴは頭の中で命じた。ロボットは、一歩、二歩、前へ進んだ。（歩け）再び、命じる。ロボットは門にむかって颯爽と進んだ。崩れかけた家々が並ぶ通りを歩く人々は、門から出てきたロボットに何の不審も抱いていないようだった。（こいつはすごいや！）そう思って、サンジーヴは通りを歩きつづけた。（まるでゲームみたいだ）だがすぐに、疑問がわいてきた。（いったい、この戦争が本当に起きているのかどうか、どうやったら確かめられるんだろう？）ちょっと行き過ぎたようだ。ガネーシャの祠《ほこら》からちょうど百メートルのところでサイは動きを止め、くるりと踵を返すと、歩哨の定位置へ戻った。（何、何、何、これ、いったい何が起きたの？）サンジーヴは頭の中で叫んだ。

「ロボットに搭載されたAIが、コマンドをオーバーライドしたんだ」突然、ライの声が爆竹みたいにヘルメットの中に響いて、サンジーヴは飛び上がった。村の景色が暗転し、音も聞こえなくなって、サンジーヴは目をぱちくりしながら、薄暗い省エネ照明装置に照らされた、カーリー騎兵部隊本部に立っていた。ライがそっとハーネスのスナップやストラップをはずしてくれた。

その晩、給金を握りしめ、人混みをぬけて家路を急ぐサンジーヴは、二つのことを実感していた。ひとつは、戦争の大部分は退屈であること。もうひとつは、この退屈な戦争は、もう終わりだ、ということだ。

戦争は、終わった。女指揮官がスクリーンに姿を現わすことも、まれになった。かつての熱気と栄光に包まれた日々には、一日に二度も三度も現われては命令を下していたのに、それが週に三度になり、二度になり、やがては一度になった。カーリー騎兵部隊の面々はソファーに寝そべってゲームをしながら、ネット上のファンたちに自分がどんなにかっこいい、セクシーな冒険をしているか、ほらを吹いた――もっともファンたちのほうでも、本当は彼らがロボット戦士だなんて信じてはいなかったのだから、おたがいさまだ。

〝戦士〟たちは一日の大半を戦闘用ドラッグにおぼれて過ごすようになった。ドラッグをやると、みんな落ち着きがなくなり、攻撃的になった。つまらないことですぐ、ケンカが起きた――タバコがだれのだとか、だれが眼《がん》を飛ばしたとか、ドアを開けたままにしたとか、締め切りにしたとか。サンジーヴが割って入ってケンカを止めたことも、五度や六度では済まなかった。

サンジーヴが本当に戦争が終わったのだと実感したのは、アメリカの平和維持軍がやってきたときだ――だって平和維持軍は戦闘行為が完全にやんで、絶対に殺される危険がなくなってからじゃないと来ないから。自動車に仕掛けられた爆弾がいくつも爆発し、サイバー攻撃が敢行され、自爆テロさえ何件か起きた。けど、だれだってアメリカ人は嫌いだし、ましてやアメリカ人が聖なるバラットに駐留するなんて、みんな嫌に決まってる。テロがそういう不平分子の仕業なのは、みんなわかっていた。そう、もう戦争は終わったのだ。

「おまえはこれから、どうするつもりだ？」父親はサンジーヴにたずねた。つまり、アンブレラ通りがアジアのどこにでもある銀座みたいな街になったら、自分たちはどうすればいいのだろう、ということだ。

「ぼく、貯金があるんだ」サンジーヴは言った。

ゴッドスピードは、貯めておいた金でロボットを買った。タタ・インダストリーのD五五──小型だけど動きの速い対人型ロボットで、本体から切り離して遠隔操作できる小型メカを搭載している。小型メカのAIはレベル〇・八、つまりニワトリ程度の賢さで、外見もニワトリにそっくりだった。中古でも、かなり値が張ったはずだ。まだ十代のロボット戦士が、ゲームやネットやポルノやサンジーヴの父親が作るコフタ・ピザに湯水のように浪費しながら貯金した金だけで、買えるはずがない。「後援者がいるのさ」ゴッドスピードは言った。「資本があるのさ。そうだ、いい考えが浮かんだぞ。こいつを改造《カスタマイズ》するんだ。刺青みたいなもんさ」塗料が乾いたら、ロボットはトラックでヴァラナシに運ぶという。

「でも、いったいこいつを使って何をするのさ？」サンジーヴはたずねた。

「民間警備業務さ。警備用ドローンはいつだって引く手あまたなんだ」

その日の晩、母親が九時のレッスンを始められるように小さな居間を片づけていたサンジーヴは、窓を開けて熱したバター油《ギー》の臭いを追い出そうとしていた。外の通りだってずいぶんひどい臭いがして、家の中よりも多少はましという程度でしかなかったのだけど。そのとき、常にやむことのない歌を響かせるアンブレラ通りの喧騒のなかに、サンジーヴは今まで耳にしたことのない音を聞いた。いそいでよろい戸を開けると、ちょうど何か小さな物体がすぐ目の前をかすめてすごい速さで飛んでいった――まるで鳥みたいにすばやく電線をくぐり抜け、花綱で飾られた支柱の横でダイブする。鍍金《めっき》を施されたアルミ・プラスチックがきらっと輝いた。〝戦闘ロボット・トランプ〟をおもちゃにして育ったサンジーヴが、見まちがえるはずがない――タタ製の偵察用メカだ。アンブレラ通りのずっと先で起きている騒ぎの正体が、これでわかった。背中を丸めた戦闘ロボットが、サイクル・リクシャやファトファトを押し分けて進んでくる。まだ装甲に描かれた山岳仏教に由来する神や悪魔の像もよく見えないうちから、サンジーヴにはそのロボットの製造元も、型番も、だれが操縦しているのかもわかっていた。

アルコール燃料のバイクに乗ったチンピラが、ぎこちなく歩を運ぶロボットをゆっくりと先導して、人々に道を空けさせる。すごい火力を背にした自分にみんなが道を空けるのを楽しんでいるようだ。サンジーヴが見ているうちに、近づいてきたロボットは水圧で動く脚を折って、ジャグモハンの油じみたパコラを売る屋台の手前でしゃがみこんだ。チンピラはバイクを滑らせて止めると、ヘルメットのバイザーを上げた。

(警備用ドローンはいつだって引く手あまたなんだ)

サンジーヴは〝ディリジット・ラナ・アパート〟なんて愛国的な名称に改名されたアパートの、延々とつづく階段を鳴らして、真っ白なシャツを着た女や若い男を押しのけ、叩き、叫びながら、猛ダッシュで駆けおりた。ロボットはもうサンジーヴの父親の大きなピザ焼き窯の前に腰を落ち着けていた。装甲が昆虫の羽根みたいに開いて、武装が顔を出した。チンピラは、またみかじめ料をせしめられそうだと期待して、大きく歯を見せてにやついている。サンジーヴは父親と、ロボットの昆虫じみた、詮索好きなセンサーとの間に飛びこんだ。赤く塗られた悪魔と恐ろしげな三叉矛を構えたシヴァ神が、それを見下ろしていた。

「手を出すんじゃない、ぼくの父さんだぞ。そっとしといてくれ」

アンブレラ通りのすべての乗り物が停車し、通りに面した建物のあらゆる窓やバルコニーにいた人々が動きを止めて、自分を見ているような気がした。ギュイーンと機械音をたてて武器ポッドが引っこみ、装甲が閉じられた。戦闘ロボットが脚を伸ばして立ち上がると、偵察用ドローンが人々の脚の間をすり抜け、カウンターを飛び越えて、ちょこちょことロボットによじ登り、装甲上の定位置に落ち着いた。まるで水牛の背にとまったシラサギみたいだ。サンジーヴはチンピラを見おろした。チンピラは嘲笑を浮かべて、危険そうでかっこいい、セクシーなバイザーを下ろすと、バイクをまわして走り去った。

二時間後、あたりが完全に平常に戻り、安全になったところで平和維持軍の部隊がやってきて、事件の情報を聞きこみにまわった。サンジーヴは首を横に振って、喘息の吸入器をくわえた。

「さあ、なんかロボットみたいなやつだったけど」

スニは倉庫からいなくなった。置手紙も伝言も手がかりもまるでなし。家族から何度も何度も電話があったけど、だれも何も知らなかった。うわさだけはいつもあった——資本も事業計画もある男が、ロボット戦士をパートナーに探している、と。けどこの手の話は、普通、母親にはしないものだ。少なくとも、一度や二度たずねられたくらいでは。女指揮官からは何の音沙汰もないまま、一週間が過ぎた。終わりだ。完全に、終わりだ。ライは表に出てしゃがんでいることが多くなった。危険そうでかっこいい、セクシーなサングラス越しに目を細めて太陽をにらみ、自分の青白い腕が日に焼けるのを見ながら、安物の巻きタバコを次から次へとふかしていた。

「サンジ」安タバコを、手袋をはめた手が火傷しそうになるほどぎりぎりまで吸って、吸殻をブーツの堅いかかとで踏み潰す。「もしも、だぜ、もし、おれたちがもうおまえを雇っておけなくなったら、どうするか、考えてあるか？　考えたんだが、おれとおまえで何か一緒に始められねえかな？　どっか別なとこへ行ってさ。前やったみてえにさ、二人だけで。ま、ちょっと考えついただけなんだけどな」

呼び出しが来たのは、なんと午前三時だった。サンジーヴは寝ている家族を踏まないようにつま先立ちになって、開いた窓のところまで歩いた。その時間でも、アンブレラ通りは喧騒のさなかにあった――もう千年もずっと眠ったことなんてないみたいに。カーリー騎兵部隊の大きな黒いハマーは、まるで葬列のように新ヴァラナシの深夜の人混みを縫って進んできた。アパートの玄関のドアは、鍵を開けるときにすごく大きな音がする。だからサンジーヴは窓から外に出て、レイセオン・ダブル八〇〇〇情報戦用潜入ロボットのように雨どいや配管を伝って下までおりた。ずっとアーラウラにいたら、こんなことは絶対できなかっただろう。

「おまえが運転しろ」ライは言った。最初に呼び出されたときから、ライに違いないとわかっていた。こんなことをするやつなんて、ライ以外にいるはずがない。

「運転なんて、できないよ」

「自動操縦になってる。運転者は進行方向を決めてやるだけでいいんだ。ゲームと大差ない。ほら、場所を代われよ」

ハンドル、アクセル、フロントガラスにディスプレー――運転席に座ったサンジーヴには、急に何もかもがとてつもなく大きくなったように見えた。ためしに足でアクセルに触れてみる。応えてエンジンがうなりをあげ、ハマーが前進する。アンブレラ通りの人混みが、目の前で二つに割れる。サンジーヴは驚いたようすの牛を避けてハンドルを切った。

「どこへ行けばいいの？」

「どこか、遠いとこへ。ヴァラナシの外がいい。だれも行きそうにないとこがいいな」ライは落ちつかなげに身じろぎして座席を揺らした。目を大きく見開いて、手は二六時中、いらいらと何かをいじっている。きっと戦闘用ドラッグをたんまりやってきたに違いない。

「やつら、学校へ戻らされたんだ。ったく、信じられるか？　学校だぜ。ビッグ・ババとラヴァナが。実社会で役に立つ技術を身につけなきゃ、なんて言いやがって。おれは絶対、戻らねえ。絶対。見ろよ！」

サンジーヴはライが宝物のように手のひらに載せたものに、チラッと目をやった——半透明なピンク色のプラスチックでできた、勾玉《まがたま》のような形のもの。まるで中絶したヤギの胎児みたいだ、とサンジーヴは思った。でなけりゃ、ポルノ映画で女の子たちが使う大人のおもちゃか。ライは頭をぐいと振って、長い、ジェルで固めた髪をかきあげると、その小さなものを耳のうしろに装着した。何かが探るようにライの皮膚の上を動くのが、見えた気がした。

「金をうんと貯めて、買ったんだ。おれが言ったこと、覚えてるか？　新型なんだ。まだ、ほかに持ってるやつはいない。ほかのタイプのは、もう古い。こいつなら、何だってできる——頭の中だけで、頭の中に絵や字を思い浮かべるだけで」ライはすっかりドラッグにいかれた顔に笑みを浮かべて、踊り子がムドラー（ヒンドゥー教の踊りのときの儀式的な手の動き）をするように手を動かしてみせた。

「そら」

「何をしたの？」

「じきわかるさ」

ハマーを運転するのは、簡単だった。車載ＡＩは、ちょうど群れを成して飛んでもたがいにぶつからない鳥のように、反射的に通行人やほかの車両を避ける機能を備えていた。刻々と膨れあがるヴァラナシの朝の交通渋滞のなかを、車はすいすいと抜けていった。サンジーヴのやることといったら、せいぜいクラクションを鳴らすことぐらいだった。それはそれで、とてもおもしろかったけど。もうちょっと、不安を感じてもいいはずだ——心のどこかで、サンジーヴはそう思った。夜中に伝言も置手紙も残さずにこっそり出てきたことを、申しわけないと思ってもいいはずだ。ライにやめろ、と言ってやるべきだ。何をしようとしてるのか知らないけど、そんなことしたって何にもならない、バカげてる、戦争は終わったんだ、ぼくらは目を覚まして、次にどうするか考えなくちゃ、って言ってやるべきだ。けれどもそのとき、ちょうど真鍮のような太陽がガラスでできた高層ビル群のむこうから顔を出して、通りに光があふれた。真っ白なシャツを着た男たちや、かっこいいサリーに身を包んだ女たちが、忙しげに仕事に向かう。でも、自分は自由だ。通勤客の群れを縫って、でかくてかっこいい車を運転している。すごくいい気分だった。たとえこれが、今日一日だけのことだとしても。

ラームナガル・フォートのところにできた、新しい橋を渡る。派手で不格好なトラックが通ると、サンジーヴはあざけるようにクラクションを鳴らした。トラックの運転手たちも負けずにクラクションを鳴らしかえし、女の子のような格好をしたロボット戦士たちを口汚く罵った。Aクラスの道を降りて、Bクラスの道へ、それからもっと細い小道へ。最後に未舗装の道に出ると、幅の広いハマーのタイヤが盛大に埃を舞い上げた。ライは座席に座って、身体のあちこちを掻いたり、一人笑いを浮かべたり、何かぶつぶつつぶやきながら蝶のように手を動かしたりしながら、時折、窓から頭を外に突き出した。ジェルで固めた髪は、すっかり埃まみれになっていた。

「何を探してるの?」サンジーヴはたずねた。

「もうすぐだ」ライは上下に身体を揺らしながら、言った。「やつさえ来れば、おれたちは何だって好きなことができるんだ」

最初に運転しろと言われたときから、サンジーヴはどこに行けばいいかわかっていた。衛星ナビと車載AIが道を教えてくれたので、覚えている必要なんてなかったけど、サンジーヴはどこで曲がればいいかも裏道も、みんな知っていた。あそこがヴォラ森――木々は今も灰色で成長が止まったままだ。川と畑の間にある尾根――村の男たち全員があそこに上がって、ロボット戦争を見物したんだ。そうしてぼくはロボットに一目惚れした。ロボットはいつだって純粋で、決して裏切らない。人を傷つけたり、裏切ったり、失望させたりするのは、いつだってロボットを操縦する少年たちだ。畑は風に吹き寄せられた砂埃に覆われていた。鉄条網の下には、砂埃の山ができている。少なくとも次の世代になるまで、ここには何も育たないだろう。家々の泥壁は崩れかけていたし、学校の屋根は落ちていた。祠は埃まみれ、貯水タンクも風が運んできた埃でパイプが詰まっていた。どこもかしこも埃だらけだ。ひび割れた骨は全輪駆動車のタイヤの下で粉々になった。ヴァラナシへ行くことさえできなかったほんのひと握りの貧しい村人が、廃墟の中で何とか生きのびようとしていた。針金のように痩せた男たちや、疲れ果てたようすの女たち、埃まみれの子どもたちが、レンガとプラスチックで作った掘っ立て小屋の前にしゃがんでいるのが見えた。みんな結局はアーラウラの土の奥までしみこんだ毒にやられてしまうんだろう。

サンジーヴは尾根の頂上でハマーを止めた。太陽は黄色くて、どうしようもないほど暑かった。ライは車から降りて、あたりを見まわした。

「なんてひでえ、ちんけな村だ」

サンジーヴは車のうしろにできた影に腰を下ろして、ライが尾根の上を行ったり来たりするのを見ていた。でかいヘビメタ風のブーツで地面を蹴って、アーラウラの埃を舞い上げながら。（でも、あんたはやつらを止めてはくれなかっただろう？）サンジーヴは思った。

（あんたはぼくらを〝疫病神〟から救っちゃくれなかった）ライが突然、飛び上がってガッツポーズをした。

「そら、そら、見ろよ！」

死に絶えた土地のかなたから、嵐のように舞い上がる埃の塊が近づいてくる。中天高くのぼった日の光を受けて、何かがその中できらりと光った。竜巻のようなそいつは、逆風をついてまっすぐにアーラウラを目指していた。

ロボットは、サンジーヴとライが立っていた尾根のふもとで、止まった。レイセオンACR、〝戦列艦級〟の重戦闘メカだ――ロボットの頭は、尾根の天辺よりまだ何メートルか上にあった。ロボットがまとった埃の塊を、風が吹き払った。限りない力を秘めて、そいつは静かに立っていた。装甲から陽炎が立ちのぼっている。こんなにも美しいものを、サンジーヴは今まで見たことがなかった。

ライが片手を上げた。鋼鉄の蹄を持つロボットが、さっと向きを変える。装甲が開き、生まれてから一度も見たことがないほどたくさんの銃や砲が顔を出す。ライが両手を合わせると、全部の火器がヴォラ森に向けて火を噴いた。銀色に輝く、乾いた枯れ木が、粉々になって吹き飛ばされる。背中の格納部から、ミサイルが次々に発射される。一列に並んだ木々が、炎を吹き上げる壁と化す。ライが両手を離すと、砲火と轟音はぴたりとやんだ。

「みんなこいつに入ってるんだ。あのおんぼろハーネスでできたことは、何だってこれひとつでできる。なあ、サンジ、みんなおれたちを雇いたがるぜ。おれたちはどこへだって行けるし、何だってできる――本物のアニメのヒーローにだってなれるさ」

「でもそのロボット、盗んだんだろ」

「プロトコルは全部わかってた。そういう仕組みになってるんだ」

「でも、盗んだものなんだろ」

ライは両手で拳を作ると、怒ったように首を振った。

「サンジ、こいつはいつだっておれのメカだったんだ」

ライは拳を開いた。ロボットが踊りだした。腕や脚を振りまわし、ステップを踏み、体を曲げ、頭をカクカクさせて、インド映画によく出てくる、群舞のダンサーそっくりに。ロボットの足元から埃が舞い上がった。あばら家の前にしゃがみこんだ人々が、恐怖に目を見開いてこちらを見ているのが、サンジーヴにはわかった。(こわがらせて、ゴメンよ)

ライがダンスを終わらせた。

「おれの思いどおりに動くんだ、サンジ。どうだ、一緒に来るか?」

サンジーヴが答える間もなく、耳を聾するエンジンの轟音が響きわたり、尾根と川の間から凄まじい突風が巻き起こった。尾根の上の二人はよろめき、巻き上げられた埃に息を詰まらせた。サンジーヴは何とか吸入器を取り出した。青いやつを二回、茶色のやつを一回——薬が肺に届いてやっと息がつけるようになったころには、バラット空軍の緑と白とオレンジの円形マークをエンジン・ポッドにつけたティルトジェットが、収まりつつある埃の中に舞い下りていた。荷降ろし用の斜路が下ろされた。砂漠戦用迷彩の軍服にミラーバイザー付きのヘルメットをかぶった女性が降り立つと、尾根を登って近づいてくる。

ライは声にならない悲鳴をあげると、片手を上げ、まるで刀を振りまわすようにめちゃくちゃに空を切った。ロボットが腰をかがめると、全身、十何カ所かの装甲が開き、銃口が突き出した。女性は断固として大またに歩みを進めながら、さっと左手を上げた。武装は引っこみ、装甲が閉じて、ロボットは混乱したようにふらついた。それからのろのろと荒れ果てた畑に座りこんだ——頭をがっくりと落とし、両手は力なく埃の中に垂れている。女性はヘルメットを脱いだ。スクリーンに映った女指揮官より五キロは痩せて見えたが、お尻が大きいのは変わらなかった。ヘルメットを左脇に抱えると右手で髪をかき上げる。耳のうしろにコントロール・ユニットがのぞいていた。

「いい加減になさい、ライ。戦争は終わったのよ。さあ、帰りましょう。これ以上、騒ぎを起こさないで。この状況であなたができることなんて、何もないわ。われわれはみんな、これからどうするか考えなくちゃならないの。わかるでしょう？　このジェットで連れて帰ってあげるわ。きっと気に入ると思うけど」女指揮官はサンジーヴを上から下まで眺めると、言った。「車は、あなたが運転して帰ってくれるわね。だれかがやらなきゃならないことだし、師団本部からまた人を連れてくるより、ずっと安くつく。もういい加減、高くついてるんだから。ＡＩはわたしがプログラムしなおしておくわ。それから、あいつをなんとかしなくちゃ……」女指揮官はやれやれというように首を振って、ライを手招きした。ライはまるで子牛のように黙っておとなしく、ティルトジェットに向かった。真っ黒なカラスがひょこひょこやってきてロボットの上に飛び乗ると、つやつやした嘴《くちばし》で物欲しげに装甲の割れ目をつついた。

ラームナガルから二十キロのところで、ハマーがガス欠になった。サンジーヴはヒッチハイクしてヴァラナシまで帰った。軍はわざわざ車を回収したりしなかった。平和な時期に入ると、地元の住民たちが車の部品をひとつずつはずしては持ち去った。

戦争中にもうけた金で、サンジーヴは小さなアルコール燃料の軽四輪車《バギー》を買って、父親のピザ屋で宅配サービスを始めた。得意先は、平和維持軍が撤退したあとに雨後のタケノコのように乱立した、海外からの学生長期旅行者向けホステルだ。ロゴマークをつけたポロシャツを着て野球帽をかぶり、髪型もきちんと整えた。ロボット戦士をまねて買った派手なブーツを売り払う気にはなれなかったが、当分は恥ずかしくて、箱に入れたままの衣装一式を正視することすらできなさそうだった。商売は繁盛して、店はすぐに大きくなった。

　川岸の石造りの階段《ガート》のところや旧市街で、ときどきライを見かけることがあった。同じような客を相手にしていたからだ。ライは旅行者相手にネパール産の大《ガン》麻《ジャ》を売っていた。街では、〝ロボット戦士〟というあだ名で通っていた。昔と同じ目立つ格好をしていて、みんながライのことを知っていた。〝ロボット戦士〟風のファッションは、最初は目新しさがうけていたが、そのうちレトロだと思われるようになった。それから、再度、そういうファッションがブームになった――ピンピンに立てた髪、中性的なメイク、スラッシュを入れたTシャツにラテックスのズボン、それに絶対、欠かせないのがブーツだ。こういうアイテムは、よく売れた。だれもが〝ロボット戦士〟風のファッションを着た。だが、ブームは一シーズンで終わった。

カイル、川へ行く

Kyle Meets the River

中村仁美◎訳

ネコが爆発するのを最初に見たのはカイルだった。居留地内のＨＦＢＲマートに、かき氷を買いにいった帰りだった――サッカーのＵ‐11チームの試合でゴールを決めたご褒美だ。建設工事用ヘリコプターの音がしたので（建設用ヘリはでっかくて、すごくて、わくわくする見ものだった）目を細めて空を見あげると、そいつが医療センターとティンネマン珈琲店のすき間を飛び越えるところだったのだ。カイルがそいつを指さしてから一秒もしないうちに、バイザー上で爆弾を探知したガードマンが叫び声をあげた。あっという間に居留地は逃げまどう人でいっぱいになった。いっせいに走る男や女たち、親は子供を抱きあげ、ガードマンは武器を上げて、銃口をあちらに向けたりこちらに向けたりした。みつかったことに気づいたネコは、大きく二度跳躍して建物の屋根から停めてあった武装ランドクルーザーの屋根に移り、それから地面に飛びおりて標的を探した。ガードマンの一人が銃を向ける。きっとまだ新米なのだ。そんなことをしちゃいけないのは、カイルだって知っている。そいつが本当はネコじゃなくて、まるでネコみたいに動くスマート爆弾だってことも、捕まえようとしたり武器で狙ったりしたら、こっちを攻撃してきて自爆することも。アーケードの陰にいたカイルには、すごい速さで回避運動をするネコ型ロボットに狙いをつけようとするガードマンの表情がよく見えた。機関銃の発射音が響く。こんなに近くで発射音を聞くのは、初めてだ。カイルはわくわくした。銃弾がそこらじゅうに飛び交った。何かしっかりしたもののうしろに隠れたほうがいいのかも、と思ったけれど、カイルは見ていたかった。話だけは、何度も聞かされていた。それが今、目の前の通りで起きている。ネコ爆弾はすぐ近くまで迫っていた。ガードマンの連射が、運よく命中した。鋼鉄製のネコはくるくるまわりながら宙に舞いあがって、自爆した。カイルは思わず後ずさりした。こんなに大きな音は聞いたことがなかった。爆弾の破片がカイルのすぐ横にあったコカコーラの自動販売機に食いこんで、赤や白の星形のひび割れを作った。ガードマンは仰向けに倒れたまま、地面に爪をたて、背中ではってすこしでも爆発現場から遠ざかろうとしていた。軍の兵士たちや軍用救急車両、RAV飛行型ドローンなどが現場に到着しつつあった。カイルは目を大きく見開いてその場に突っ立っていた。すごいやすごいやすごいや、しかもこいつを見られたのはぼくだけなんだ！　むこうからママが、手も足もひらひらさせながら走ってくる。まったく、これじゃあぶち壊しだ。みんなの前で泣きながらぼくを抱きあげるなんて。「ああ、カイル。いったいあなたったら何をしてたの？　何を考えてたの？　大丈夫？　ケガはない？　大丈夫？」

「ママ、ぼく、ネコが爆発するのを見たんだ」

　この子の名前は、カイル・ルービン。新しい国を作るために、インドに来た。いや、新しい国を作るために来たのは、カイルの父親だ。カイルはまだ、国家だの国家の自立性といった難しい話はわからない。とにかく、自分が今まで住んでいたのとは別な場所へ来たってことはわかってる。でも、大丈夫。ここでの暮らしは、母国のゲーテッド・コミュニティ（防犯性向上のためにゲートと塀で囲まれた住宅地）での暮らしと大差はない――カイルみたいな暮らしをしている子供は、いくらでもいる。ただ、カイルはゲートの外へ出られないだけだ。塀の中はいわば軍の駐留地だ。外に広がっているのは、建設途上の国家。カイルの父親は毎日、装甲車に乗って〝外〟へ行き、建設用ヘリを指揮したり、インターナショナル・スクールの最上階の端にあるバルコニーからちょっとだけ見える巨大クレーンに指示を出したりする。でも、子供はそこへ行っちゃいけないことになっている。外にはまだ、狙撃手《スナイパー》や何かがいるからだ。けど、実はみんなこっそり行っている。行けば、日々高くなっていく新しい首都の高層ビル群を背景に、塔のようにそびえ立つクレーンのブームが弧を描くのが見られるんだ。

〝何もかもばらばらになってしまってね、だから元どおりにするのを手伝うためにわれわれが呼ばれたわけさ〟父親はそう説明した。昔ここはインドという名の、人口十五億人の大国だった。でも、みんな一緒に仲良く暮らすことはできなかった。小競り合いやケンカが起きて。〝パパとケリスのママみたいに？〟カイルが言うと、父親はちょっときまり悪げに眉をあげた。母親は（ケリスのじゃなくて、カイルのママだ）一人でくすくす笑った。とにかく、みんなばらばらになってしまった。それで気の毒なこの国の人々のために、壊れた国を元どおりにするのに、われわれの力とノウハウが必要になった。だから、われわれはみんなでここへ来たんだよ。家族の存在は人を強くし、希望で満たしてくれる。だから、おまえ、カイル・ルービンも新しい国作りに参加してるってわけだ。でも、われわれはそんなことすべきじゃない、って考える人たちもいる。これは自分たちの国なんだから、自分たちだけで国を作るべきだって。われわれがいること自体が問題であって、われわれは問題を解決する助けにはならないってわけさ。それに、ただ単に恩知らずな人たちもいるしね。

でなきゃ、同じクラスのクリントンが言ってたみたいに、〝ラナ政権はまだ全土を掌握したわけじゃないうえに、不満をいっぱい抱えた、しかも大分離戦争の使い残しの兵器をたっぷり持った、今の政権に容れられない勢力が多数分立している状態だから〞だ。〝西側諸国の権益は、いつだって一番最初に攻撃を受ける〞んだそうだ。もっとも、生意気なクリントンの言うことは、いつだって父親からの受け売りだけど。クリントンの父親は、居留地ができるよりずっと前、まして や多国籍軍《コーリション》なんて影も形もなかったころから、軍の情報部にいたのだ。

カイル・ルービンが〝作っている〞のはバラットという名の、インド・ガンジス平野に広がる国だ。旧インドのビハール州、ジャルカンド州、ウッタル・プラデーシュ州の半分からなっている。巨大クレーンがそびえ、建設用ヘリが飛んでいるのは、この国の新しい首都、ラナプールの高層ビル群の上だった。

ネコが爆発しないときは、カイルは練習が終わるとよくサリムの惑星《ほし》へ行った。

ストライカーのサリムは、カイルが来るまでU－11居留地チームで一番のフォワードだった。本当をいうと、サリムはチームに入れないはずだった――居留地の中に住んでいなかったんだから。けど、サリムの父親は居留地内でのバラット政府の代表だったから、サリムはたいていのことは自分の好きなようにできた。

最初、サリムとカイルは角突きあっていた。チームに入って二度目の試合で、カイルはオーストラリアから来たライアンの絶妙のクロスをヘディングでゴールに押しこんだ。それ以来、みんながカイルにクロス・パスを送るようになったのだ。ストライカーのサリムは、控え室でジョーコーチに文句を言った。〝新入り〞がいいパスをみんな持ってってしまう。やつにボールが集まるのは、やつが白人でバラット人じゃないからだって。これには、チームのみんなの父親がこぞって怒りの声をあげた。ジョーコーチは何も言わずに、居留地チーム対陸軍チームの試合を組んだ。陸軍チームのやつらときたら、自分たちが軍人の子供だってだけで、自分たちのほうが断然有利だと思っていた。サリムがウィング、カイルがセンターで、3－3－4のフォーメーションだった。居留地チームは二対一で陸軍チームに快勝した。最初のゴールは、サリムが決めた。決勝点は、試合開始後四十三分にサリムがドリブルからシュートしたボールがキーパーにあたってリバウンドしたところを、カイルが決めた。それから六週間、今やカイルとサリムは切っても切れない親友だ。

サリムの惑星《ほし》はすぐ近くで、簡単に行けた。なにしろサリムが茶色い手のひらにはめた手袋型コンピューター端末の中にあって、どこだって好きな場所に出現させることができるんだから――学校でも、ティンネマン珈琲店でも、カイルの超薄型ディスプレーの上でも。何よりすごいのは、完全自己受容タイプの超・超最新型ライトホーク（商標登録）だ。こいつを耳のうしろにかけてちょっと調整してやると、頭の中に直接、今まで見たこともない新しい世界が広がる――視覚、聴覚、臭覚、触覚、すべての感覚に働きかけてくる世界が。開発されたばかりだから、アメリカ人だってまだ持ってない。けど、新たな国を作るという重要な仕事に従事するヴァラナシの公務員はバラットの最新テクノロジーを使う必要があるし、そいつをみんなに見せつける必要もあるのだ。もちろん、その子供たちも父親の範にならった。使用説明書には、事故や犯罪、テロ行為に関わる危険があるため戸外では知覚モードを全開にして使用しないこと、って書いてあったけど、ガイの店の屋上にある太陽光パネルの下なら大丈夫だ。どこから見ても死角になってるから、どんなに腕のいいスナイパーだって狙えやしない。

カイルは分岐コードをサリムのライトホークに差しこんで、勾玉《まがたま》のような形のプラスチックを耳のうしろにかけた。最初のうちはかける位置を調整するのにちょっとてまどったが、今は一度でぴったりの場所にかけられる。本当は、ライトホークは使うなと言われていた。まだ安全性が確認されていないから、とママは言う。けど、実のところ心配でしかたがないのはパパのほうなんじゃないかとカイルは思っていた。頭の中にわけのわからないものを入れるなんて、そんなことをしたら何か子供に悪影響があるんじゃないか、とか。ましてやカイルたちが進化シミュレーション・ゲームをやっているなんて知ったら、何て言うだろう。体験してみれば、パパにもわかるのに——居留地から舞い上がって、上へ上へ、太陽光発電パネルの間をぬけ、クレーンやヘリコプターの脇を通って、サリムの世界が目の前に広がるのを見れば。その世界は〝アルテラ〟と呼ばれていた。雲を縫って、信じられない速度で自分がそこに向かって落ちていくのを、それから海の波が足を洗う寸前のところで羽のように軽々と止まるのを体験すれば、パパの考えも変わるかもしれない。潮の匂いを嗅ぎ、風を感じて、白い波頭の上にクロンカウアーがゼリーのような帆をあげて、群れをなして浮かぶのを見れば。

「おい、またあのクラゲもどきかよ。もうごめんだぜ」カイルはうめいた。

「違う、違う。こいつは違うんだ」サリムはカイルのすぐ隣に並んで、波頭に立っている。「見てろよ、こいつはすごいんだぜ」サリムは両手を組むと、身体を前傾させて海上を飛んだ。一呼吸おいて、カイルもあとにつづく。こういうとき、カイルはいつも、自分が風に乗って街角の祠《ほこら》から居留地内に飛ばされてくるお札《ふだ》に描かれているヒンドゥー教の神々になったような気がする。父親は、お札も神々もきらいだった。二人はすぐにクロンカウアーの群れの上空に着いた。帆にいっぱい風を受けたクロンカウアーの群れは、波立つ海上をまるで艦隊のように堂々と進んでいく。この巨大な帆をあげて進むクラゲが現われたとき、カイルは初めて新しい種の進化を見たこともあって、ものすごく興奮した。帆を膨らませた半透明のガレオン船のようなモンスターが、夢にまで出てきたほどだ。けど、こいつらのやることときたら、三角形の帆をあげ、たがいの触手を組み合わせて巨大ないかだのようなものを作ることと、無性芽生殖でまるで透明な折り紙の舟みたいな小さなクラゲを生みだすことくらいだ。地球にあらためて一から生命を誕生させたら、どんな風に違った進化を遂げるかという壮大な全世界規模の実験＝ゲームに参加しているという当初の興奮がさめると、カイルはサリムが大海の真ん中なんてところじゃなくて、もうすこしおもしろそうな場所を割り当てられていたらよかったのに、と思いはじめていた。島なんか、いいかもしれない。大陸の一部分だったら、もっといい。そうしたら、進化したもの同士がたがいに戦ったりできたのに。

「いまアルテラで海のある場所は、昔はみんな陸地だったんだ。いま陸地のところは、みんな海だったたしね」サリムは前にそう言った。「また、そうなるさ。それに海でだって、みんなたがいに食ったり食われたりしてるんだし」

（でも、海での食ったり食われたりはあんまりかっこよくない）カイルは思った。

ハイテクおもちゃを持ってることとサッカーがすごくうまいことをのぞけば、サリムにはかっこいいところなんてひとつもなかった。母国にいたら、カイルはきっとサリムのような子と友達になったりしなかっただろう。それどころか、遠まわしにからかったりしたかもしれない――サリムはオタクっぽかったし、鼻が大きかったし、いつもダサい格好をしていた（変なブランドの服ばっかり）。縁なし帽のかぶりかただって、まるでおかしかったし。毎日午後に一時間、へんてこな宗教学校へ通ってたし、金曜日には、川岸にある、死んだ人間を燃やす階段の近くのモスクに行っていた。本当のことをいえば、友達づきあいをするような相手じゃないんだ。カイルが来る前はチーム一のプレイヤーだったオジー・ライアンなんか、あんなやつと友達になるなんて不自然だし裏切り行為だし、あんなやつらは絶対信用しちゃダメだ、って言う。いまプレゼントを差し出したと思ったら、次の瞬間にはおまえをはめて、外にいるやつらの銃撃の的にしようとするんだって。でもカイルには、オジー・ライアンがやきもちを焼いてるだけだってわかっていた。

「見ろよ、すげえかっこいいだろ?」サリムは波頭につま先を洗われながら言った。巨大な艦のようなクラゲの上面、帆を支える、空気の詰まった支柱《ブーム》の間は、どれも大きく膨れあがり、中に風船のようなものがいっぱい詰まっているのが見える。カイルがもっとよく見ようと近づいて向きを変えるうちにも、ひとつひとつの風船はどんどん大きく膨らんで、サッカーボールくらいになったと思うと、ビーチボールくらいになり、ついには限界まで伸びきったクラゲの表皮が裂けた。すっぱい臭いのする液体が噴きだし、無数の風船が空中に舞い上がった。絡まりあった触手の束で〝親〟の個体とつながった風船は、風の中でたがいにこすれ合い、ぶつかり合いながら、一塊になって上へ上へと上っていった。もう、帆の天辺よりも高くまで達したものもいる。カイルにも細部が見えてきた。どの風船も、ドーム型の傘の下にもつれ合ったたくさんの刺針と何対もの半透明のひれ脚を持っている。三つか四つずつ塊になった青い目。触手が一本ずつ解けると、〝風船クラゲ〟は海風に乗って空高く舞った。カイルの周囲、いたるところでクラゲの艦隊は膨れ、弾けて、風船の群れを吐き出した。風船クラゲは、カイルを囲んで舞い上がった。まだ触手が絡まりあったままのものもいる。風船クラゲが空高く舞い上がり、やがて上空を走る雲のむこうに消えるのを見ながら、カイルはいつの間にか声をあげて笑っていた。すごいや。とにかく、絶対、すげえかっこいい。

「まるで新しい繁殖方法だ」サリムが言った。「新たな種の誕生だよ！」
それが何を意味するのか、カイルにはわかっていた。全世界、一千百万人のプレイヤーが参加しているコンピューター・シミュレーション・ゲーム《アルテラ》のルールでは、新たな種を発見したプレイヤーにそいつの名前をつける権利が与えられるのだ。「こいつはもうクロンカウアーじゃない。ぼくが登録したんだ。こいつらはマンスーリだ！」

月曜、火曜、水曜と、つづけて銃撃騒ぎがあった。何かでかいことをやろうとたくらんでるやつがいるんだ。こういうときは、いつだってそうだ。（〝パパ、パパ、今度はどんなやつらなの？　ヒンドゥー教徒かな？〟でも、パパの目も耳も腕も、みんなママのためだけにあるみたいだ。危険な街から隔離された安全なわが家で、カイルを守ってくれているママに、賞賛と感謝の念をこめて）居留地の警戒レベルは、コンディション・オレンジに引き上げられた。それでも、実際に起きたテロ攻撃のすさまじさには対処しきれなかった。テロリストはヴァラナシの旧市街、新市街あわせて十二カ所の西側諸国が所有する標的に同時多発攻撃をかけてきたのだ。十二番目の攻撃は、自動車爆弾だった。自爆テロを敢行した運転手はフル・スピードで緩衝地帯《グリーン・ゾーン》を走りぬけ、自動警備装置の銃撃にもまるで動じなかった。きっともう死んでいたか、殉教の喜びに我を忘れていたのだろう。近接戦用防御ロボットが格納庫から飛びだし、ナノダイヤ製のブレードを鞘から引き抜いたが、テロリストは居留地の防御上の弱点を熟知していた。散々切りつけられてボロボロになり、オイルと燃料をまき散らしながら、エンジンだってとっくに停止しているのに、車は惰性で前進をつづけた。車体には防御用ロボットが群がり、何とか自動車を緩衝材《インパクト・フォーム》で包み込もうと悪戦苦闘している。が、車はそのまま内側のゲートに突っこみ、その場で爆発した。

　サッカー場では警報のサイレンを聞きつけた審判員が、更衣室までの距離を目測したうえで、全員にゴールの中に入って伏せるよう、叫んだ。カイルが両腕で頭を保護する（ここに着いた日に、最初に教えられたのがこれだ）と同時に、ゴールのバーが浮きあがって腹を直撃した。息ができなかった。一瞬、自分の耳が聞こえなくなったのかと思ったけれど、サイレンとRAVドローンの飛ぶ音が徐々に大きくなってきて、カイルは感覚を取り戻した。気がつくとサリムの隣、草の上に座ったカイルの周囲は、すごい騒音の渦だった。

　〝ネコ〟よりもずっと大きな爆弾だった。立ちのぼる煙はやや南寄りに流れていた。現場に向かう高機動多目的装輪車両《ハマー》が次々と横を走りぬける。徒歩のガードマンたちが、そのすき間を縫って駆けていく。ゴールのネットは、吹き飛ばされた緩衝材の塊や絡まったワイヤー、壊れたロボットのプラスチック製装甲の欠片《かけら》、それに三カ国語で書かれた警告表示（〝立ち入り制限区域：警備担当者は無断侵入者阻止のため、あらゆる手段を行使する権限を有する〟と書いてあった）でいっぱいだった。ナノダイヤ製の対人ブレードの大きな欠片が、左手の地面にまっすぐ突き立っていた。審判員は立ちあがるとシャツを脱ぎ、クロス・バーの下敷きになった手に巻きつけた。

「見ろよ、すげえ……」カイルはつぶやいた。

　審判員の洗ったばかりのサッカー・シャツの前面には、長い緑のシミがついていた。


「サリムが来るのは、いつだって歓迎だわ」ママは台所でスムージーを作りながら言った。「でも、ネットワークが回復したらすぐにおうちに電話して、サリムが無事だってことを伝えてね。必ずそうするって、約束してちょうだい」

無論、二人とも約束したが、すぐに約束のことも、スムージーのことも忘れてしまった。ママが目だけはニュースの画面に釘づけになりながら、ゆっくりと下着や枕カバーをたたんでいる間に、カウンターの上のスムージーはすっかり生ぬるくなってしまった。ママは心配なんだ。カイルにはわかっていた。居留地は封鎖されていた。多国籍軍とバラット政府軍が緩衝地帯を再確保するまで、封鎖は解けない。いつものことだったから、言われなくてもわかっている。封鎖されているってことは、パパは帰ってこられないってことだ。ニュースの画面には、今もスカイ・インディアの無人空撮カメラが捉えた、プラスチックの燃える黒い煙や、呆然と立ちつくす人々の間を縫ってゆっくりと進む救急車、燃えつきた車の残骸の傍らに立つバラットの警察官などが映っている。リポーターは死傷者が出たと伝えているが、ネットワークが全面回復していないので人数は不明だとも言っている。西洋人の死傷者がいたら、きっと一番に報道されたはずだ——どうせみんな、バラット人の死傷者なんてものの数に入らない、と思っているんだから。カイルの父親が不測の事態に遭った可能性なんて、ゼロに等しい。そう、こういう状況下ではとにかく頭を低くして、いつもどおりにしながら連絡を待つのが一番だ。だからカイルは、母親に話しかけたりしなかった。自分で台所に行ってスムージーを取ってくると、サリムと一緒にサリムの世界に没入した。

家の超薄型スクリーンに映したのだと、あの軌道上から降下するようすを五感全部で楽しむことはできないし、神のように水の上を歩く感覚も味わえない。でも家にいるときは、いくらママが心ここにあらずって感じで洗濯物をたたんでるだけでも、分岐コードを使うのはやめたほうがいい。どっちにしろ、カイルはこれ以上、母親の心配ごとを増やしたくはなかった。ほんの三日経っただけだったけど、アルテラではまるで三百万年も経ったみたいだった。いまだにどっちを向いても水、水、水だったが、マンスーリは次なる進化を遂げていた。青く広がる大洋のはるか上空では、飛行船の大艦隊が戦闘を繰り広げていたのだ。

「わお！」カイル・ルービンとサリム・マンスーリは同時に声をあげた。

たった三日の間に風船クラゲは空を行く巨大なガス袋、半透明の〝飛行船生物〟に姿を変えていた。大きさは、ヴァラナシ空港保安区画の特別滑走路に物資や労働者を運んでくるボーイング軍用輸送機ほどもあった。体には、カイルが学校の裏の自転車置き場の陰でこっそり見せてもらったコンドームみたいな隆起がついていた。ゼリーのような体は太陽に照らされて、動くたびに虹色の光を散らす。そいつらがやっているのは、確かに〝戦闘〟だった。まちがいない。激戦だ。

〝飛行船クラゲ〟は絡まりあった触手を体の下部から垂らしていた。触手の先が水面に浸っているものもある——いまやこれが、かつての棲家、海との唯一のつながりだ。だが、触手の中には先端に紫色の針や長い棘、有刺鉄線のような逆棘がついたものもある。クラゲどもはそれを武器にして、振りまわしているのだ。メドゥーサのように触手を乱し、帆をあげたりおろしたりして、相手の攻撃を避けながら攻撃に有利な位置へ移動しようとする。敵に刺された跡が黒ずんで膨れあがったクラゲが、前端と後端からガスを噴出しながら戦線を離脱するのが見えた。無数の触手が入り乱れて敵に切りつけ、敵の攻撃をかわすなか、一体のクラゲが三日月刀のようなかぎ爪で相手の横腹に軍用のハマーほどの長さの裂傷を負わせる。魅入られたように見つめるカイルの目の前で、致命傷を負った〝飛行船クラゲ〟はきらきら輝く細片をまき散らしながら縮み、真ん中で半分に折れて海面に落下すると、投げつけられた水風船のように破裂した。すかさず、海面が沸き立つ。全身、牙とスピードのような死肉漁りの清掃生物、アルムクヴィストどもが獲物に殺到したのだ。

「すげえ！」二人は異口同音に叫んだ。

「ねえ、ちょっと、あなたたち、ネットワークが回復したらすぐにおうちに連絡して、あなたが無事だって伝えるって約束したんじゃなかった？」いつの間にかうしろに立っていたママが言った。「それと、カイル。パパはあなたがその手のゲームをするのを嫌がってるって、わかってるんでしょう？」

　でも、ママは本当に怒ってはいなかった。怒ろうなんて気になるはずがない。パパは無事だった。家に電話してきて、もうすぐ帰るって言ったんだ。ママの声がちょっと震えているのを聞いただけで、二人の間に身をかがめてスクリーンをのぞき込むようすを見ただけで、急いでつけた香水の匂いを嗅いだだけで、わかった。こういうことは、すぐわかるんだ。

　本当に、きわどいところだったんだ。カイルの父親はカイルを呼んで、ニュースを見せた。画面を指さして、テロリストが護衛のハマーを爆破したときに自分が乗った会社の車がどこにいたか、教えてくれた。

「こういうことについちゃ、まるで無防備も同然だからな」パパは、黒煙を上げる黄色い炎や、なすすべもなく立ちつくし、叫び声をあげる人々の映像がフラッシュバックのように映しだされる画面を見ながら言った。カメラは急にがくんと振れたり、大きく揺れたりしている——きっとだれか通行人が、パーマーで撮った映像だ。「やつら、RAVドローンを使ったんだ——爆発が起きる直前に、何かが窓の外を通るのが見えたからな。やつらの狙いは軍人で、われわれじゃなかった」

「こっちで起きたのは、自爆テロだったよ」カイルは言った。

「ヒンドゥー原理主義者《カルセヴァク》の組織が犯行声明を出した。聞いたこともない名前の組織だったが。きっと組織の総力を挙げて、今回の同時多発テロにかけたんだろうな」

「ヴァラナシでは、自爆テロをした人はみんな一瞬で解脱《モクシャ》の境地に達するって本当？」

「彼らはそう信じているようだな。魂が輪廻転生の運命《さだめ》から解き放たれるってね。だが、どう考えてもこれが最後のあがきのような気がするがね。状況はいいほうに向かっている。ラナ政権は事態を掌握しつつある。この国の人々も、われわれの仕事が役に立つことを理解しつつある。この仕事に関しちゃ、もう山を越えた感じだな」

カイルは父親が軍人のように話すのを聞くのが好きだった。父親の本職は構造エンジニアだったのだけれど。

「で、サリムは無事に家へ帰ったんだな」

カイルはうなずいた。

「そいつはよかった」そう言うと、父親はため息をついた。大人の男が、本当は話したくないことを話さなくちゃならないときによくつくようなやつだ。カイルにはわかっていた。「サリムはいい子だ。いい友達だ」父親はここでまた息をついた。次はきっと、いつもの〝だが〟が来るぞ。カイルが待ち構えていると、父親がまた口を開いた。

「カイル、あのゲームのことだが、そうだな……」

〝だが〟じゃなくて、〝そうだな〟だった。

「そうだな、教育的なゲームなのはよくわかる。たくさんの人がプレイを楽しんでいて、プレイを通じて多くのものを得ているのもわかるが、あのゲームは正しくないんだ。つまり、その、正確じゃないんだ。進化をシミュレートするゲームという触れこみだし、実際、表向きはそのとおりだ。だが、よくよく考えてみると、結局だれかが作ったルールに従っているだけなんだ。ゲームの仕組みは、だれかがプログラムしたものだ——つまり進化といっても、所詮、だれかが意図的に設定した枠組み内でのものに過ぎないんだよ。でも、そんなことはどこにも書いていない。カイル、パパはそこがずるいと思うんだ――本当はそうじゃないのに、そういうふりをしてるってところがね。だから、パパはあのゲームが嫌いなんだ――真実を正直に言わないところが。パパが何を言おうと、おまえがサリムと何をするかはおまえが決めることだ。でもここで、この家であのゲームをするのは、やめるべきだと思う。おまえにこの国でいい友達ができたのはいいことだと思うよ。(今でも覚えてるよ。ケリスがおまえぐらいの年だったとき、パパの仕事でペルシャ湾岸に住んでたんだが、すごく仲のいい友達がいてね。カナダ人の女の子だった)ただ、おまえにも、自分と同じような環境に生まれ育った友達がもうすこしいたほうがいいんじゃないかと思ったのさ。わかってくれたかな? さて、ケーブル・テレビでプロレスの番組でも見るか?」

審判はたったの三十秒で急所に頭突きをくらってぶっ倒れた。ガードマンが顔をあげ、銃口を下げて走ってきたのは、騒ぎが大きくなってからだった。U-11チームの練習中に起きた取っ組み合いの物音や叫び声は、四六時中喧しいヴァラナシの車やファトファトの騒音を上まわるほどになっていた。AI装備のバイザーをかけ、全身を迷彩の戦闘服に包んだ女性ガードマンが、カイルの身体に両腕をまわして、大乱闘の中から引きずり出した。

「おまえを訴えてやる! 訴えてやるからな! そしたらおまえの子供は、ボール箱の中に住むしかなくなるんだぞ! 放せ!」カイルは叫んだが、ガードマンはカイルを引っぱる手を緩めなかった。

男の子も女の子も応援に来た人もチアリーダーも、全員が乱闘に巻きこまれた。取っ組み合いの中心、というか積み重なった身体の一番下にいたのは、ストライカーのサリムとオジー・ライアンだった。ガードマンは二人を引き離すと、ちょっとでも変わったことがあるとすぐに集まってくる、詮索好きなRAVドローンの群れを母機に戻した。すぐに上級救急救命士《パラメディック》がやってきた。血を流している子もいたし、打ち身やすり傷をこしらえた子もいた。服が破れてしまった子や目のまわりに黒いあざのできた子もいる。泣いている子はたくさんいたが、重度の打撲傷を負ったり脳震盪を起こしたり骨折したりした子はいなかった。
それから、グアンタナモ海軍基地も顔負けの尋問が始まった。

ジョーコーチ　オーケー、で、どうしてこんなことになったか、話してくれるか？

オジー・ライアン　やつが最初に手を出したんだ。

ストライカー・サリム　うそつけ！　おまえが先にやったんだ。

ジョーコーチ　だれが最初に手を出したんでもかまわない。そもそもケンカの原因は何だったかを、聞きたいんだ。

オジー・ライアン　やつはうそつきだ。やつらこの国の人間は、いつだってうそばかりついてる。本当のことなんて、一言だって言わないんだ。

ストライカー・サリム　あ！　あ！　それこそ、うそじゃないか。

オジー・ライアン　それ見ろ。やつらを信用するなんて、できないさ。こいつはやつらのスパイなんだ。本当さ。こいつがここに来るまでは、やつらが入ってくることなんてなかった。こいつが来てからは、毎日のように何か起きてる。こいつはスパイだ。やつらにどうやったら居留地に入れるか、入っておれたちを殺せるかを、教えてるんだ。おれたちなんてみんな動物と一緒だから、どの道地獄へ行くだけだって思ってるんだろう。

ジョーコーチ　何てこった。カイル――いったい何が起きたんだ？

カイル・ルービン　わかりません。何も見えなくて……音が聞こえただけで。それでそっちのほうを見たら、この二人が地べたに転がって、取っ組み合いをしてたんです。

ストライカー・サリム　そんなこと、ない……おまえがそんなこと言うなんて、信じられないよ。おまえだって、そばにいただろ。こいつが何て言ったか、聞いただろ。

カイル・ルービン　全部よく聞こえたわけじゃないんだ。ただ、どなり声が聞こえただけで……

尋問パート2。

カイルの父親　ジョーコーチから電話があったが、パパはおまえをどなりつけるつもりはない。もう充分、叱られたはずだしな。ただ、パパは失望したよ。だからって、怒るつもりはないが。ひとつだけ、聞かせてくれ。ライアンはサリムに何かひどいことを言ったのか？

カイル・ルービン　（口ごもる）

カイルの父親　カイル、ライアンはサリムにむかって、何か人種差別的なことを言ったのか？

カイル・ルービン　（足をもじもじさせる）

カイルの父親　サリムはおまえの友達だと思ったんだがな。おまえの親友だと。もしパパなら、だれかが自分の親友に何かしたら、相手がだれであろうと何であろうと親友を助けようとするがな。

カイル・ルービン　やつはサリムのこと、オムツ頭のカレー臭い黒ん坊って言ったんだ。こいつらみんな、スパイだって。サリムはただ突っ立ってるだけだった。だから、ぼくがやつに、ライアンに、一発お見舞いしてやったんだ。そしたらやつは、ぼくじゃなくてサリムに飛びかかった。それからみんなが取っ組み合いに加わって、ライアンとサリムの上に乗っかって、みんなしてぼくのこと、カレー臭い黒ん坊が好きなやつ、カレー臭い黒ん坊が好きなやつってはやしたてて、サリムだけじゃなくてぼくのことも殴ろうとして、そこにガードマンが来たんだ。

結局、こういうことになった――サッカーの練習は、一カ月間停止。練習停止が解けたあとも、サリムはもう二度とチームでプレイできない。居留地はバラット人にとって安全な場所じゃないから。

カイルは、動けなかった。離れ小島に取り残されたみたいだ。ヴァラナシのやむことのない車やファトファトの流れの中に、ぽつんと浮かぶ楕円形のコンクリートの島に。両手で膝に置いた軍票《ポグス》をいじっていたら、ファトファトの運転手がいきなりこう言って、カイルを置き去りにしたのだ。

「おい、おまえ、降りろ、降りろ、金をごまかす気だな、このいまいましい白ん坊《ゴラ》め」

「え、何？ でも、ぼくは……」

で、カイルはこの小島に取り残された――前には長さ二十センチばかりのコンクリート、うしろにも長さ二十センチばかりのコンクリート、片側には白いシャツを着て黒いズボンをはいた背の高い男、もう片側には枯れたバラの匂いを漂わせた、紫のサリーを着た太った女。小さな黄色と黒のプラスチックの泡みたいなファトファト、見かけもたてる音もスズメバチにそっくりなファトファトの運転手は、カイルを〝小島〟に放りだすと、エンジンの音を響かせてこわいほどの交通ラッシュの中へ消えていった。

「ぼくをこんな目に遭わせるなんて！ ぼくのパパは、この国を作ってるんだぞ！」

両側に立っていた男と女が、そろってカイルに目を向けた。そう、ずっと、だれもが、カイルをじろじろ見ていた。ファトファト乗り場でそっとトヨタのピッ《ハイ》クアップトラック《ラックス》の荷台から滑り降りた瞬間から。しかもみんな、カイルのお金を欲しがった。〝ヘイ、サー、ヘイ、旦那《サーヒブ》、きれいでいいタクシーがあるよ、速いよ速いよ、まわり道なんてしないよ、目的地にまっしぐらだよ、すごく安全だよ、ヴァラナシ一安全なファトファトだよ〟カイルには知るよしもなかった。安っぽくて軽い、ボール紙製の軍票《ボグス》が、居留地の中でしか通用しない通貨だなんて。そういうわけでカイルは、この〝小島〟に取り残されたのだ。進むこともできないし、戻ることもできない――絶えることのない交通の流れに阻まれて、どこへも行けない。トラック、バス、クリーム色の公用車《マルチ》、スクーター、ファトファト、自転車タクシー《サイクル・リクシャ》、牛――何もかもがうなりをあげ、鐘を鳴らし、クラクションを鳴らし、どなり声を響かせて、ほかのみんなを避け、自分が行きたいほうへ行こうとする。人々は、そのすき間を縫って歩く。きっと車のほうで自分を避けてくれると信じて、次の一歩を踏みだす。ほら、白いシャツを着た男が行く。紫のサリーを着た女が行く。〝おいでよ、坊や、わたしと一緒においで〟と言うように。でも、カイルは動けない。動くことができない。女は行ってしまう。そら、カイルのうしろにたくさんの人がたまってきた。うしろからカイルを押してくる――押して押して押して、縁石のほうへ、あの殺人的な交通の流れのほうへ……

　そこへファトファトがやって来た。おそろしい交通ラッシュを抜けて、クラクションを鳴らしながら、カオスの中を縫って、優雅な進路を描いて、この離れ小島にさっと横付けになった。プラスチック製のドアが上がると、そこにいたのはサリムだった。

「こっちへ来いよ」

　カイルは飛びこんだ。すかさずドアが下りてくる。運転手はクラクションを鳴らすと、再び渦巻き、荒れ狂うヴァラナシの交通ラッシュに乗り入れた。

「きみのことを探してて、よかったよ」サリムは耳のうしろにつけたホークを軽く叩いて、言った。「こいつを持ってれば、だれだって見つけられる。何があったんだい？」カイルはサリムに居留地の軍票《ポグス》を見せた。サリムは驚いて目を見開いた。「きみは本当に、一度も外へ出たことがなかったんだな」

居留地から外へ抜け出すのは、とにかく簡単だった。みんな中に入ろうとする人間を見張っているだけで、出ていく人間なんて見てもいないってことは、だれだって知っていた。だからカイルは、運転手がティンネマンの店でテイクアウトのモカチーノを買っている隙にピックアップトラックの荷台に潜りこみさえすればよかった。車が内側のゲートを通り過ぎるときには、防水シートの下からこっそり外をのぞきさえした。爆弾がどれだけの被害を与えたか、見たかったのだ。こわれた石の破片やぐにゃぐにゃに曲がった金属は、みんなもうロボットが片付けてしまっていた。それでも、砕けたコンクリート・ブロックから補強用の鉄筋が突き出しているところや、内壁の表面が黒く焦げたところを見ることができた。とてもおもしろかったので、カイルが一心に見ているうちに、車はいつの間にか居留地から出て、外の道を走っていた。今まで見たこともない道を走っていることに気づいたのは、トラックやバスやクリーム色の公用車《マルチ》やスクーターやファトファトや自転車タクシー《サイクル・リクシャ》や牛がピックアップトラックのすぐうしろにいるのを見、耳を圧する街の騒音にさらされてからだった。

「で、どこへ行きたいの？」サリムがたずねた。サリムは顔を輝かせていた。自分の住む、すばらしいすばらしい街を、カイルに見せたくてしかたないのだ。こんなサリムを見るのは初めてだった――居留地の外でのサリム、自分本来の居場所にいるサリム、自分と同じ人々の間にいるサリム。このマンスーリは、カイルにはまるで別人のように見えた。このサリムを好きになれるかどうか、カイルは自信がなかった。「ニューバラット青少年《サバ》クラブ鹿野苑《ーサルナート》の聖なる鹿サムプナナナンド博士記念クリケット場仏塔《ストゥーパ》ラームナガルフォートヴィシュワナス寺院ジャンタル・マンタル天文台……」

たくさんだたくさんだ、あまりにたくさんすぎて、頭がぐるぐるする。たくさんの人たち、とにかくたくさんの人たち……今まで屋根の上から街を見おろしてもカイルには見えなかったもの、気がつかなかったもの——それはヘリコプターの下、クレーンの下、軍用RAVドローンの下で生活している、たくさんのたくさんの人間たちだった。

「川へ」カイルはあえぎながら言った。「大きな階段のある、川へ行きたい」

「ガートだね。そいつはいいや。すごくクールなんだぜ」カイルは今まで、サリムが自分の国の言葉で話すのを聞いたことがなかった。だが、サリムはその言葉で運転手に行き先を告げた。まるでサリムが話してるんじゃないみたいだった。運転手は変な具合に頭を振った——最初は〝だめだ〟っていう意味かと思っていたけれど、〝わかった〟って返事しているんだ。運転手はファトファトを、真ん中に大きなピンク色のコンクリート製のガネシャ神の像が立つ、大きなロータリーに乗り入れた。ラナプールのガラスの高層ビル群に背を向けて、旧市街へ向かう。たくさんの花。象の顔をした神像の足元には、黄色い花で作った花輪がいくつも捧げられ、小さなお香の山が細い煙をあげてくすぶっていた。唐辛子やライムを糸で連ねた奇妙な捧げもの。汚れた灰色の髪をドレッドロックスにした男。自分の唇を釣り針でとめて開かなくした男。

「あの男、見てよ、あの人……」カイルは叫ぼうとした。けど、その驚異／恐怖の光景は、もううしろに遠ざかっていた。ファトファトがクラクションを鳴らしながら、より狭いより暗いより人でいっぱいの路地に入っていくにつれて、いくつもの同様に驚くべき光景がまわりじゅうに広がった。「象だ、象がいる、それから、あのロボットと人たち、あの人たちが運んでいるのは何？ あれは死体だ、あれは、その、担架に載せられた遺体だ、ああ……」カイルはサリムのほうに向きなおった。もうこわくはなかった。うしろから身体を押しつけてくる人の群れ、自分を恐怖と危険にむけて押し出そうとする人の群れは、ここにはない。ここにいるのは、ただの人たちだ。どこもかしこもそこらじゅうにいるのは、ただの人たち、今日一日を生き抜こうとする人たちだった。「どうしてみんな、もっと早くぼくにこれを見せてくれなかったんだろう？」

ファトファトが大きく揺れて、急停車した。

「ぼくらはここで降りなきゃ、さあ、行こう」

ファトファトはとある路地で、サイクル・リクシャの一団と日本製の配達トラックの間にはまり込んでいた。車輪のついた乗り物はとても通れそうにない狭いすき間だったが、それでも人、人、人が両側から押してくる。また、担架に載せられた遺体が通った。担ぎ手が頭上高く担架をかかげて、人混みを抜けていく。死体の影がファトファトのドーム状の屋根にかかる。カイルは本能的に身を避けた。ドアが上がった。カイルが外に出ると、目の前に牛がいた。カイルはもうすこしで、たるんだ皮膚が垂れ下がった、まぬけな生き物にぶつかりそうになった。だがその前にサリムがカイルをひっつかまえた。「牛に触るんじゃない、牛は特別なんだ、その、神聖なんだ」ここで話をしようとしたら、いやでもどならなくてはならない。離れずにいるためには、相手をしっかりつかまえているしかない。サリムはカイルの手首をつかむと、ビニールの日よけを並べた青空市場の屋台の一つへ引っぱっていった。たくさんの冷蔵ケースが並び、発動機がやかましい音をたてている。サリムは清涼飲料水《リムカ》を二本買うと、店の人に居留地の軍票を渡した。初めて見る軍票をもの珍しく思ったのだろう、店の人は黙ってそれを受け取った。動こうとしたカイルの腕を、またサリムがつかんだ。

「ここで飲まなきゃならないんだ。ビンを返せば、返金があるから」

そこで二人はブリキ製のバーにもたれて、流れる人混みを眺めながら、ビン入りのリムカ（カイルの母親が見たら、ばい菌、バクテリア、ウィルスに感染する！ と悲鳴をあげそうな代物だった）を飲んだ。二人とも、立派な紳士になった気がした。混雑した通りの騒音がすこしましになった瞬間、カイルのパーマーの呼び出し音が聞こえた。カイルはズボンのポケットからそいつを引っぱり出した。ちょっとばかり恥ずかしい気がした。まわりの人はみんな、自分のより新型で性能のいい、メモリの大きい、賢くて小さいパーマーを持っていたから。母親からだった——まるでカイルがたった今、不潔なことをしたのが見えたみたいだ。カイルは呼び出し音を聞きながら、表示された母親のパーマーの番号と小さなニコちゃんマークのアニメをじっと見つめた。それから親指で電源をオフにした。画面は暗くなり、音も消えた。

「行こう」カイルは空になったボトルを勢いよくカウンターに置いた。「その川を見に行こうぜ」

川まではほんの二十歩しかなかった。突然、目の前に現われた川はあまりに大きく、あまりにまぶしかった——カイルは息をするのも忘れていた。人でいっぱいの狭い路地が急に開け、目に痛いほどの光が満ちている。大気汚染で黄色くなった空から射す光、川へと下りる大理石の階段の照り返し、それに川面に反射する光。川幅は信じられないほど広く、川面は目がくらむほどにまぶしく、水はミルクのように白かった。それに、人、人、人。世界にこんなたくさんの人が入りきれるはずがない——色とりどりの服を着て、色とりどりの靴をはいた人々が、川へと下る階段を埋めつくしている。ずらりと並ぶ柳の小枝を編んだ日よけ傘の下で押し合いへし合い、しゃべり、商売をし、祈る。川の中にも人、人、人がいる――腰まで水に浸かって、手のひらで水をすくう。輝く水が指の間から流れ落ちる。人々は祈り、洗う――自分の身体を、衣服を、子供たちを、そして自分たちの罪を洗い流す。川には船も浮かんでいる――すばやく動く手漕ぎボートの群れを縫って、埠頭へと進む大きな水中翼船。ラームナガルから巡礼者を乗せてくる渡し舟のうえでは、船尾に立った船頭が棹を使って舟を進める。観光客を乗せた屋根つきの遊覧船。浮き輪の代わりにふくらませたトラクターのタイヤに入った子供たちは、あちこち動きまわって流れてくるゴミを漁っている。川面に浮き沈みする、マンゴーの葉を編んで作った小皿にバター油を入れた灯明は、人々が火を点して川に流したものだ。聖なる川ガンジスは、カイルの目の前に次から次へとさまざまな光景を繰り広げる。次に目についたのは建物だった――階段《ハヴェリ》のすぐ上まで迫るゲストハウスやホテルやお屋敷、バカみたいに派手なピンクの給水塔、数知れないモスクのドームと寺院の金色の尖塔、川岸の泥の上に建つ、傾いた小さな祠。アーケードと張り出しと回廊。それから川のむこう、黄色い砂と聖なる者《サドゥ》たちが暮らす黒い、ボロボロのテント群のむこうには、製油所や化学プラントの煙突やタンクや配管。そのどこにも、緑と白とオレンジの円形マークをつけたバラットの旗がひるがえっている。

「ああ」カイルは言った。「すげえや」それから「かっこいい」

サリムはもう階段を半分下りていた。

「来いよ」

「いいのか？　ぼくが行っても？」

「だれが行ってもいいんだ。来いよ、舟に乗ろう」

舟に乗る。そんなこと、するもんじゃないと思っていた。でも、サリムとカイルはこうして座席に座っている。船頭が舟を出す――カイルとたいして年の変わらない男の子だ。居留地だったら絶対、許されないような虫歯だらけのひどい歯並び。でも、カイルはその子がうらやましかった――自分の舟があって、川があって、まわりじゅういっぱい人がいて、規則にも必要にも義務にもしばられない生活がある。川面に漂う灯明皿（〝ディヤ〟というのだとサリムが教えてくれた）を縫って、少年が舟を進める。全身丸裸で飢饉にあったみたいにガリガリの聖なる者《サドゥー》たちが集う階段《ガート》を過ぎ、人々が石でできた台に衣服を打ちつけて洗っている階段《ガート》を過ぎ、巡礼者たちの舟が着いて、ヴァラナシの聖なる大地にちょっとでも早く触れようとみんなが押し合いへし合い、たがいを水の中へ突き落とさんばかりになっている階段《ガート》を過ぎ、水牛たちの階段《ガート》（〝どこ、どこ？〟カイルが聞くと、サリムは鼻の穴と黒い曲がった角だけが水の上に出ているのを指さして教えてくれた）を過ぎた。カイルは水の中に手を入れてみた。引きあげた手は、金色の花弁に覆われていた。カイルはのんびりと座席に身体を伸ばして、大理石の石段が横を流れ去るのを眺めた。石段のむこうには、崩れかけてカビのはえた建物が見え、そのむこうにはニュー・ヴァラナシで一番高いビル群の天辺が見え、そのまたむこうには黄色い雲が見えた。カイルにはわかっていた。自分がうんと年をとっても、四十歳か、ひょっとするとそれ以上になっても、きっとずっとこの日のことを、この光の色と船縁に打ちつける波の音を、覚えているだろうと。

「見ろよ、こいつは見ものだ！」サリムが叫んだ。小舟は今や観光船と物売りの舟と水面に漂う花輪の間を縫って、岸へ向かっていた。石段の上で何かが燃えていた。大理石はたくさんの足に踏みしだかれた灰で黒ずんでいる。燃えさしの薪が水際で波に揺られている。薪や石炭の燃えさしだけではなかった――焦げた骨も浮いている。腿まである水の中で中腰になった男たちが、柳のざるで骨の欠片をすくっていた。

「あいつらは〝ドム〟っていうんだ。火葬用階段《ガート》の仕事をしてる。本当は不可触賤民なんだけど、すごい金持ちで、影響力もある。葬式をあげられるのはあいつらだけだから」サリムは言った。「ああやって死体の灰をふるいにかけて、金を探してるんだ」

火葬用階段《ガート》。死者の場所。カイルは思った。燃えあがる炎も、薪も、灰も、みんな死人のためのものなのなんだ。この舟の浮かんでいる水だって、死者でいっぱいだ。葬列が階段を下りて川へと向かう。担ぎ手たちが担架を川面へと押し出す。肩に赤いひもを巻いた男が、水をすくって白い経帷子《きょうかたびら》にかける。男は入念に、隅から隅まで水をかける——遺体をよくよく洗ってやる。船頭の男の子は漕ぐ手をとめて、舟をその場に静止させた。担ぎ手たちが遺体を川から上げて、薪を積んで作った大きなベッドのようなものの上に担架ごと下ろす。剃りたての頭が病人のように青白く見える、白い長衣を着てガリガリに痩せた男が、遺体の上にも薪を積み上げる。

「あれは長男だな」サリムが言う。「あれがあいつの仕事なんだ。死んだのは金持ちらしい。まっとうな火葬用の薪の山は、すごく値が張るんだ。たいていの人は、電気オーブンを使う。もちろん埋葬はきちんとするよ、きみたちと同じにね」

すべてがとても手早く行なわれたし、四角張らない感じだった。白い長衣の男が薪と遺体に油を注ぎ、火のついた薪を取りあげて、いかにも適当に薪の山の横腹に押しつける。川風にあおられた炎が明滅し、ほとんど消えそうになる。それから、煙が上がりだす。煙の中から炎が舌を出す。カイルは火勢が増すのをじっと見つめていた。参列者は一歩下がって見守っている。みんなたいした興味もなさそうに、遺体が燃えるのを見ている。燃える薪の山が崩れて、男の頭部と肩が火の中から転がりだしても、まるで動じない。
〝人が燃えてる〟カイルは思った。その事実を、自分で自分に確認せずにはいられなかった。信じられない。すべてが信じられなかった――自分の住んでいる世界、ふだんの自分の生活とつながるところは、どこにもない。魅惑的な世界――まるで衛星テレビで見る野生動物のドキュメンタリー番組みたいだ。肉の焦げる臭いが鼻をくすぐるほど近くにいるのに、すべてが奇妙で異質な気がした。心に響いてこないのだ。信じられない。カイルは思った。（きっとサリムだって、これを見るのは初めてなんだろう）でもとにかくすごくクールだ。

　突然、何かが砕ける音がした。毎日のように通りで聞く銃撃音よりほんのすこし大きいくらいの、ポン、という音。

「頭蓋骨が破裂した音だ」サリムが言った。「死者の魂が自由になった印なんだって」

　そのとき、今まで頭の奥では気づいていた騒音が、急に知覚の前面にしゃしゃり出てきた――エンジン、飛行機のエンジンの音だ。ティルトジェットのエンジン音。今までに聞いたこともないくらい大きくて、うるさい。居留地からティルトジェットが飛び立つのを見ていたときだって、こんなにうるさくはなかった。葬儀の参列者たちも目を見開いている。〝ドム〟たちも灰をふるいにかける手を止めてそちらを見ている。船頭の男の子も目を丸くして舟を漕ぐ手を止めた。カイルは座ったままでふり向いた。すばらしくもおそろしい、奇妙に場違いなものが目の前にあった――多国《コーリ》籍軍《ション》のマークをつけたティルトジェットが、超低空でゆっくりと（まるでしのび足で水の上を歩くように）川の上を飛びながら、カイルのほうに、そう、カイルのほうに、近寄ってくる。一瞬、カイルは自分がアルテラで水面のすぐ上に浮かんでいたときのことを思い出した。海は荒れ模様で、波がぼくのつま先を洗っていたっけ。川面の船は、みな大急ぎで逃げ出した――下を向いたジェット・エンジンからの噴射で、緑の水面に白いひび割れが走った。船頭の少年はあわててオールを持ちなおし、その場を離れようとした。だが、そのころには階段《ガート》のほうからもすごい物音が響いてきた。カイルがそちらをふり向くと、バイザーを下ろし、戦闘用のアーマーをフル装備した多国籍軍《コーリション》の兵士の一団が、葬儀の参列者を押しのけ、薪と骨と灰を舞い散らしながら、大理石の石段を下ってくるところだった。参列者や〝ドム〟たちは怒りの声をあげ、振りあげた拳を振った。兵士たちは武器を上げて応えた。船頭の少年は恐怖の面持ちであたりを見まわした。雷鳴のようなジェット・エンジンのうなりがどんどん大きくなり、カイルは自分がその音の一部になったような気がした。ふり向くと、巨大なメカは街と川の間にまぎれて変形しようとしていた――そいつは向きを変え、脚を出して、着陸した。小舟は乱暴に揺さぶられた。サリムがつかんで引き戻してくれなかったら、カイルは船端を越えて水の中に落ちていただろう。ジェット・エンジンの噴射は、階段《ガート》から火葬の灰を吹き飛ばした。船頭の手を離れたオールが一本、川下に流されていく。ティルトジェットは浅い水に脚の半ばまで浸かっている。後部が開いて、乗降用の斜路《ランプ》が降りてきた。たくさんのヘルメットと銃。そのすき間から、カイルの知っている顔がのぞいた――パパだ。何か叫んでいるが、エンジンの轟音でまるで聞こえない。岸にいる兵士たちも叫んでいる、あたりの人々も叫んでいる、何もかもが叫び声と轟音に満ちている。父親が手招きした。

〝こっちへおいで、こっちへ〟船頭の少年は恐怖に震えながら、一本だけ残ったオールを棹のように水に突っこんで斜路のほうへ舟を寄せた。手袋をはめた手が何本も伸びてきてカイルをつかまえると、揺れる小船から引きずりだして斜路に引きあげた。だれもが大声でひたすら叫んでいた。今度は岸にいる兵士たちが、船頭の少年とサリムを手招きしている。〝こっちへおいで、こっちへ。そいつはもうすぐ離陸する。早く離れるんだ〟

エンジンの音が再び高まるなか、父親はカイルにシートベルトを締めさせた。世界がぐるりとまわったような気がした。川がはるか下のほうにぐんぐん離れていく。カイルは窓から外を見た。サリムは船尾に立ち、兵士たちが小舟を岸に引き寄せている。サリムはじっと見つめて片手を上げている――ジェット機のほうをじっと見つめて片手を上げている――さよならを言うように。

尋問パート3。

父親はいつものようにカイルにお説教をした――おまえは自分がどんな危険を冒したか、どれほどの面倒を起こしたか、そのせいでどれだけの費用がかかったか、わかっているのか？

「居留地の警戒レベルは、最高まで引きあげられたんだぞ。最高レベルだ。みんなおまえが誘拐されたと思った。本当に、誘拐されたと思ったんだ。みんなそのことで頭がいっぱいで、みんなおまえのために祈ってたんだぞ。むろん、おまえはみんなに手紙を書かなきゃならん。ちゃんと手書きで、ていねいに謝罪するんだ。どうしてパーマーの電源を切ったりしたんだ？　たった一度、たった一度でも家に短い電話をくれればよかったのに。そうすれば、みんな心配しないで済んだんだ。電源が切れていてもパーマーの位置を捕捉できるシステムになっていて、よかったよ。サリムも困ったことになったんだぞ。わかっているとは思うが、こいつは大事件なんだ――どの新聞にも載っている。居留地の中だけの話じゃない。スカイ・インディアのニュースでもやってたんだ。おまえのせいで、みんなが恥ずかしい思いをした。まったく、まるでバカみたいに見えたことだろうな。泰山鳴動してネズミ一匹か。サリムの父親は辞職したぞ。それだけ、恥ずかしく思ったんだろうな」

　それでもカイルには、自分が無事に帰ったことで父親が心の底から安心し、喜んでいるのがわかった。

　だが、母親は違った。まるで拷問の執行人になったみたいだった。

「あなたが信用できないのはよくわかったわ――もちろん、当分は外出禁止です。まったく本当に、もうすこしはここがどんなところなのか、わかっていると思ったのに。ほかのところとは違うんだって、あなたもちゃんと理解してくれていると思ってたのに。おたがい信用することができなかったら、相手を危険な目にあわせることになるのよ。でもね、あなたが信用できないってわかったからには、お父さんにだってあきらめてもらうしかないわ。仕事を辞めてもらって、みんなで国に帰りましょう。きっとお父さんはここでのようないい仕事に就くことはできないでしょうけど。わたしたちも、もっとよくない場所の、もっと小さな家に住まなくちゃならなくなるでしょうけど。わたしだってまた仕事に出なくちゃならなくなるわ。それから、あのサリムって子のことは忘れなさい。きれいさっぱり、忘れるのよ。もう二度と会わせませんからね」

　カイルはその夜、ベッドに入って泣きに泣いた。あんまり泣きすぎてガタガタ震えがきて、震えながらすすり泣いた。身体が空っぽになったみたいだった。世界の終わりが来たみたいだった。それからまた長い時間が経って、夜遅く、ドアが開く音がした。

「カイル？」ママの声だった。カイルはベッドの中で身体を硬くした。「ごめんなさい。気が立っていたのよ。言っちゃいけないようなことを、あなたに言ってしまったわ。あなたがしたのは悪いことだったけど、それでも、お父さんとわたしはあなたにこれをプレゼントすることにしたの」

　ママは何かをカイルの顔の横に置いた。ドアが閉まると、カイルは部屋の電気をつけた。世界が再びまわりはじめた。いいことだってあるさ。カイルはビニールの緩衝材の包みをひき裂いた。包みの中に手招きをする指のような形で、アラビア語の文字のように丸くなっていたのは、ライトホークだった。朝が来ると、学校へ行く前に、朝ご飯より前に、朝一番で川へと向から巡礼者たちにはかなわなかったけど、それ以外では何より早く、カイルはガイの店の屋根にのぼり、ホークを耳のうしろにかけ、パーマーをつけた。そうして太陽光発電パネルや貯水タンクのはるか上へ、クレーンや建設用ヘリコプターよりもまだ上へ、雲をつき抜けてサリムの世界へと昇っていった。

暗 殺 者

The Dust Assassin

中村仁美◎訳

わたしが小さかったころ、よく鋼《はがね》のサルが部屋に入ってきたものでした。乳母《アーヤ》はわたしを早く床に就かせました。成長期の女の子には充分な睡眠が必要だから、と言って。わたしは寝るのが大嫌いでした。部屋のベランダの外、透かし彫りをほどこした石の目隠し《ジャーリ》のむこうに広がる世界から聞こえてくる音は、あまりにいろんなものに満ちていて、とても寝ているなんてできなかったのです。不寝番のガードマンもいましたが、鋼のサルはわたしだけの警護メカのひとつで、ガードマンたちには見えないのです。黄昏《たそがれ》どき、香水の香りとぬくもりに包まれてベッドに横たわっていると、最初に小さな頭が見えてきます。バルコニーの手すりに片方の手がかかり、もう片方の手もかかると、全身が姿を現わします。サルは一分近くもじっとその場にうずくまってから、手すりからすべりおり、宵闇に沈むわたしの部屋に入ってきます。目が闇に慣れると、サルもこちらを見つめているのがわかります。頭を左右に動かして、周囲を見まわしながら。なかなかハンサムなサルでした――ピカピカに磨きあげられた鋼鉄製の外殻は、まるで柔らかな皮膚のよう（ベッドのそばまで来たときには、わたしは蚊帳から手を出して軽くなでてやります）。そこにはわたしの家族の紋章と、製造元と製造番号が刻印されています。知能はそれほど高くありませんでした。屋根の上で鳴いたりケンカしたりしている本物のサルほどの知恵もありませんでしたが、ジョドラ宮殿の突きでた蛇腹や小塔や彫刻に登って、アザド家が送りこんでくる暗殺ロボットを狩りたてるていどの頭はありました。朝になるとサルたちは蛇腹や軒に戻り、太陽電池パネルがついた頭巾をピンとあげています。そうしていると、まるでサルのようには見えません——宮殿の軒や壁を飾る神々や悪魔の像の仲間みたいです。そうして石像のあいだに身を潜めたロボットは、のぼる朝日に挨拶するのです。

人は自分の生活、自分の日常が特別だとは思わないものです。たとえ王侯《ラージプート》の宮殿に住み、敵対する一族の執念深い攻撃からロボット・サルに守られていようと、自分の生活は自分の生活、自分の世界は自分の世界です。たとえ自分自身が、ひとつの武器であっても。

父が言った言葉を、わたしはけっして忘れないでしょう——父はわたしにうんと顔を寄せて話したので、父の顔がまるで砂漠に出る月のように大きく見えました。わたしを見おろして話す唇は、ザクロのようにつややかでした。〝おまえは武器なのだよ、パドミニ、われわれがアザド家に復讐するためのな〟母の顔を思い出すことはありません。母のことはほとんど知らないのです。母は隔離された女性専用区画《ゼナナ》で暮らしていました。わたしが顔をあわせる女性といえば、おかしな乳母のハーパルだけでした。ハーパルは毎朝、まだ湯気をあげている自分の小水をコップに入れて飲むのです。乳母以外は、男ばかりでした。それからわが家の家令《キッドムートガー》のヘールと——ヘールは男でも女でもありません。中性人《ヌート》だったのです。先にも申しあげたとおり、わたしは自分の日常をごく普通だと思っておりました。

毎晩、サルのロボットは頭を右に左に向けながら、わたしを見ていました。ある晩、小さなプラスチックの前足を持ったサルがそっと部屋から出て行こうとしたとき、絹のパジャマを着たわたしは、蚊帳を抜けだしてついて行きました。サルはバルコニーに飛びだすと、二度ばかり跳躍して窓のまわりに生えていたツタに跳びつき、登りだしました。その目は満月の光を受けて輝いていました。わたしは両手で、自分の腿ほども太い、固くねじくれたツルをつかみ、あとをついて登りました。どうして鋼のサルについて行こうなんて思ったのでしょう？　たぶん、チタンでできたような月のせいだったのでしょう。それとも、それが大凧揚げ祭りの月だったからかもしれません。わが家ではいつも、鳥の尾を生やし、腕の代わりに大きな翼を広げた男の形をした、巨大な凧を揚げて、祭りを祝いました。わたしの父は祭りや儀式、神への捧げ物をとても大事にしました。これがわが家とアザド家との大きな違いでした。あきらかにわが家のほうが優れていたのです。腕の代わりに翼を持った男は、顔に太陽の光を受けてわたしの部屋の前にある中庭を飛びたちます。鳥人は、わたし、ジョドラ家の一人娘であるこのわたしよりも、ずっと高く、ずっと遠くまで見わたすことができました。宮殿の中庭が月光に照らされるなか、わたしはツタを登りました。乳母が話してくれる、神々や悪魔の出てくるおとぎ話の登場人物のように。先を行く鋼のサルはバルコニーを越え、蛇腹に沿って登り、伝説の英雄たちや胸の大きな天女《アプサラス》の像をのり越えて進みます。自分がどれほど高いところにいるかは、考えもしませんでした――自分の身体があの凧のように軽くなって、輝いている気がしました。星明かりの下、胸壁にちょこんと座った鋼のサルが、わたしを手招きします。わたしは屋根の上に身体を引きあげました。その瞬間、鋼のサルの一隊がわたしの前に後足で立って整列しました――まるでハヌマーン（ヒンドゥー教の神話に出てくるサルの神）の軍団のように。サルたちが致死量の神経毒を先端に塗った針を飛ばす対人兵器をかかげると、金属が月の光を弾《はじ》いてきらめきました。わが一族には毒薬を好む伝統がありました。わたしが片手をあげると、わたしの身体から発する化学物質《フェロモン》を嗅ぎつけたサルたちは、さっと武器を下ろしました。ぴょんぴょん跳びはね、スキップをして、わたしを先導してくれるようです。ドームや小塔が並ぶ月光に照らされた世界を、わたしは裸足で歩きました。一歩進むごとに、屋根のむこうに広がる琥珀色の街の灯りに引き寄せられるようでした。通りに面した屋敷の正面は、目隠しをするように並んだ張り出しや窓、小ベランダ《ジャロカー》などで覆われています。わたしはファサードの裏側に作られた階段を登り、建物の一番高いところにあるバルコニーに立ちました。そして、息をのみました。偉大なるジャイプールの街が、眼下に広がっていました――街灯と明滅するネオンの巷《ちまた》、ジョーハリ・バザールに群がる車やファトファトの、赤や白や黄色に瞬くライト、木々を飾る何千もの豆電球は、まるで夜空から落ちてきた星々のよう。この時間でも開いている店から漏れだす、冷たい蛍光灯の灯り、街頭ディスプレーの画面のちらちらする光、旧市街と新市街を隔てる壁沿いに設置された、まぶしいばかりの投光照明。これらすべての灯りが、父が宮殿の周囲に巡らせた堀の黒い水面に反射していました。水でいっぱいの堀。今は旱魃《かんばつ》の最中なのに。

　通りの物音が、ここまで聞こえてきます――車やファトファトの騒音、たくさんの音楽、幾千もの人の声。高い高いバルコニーの上で、わたしはちょっとふらつきましたが、こわいとは思いませんでした。何か柔らかいものが脚に触れました。わたしの鋼のサルが、プラスチックの指であたたかいピンク色の石につかまって、体をすり寄せてきたのです。わたしは光の網の中から、わたしの先祖が三百年前に建てた天文台、ジャンタル・マンタルの鋭角的な輪郭を探そうとしました。しばらくしてやっと、二秒単位で時間が計れる巨大な七階建ての日時計、サムラット・ヤントラの大きな楔《くさび》形を見わけることができました。投光器に明るく照らされた、ジャイ・プラカーシュ・ヤントラのボウルのようなくぼみ――縞状の白大理石は、天体の運行を表わしています。熱い夜風が、わたしのパジャマを引っぱります――混みあったバザールからは、バイオディーゼルと埃と熱した脂とスパイスの臭いがしました。鋼のサルがうるさく脚にまとわりついて、奇妙な悲しげな音をたてます。街のむこうの端に、夜を切り裂く光の一片、闇をはらんで帆のように膨らみ、カーブするものが見えました。超高層ビル――ジャイプールの西のはずれにある新しい工業地帯に、ひときわ高くそびえています。われわれの敵、アザド家のガラスの塔です。わが家の古風なラージプート様式の宮殿とは、まるで正反対の建物――内部からの照明で淡い青に光っています。わたしは思いました。〝わたしの使命は、あの塔を地面に引き倒すことなのだわ〟

　それから、声が聞こえてきました。だれかが叫んでいます。〝おーい、おまえ。その上にいる人〟〝どこだって？〟〝あそこだよ。見えるか？〟〝ありゃ、なんだ？　人間か？〟〝わからねえな〟〝おーい、こっちに姿を見せてくれ〟わたしは身を乗りだして、用心深く下をのぞきました。光で目がくらみました。懐中電灯を持ってこちらを照らしていたのは、戦闘用アーマーをつけた、宮殿のガードマンでした。武器をこちらに向けています。〝大丈夫だ大丈夫だ、撃つな、後生だから。お嬢さまだ〟

「お嬢さま《メムサーブ》」兵士がこちらを見あげて声をかけてきました。「メムサーブ、どうか今いらっしゃるところから、動かないでください。一歩も動かないで。今、お迎えにあがります」

　屋上に通じる扉が開き、一団のガードマンたちがわたしを連れおろしに来たとき、わたしはまだ淡く光る三日月刀のようなアザド家のビルを見つめていました。

　次の朝、わたしは父の執務室であるディワーンに呼ばれました。気候調節フィールドが働いているので、外の熱気と汚染された空気は入ってきません――庭にむかって開いた、石柱の並ぶホールは、静かでひんやりとしていました。父はクッションを並べた玉座に座っていました。両側には、わたしの背の二倍よりも大きな銀の水差しが並んでいます。水差しには、聖なるガンジス川の水が満たされています。父は毎朝、夜明けにこの水を一杯、飲むのです。父は骨の髄まで昔ながらの王侯《ラージプート》でした。父の耳のうしろに、プラスチックのコイルのようなライトホークがかかっているのが見えます。父の目には、ディワーンを埋める部下や補佐たちの姿が見えるのです——頭骸骨を通じて、じかに視覚中枢に投影される、AIのスタッフたち、ジヨドラ水資源会社の仕事をかたづけるのにいつも忙しいスタッフたちの姿が。

　兄や弟たちはもっと早くに呼びだされて、居心地悪そうに床に座り、着慣れない、すりきれた古風な衣装をいじっていました。これは公式の場なのです。父の前には、袖の中で両手を組んだヘールがひざまずいていました。黒い偏光レンズのうしろに隠れた目の色は、読むことができません。男でも女でもない、ヌート——桃のようになめらかな皮膚の下にあるヘールの筋肉は、不思議な形をしていました。わたしはいつも、自分はヘールに嫌われているのだと思っていました。

　鋼のサルはスイッチを切られ、干からびたクモの死体のように手足を縮めて仰向けに倒れていました。乳母のハーパルがきちんと掃除をしなかった部屋のすみっこで、そういうクモを見つけたことがあったのです。

「まったくバカげた、危険なことをしてくれたものだ」父は言いました。「うちの警備《ジャワン》の者たちがみつけなかったら、どうなったと思っている？」

　わたしはあごに力をこめ、鼻の穴を大きく開いて、クッションの上で身体を揺らしました。

「ちょっと見てみたかっただけよ。わたしにだって権利があるはずでしょ？　父上がわたしを教育してくださっているのは、外の世界に備えるためでしょう。だったらわたしにだって世界を見る権利があるはずよ」

「もっと大きくなったらな。おまえが……女になったら。世界は安全な場所ではない。おまえにとっても、われわれにとっても」

「危険なんてなさそうに見えたけど」

「危険はこちらから見えるとはかぎらない。危険のほうからおまえが見えさえすれば、充分危ないのだ。アザド家の暗殺者どもは……」

「でも、わたしは武器なのよ。父上がいつもおっしゃるようにわたしが武器なのなら、アザド家のものにわたしを傷つけることなどできないのではなくて？　自分が標的にすべきものを見ることも許されないのなら、わたしはどうやって武器となればいいの？」

　ですが実のところ、わたしにはその言葉の意味などわかっていませんでした。自分が何をすればあの青いガラスの塔をジャイプールのピンク色の通りに引き倒すことができるのか、まるでわかっていなかったのです。


「もういい。このメカは不良品だ」

　父が片手を動かすと、鋼のサルは呪いを解かれたようにはね起きました。サルはちょっと混乱したようすで、いつものように頭を左右に動かしました。と同時に、何か金属製のものが反射する光がなめらかな壁にあたって、ちらちらと輝きました。一団のメカが彫刻をほどこした石壁をすべりおり、ピンクの大理石の中庭を横切ってこちらへ向かってきます。鋼のサルは奇妙に機械的な叫び声をあげて逃げようとしました。ですがプラスチック製の前足が何本も伸びてきてロボットを捕まえ、床に引きずり倒し、うつ伏せにして、回路のひとつひとつ、チップの一個一個、ワイヤーの一本一本に至るまで、バラバラにしてしまいました。メカたちが仕事を終えたあとには、目に見える大きさの部品はひとつも残っていませんでした。わたしの鋼のサル。わたしは胸ものども頭も苦しくなって、泣きそうになりました。けれども、泣くわけにはいきません。

この人たちの前では、絶対に泣くものか。わたしはヘールにもう一度ちらりと目をやりました。いつものように黒いレンズに隠された目の表情は読めません。ですがレンズが日の光を反射してきらりと光ったので、ヘールもわたしのほうを見ているのがわかりました。

その日から、わたしの生活は変わりました。わたしたちの間にあったなにかが、バラバラにされた鋼のサルのように壊れてしまったのは、父もわかっていました。ですが何よりわたしは、今までわたしの生活のすべてを囲んでいた壁の外側に何があるかを、のぞいてしまったのです。それでわたしは、すこしだけですが宮殿の外の世界に出ることを許されるようになりました。たくさんのガードマンに守られて、ヘールといっしょに装甲つきのドイツ車に乗って、バザールやショッピングセンターへ行くようになったのです。ティルトジェットに乗って、ジャイサルメールやデリーにいる親戚を訪ねることもしました。ゴヴィンダ寺院で行なわれるお祭りや市や祈りの儀式《プージャ》に参加することも。以前と同じように学校へは行かず、宮殿の中で家庭教師やAIから教育を受けていましたが、同年代の女の子たちにも紹介されました——みんなたいせつに育てられ、厳重な審査のうえで選ばれた、地位もカーストも最高の企業重役の娘たちでした。みんな最新のファッション、最新のメーク、最新の宝飾品、最新の靴、それに最新のハイテク製品を身につけていました。

〝お友達〟はわたしにドレスを着せ、コーディネートを考え、髪にガラスや琥珀のビーズを編みこんでくれました。わたしを買い物に連れていき、プールサイドでのパーティー（大旱魃《だいかんばつ》の最中だったのに）や涼しい山上にある夏用の別荘に招待してくれました。ですが本当の友達といるときのようにくつろぐことはできませんでした——いつもどこか窮屈で、自由じゃなくて、実は友達なんて関係じゃなかったのです。みんな、わたしをこわがっていました。それでも新しいドレスや旅行やスター・アジアの音楽やセレブのゴシップに囲まれて、わたしはしだいにかつて自分が友達代わりにしていた鋼のサルのこと、バラバラにされてしまった鋼のサルのことを忘れてしまいました。

しかし、忘れなかった者もいたのです。

それがやってきたのは、わたしの十四回目の誕生日の次の晩でした。ゴヴィンダ寺院の僧侶たちが来て、ディワーンで祈りの儀式《プージャ》を執り行ないました。十四歳というのは特別な年齢、わたしが女になる年齢なのです。わたしは火と灰と光と水で祝福されて、サリーを与えられました。大人の女性の衣装です。友人たちがわたしにサリーを着せ、わたしの手に装飾模様《メンディ》をほどこしてくれました。濃い色のヘナで、複雑な模様を描くのです。それから、クシャトリヤ階級に属することを表わす赤いビンディを第三の眼がある額の真ん中につけて、わたしの手をとり、列をなす企業重役たちが拍手するなか、大パーティーの会場へと連れて行ってくれました。たくさんのプレゼントとキス。宴会の料理は中庭いっぱいにあふれていました。無数の記者やリポーター。それにまっとうなフランスのシャンパン——わたしはもう大人の女なのですから、シャンパンを飲んでもいいのです。パーティーのために、父はMTVのスター歌手、アニラ（AIじゃなくて、本物の）を呼んでくれていました。真新しい大人用の晴れ着に身を包んだわたしは、ほかの十代の女友達たちと同じように飛びあがってキャーキャー叫びました。パーティーの最後に使用人たちが空になった銀の大皿を下げ、アニラの巡業スタッフが音響システムをかたづけてしまうと、父の警備の者《ジャワン》たちが大きなジョドラ家の凧を運んできました。炎の色をした、翼のはえた鳥人の凧です。そうして輝く凧はかすむ星々にむけてジャイプールの夜空高く舞いあがりました。わたしは女性専用区画《ゼナナ》にある新しい部屋に下がりました。いけ好かない年寄りの乳母《アーヤ》、ハーパルがわたしの子供部屋の彫刻で飾られた木製の扉に鍵をかけました。

そのおかげで、わたしは助かったのです。

わたしが目を覚ますのとほとんど同時にヘールが部屋に飛びこんできました。ですがそのほんの一瞬で、わたしはすでに混乱状態に陥っていました。慣れないベッド、見慣れない部屋、今までとは別な棟で目を覚ましたこと、それに身体がいつもとは違ってまるで自分のものではないような気がしたこと。

ヘールが。ここに。ほかの人ならよかったのに。それも外出用の服を着て——男の服を着て。手に銃を持って。銃身が二本ついた大きな銃——一本の銃身は人を殺すため、もう一本の銃身はメカを殺すため。

「お嬢さま《メムサーブ》、起きていっしょにいらしてください。いえ、いらしていただかなくては」

「ヘール……」

「今すぐに、です」

言うべき言葉を捜しながらも、わたしは服を取り、かばんや靴や身の回りのものを取ろうとしました。と、ヘールがわたしを部屋の反対側へ突き飛ばしました。わたしはラージプート風の衣装ダンスに激突しました。痛みが走りました。

「いったい、なんてこと……」口を開いたわたしの目に、スローモーションのようにヘールが銃口を上げるのが飛びこんできました。稲妻のような光が部屋を照らし……金属が軋むような音、何かが焦げる臭い。鋼の装甲に包まれた防御用ロボットが、煙をあげ、くるくる回りながら大理石の床をすべっていきました。まるで燃えているクモのようでした。尻尾をピンとあげ、棘をピンと立てて。現実が何かとてつもなく狂ってしまったのか、それともまだ夢の中にいるのかわからないまま、わたしはそのメカのほうへ手を伸ばしました。ヘールが手荒くわたしを抱えあげて、メカから引き離しました。

「死にたいのですか？　まだ動くかもしれないのです

よ」

ヘールはわたしを廊下に押しだすと、最後にもう一度、部屋の中を掃射しました。ボトルにはまったコルクを回すときのような、泣き叫ぶ声のような音が長く尾をひき、やがてかすれて消えました。やっと訪れた静寂のなかで、初めて周囲の物音が耳に入ってきました。銃撃の音、男たちの叫ぶ声、吠えるような声、エンジンのうなる音、上空を飛ぶ飛行機の音、女たちの泣き声。そう、女たちの泣き声です。それに上からも下からもあたりじゅうから聞こえる、小さなプラスチック製の足が駆けまわる音。

「何が起きているの？」急に寒気がしました。こわくて身体が震えました。「いったい何があったの？」

「ジョドラ家は、攻撃を受けています」というのがヘールの答えでした。

わたしはヘールにつかまれた手を振りほどこうとしました。

「なら、わたしは行かなくては、戦わなくては、みんなを守らなくては。わたしは武器なんですもの」

ヘールはいらだちの色もあらわに頭を振って、銃を持った手でわたしの側頭部を殴りつけました。

「バカな子、なんてバカな子！　わからないのですか？　アザド家の手の者は、皆殺しにしようとしているのですよ！　あなたの父上も、兄上たちも、ひとり残らず殺しつくそうと。あなたも殺されるところだったのですよ。ですがやつらは、あなたが新しい部屋に移ったことを忘れていたのです」

「父上《ダダジ》が？　アーヴィンドとキランも？」

ヘールはわたしを引きずって進みました。殴られたせいでまだ足元はふらつき、目まいがしました。けれどそれよりもっとショックだったのは、ヘールが言ったことでした。父が、兄たちが……

「母上《ママジ》は？」

「敵の狙いは直系の血族です」

廊下の角を曲がったところで、二つのことが同時に起きました。ヘールが「伏せて！」と叫びました。わたしはなめらかな大理石の床にダイブしました。その瞬間、サル型のメカの一団が、壁や天井をつたって跳ねながらわたしのほうへ近づいてくるのが、チラッと見えました。わたしは両手で頭を覆って、ヘールが銃を撃つたびに悲鳴をあげました。銃撃音は延々とつづき、やがて空になったガス・キャニスターがガランと音をたてて床に落ちると、やっとやみました。

「やつらは防御用ロボットをハッキングして、プログラムを書き換えたのです。忠誠心の欠片《かけら》もない、裏切り者のロボットたち。さあ、早く」よく手入れされたなめらかな手が伸びてきて、わたしの手を取りました。あとわたしが覚えているのは、入り乱れる騒音と光と影の断片だけです。それから、たくさんの死体。気がつくとわたしは、スピードの出るドイツ製の車の後部座席に乗っていました。となりには銃を赤ん坊のように抱えたヘールが座っていました。まだ温かい銃からは、熱された電気の臭いがしました。ドアが乱暴に閉められ、ロックがかけられて、エンジンがうなりました。

「どこへ行くの？」

「ヒジュラ・マハールです」

車が速度を上げながら屋敷の門をくぐって外へ出ると、門の上の奏楽所《ナッカルカーナ》からサル型ロボットが次々と飛び下りてきました。ロボットの鋼の身体がタイヤの下で砕ける音がしました。一体がドアにしがみつき、窓枠に爪をかけましたが、運転手がハンドルを切って、ロボットを街灯に叩きつけて落としました。

「ヘール……」

頭の中が爆発しそうでした。何もかもがバラバラになって、その夜、目にし、耳にしたさまざまな色と光《ヴィ》景《ジョン》と音がごちゃ混ぜになったなかに溶けていきます。父とわたしの頭、兄たちとわたしの頭、母とわたしの頭、わたしの家族とわたしの頭、わたしの頭とわたしの頭。

「大丈夫ですよ」ヘールは言って、わたしの手を取りました。「あなたはもう安全です。われわれといっしょにいれば」

一千年の歴史を持つジョドラ家は崩壊しました。そうしてわたしは、ヌートの家にやってきたのです。その館《やかた》はジャイプールの大きな建物のご多分にもれず、ピンク色をしていて、とてもユニークでした。考えてみれば、こんなことになる前にもその建物がある小路の入り口を何百回も通ったはずです。でも、そのときは秘密に気づかなかったのです——小塔や複雑な彫刻をほどこした窓からなり、コウライウグイスが飛ぶファサードのうしろには、ひんやりとした大理石でできた部屋と廊下、中庭と貯水タンク、それに空と鳥たちだけに開かれた、流れる水の庭園があったのです。ですがそれを言うなら、ヒジュラ・マハールはいつだって特別な場所でした。かつてこの建物は別な種類の中性人《ヒジュラ》、宦官たちの宮殿でした。男であって男でない者たち、人に忌避されながらもジャイプールの王侯《ラージプート》の儀式生活に欠くことのできない存在だった宦官たちは、旧市街の真ん中に、しかし他からは隔離されて住んでいたのです。

館には六人の中性人《ヌート》が住んでいました——スルはセレブ御用達のヒンドゥー式占星術師《ジャナムパトリ》で、遠くムンバイの映画スターたちにも知られています。ダヒンは整形外科医で、原子一個分の誤差もない精密医療機械を遠隔操作して、地球の裏側にいる患者の顔を手術することができます。リールは儀式舞踊のダンサーで、伝統的なナウッチも踊れば祭りのダンスも踊りました。ジャンダは文筆家です——インド人の半数は、ゴシップ専門のコラムニスト〝メス犬の女王《クイーン・ビッチ》〟の名を知っているでしょう。スレイラが主催するパーティーやイベントは、シューリナガルからマドゥライまでのあらゆる街の上流社会で話題になります。それに、ジョドラ家の家令《キッドムートガー》だったヘールです。この六人の保護者たちは、わたしをイスラム教徒の女性のようにチャドルでぐるぐる巻きにして車から降ろし、何万もの鏡の欠《かけ》片《ら》をはめこんだドーム状の屋根を持つ部屋へと運びました。六人の乾いたあたたかい手が、わたしをやさしく長いす《ディヴァン》に寝かせました——ようやく事態を実感したわたしは、ショックのあまり腕や脚を振りまわし、わめき散らしていました。整形外科医のダヒンが、器用に鎮静剤をわたしの腕に注射しました。

「静かに。さあ、お眠りなさい」

目が覚めると、わたしは星々の間《はざま》にいました。一瞬、自分は死んだのかと思いました。眠っているあいだに、ジョドラ宮殿の何百もの窓を登ってきたアザド家の暗殺メカが、毒針でわたしを刺したのかと思ったのです。それから、星だと思ったのが天井にちりばめられた鏡の欠片であることに気がつきました。たった一本のろうそくの明かりが、何百何千もの鏡に反射して砕けました。低い長いすのかたわらには、ヘールが分厚い絨毯にあぐらをかいて座っていました。

「いったいどのくらい……」

「二日間ですよ」

「みんなはやっぱり……？」

「亡くなりました。ええ。うそは申せません。ひとり残らず」

　しかしジョドラ家は崩壊しながらも逆襲しました。何年も前から店の軒下やバス停の屋根裏に隠され、コウモリのようにぶら下がっていた無数のホーミング・ミサイルが翼を広げ、エンジンに点火し、アザド家の乗り物が発するフェロモンを嗅ぎつけて殺到したのです。装甲つきのレクサスは、安全を求めて急ぎ空港へむかう途中、ジャイプールのすさまじい交通渋滞の真ん中で火の玉になって吹き飛びました。空の上も安全ではありませんでした。アザド家のティルトジェットは、ちょうど離陸しようとしたところでジョドラ家のミサイルに捕捉されました。ミサイルはチタン製の爪でエンジンの吸気口の内側に取りついて、この高度で爆発が起きれば生存者はいないだろうという高さまで機が上昇したところで爆発しました。爆発の煙はジャンタル・マンタルの日時計の上空を翳《かげ》らせ、ジョドラ家の復讐成就の瞬間をみなに示しました。ジェットの破片は燃えながらスラムに落下し、あちこちで火事が起きました。

「むこうの人たちは……」

「ジャハンギルとベグム・アザドはティルトジェットに乗っていて死亡しました。われわれのミサイルはむこうの会社の役員の大半を始末しましたが、防御・迎撃機構のおかげで本社ビルは壊滅をまぬがれたようです」

「だれが生き残ったの？」

「一番末の息子、サリムです。アザド家の血筋は残りました」

わたしは白檀の香りのする長いすに身を起こしました。星々が宝石のようにわたしの頭のまわりで輝いていました。

「じゃあ、わたしがやらなくては」

「お嬢さま《メムサーブ》……」

「父上が何とおっしゃったか、忘れたの、ヘール？　わたしの父上が。〝おまえは武器だ、けっしてそれを忘れるな〟わたしという武器が何のためにあるのか、今こそわかったわ」

「メムサーブ……メムサーブ・パドミニ」ヘールがわたしの名前を口にしたのは、それが初めてでした。

「あなたはまだショック状態でいらっしゃる。ご自分が何を言っておられるのか、おわかりでないのです。お休みください。あなたには休息が必要なのです。明日の朝、また、お話いたしましょう」ヘールは人差し指をふっくらした唇にあてると、部屋を出て行きました。冷たい大理石の床をたどるやわらかな足音が聞こえなくなると、わたしは扉のところへ走っていきました。彼らは当然の報いを受けるべきよ――わたしの身体のなかには、憤怒と復讐の歌が響いていました。扉には鍵がかかっていました。わたしは全身の力をふりしぼって扉を押し、叩き、叫びました。ヒジュラ・マハールは聞く耳を持ちませんでした。わたしは路地を見おろすバルコニーに登りました。細かい彫刻をほどこした石製の目隠し《ジャーリ》を叩き割ることができたとしても、下の通りまでは十メートルもあります。それに、夜遅くなってファトファトやオート・リクシャ、タクシーなどは減ったものの、通りには今度は配達屋の軽トラックや香辛料《スパイス》を売る商人の荷台つき自転車《サイクル・ヴァン》が行きかっています。朝の光がゆっくりと路地に差しこみ、わたしのいる部屋にも入ってきました。明るさが増す光のなか、わたしは朝刊の見出しを読みました。**〝水戦争勃発――ラジャたちの闘争で死者数十名。ジョドラ家壊滅でジャイプールに衝撃。血の復讐に警察、無力〟**

ラージプターナ（インド北東部の地方名）では、今も昔も水が命、水こそ力です。警察も判事も裁判所も、みなわれわれの――われわれとアザド家の――言いなりでした。その意味では、われわれは似たもの同士でした。神々が戦うとき、あえて裁定を下そうとする人間などいるでしょうか？

「勝利の凱旋、窓から落ちて恋に落ちる、結婚、それから服喪、ですって？」わたしはたずねました。「それだけ？」

占星術師のスルはゆっくりとうなずきました。わたしは天体観測所の床に座っていました。四方に置かれた透かし彫りをほどこした真鍮製の香炉からは、細い煙が立ちのぼっていました。一見したところ、簡素で何もない部屋です。世を捨てた聖なる者《サドゥー》ですら、居心地悪く感じるだろうほどに。ですが、目が薄闇（精密機械のようにすべてがきちんとまわるためには、部屋を薄暗く保つ必要があるのです）に慣れるにつれて、むき出しのピンクの大理石の表面がことごとく無数の曲線やヒンドゥー語の銘刻で覆われているのが見えてきます。細密画のような刻線は、まるで小さな神々が刻んだかのようです。明かり取りはただひとつ、ドームの天井にある星の形をした窓だけです——スルの星見の部屋は、ヒジュラ・マハールで一番高い小塔の天辺、一番天に近いところにあるのです。スルが手袋型《パー》コンピューター端末《マー》をあやつり、踊るようなしぐさでヒンドゥー《ジャナム》式占星術《パトリ》の計算を行ないます。わたしは、まぶしく輝く星の形をした日の光がゆっくりと床に描かれた円弧上を移動し、うお座《ハウス・オブ・ミーナ》の諸相を示すのを眺めていました。それから、スルに目を移しました。スルはわたしがじっと見ているのに気がついたようでしたが、わたしは近くで見ると中性人《ヌート》というのはどんなふうに見えるのか、見たかっただけでした。わたしはヘール以外のヌートを見たことがなかったのです。インドに、それどころかこのジャイプールに、六人ものヌートがいるなんて、思いもしませんでした。スルは太っていて、肌と目は非健康的な黄色をしています。太陽光をまともに受ける塔の天辺の部屋は息がつまりそうなほど暑いのに、身体に巻いたショールをかき合わせては震えています。スルは以前、男だったのかしら、女だったのかしら——わたしの目は答えを探してさまよいます。（女だったに違いないわ）わたしは思いました。ヘールはきっと男だったに違いない、とわたしはずっと思っていました——本人がその話題を口にすることはありませんでしたが。その話題がタブーであることは、わたしにもわかっていました。いったん〝道を外れた〟者は、けっして過去をふり返らないのです。

「復讐も、正義もないの？」

「信じられないのなら、ご自分でご覧になってみれば」

　スルの指がライトホークをわたしの耳のうしろにかけるや否や、床の刻線が全身に星をちりばめた神話上の生物となって飛び出してきました。クロコダイルのマカラ、牡牛のヴリシャバ、二匹の魚のミーナ――黄道十二星座《ラーシ》です。孝行娘のカンヤ。十二星座の間には、二十七の星宿《ナクシャトラ》が別な円弧を描いています。星宿はさらにそれぞれ四つの〝足《パダ》〟に分割されます――天輪の輪のなかの輪のなかの輪、すべての輪が、スルの部屋の大理石の床に座ったわたしの頭のまわりを刃《やいば》のようにまわりつづけます。

「わたしにはこれがどういう意味なのかまるでわからないのは知っているでしょう？」クルクルまわる無数の数字に、わたしはすっかりお手あげ状態でした。スルはかがみこんでそっとわたしの手に触れました。

「勝利の凱旋、窓から落ちて恋に落ちる、結婚、それから服喪。窓《ウインドウ》から寡婦《ウィドウ》へ。信じなさい。それが運命なのです」

「若い女の子の内側は、本当にきれいなものなのよ」夢の整形外科医、ダヒンの声がギラギラとまぶしい手術用の照明のむこうから聞こえてきます。わたしの身体を支えていたベッドが少しずつ倒れていきます。

「公害の汚染もないし、めんどうな汚れたホルモンもない。なにもかもクリーンでフレッシュですてきだわ。ここへ来る女たちの大半は、皮膚の下までは絶対見せてくれないのよ。女の子の内部を見せてもらえるなんて、めったにない光栄だわ」

　ヒジュラ・マハールの地下にある、クロムとプラスチックでできた整形外科医の診察室です。時計は夜中を指していました。相談に来た最後の患者（ヴェールやチャドルで顔を隠した上流階級の婦人たち）が帰ってから、ダヒンがインターネットに接続し、ライトホークを脳の視覚中枢につないで、地球の裏側にある手術室の外科手術ロボットと直結した操作用手袋《マニピュレーター・グラブ》をはめるまでのあいだに、やっとみつけた半時間の空き時間。あくまでやさしく、巧みで機敏な絶妙の手技——男にはとてもまねができないでしょう。踊る手を持つダヒン。

「みつかったかしら？」わたしはたずねます。照明が強すぎて、涙が湧いてきます。照明のなか、照明のむこうにいる何かがわたしの身体のなかをのぞきこんでいます。ダヒンの脳内スクリーンに、わたしの無数の断面が、臓器のひとつひとつが映しだされます。昔から、女性専用区画《ぜナナ》に住む女性の身体をくわしく調べるのは、ヒジュラのみに許された仕事でした。ヒジュラは見たままを外にいる医師に報告したのです。

「何がみつかったかですって？　指からレーザー光線を出す仕掛け？　体内格納式の鋼鉄のかぎ爪？　それとも超小型核爆弾の発射装置がお腹のなかに隠されているかって？」

「父は何度もくり返し言っていたのです。わたしは武器だって。わたしは特別だ……わたしがアザド家を滅ぼすだろうって」

「かわいい人《チョ・チウィート》、何かあったら、必ずスクリーンに映るはずよ」

目からまた、涙が流れました。わたしは照明がまぶしいせいだというふりをしました。

「もしかしたら何か……とても小さなものかもしれないわ。あなたにも見えないくらいの。たとえば……虫とか、病気とか」

ダヒンのため息が聞こえました。きっと首を横に振っているのでしょう。

「診察だってできるわよ、一日か二日くらいかかるけど」耳のすぐ横で、指がとんとんベッドを叩く音がしました。頭をめぐらしたわたしは、その場で凍りつきました。わたしの親指ほどの大きさもないクモのロボットが、わたしののどに向かってはっているのです。あの夜からひと月が経っていましたが、わたしはまだロボットを信用することができませんでした。きっとこれからもずっとそうでしょう。首の側面に針でつついたようなかすかな痛みが走りました。ロボットは、今度はわたしのお腹にのぼってきました。鋭くとがった小さな脚が、精確なリズムで皮膚のうえをたどって行きます。わたしは身がすくむ思いでした。「ダヒン、聞いてもいいかしら――あなたも、こんなことをしたの？」

　腹部に一瞬、痛みが走りました。

「ええ、もちろんよお嬢《ババ》さん。それ以上のこともね。もっともっと大変なことも。あたしの仕事は外側専門、表面をいじくるだけ。けど、あたしのようになろうとしたら（あたしらの一員になろうとしたら）、もっと身体の奥深く、細胞レベルまでいじらなきゃならない」

　ロボットが今度はわたしの顔にあがってきました。わたしはそいつを床に払いおとして潰してやりたいという誘惑と必死に戦いました。わたしは武器なのです。わたしは特別なのです。このメカは、わたしのどこが特別なのかを探りだしてくれるはずです。

「女であること、男であること、どっちもそう簡単にやめられることじゃないわ。いったん身体をバラバラにしなきゃならないのよ、お嬢《ババ》さん。何もかもバラバラにして、液体でいっぱいのタンクの中に吊るして。それからもう一度、組み立てなおすの。前とは違うふうに。女でも男でもない、どっちよりも優れたものに」

〝なぜ〟わたしはダヒンに聞いてみたいと思いました。〝なぜ自分の身体にそんなことをしたの？〟でもちょうどそのとき、目のすみっこがチクリと痛みました。ロボットがわたしの視神経の細片を採取したのです。

「検査の結果が出るのは、三日後よ、お嬢さん《ババ》」

三日後、ダヒンはバザールを見おろす孔雀の間にいるわたしのところへ検査結果を持ってきました。透かし彫りの目隠し《ジャーリ》を抜けて吹いてくる、生ぬるい、バラを燃やした灰の匂いがする風が、繊細な字の並ぶ手書きの報告書を揺らしました。生体埋めこみ機器《インプラント》、なし。特殊能力、なし。通常と異なる神経構造など、なし。特別な戦闘用ウィルスなど、なし。わたしは完璧に正常な十四歳のクシャトリヤの女の子でした。

わたしはぐんとこちらに振られた棒を跳びこしました。まだ空中にいるうちに自分の棒を跳ねあげ、アザドが両手で持った武器を捉えました。棒は握った敵の手を離れ、大きな音を立ててホールの木の床に転がりました。相手は蹴りをくり出し、そのまま床に転がって自分の武器を拾おうとしました。ですがわたしが振りおろした棒の先は、みごとに相手の頭頂を打ちすえました。敵は棹から落ちた洗濯物のように床に崩れました。わたしはすかさず敵の横へ飛び、棒を振りあげて真鍮をはめた先端を相手の耳の下、神経が集まる急所へ叩きこみます。

「これで、おしまい」

わたしは相手の脳から数ミリのところでぴたりと棒を止めました。ライトホークを耳のうしろからはずすと、アザドの姿は魔神《ジン》のように消えました。練習場のむこうでは、リールが棒を置き、ホークをはずしています。リールの目に見えていたわたしの姿（敵、練習相手、そして弟子）も、消えたでしょう。練習をくり返すたび、わたしはリールの目に映るわたしのアヴァターはどんな姿をしているのだろう、と思わずにはいられませんでした。けど、リールは話してくれません。たぶん、わたしそのままの姿だったのかもしれません。

「すべての戦いは踊りで、すべての踊りは戦いなのです」最初のレッスンで、リールはそう言いました。わたしの懇願に負けて、インド棒術《シランバム》を教えてくれることになった日のことです。それまで、わたしは何週間も練習場の上のバルコニーからリールが儀式舞踊の稽古をするのを見ていました——足を踏み鳴らし、頭を動かし、手を繊細に揺らして。そうしてある晩、リールがその日最後のクラスの生徒たちを帰したあと、わたしは何か虫の知らせのようなものがして、その場に残りました。リールは衣装を脱ぎ捨て、シンプルな腰布《ドウティ》一枚になると、戸棚から竹の棒を取り出して床の上で跳んだり、くるくるまわったり、足を踏んばったりしました——古代からつづくケララ武術の防御と攻撃の型です。

「どうもわたしは武器に生まれついたのではなさそうだわ。だったらわたしは武器にならなくては」

リールは南インドの出身らしく、黒い肌をしていました。実は見かけよりずっと年をとっているのではないかという気が、いつもしました。それに別に証拠があるわけではないのですが、リールはきっとヒジュラ・マハールの一番古い住人で、みんながやって来るずっと前からここに住んでいたのではないかという気がします。実のところリールは遠い昔の宦官《ヒジュラ》で、リールが教える踊りの動きも、すばらしいけれども同時にカースト外の存在であるヒジュラが祭りや結婚式に欠かせなかった、いにしえの時代に属するものなのではないかという気さえするのです。

「武器だって？　自分に近づこうとする者すべてを断って斬って斬りつくしたら、自分をも斬ることになる。何かになるなら、武器などよりもっとましなものがいくらもあるだろうに」

わたしは毎日毎日リールに懇願しつづけました。そうしてある晩、ゴヴィンダ寺院の大祭のお香の煙とスモッグが重く垂れこめた晩、わたしが窓のところに座ってライトホークをかけてチャット・チャンネルをサーフしていると、リールがやってきて言ったのです。

「さて。棒術だ」

最初のレッスンの日、わたしはアディダスのバギーパンツにストレッチ素材のスポーツシャツを着て裸足で練習場の床に立ち、手に持った棒の重みに慣れようとしていました。だから、リールがわたしの耳にライトホークをかけたのには驚きました。わたしはてっきり、師匠が練習の相手をしてくれるものだと思っていたのです。

「何をうぬぼれている。わたしはおまえに人を殺す方法を教えようというのだよ。ただの一撃で。ヴァーチャルなイメージを相手に練習するほうがずっと安全だ。わたしの敵はここにいるおまえのアヴァター」リールは指先で額を軽く叩いて言いました。「そしておまえは、わたしのアヴァターと戦う。別にわたしでなくて、ほかの者の姿でもかまわないが」

その冬じゅう、わたしは踊りと儀礼も含めたシランバムを習いました——跳躍のしかた、タイミング、棒の振るいかた、突きのやりかた。するどい一撃、掛け声。わたしはケララの戦いの賛歌を叫びながら、練習場の床を突き進みました。そのあいだも手にした棒は目にもとまらぬ突き、受け、必殺の打撃を次々に繰り出します。

「重い。重いぞ。重力に捕らえられてはならぬ、おまえは飛ぶのだ。美こそすべてだ。わかるか？」そう言ってリールは自分の棒を床に突いて跳びあがりました。まるでリールのまわりだけ、時が止まったかのようでした。師匠はまるで息のように、ずっと空中に留まっているかに見えました。やっとわたしにもリールのことが、このヒジュラの家に住むヌートたちのことが、わかり始めてきました。美こそすべてなのです。男でも女でもない美——何か別なもの、第三の美。

厳しく乾いた冬が終わりを告げると同時に、わたしのレッスンも終わりました。わたしがいつものアディダスのスポーツウエアを着て練習場に行くと、リールは踊りの衣装を着けていました。足首につけた鈴がチリチリ鳴ります。棒は鍵をかけてしまいこまれていました。

「こんなのずるいわ」

「おまえは棒で戦えるようになったし、一撃で人を殺すこともできる。これ以上、何が必要だというのだ？　その、おまえの言う武器とやらになるために」

「けど、武術の達人になるためには何年もかかるのでしょう？」

「おまえが達人になる必要はない。だからもう今日でレッスンは終わりにしたのだ。おまえはもう充分、学んだはずだ。自分のやろうとしていることが、まったくの無駄だということを理解できる程度にはな。近づくことさえできれば、跳躍さえしっかり覚えていれば、おまえはサリム・アザドを殺すことができるだろう。だがおまえはそのあとすぐにアザドの兵士たちに切り刻まれてしまう。現実を直視するのだ、パドミニ・ジヨドラ。戦いはもう終わった。やつらが勝ったのだ」

　毎朝、太陽が小さなバルコニーの床にたくさんの小鳥の形の光のプールを作るころ、ジャンダはキンマを入れたコーヒーを飲みます。飲みながら眠たげに指を一本あげて、頭の中にある新聞のページをめくります。インドの端から端まで、クッチ湿地（インド西部のインダス河口周辺）からベンガルのスンダルバン（インド東部にあるマングローブの大群生地）まで、ありとあらゆるところの新聞を読むのです。

「だって考えてもごらんなさいな、ダーリン、読みもしないでけなすわけにはいかないでしょう？」

　毎日午後になると、ジャンダは紅茶のリキュール《ティフィン》をなめながら、スキャンダラスなゴシップ・コラムを書きます——だれがだれとどこで何をしていたか、それはなぜか、何度くらい／どれくらい、善良な市民はそれについてどんな意見を持つべきか。ジャンダは取材なんてしません。事実は創作の邪魔になるだけだからです。

「みんなこういうのが大好きなのよ、かわいい娘《スイーティー》。興奮して弁護士のところへとんで行く言いわけになるんですもの。こんなに感情を動かされたのは何年ぶりかしら、って人もいるくらい」

　最初わたしは小さなサルのようなジャンダ、いつもたっぷりのコール墨で化粧した目で何かを見たり、チェックしたり、分析したりしているジャンダ、辛辣《しんらつ》なコラムのネタにするためにだれかの弱みを探しているジャンダのことをこわいと思っていました。ですがやがてわたしにも、ジャンダの記事を切ったり貼ったりつないだりする作業のなかで生まれる力、あっちのうわさ話、こっちのささやき、むこうの疑惑を総合して、世界の像を描きだす力がわかるようになりました。同時にそれが武器として使えることもわかり始めました。知識は力なのです。季節が乾いた冬から水不足の春へと移り、新聞に〝**モンスーンは、いつ？**〟とか〝**ラージプターナ、干あがる**〟といった見出しが躍るころ、わたしはジャンダの手助けを得てサリム・アザドと彼の会社に関する情報を集めだしました。経済面のセンセーショナルな見出しに惑わされずに読み進めると、しだいにその陰に隠れたこの男の素顔が見えてきます。〝**アザド、ライバルの死体を略奪**〟〝**サリム・アザド、王朝の再建者**〟〝**アザド水資源、五大河川プロジェクト参入**〟社会面には、結婚式やパーティーや映画や舞台の初日でのこの男の姿があります。ネパールでスキーをし、ニューヨークでショッピングを楽しみ、パリでレースに興じるその姿を、わたしは見ることができました。株式市場情報では、契約が成立したり、新たな投資計画が発表されたり、企業買収のニュースが流れたりするたびにアザド水資源の株価が上昇するのがわかりました。サリム・アザドはどんな音楽が好きか、どのレストラン、仕立て屋、デザイナー、映画スター、スポーツカーがお気に入りか、わたしはみんな調べました。彼の靴を縫ったのがだれか、彼のナイトテーブルに載っている小説を書いたのはだれか、彼の頭をマッサージし、背中に灸を据えるのはだれか、個人用のティルトジェットを操縦するのはだれか、ボディガードのロボットをプログラムするのはだれか、わたしはみんな名前をあげることができます。

とあるスモッグが深い、息苦しい夕べ、ジャンダはわたしが仕事をするあいだ食べるようにと出してくれた砂糖菓子の大皿《ターリ》をかたづけてくれていました。（〝ダーリン、食べなさい。食べて、動くのよ〟）わたしはジャンダの腕の内側に二列に並んだ淡く光る突起の連なりに目を留めました。そういえば、ヘールの腕にも同じものがありました。これがあるのが、性器がないことや骨が華奢であること、指が長いことや頭に毛が生えていないことと同様に、ヌートの欠くことのできない特徴であることはずっと以前から知っていました。たそがれ時のほのかな光に照らされたそれを見てわたしが驚いたのは、それがいったい何のためのものなのか、一度もたずねたことがなかったのに思いあたったからです。

「何のためって？　かわいい子」ジャンダはやわらかな手のひらを打ち合わせました。「愛のため。愛を交わすためよ。そうでなけりゃ、こんな醜い、汚い鳥肌が立ったみたいなもの、つけとくわけがないでしょ。突起のひとつひとつが、脳内でそれぞれ違った化学反応を惹起するの。わたしたちはたがいに相手の突起に触れ合うのよ、ダーリン。楽器を奏でるように、相手を奏でるの。わたしたちは……あなたたちには理解できない感覚を、感じとることができるの。どう呼べばいいのか、名前すらない感情、理解するには実際に経験するしかないもの。わたしたちは男でも女でもないものになるために、〝道を外れた〟のよ。ヌートになるために」

ジャンダは手首をあげて幅広の袖をはらい、わたしに腕を見せてくれました。二列に並んだ蚊の刺した跡のような突起が、黄色い光にはっきりと浮かびあがりました。わたしはかつてジョドラ宮殿で聞いた小型オルガン《ハーモニウム》の演奏を思い出しました。奏者は片手でふいごを動かしながら、別な手の指で鍵盤を押してゆきます。どんな調べも自由自在です。私は思わず身ぶるいしました。ジャンダはわたしの表情を見て、腕をさっと袖の中に引っこめました。そう、わたしの前に広げられた新聞紙の上にも、名前すらない感情、理解するには実際に経験するしかない感情がありました。わたしはサリム・アザドのことをだれよりもよく知っていると思っていました。けれども見開きページに大きく載っているのは、この男が真鍮の鋲を打ったジョドラ・マハールの門を押し開こうとしている写真だったのです。わたしのかつての住まい、わたしの家族がこの男の家族の手にかかって全滅した、ジョドラ宮殿。でかでかと印刷された見出しには、こうありました――〝**アザド、過去と決別、ライバルの宮殿を買収**〟。その下には、執務室《ディワーン》の柱の間に立ち、まぶしい日射しをさえぎるように片手をあげたサリム・アザドの姿。そのうしろでは、この男の部下たちが小塔や胸壁にのぼり、黄色い夏空を背にして、ジョドラ家の燃えるように赤い鳥人の爪を揚げていました。

クリシュナ神の妻であるラーダー女神の扮装とメークに身を包んだわたしは、華やかに彩られた象の背に乗ってジャイプールのピンク色の通りを進みました。前を行くのは楽団で、歩きながら音楽を奏でています。クラリネットやホルンの音が、ビルに当たって反響します。リールともう一人、赤い服を来た男のダンサーが、楽師たちのあいだを縫って踊ります。剣がひらめき、打ち合って音をたて、スカートがひらひらと回転し、手足につけた鈴が鳴ります。うしろにはさらに二十頭の象がつづきます。象の額は春祭り《ホーリー》の色である赤と黄色と緑に塗り分けられ、背には吹流し《ペナント》や金色の傘で飾りたてられた天蓋《ハウダー》つきの輿が載せられています。上空には無人機が、クリシュナとラーダーの聖なるカップルとその恵みを描いた、巨大な、しかしクモの糸のように軽い旗を広げて飛んでいます。赤い服を着た若者や子供たちは煙をたてる線香で空中に真紅の模様を描き、色つきの粉を群集に投げかけます。〝ホーリー、ハイ！　ホーリー、ハイ！〟金色に塗りたてられた輿のわたしの隣にゆったりと座ったスレイラが、群集にむかって手に持った笛を振ります。ジャイプール全体が果てしない音のトンネルと化したようです――人々の歓声、祝祭を祝う言葉、ファトファトのクラクション。

「ねえ、あなたはちょっと外へ出たほうがいいって言ったでしょ、かわいい人《チョ・チウイート》？」

ヒジュラ・マハールで過ごしているとまるで日付の感覚がなくなってしまいます。一度も外へ出ないうちに、いつの間にかわたしが館に来てから一年が経っていました。プロデューサーにして道化師、パーティー・プランナーのスレイラがスキップしながらわたしの部屋に入ってきたのは、ちょうどそのころでした。スレイラは手に持った笛でわたしを指すと、言いました。

「ダーリン、わたしの妻はあなたに決定よ」それでわたしはやっと、もうホーリー、象の祭りの時期なのだと気づいたのです。わたしはいつだって、祭りのなかでも一等明るくてクレイジーなホーリーが大好きでした。

「けど、もしだれかがわたしを見て……」

「お嬢さん《ババ》、どうせ全身上から下まで真っ青に塗っちゃうんだから。それに、結婚式のその日に神の花嫁に手を触れようなんてやからは、いないわよ」

そういうわけで頭の天辺からつま先まで真っ青に塗られたわたしは、スレイラのかたわらで、金糸で縫い取りしたクッションにもたれていたのです。スレイラはこの祭りのために六カ月もかけて準備してきました。こちらも全身真っ青で、男だか女だかヌートだか、そもそも人間なのかどうかもわからないようすです。

　街は人であふれていました。通りは息が詰まるほど暑くて、炭化水素の臭いがぷんぷんしました。象ですら、スモッグよけのゴーグルを着けていたほどです。わたしは何もかもが楽しくてなりませんでした。わたしはヒジュラ・マハールから解き放たれたのです。

　クリシュナに扮したスレイラが青く塗った手をさっと振ると、象の頭蓋骨に埋めこまれたチップが反応して、象は踊りながら進む楽団と剣を振りまわして跳びはねるダンサーらにつづいて左へ曲がり、旧市街の入り口のアーチをくぐりました。群集はアーケードから道にあふれ、十重二十重《とえはたえ》に道路わきに並んでいます。どのバルコニーも、人でいっぱいです。女や子供たちがわたしたちの頭の上から色つきの粉を投げかけてきます。前方に天蓋のついた壇が見えてきました。楽団はもう行進を終えて位置についています。リールと相方のダンサーは、派手な立ち回りを演じています。

「あそこにいるのは、だれ？」わたしははっと気づきました。

「きわめて重要な賓客ですよ」スレイラは言って、群集の歓呼の声に応えました。「とても裕福で影響力のある男性です」

「だれなの、スレイラ？」わたしは重ねてたずねました。ジャイプールのうだるような暑さのただ中で、急に寒気がしました。「いったいだれなの？」

　ですがダンサーも楽団ももう位置について、とうとうわたしたちの乗った象が壇の前の位置につく番がきました。スレイラがクリシュナ神の笛で軽く叩くと、象はくるりと回って壇のほうを向き、お辞儀をするように膝を曲げました。ラージプートの衣装をつけ、炎のように真っ赤なターバンを巻いた背の高い若い男が、顔を輝かせて立ちあがり、拍手しました。

わたしはその男の靴のサイズから星座まで、何でも知っていました。わたしはその男のスーツを縫った仕立て屋も、ターバンを巻いた召使も、みんな知っていました。わたしはその男の何もかもを知っていました——その男が今日、ここにホーリーの行列を見物に来ることのほかは。わたしはいっきに飛びかかろうと身構えました。ただの一撃——武器などクリシュナ神の笛で充分です。ですがわたしは動けませんでした。もっと信じられないものを見てしまったからです。サリム・アザドのうしろで身を前に屈めて、主人の耳に口を近づけて何かささやいているのは、偏光レンズのうしろに黒曜石のように黒い目を隠したヘールだったのです。

サリム・アザドは喜んでまた手を叩きました。

「うん、うん、これだ、これで決まりだ！　彼女を連れて来たまえ。ぼくの宮殿へ」

こうしてわたしはヒジュラの宮殿から、今ではアザドのものとなったジョドラ宮殿へと帰ってきました。車は高い塔の下にある真鍮の門をくぐって館に入りました——遠い昔のあの夜、鋼のサルに導かれてのぼり、生まれて初めてジャイプールの街を見おろした、あの塔です。大きな中庭を横切って、ディワーンへと向かいます。かつてわたしの父が座り、水の帝国を統べていたディワーンの席の両側には、今も聖なるガンジス川の水を満たした、一対の巨大な銀の水差しが置かれていました。壁に刻まれた神々と警備用の鋼のサルたちが見守るなか、わたしは車から引きずり出され、アザド家の警備の者《ジャワン》たちに担がれて、叫び声をあげ、手足をふり回して抵抗しながら女性専用区画《ゼナナ》への階段を上りました。「兄はあそこに倒れていたのよ、母はそこで、父はむこうで死んだわ」わたしは一年前、自分が走って逃げたのと同じ廊下を引きずられていきながら、叫びました。大理石の床は染みひとつなく磨きあげられていました。どこに血だまりがあったのか、もう思い出すこともできません。ゼナナの入り口では、女官たちがわたしを待っていました。男は中に入ることができないからです。ですがわたしはリールに教えられたあらゆる技を駆使して女官たちを蹴り、拳をふり回しました。女官たちは悲鳴をあげて逃げていきましたが、わたしが銃を突きつけられて動けずにいるあいだに、代わりの家事用ロボットが連れてこられただけでした。わたしがいくら蹴ろうと殴ろうと、繊維状ダイヤモンドでできたロボットの表面には傷ひとつつけることができませんでした。

夕方、わたしは〝会話の間〟へ連れて行かれました。細かい透かし彫りのある石の目隠し《ジャーリ》が古くて美しい部屋の真ん中にあって、部屋を二つに分けています。ゼナナの女たちはここでジャーリごしに男たちと話をするのです。サリム・アザドは、多くの人が歩いたせいでつるつるに磨かれた床の大理石を踏んで入ってきました。伝統的なラージプートの衣装を身につけています。とてもバカげて見えました。うしろにはヘールが控えていました。サリム・アザドは五分ばかりジャーリのむこうを行ったり来たりして、わたしを観察しました。わたしはジャーリに身を押しつけて、思いきりじろじろ見かえしてやりました。

とうとうアザドが口を開きました。「必要なものは何でもそろっているだろうか？　何かいるものがあったら教えてほしい」

「大皿《ターリ》に載せたあなたの心臓」わたしは叫びました。

サリム・アザドは一歩後退しました。

「申しわけないが、それはご希望に添えないな……けれども、わかってほしい。きみは囚人ではない。残ったのは、われわれ二人だけしかいない。人が死ぬのはもうたくさんだ。この争いに終止符を打つただひとつの方法は、二つの家をひとつにすることだとぼくは思う。だが、きみに無理強いしようとは思わない。それは……礼儀に反する。それじゃ意味がない。ぼくはきみにお願いする。答えるのはきみだ」サリム・アザドはジャーリに近づきましたが、わたしのシランバムのパンチが届かないだけの距離は保ちました。「パドミニ・ジョドラ、ぼくと結婚してくれませんか?」

あまりにバカげた質問でした。それこそ考えられないほどまぬけな、あつかましい質問だったので、「イエス」という返事が喉元まで出かかったほどでした。わたしはその返事を飲みこみ、頭をそらして、相手のほうへ思いっきりつばを吐きかけました。つばはジャーリに当たって、彫刻された砂岩の表面を流れおちました。

「あなたにふさわしいのは死しかないわ、この人殺し」

「それでも、ぼくは毎日きみにたずねるだろう。きみがイエスと言うまで」サリム・アザドはそう言うと、長衣をひるがえして歩み去りました。相変わらず両手を袖の中で組み、黒い小石のような眼をしたヘールも、あとにつづきました。

「それから、ヒジュラ」わたしは相手をひき裂こうとするかのような手をジャーリのすき間から突き出して、叫びました。「あなたにも死を、裏切り者」

その夜、わたしはいっそ絶食して死のうかと考えました。イギリスの支配からインドを自由にするべく戦った、偉大な指導者、ガンジーにならおうとしたのです。大英帝国ですら、弱々しい一人の老人、やせ細った、飢え死にしかけの男に道を譲ったのです。わたしはのどに指を突っこんで、その晩、無理して食べたわずかばかりの食べ物を吐きだしました。けれどもそのあとで、飢え死にしたわたしでは武器にならないと気がつきました。アザド家は何事もなかったかのように未来へ向けて進んでいくでしょう。ゼナナに閉じこめられて最初の幾日かの暗黒の日々を、わたしが狂気にも陥らずに生きのびられたのは、父の言葉のおかげでした――〝おまえは武器なのだ〟という父の言葉。必要なのは、自分がどんな武器なのかを知ることです。

　夜のあいだに小さな掃除用ロボットが来て、わたしが吐いたものをかたづけていきました。

　サリム・アザドの言ったとおりでした。毎日、傾いた太陽がジャイプールを見おろす丘の上にそびえるナハルガル砦《フォート》の胸壁にかかるころ、サリム・アザドは〝会話の間〟にやってきます。そしてわたしにアザド家の歴史について話すのです――さかのぼること二十世代の昔、中央アジアからやって来て風のようにヒンドスタン平野を席捲し、並ぶもののない富と雅《みやび》と美を誇る大帝国を打ちたてたこと。彼らは戦士でもなければ支配者でもありませんでした。職人や詩人、みごとなできばえの細密画や宝石を並べたようなウルドゥ語の詩（ウルドゥ語は詩人のための言葉です）を作る人々だったのです。偉大なムガール人が砦や宮殿を築き、血なまぐさい内戦に明け暮れるあいだに、彼らは宮廷画家や詩人から王たちの助言役となり、ついで宰《ワズ》相《イール》や家令《キッドムートガー》になりました。ムガール帝国だけではありません。支配者がラージプートに変わろうとマラータ帝国に変わろうと、のちには東インド会社やイギリス領インド帝国になろうとも、彼らの役目は変わりませんでした。サリム・アザドは傑出した祖先たちの偉業について、話しました――ライバル同士の父王と息子の軍のあいだに馬で割って入って、パンジャーブを救ったアスラムのこと。ハイデラバードに住むイギリス人とハイデラバードの藩王《ニザーム》の娘とのあいだの恋文を運んで、三つの王国を滅ぼしかけたファルハンのこと。ガンジーとともにインドのためにイギリスと戦ったシャー・フセインはパキスタンの分離独立を持ちかけたジンナーにノーと言ったが、結局、独立直後の民族抗争の中で家族のほとんどを殺されたこと。それから、自分の祖父にあたる大サリムのこと――大サリムは初めてモンスーンが吹かず、雨季が来なかったあの最悪の年、二〇〇八年にジャイプールにやって来て、村落単位での水の再生利用システムを構築しました。これが今あるアザド家の水資源帝国の礎となり、アザド王朝の基盤となったのです。強い男たちが生きた、困難の時代の、わくわくするような物語。そうして毎晩、太陽がナハルガルフォートのむこうへ沈むと、サリム・アザドはこうたずねます。「ぼくと結婚してくれませんか?」毎晩、わたしは何も言わずに顔を背けました。ですが毎晩、先祖の物語を語ることで、サリム・アザドは少しずつわたしの沈黙の砦を崩していったのです。彼が語る人々は生き生きとして、活力に満ちていました――わたしの先祖たちと同じように。ですがジョドラ家の物語もアザド家の物語も、もうおしまいです。残ったのはわたしたち二人だけなのですから。

　わたしはヒジュラ・マハールにいるジャンダと連絡をとろうとしました。頼りになる姉/兄に助言となぐさめを求め、ヘールがなぜわたしを裏切ったのかたずねるためでした。ですが実は何より、衛星放送とサリム・アザド以外の人間が話す声を聞きたかったのです。ですが電話は通じませんでした。聞こえてくるのは雑音だけ――あの男は、わたしの部屋を電波妨害フィールドで封鎖していたのです。わたしは使いものにならないパーマーを壁に投げつけ、宝石をちりばめた室内履きのかかとで踏みにじりました。このまま、今までとまったく同じ晩が無限につづいていくのです。サリム・アザドは自分が望む答えを得られるまで、毎晩やって来るでしょう。あの男にはいくらでも時間があるのです。あの男はわたしに正気を失わせて、結婚を承諾させようというのでしょうか?

　〝あの男と結婚すること〟――今度は以前のように、考えるのも汚らわしい、とその考えを頭から追いはらうことはしませんでした。わたしはその考えをじっくりとさまざまな角度から検討してみました。それがどのような意味を持つのか、または持ちうるのか、熟考しました。あの男と結婚すること。うまくすれば、それでわたしはこの大理石の檻から出られるかもしれないのです。

　真昼の暑い最中《さなか》、ゆったりとした長衣を何枚も重ね着した人影がゼナナへとつづくひんやりした廊下を早足でこちらへむかっていました。ヘールです。わたしが呼んだのです。ヌートは男ではないので、ラージプート時代の宦官と同様にゼナナにも入ることができます。ヘールはリールがわたしに教えた技などこわがりませんでした。何が来るかわかっているからです。ヘールは合掌《ナマステ》して挨拶しました。

「なぜわたしをこんな目にあわせたの?」

「お嬢さま《メムサーブ》、わたしは今までも、そしてこれからもジョドラ家の忠実な僕《しもべ》でございます」

「おまえはわたしを敵の手に引き渡したわ」

「わたしはあなたを敵の手からお救いしたのです、パドミニさま。うまくいけば、このバカげた、意味のない、血まみれの復讐劇に終止符を打てるだけではありません。サリム・アザドはあなたをパートナーとして迎えるというのです。パドミニさま、わたしの言うことをお聞きください――あなたは単なる妻以上のものになるのです。アザド＝ジョドラ。インド全土がこの名を知ることでしょう」

「ジョドラ＝アザドよ」

　ヘールはバラの蕾のような唇をすぼめました。

「ああ、パドミニさま、まったくいつもプライドが高くていらっしゃる」

　ヘールはわたしが下がってよいと言うのを待たずに退出しました。

　その晩、黄昏《たそがれ》があたりを青く染める魔法の時間に、また、サリム・アザドがやって来ました。透かし彫りのある目隠し《ジャーリ》のむこうに立った影が、口を開こうとします。わたしは人差し指を自分の唇に当てました。

「しーっ。しゃべらないで。今度はわたしがあなたに物語をする番です。わたしの物語、ジョドラ家の物語を」

そうしてわたしは語り始めました。古い昔のイスラム教徒のおとぎ話のように、百一夜をかけて。積み重ねたクッションに座り、ジャーリに寄りかかって、ラージプートの正装に身を包んだサリム・アザドにささやくように語りかけました。クシャトリヤの騎兵が全速力で突撃するさま、一千門の大砲をそろえて巨大な砦を囲む攻城戦のようす、みごとな口ひげを蓄えたハンサムな王子が変装した姫君を連れ、大胆にも籠に隠れて胸壁を越えて脱走しようとしたこと、チェスの駒をひとつ落としたことが原因でいくつもの公国が失われた話、サンドハースト（英国王立陸軍士官学校のこと）で教育を受けた、イギリス人よりもイギリス人らしいインド人の騎兵士官のこと、カシミールの分離独立主義者に対する空軍と騎兵部隊の共同強襲作戦や、テロリストに対する大胆な攻撃について。盛大なポロの試合や、百頭の象が行進し、ジャイプールの空一面にジョドラ家の鳥人の凧が舞う、豪華な宴会《ダーバー》のありさま――そう、ジャイプールの街は千年もの長いあいだ、ジョドラ家のものだったのです。百夜のあいだ、わたしはヒジュラ・マハールのヌートたちに教えこまれた魔法を使ってサリム・アザドを虜《とりこ》にしました。そして迎えた百一夜目、わたしは言いました。「あなたはひとつ、忘れていらっしゃるわ」

「何だろう？」

「わたしに、結婚してくれないかって聞くことよ」

サリム・アザドはちょっと驚いたようでしたが、すぐ、信じられないというふうに首を振って、笑みを浮かべました。みごとな歯並びがのぞきました。

「そうだな、ぼくと結婚してくれませんか？」

「イエス」わたしは答えました。「いいわ」

式は三週間後に執り行なわれることに決まりました。スルが二つの王朝の合一にもっともふさわしい日取りを占ってくれたのです。式典の演出はスレイラの担当です——最初にイスラム式、ついでヒンドゥー式の式を挙げます。ジャンダはセレブの情報に詳しいことを買われて、アザド家とジョドラ家の統一を祝う式に全インドの有名人を招待する役目を任されました。〝この結婚式こそ十年に一度の大イベント〟ジャンダは自分のゴシップ・コラムで書きたてました。〝絶対、出席しなきゃダメ。来なかった人はこのコラムで思いきりこき下ろしてあげる〟国中の重要人物が、式に出るためにスケジュールを調整しました。AIのスター俳優たちは、アヴァターを出席させるべく準備しました。よんどころない用で国外にでかけている生身のセレブたちも、アヴァターを調達しました。ゼナナの小ベランダ《ジャローカー》の目隠しのうしろから、わたしはサリム・アザドが部下やメカを指示して大きな中庭を飾りつけるのを見ていました——建築家はこっちへ、布製品のデザイナーはあっち、花火師はむこうのほうへ。東屋やテントが建てられ、何列もの座席がしつらえられました。絨毯が敷かれ、砂の上に美しい模様が描かれました——行列する象の足に踏みしだかれて、消えてゆく運命なのに。腐肉を漁る黒いトンビに混じって、保安ロボットが宮殿の上空を旋回し、無人カメラがコウモリのように中庭を飛びまわって、最適のアングルを探ります。わたしが見ていることに気づいたサリムが、こちらを見あげてほほ笑み、小さく左手を振って挨拶します。わたしは急に恥ずかしくなって、若い花嫁らしく目をそらします。伝統に忠実な、ラージプート風の結婚式にするつもりでした。わたしが顔を隠したヴェール《パーダー》を上げるのは、夫に顔を見せるときだけです。式までの三週間、ゼナナはわたしにとってもはや大理石の檻ではなく、これから生まれ出《い》でようとするわたしを包む卵でした。生まれ出でて何になるのか？　権力と想像を絶する富をつかみ、かつて自分の敵であった男の妻となるのです。自分があの男を愛しているのかどうか、わたしにはまだわかりませんでした。あの男の家族がわたしの家族を滅ぼした大理石の床に、まだ亡霊の影が見える日もありました。サリム・アザドはまだ毎晩わたしのところへ来ては、わたしには理解できないウルドゥ語の詩を読み聞かせます。わたしはほほ笑んだり、声をあげて笑ったりしますが、いまだに自分が感じているのが愛なのか、それとも自由になりたいという絶望的なまでに強い思いなのかわかりません。結婚式の日の朝になっても、わたしはまだわからずにいました。

　夜明けに女たちがやって来て、わたしに黄色い結婚式の衣装を着せ、髪を結って顔にメークをほどこし、黄色いターメリックのペーストを塗りました。それから宝石やネックレス、指輪や腕輪で飾り立てました。フランス製の高価な香水を惜しげもなくふりかけ、幸運のお守りを渡し、さまざまな助言をしてくれました。それから真鍮の鋲を打ったゼナナの扉を開くと、宮殿の護衛ロボットとともにわたしに従って廊下を通りぬけ、階段をおりて中庭へと向かいました。リールが踊りながらトンボを切ってわたしを先導しました——幸運な結婚をしたいなら、式には中性人《ヒジュラ》が欠かせないのです。

　インドじゅうの人が招待され、全員が式に参列しました——生身かアヴァターかの違いはありましたが。参列者が席を立って拍手します。カバー付きプロペラ推進器をそなえた無人カメラが、何かをみつけてズームします。わたしの家族、ヒジュラ・マハールのヌートたちが、列の端のほうに座っていました。

「もうすでに完璧なんだから、このうえ手の加えようがないでしょう？」整形外科医のダヒンの声がします。わたしは裸足でバラの花びらを踏んで式壇へと進みます。

「窓、それから結婚式！」スルが言います。「それに、神かけて、これから何十年かたてば、きっとりっぱな賢い寡婦になっていることでしょう」

「どれだけりっぱなセッティングを用意したって、中心に飾る宝石がすてきでなくちゃね」パーティーをプロデュースしたスレイラが、ピンクの花びらを宙に投げあげながら叫びます。

　わたしは日よけの下で付添い人を待っていました。中庭のむこう側、男性用区画のほうから、サリムの付添い人がこちらへやって来るのが見えます。そのうしろからは純白の馬にまたがった花婿が、蹄でバラの花びらを蹴立てて進んできます。招待客のあいだから、低い感嘆の声がわきあがりました。拍手の音が一段と高くなります。イスラム教の聖職者《マウラウィ》がサリムを壇上に迎えます。無人カメラがいいアングルを求めて殺到します。どの胸壁にも壁面の彫刻にも、一面にサルが取りついています。生身のサルもメカのサルも、一心に式典を見ています。マウラウィがこのうえなく厳粛な声で、わたしにたずねます——あなたはサリム・アザドの花嫁となることを望みますか。

「イエス」わたしは最初にサリムの求婚を受けいれた夜と同じように、答えました。「はい、望みます」

　師はサリムにも同じようにたずね、それからイスラムの聖典コーランの一節を読みあげました。わたしたち二人はそれぞれの付添い人を証人として、契約を交わしました。マウラウィが砂糖菓子を載せた銀の大皿を差し出します。サリムは菓子をひとつ取ると、薄いヴェールを持ちあげて、わたしの舌のうえにそれを置きました。それからマウラウィは二人の指に指輪をはめ、これで二人は夫婦となった、と宣言しました。こうして、争いつづけた二つの家はひとつになりました。客はいっせいに席を立って歓声をあげ、お祝いのクラッカーと花火の音がジャイプールの街じゅうに響きわたりました。街じゅうの車やファトファトが、クラクションを鳴らして応えます。街に平和が訪れたのです。わたしたち二人は、祝宴の場となる冷房の効いた細長いテントに向かいました。わたしはサリムのうしろを歩くヘールの視線を捉えようとしました。ヘールはいつものように両手を長衣の袖の中で組み、頭を真っすぐ前に向けて、口を引き結んでいます。まるで枝にとまったハゲタカのようです。

　わたしたちは長い長いテーブルの端に金のクッションを積んでしつらえられた席に、二人並んで腰をおろしました。そうそうたる顔ぶれの招待客がそれぞれの席に着き、イタリア製の靴を脱いで脚を組み、高価なデリー製のゆったりした長衣《フロック》をたくしあげます。そこへウエイターたちが大皿に盛った祝宴の料理を次々と運んできました。ディワーンを見おろすバルコニーに陣取った楽師たちが演奏を始めます——ジャイプールの街そのものよりも古いラージプートの調べです。わたしは喜んで手を叩きました。子供のころから慣れ親しんだ調べだったからです。サリムがゆったりと長枕に寄りかかります。

「ほら、ごらん」

　サリムが指さしたほうを見ると、男たちが太陽と鳥人のジョドラ家の凧を揚げようとしていました。中庭の気まぐれな風に翻弄されて、凧は揚がると思うと落ちかけてふらふらしていましたが、やがて一陣の強風に乗って青空高く舞いあがりました。招待客のあいだから、再び嘆声があがりました。

「きみはぼくを世界一幸せな男にしてくれた」サリムが言いました。

　わたしはヴェールを持ちあげ、顔を寄せて、サリムの唇にキスしました。長い長いテーブルについた招待客全員の目が、わたしたちに集まりました。だれもがほほ笑んでいました。拍手する人もいました。

　サリムは大きく目を見開きました。突然、目から涙があふれました。サリムは手をあげて涙をぬぐいましたが、その手をおろしたときには両の瞼は水ぶくれができて膨れあがり、腫れあがって目を開けることもできなくなっていました。何か言おうとしましたが、唇も膨れあがってひび割れ、血と膿が滴っています。それでもサリムは立ちあがって、わたしから離れようとしました。もはや目も見えず、話すこともできず、息をすることすらできないようでした。サリムの両手が、金糸で刺繍した正装用《シェルワニ》の長衣の襟のところで震えています。

「サリム!」わたしは叫びました。一番に立ちあがったのはリールでした。招待客のなかにいた医師たちも、次々と席を立ちました。サリムの唇から細く高いすすり泣きのような音が漏れました。腫れあがったのどでは、それが精一杯だったのでしょう。そのままサリムはテーブルに倒れ伏しました。

テントは大混乱に陥りました——悲鳴をあげる賓客たち、パーマーにむかって怒鳴る医者、あたり一帯を封鎖する保安要員。結婚式の衣装と宝石とメークで飾りたてられたわたしは、まるで蝶のように無力で、何もできずにその場に立ちつくしていました。医師たちがサリムを取り囲みます。サリムの顔は割れたメロンのように、赤い肉の塊と化していました。わたしは手を振って、うるさくレンズを向けてくる無人カメラを追いはらいました。わたしにできることはそれくらいでした。気がつくと、わたしはリールやほかのヌートたちに中庭のほうへ連れ出されていました。中庭にはティルトジェットが着陸しようとしています。エンジンがバラの花びらを巻きあげて、まるで香り高い吹雪のようでした。救急救命士がサリムを車輪つきの担架に載せて、テントから運び出しています。顔は酸素吸入器で見えません。腕には点滴の針が刺さっています。日光にきらめくアーマーをつけたガードマンたちが、セレブも賓客もおかまいなしに押しのけて、道をあけています。サリムがティルトジェットに載せられます。わたしは押さえつけるリールに抗って駆けだそうとしましたが、リールは不思議に強い力でわたしを離そうとしませんでした。

「離して、わたしを行かせて、あれはわたしの夫なのよ……」

「パドミニ、パドミニ、あなたにできることはもう何もありません」

「どういうことなの?」

「パドミニ、彼は死んだのです。あなたの夫、サリムは死んだのです」

わたしはわけがわかりませんでした。まるで、月は空に浮かぶ大きなネズミだ、と言われたも同然です。

「アナフィラキシー・ショックです。どういう意味か、わかりますか?」

「死んだ?」わたしはぽつんとつぶやきました。それからみんなの手をふり切り、中庭のむこうで離陸しようと出力をあげているティルトジェットにむかって駆けだしました。わたしを止めようとガードマンたちが駆け寄りましたが、最初にわたしを捕まえたのはリールでした。腕に鎮静剤の入った注射器が当てられるのがわかりました。すぐに精神安定剤が効いてきて、何もかもがやわらかくぼやけていきました。


それから三週間後、わたしはヘールを呼びました。最初の一週間は、保安ロボットの見張りつきで鍵のかかったゼナナに閉じこめられていました。外では弁護士たちが、ああでもないこうでもないと議論していました。わたしはほとんどの時間、事件のショックと深い悲しみで正気を失っていました。たった一度のキス。結婚したとたんに寡婦になるなんて。リールがわたしの世話をしてくれました。弁護士や判事たちは一週間かかって、やっと法的な結論にたどり着きました——わたしはアザド＝ジョドラ水資源会社の唯一の正当な相続人となったのです。次の一週間、わたしは自分が受け継いだものに慣れようとしました――ラージプターナ最大の水資源企業、インド全土でも三本の指に入る大企業です。契約書にサインしなくてはならないし、管理職や重役に会わなくてはならないし、取引をまとめなくてはなりません。そうして三週間目、わたしは手を振って会社の仕事を追いはらいました。この一週間は自分のために使おうと決めたからです。自分が失ったものを理解するために――自分のやったこと、どのようにしてやったのか、それから自分はいったい何だったのかを理解するために。そうしてやっと、わたしはヘールと話すことができるようになったのです。

わたしは今も二つの巨大な銀の水差しが置かれたディワーンにヘールを呼びだしました。伝統を守るのに熱心だったサリムは、いつも水差しを聖なるガンジス川の水で満たしていました。屋根の上ではサル型の防御ロボットがあたりを見張っています。わたしのサル。わたしのディワーン。わたしの宮殿。そして今では、わたしの会社。ヘールは例によって袖の中で手を組んでいます。両の目は相変わらず黒いビー玉のようです。わたしは寡婦の色、白の服を着ていました――わずか十五歳にして、寡婦。

「いったいいつから計画していたの?」

「あなたがお生まれになる前からです。お母さまがあなたを身ごもられるよりまだ前から」

「わたしは最初からサリム・アザドと結婚することになっていたのね」

「はい」

「そして彼を殺すことに」

「そうするしかないようになっていたのです。あなたはそのようにデザインされたのですから」

〝けっして忘れるな〟父はそう言ったものです。ここ、このひんやりとした薄暗い列柱の間で。〝おまえは武器なのだ〟わたしの想像を絶するほど深い、微妙な意味合いで、ダヒンの医療機器ですら届かないほど身体の奥深くから。ＤＮＡのレベルから、わたしは武器だったのです――アザド家の者を即死させる激しいアレルギー反応をひき起こすように、受胎のときからデザイン、されていたのです。わたしの細胞のひとつひとつ、毛穴のひとつひとつ、髪の毛の一本一本、はがれて落ちる表皮の一片一片が、すべて小さな暗殺者だったのです。

わたしは自分が愛する人を、キスひとつで殺してしまったのです。

身体の奥から、深い深いため息が湧きあがってきました。わたしがけっして表に出すことのできないため息です。

「わたしはあなたを裏切り者と呼んだわ。あなたが、自分はずっとジョドラ家の忠実な僕《しもべ》だと言ったのに」

「わたしはかつても、今も、そしてこれからも、ずっとジョドラ家の忠実な僕です。神の御心のままに」ヘールは毛のない頭を軽くさげて会釈しました。そして言いました。「ヌートになるには、〝道を外れる〟には、多くのものを捨て去らなくてはなりません――自分の家族、将来的に子供を持てるという可能性……あなたはわたしの家族、わたしの子供です。あなたたちみんながそうでしたが、とりわけあなたは特別でした、パドミニお嬢さま。わたしは自分の家族に対する義務を果たしたのです。そして今、あなたは生き残って、自分が正当な権利を持つすべてを手に入れられた。お嬢さま、われわれの寿命は長くはありません。われわれの生は激しく、まぶしく燃えあがります。人生の密度が濃いのです。われわれは自分の身体に多くの手を加えました。だから普通より早く命が燃えつきてしまうのです。わたしは家族の安全が守られ、娘が勝利を得るのを見届けなくてはなりませんでした」

「ヘール……」

ヘールは片手をあげて顔を背けました。真っ黒な瞳の目尻に銀色に輝くものが見えたような気がしたのは、わたしの思いちがいでしょうか。
「どうぞお取りください。宮殿も、会社も、みなあなたのものです」

その夕方、わたしは部下やガードマンの目を盗んで、部屋を抜け出しました。大理石の階段をあがって、かつてわたしが女に、妻に、寡婦に、大企業のオーナーになる前に使っていた部屋のある長い廊下に出ました。入口の鍵は、親指を押しつけると開きました――扉を大きく開くと、部屋には埃に霞んだ金色の日の光があふれていました。ベッドはきちんと整えられ、蚊帳がていねいにくくってありました。部屋を横切って、バルコニーに出ました。きっとツタが茂りに茂ってジャングルのようになっているだろうと思っていました――ですが驚いたことに、わたしがこの部屋のベッドで眠っていたころから、まだほんの一年あまりしか経っていないのです。外をのぞくと、鋼のサルのあとを追って屋根にのぼったとき、どこに最初に手をかけ、どこに足をかけたか、ひとつひとつたどることができます。ですが今なら、もっと簡単な方法があります。廊下のむこうの端にあるドアは、以前は鍵がかかっていて開けることができませんでした。今は鍵を開けて階段をのぼって行けます。わたしが屋上に一歩踏みだすと、すかさず歩哨役のロボットたちがとんできました。首筋の毛を立てて、いつでも矢を投げられるよう、身構えています。わたしは印を結《ムドラーの》ぶように手を動かして、ロボットたちを持ち場に下がらせました。

ふたたび、わたしはドームや小塔のあいだを抜けて、宮殿のファサードの一番上にあるバルコニーにのぼりました。ふたたび、偉大なるジャイプールが足元に広がるのを見て、わたしは息を飲みました。ピンクの都は低くなった西日を受けて、燃えあがるように見えました。通りは今も、車やファトファトの騒音でいっぱいです。バザールからは熱した油と香辛料の臭いがします。入り組んだ通りと建物の中からヒジュラ・マハールのドームをみつけだすことも、今ならできます。ジャンタル・マンタルの日時計とハーフドームと控え壁が、バラバラにされた時計のようにたがいに黒い影を投げかけています。それからわたしは、ガラスでできた三日月刀のようなアザド社の本社ビルに目を向けました――今ではわたしの本社で、この古びて死の香りに満ちたラージプートの宮殿と同じく、わたしの宮殿でもあります。わたしは確かにアザド家を崩壊させました。ですがわたしが思い描いていたのとはまるで違った形で。わたしはサリムに謝りたいと思いました。毎晩毎晩、サリムがゼナナにいるわたしの元を訪れ、自分の家族がしたことを謝ったように。〝みんないつもわたしは武器だと言ったわ。わたしは自分が武器にならなくてはならないのだと思っていた――自分が最初から武器になるように作られていたなんて夢にも思わずに〟

一歩足を踏みだしさえすれば、あらゆることから逃れられます。簡単なことです。みんな終わりにすればいい――アザド家も、ジョドラ家も。ヘールから勝利を取りあげてやったら？　ですが指輪をはめたわたしの足の指は、屋根の縁をしっかりつかんでいました――わたしにはできない、してはならないのです。わたしは顔をあげました。ちょうど視界の端のあたり、赤く染まった地平線の底に、黒いラインが見えます。ついにモンスーンがやって来たのです。わたしの家族はわたしを特殊な武器にしました。ですがわたしのもうひとつの家族、やさしくてちょっぴりおかしくて哀しくて才能豊かなヌートの家族は、さまざまな方法で、わたしに別な種類の武器になることを教えてくれたのです。通りは乾ききっていますが、じきに雨がやってきます。わたしは貯水池と運河とポンプと配管を支配下に収めています。わたしこそが〝モンスーンの女《マハ》王《ラニ》〃です。まもなく、みながわたしを必要とするでしょう。わたしは大きく息を吸いこみました。雨の匂いがする気がしました。それからわたしは踵《きびす》を返して、両側に控えるロボットたちのあいだを通り、わたしの王国へと帰りました。

花嫁募集中

An Eligible Boy

下楠昌哉◎訳

　ロボットがジャスビールにくれたのは、デリーで一番真っ白な歯だった。正確かつ恐るべき過程に含まれていたのは、クロームめっきされた鋼鉄が回転し、研磨用の先端が金切り声をあげること。顔のところで得物が振りまわされるので、ジャスビールは大きく目を見開く。画期的な歯科工学の精霊。輝く人生！　コスメティク・デンタル・クリニック（清潔で、迅速で、モダンです）について読んだのは、〈婚活だ！　適齢期の男子諸君！〉で、だった。見開き二ページの広告で見たかぎりでは、こんな昆虫の大顎で口の中をつつかれるとは、思ってもみなかった。こんなことなら、正確で慎み深い女性の歯科助手（結婚している人だよ、もちろん）をお願いしておくんだった。口の中は屑と滓でいっぱいだったが、それでも適齢期の男子たるもの、恐れを見せてはいけない。でも、ロボットがやって来て、回転する鋼鉄がエナメルにあたったときには、やっぱり目を閉じてしまった。

　というわけで、デリーで一番真っ白の歯が、がたがたいうファトファトで、交通渋滞を抜けてゆくことになっているのである。街全体に向かって、自分が光り輝いているように感じる。真っ白な歯、漆黒の髪、傷ひとつない膚、完璧に処理されてなくなった眉。ジャスビールの爪は美しい。水資源省には、客員マニキュアリストがいる。つまり、結婚レースには、たくさんの国家公務員が参加しているということだ。ジャスビールは、自分の輝くような笑顔を運転手がちらちら見ているのに気づく。わかっているさ。マスーラ・ロードにいる人間なら、誰もが知っている。デリーのみなが知っている。毎晩が、大物狙いの狩りのための夜なのだ。

カシュミール・カフェ・メトロ駅のプラットホームで、蛋白質のチップが埋めこまれた警察猿が駆け足している。乗客の足の間でキーッという声をあげ、地下鉄網にはびこっている、物乞い猿、客引き猿、盗人猿を追い払う。猿どもは、ロボット列車が駅に入って来ると、プラットホームのはじから自分たちの隠れ家に、茶色の毛皮の波となって次々に消えてゆく。ジャスビールは、いつも女性専用車が止まるところのすぐそばに立つ。そこには常にチャンスあり、だ。女性の乗客が誰か、猿におびえるかもしれない——やつらは嚙んだりするからだ——そのときには、すかさず偶然通りかかった白馬の王子の役目が果たせるというわけだ。女たちは視線や言葉を交わすことはおろか、いかなる興味を示すことさえ、努めて避けている。けれども、真実結婚適齢期の男子たるもの、出会いのチャンスは逃さない。それにしても、あのスーツの女性、いかした腰まわりがぎゅぎゅぎゅと締まったジャケットを着て、股上が浅くてお尻にひっかかっているだけのパンツスーツの女性は、一瞬だが、おれの白い歯に目がくらんだのではなかろうか？

「ロボットにやってもらったんですよ」尻押し係が十八時八分発バルワラ行きに彼を押しこむときに、声をかけた。「未来の歯科工学ってやつです」扉が閉まる。ジャスビール・ダヤルは知っている。おれは、白い歯をした愛の神なのだ。今夜だ。今夜こそ、夢にまで見た花嫁を、ついに見つける夜になるのだ。

経済評論家たちは、インドの人口バランスの危機的状況は、市場の将来を占う見事な例を示してくれるだろう、と言う。種はまかれていた。インドがダントツの経済成長を遂げる前に。政治のうえでの嫉みと対立が、ひとつの国を十二のあい争う国家に分けてしまう前に。「可愛らしい男の子」で、口上は始まる。「ステキで、健やかで、ハンサムで、教養があって、成功した息子。結婚して子どもを育てて、わたしたちが歳を取ったら面倒を見てくれるような息子」すべての母の夢、すべての父の誇り。インドで台頭した三億の中産階級によって、さらに増幅。子宮内での性別決定によって分割。選択的堕胎で加算。結果として、X軸の値が二十五年にわたって減少。要因となったのは、可愛らしい男の子が確実に授かるような、安価でパワフルな医療パッチのような、洗練された二十一世紀の技術。それでどうなったかと言えば、偉大なるオウド、二千万の人口を抱えるそのいにしえの首都のデリーでは、中産階級の男の数は、女の四倍。市場バランスは崩壊。個々人の利益の追求は、社会により大きな損害をもたらす。経済評論家たちにとっては、すばらしいの一言。ステキで、健やかで、ハンサムで、教養があって、成功した、ジャスビールのような若者にとっては、嫁不足は壊滅的。

婚活の夜、シャーディ・ナイトには儀式がある。まずジャスビールがするのは、ポップミュージックをガンガンにかけながら長風呂をし、高価な水をじゃんじゃん使うことだ。そうしている間に、スージャイがノックをしてからドアのところにたっぷり茶を置いていき、ジャスビールのスーツのジャケットの襟と袖にアイロンがけをし、この前の婚活のときについた髪の毛を注意深く取り除く。スージャイというのは、アカシア・バンガロー・コロニーにある官舎にいっしょに住む、ジャスビールの同居人である。彼は、《タウン・アンド・カントリー》のオウド・ヴァージョンのキャラクター・デザインをやっている。《タウン・アンド・カントリー》は、隣人にしてライヴァルであるバラットの、圧倒的な人気を誇るメロドラマだ。演じているのは人工知能。スージャイは、そこの外注部門で働いており、新しい登場人物の外側だけをデザインして、生のコードをヴァラナシ経由でポストする。ジャーゼイ・プロダクションは新しい形態の会社で、その結果、スージャイは仕事のほとんどをベランダで、新しい安ピカのライトホークを使ってやっているように見える。彼の両手は、可愛らしい、見えないパターンを宙に描く。毎日片道九十分、三つの交通手段を乗り継いで通勤し、オフィスに縛り付けられているジャスビールにとっては、スージャイのやっていることは、ほとんど無意味に見える。スージャイはとっつきにくく、毛深くて、髭をあたらないし、長すぎる髪をちゃんと洗いもしない。けれども彼はよく気がつく男で、一日じゅうとってもとっても涼しい日陰で手を振りまわしていられる贅沢のお返しに、家事をやってくれる。掃除をし、片づけをし、洗濯をする。すばらしい腕前のコックでもある。おかげでジャスビールはメイドを雇う必要がないし、お高いアカシア・バンガロー・コロニーで必要だろうと思われるくらいの貯金もいらない。こんな具合では、アカシア・バンガロー・コロニーの他の住人たちの間でかっこうのゴシップの種になるのは、仕方がない。二十七番地で起こることのほとんどは、芝生のスプリンクラー越しに噂話のネタになった。アカシア・バンガロー・コロニーは、専門職の人々のための、家族的な閉じられたコミュニティなのだ。

儀式の第二は、装いだ。戦いにおもむくムガールの領主の身づくろいをする召使のように、スージャイはジャスビールを装わせる。カフスをつけ、適切な角度に調整する。ジャスビールのカラーもそうする。彼は、自分の肉感的なキャラクターが本当に受肉したかのように、ジャスビールをあらゆる角度からチェックする。フケの欠片を払ったかと思うと、服の座り皺《じわ》をなおす。口臭を嗅ぎ、歯を検めて、昼飯のほうれん草がはさまったり、他の汚れがついていないか確認する。

「それで、こいつをどう思う？」ジャスビールは言う。

「白いね」スージャイはうなる。

儀式の第三は、ブリーフィングである。ファトファトを待っている間に、スージャイは、《タウン・アンド・カントリー》のこれからのあらすじをジャスビールの頭に詰めこむ。こいつは、会話を弾ませるためのとっておきのネタであり、不倶戴天のライヴァルどもを先んじている部分でもある。メロドラマのゴシップというやつは、そういうものなのだ。経験上、女どもが本当に欲しいものはわかっている。メタ＝メロドラマからのゴシップだ。自分たちが《タウン・アンド・カントリー》で役を演じていると信じているAI俳優どもの、生活や恋愛や結婚やもめごと。もちろん、そいつも嘘っぱちなんだが。「あー」スージャイは言うだろう。「部署が違うんでね」

ファトファトの警笛の音がする。カーテンが動く。明日は学校があるのに、子どもが目を覚ましてしまう、と文句でも言っているのだろう。どっこい、ジャスビールは輝いていて、魅力的で、理想のお相手だ。メロドラマのゴシップで武装してもいる。しくじりようがないだろうが？

「あー、忘れるところだった」愛の神のためにドアを開けてやりながら、スージャイは言った。「親父さんがメッセージを残していたよ。会いたいってさ」

「いったい、何を雇ったんだって？」ジャスビールは言い返したが、居間から響いてきた兄弟たちの歓声のせいで、出鼻をくじかれた。クリケットのボールがグラウンドを転がり、ジャワハーラル・ネール・スタジアムのバウンダリーのロープを越えたのだ。父親はくつろいだようすで、卓上面がブリキの小さな食卓の上に、ぐっとのり出してきた。アナントはコンロからヤカンをはずしているので、聞き耳をたてることができる。彼女はデリーで一番とろくてもたもたしているメイドだが、彼女をクビにするのは、老女を路上に追放するのと同じことだ。彼女は無関心を装いながら、バッファローのようにダヤル家のキッチンをのそのそと歩きまわっている。

「結婚仲介人だよ。おれの考えじゃない。ぜんぜん。母さんの考えでな」ジャスビールの父親は、居間の開いているドアのほうへ、頭を傾けた。ドアの向こうでは、理想には程遠い息子たちに囲まれて、ジャスビールの母親がソファーに座っている。ジャスビールが公務員になって最初の給料で買ってやったすばらしいシルクのスクリーンで、クリケットのテストマッチを見ている。ナビ・カリム・ロードにある、ギーの臭いのするちっぽけなアパートメントを離れて、ジャスビールが遠く離れたすてきなアカシア・バンガロー・コロニーに引っ越してしまったときから、ダヤル夫人は、わがままな息子とのありとあらゆる交渉を、だんなに任せることにしたのだった。「母さんは、スペシャルな結婚仲介人を見つけたんだ」

「待て待て待て。スペシャルってのはどういうことだか説明してくれよ」

ジャスビールの父親は、決まり悪そうにもそもそとした。アナントは、ティーカップを拭くのに、長い長い時間をかけている。

「あのな、昔だったら、たぶんヒジュラーのところに行ったんじゃないかと思うんだが……。うん、母さんは、それを少しばかりアップデートしたわけだよ。その二十一世紀版というか何というか、そのつまりだな、母さんは、その、ヌートを見つけたんだ」

カップがステンレスの流しにぶつかる音がした。

「ヌートだと？」ジャスビールが、甲高いかすれ声をあげる。

「契約のことをよく知ってる。立ち居振る舞いや適切なエチケットも。女たちが何を欲しがっているかも。たぶん、彼は女だったんじゃないかと思うな、昔は、だ」

アナントが、おならのように柔らかく、我知らず、アイ！　という声を漏らす。

「あんたが探している言葉は、ソレ、だろ」ジャスビールは言う。「それに連中は、あんたが知っているようなヒジュラーとは違うぜ。女になった男でも、男になった女でもない。どっちでもないんだ」

「ヌート、どっちでもない、ヒジュラー、ソレ、男、女——何でもいいわよ。親とお茶をしてくれただとか、ましてや〈オウド・タイムズ〉の結婚相手募集の欄を見ろ、とかいうのとは話が違うのよ」ダヤル夫人は、オウドと中国のテストマッチで饒舌にしゃべりまくる解説者の声越しに叫んでよこした。ジャスビールはひるむ。両親のお小言は、紙で切ったみたいに、鋭くて痛い。

ハリャナ・ポロ・アンド・カントリー・クラブの中では、雨降り男がいれば、雪男がおり、霰《あられ》男もいる。男どもは、天気みたいに見栄を張り合う。着こなし男、金持ち男、魅力的な男、毛づくろいして光り輝く男。前途有望な男たちがみんな、婚活履歴書の中に並んでいる。ジャスビールは、ほとんどの連中の顔を知っていた。名前を知っている者もいた。二、三人は、戦う相手どころか、友だちになってしまっていた。

「すげえ歯だな！」バーからそう叫ばれて、うなずかれた。ラジャ時代のマホガニーのカウンターにもたれかかったキショアが、指で六連発の二挺拳銃を発射する真似をしている。最近のショービジネスで流行のしぐさだ。痩せこけてカジュアルな服装をしているから、絹の糸を巻き取った枠《かせ》のように見える。「どこでそいつを手に入れやがった、悪党め」彼はジャスビールの大学からの知り合いで、目立つことをするので有名だった。デリー・ジョッキー・クラブで競馬をするとか、スキーをするとか。まだ雪が残っている、ヒマラヤのどこかでだ。今、彼は金融マンで、自分で言うところでは、五百の婚活パーティー《シャーディ》に出て、百回プロポーズをした。ところが、行くところまで行ってしまうと、のらりくらりとやって、話をなしにしてしまうのだ。いやいや、涙涙で、脅しがあって、ぷんぷんのお父ちゃんたちとかんかんのお兄ちゃんたちからの電話が来るわけよ。結局、ゲームなわけよ、そうだろ？　キショアは続ける。「ところでよ、聞いたか？　今夜は、ディーペンドラの夜だってよ。そうなんだって。占星術AIが予測したんだとよ。すべては星々の中と、我らが手袋型コンピューター端末《パーマー》の中にあるってわけさ」

　ディーペンドラは、お堅いチビだ。ジャスビールのように公務員で、水資源省のガラスで区切られた別の部署を仕切っている。ジャスビールが貯水池とダムなら、やっこさんは河川と水路だ。今までに三回ほどシャーディに参加して、パーマーでメアドを交換した女に対して、幻想をたくましくしていた。電話して、デートしたから、次はプロポーズ、というわけだ。

「不吉のラーフは第四宮にいて、土星は七番目だ」ディーペンドラは深刻そうに言った。「ぼくたちの目が合って、彼女はうなずくだろう——ただうなずくだけ。次の日の朝、彼女はぼくに電話をかけてきて、そうなんだ。準備は整う。きみにぼくの付添い人を頼んでいたよね。でも、兄弟たちと従兄弟たち全員に約束してしまったんだ。文書にしてね。ほんとだぜ」

　ジャスビールは、いつもうんざりさせられていた。昼間には、どうやって男が結婚できるかから、しぶとくて流動的な会計まで。夜には、ステークスから、恋愛や人生まで。出来合いのジャナンパトリ占星術人工知能に、何でもかけてしまうだなんて。

　ネパール人の給仕が、会員制のハリャナ・ポロ・アンド・カントリー・クラブの堅い木のダンスフロアに、杖をたたきつけた。結婚適齢期の男子たちが襟元を正し、ジャケットの皺を伸ばし、カフスの位置を確認した。マホガニーの観音開きのドアから庭まで、こちら側は友だちか同僚。あっちの側の連中とは張り合わなくてはならない。

「みなさん、ラヴリー・ガール・シャーディィ・エージェンシーで高評価を受けておりますお客さま、どうぞ愛情こめて、敬い、お迎えください。レザック妃とラヴリー・ガールズです！」

二人の係の者が、折りたたみ式の、ポロのグラウンドに向いている窓を滑るように開けた。可愛らしい、女の子たちが待っていた。サリーを着て、宝石や黄金をつけて、ヘンナで赤く髪を染めて（ラヴリー・ガール・エージェンシーは、もっとも伝統的で格式を重んじる仲介者なのだ）。ジャスビールは段取りをチェックした——一人あたり五分、たぶんもう少し短いかな、それ以上は無理。大きく息を吸って、千ルピーの微笑を炸裂させた。嫁探しの時間だ。


「そこであんたが何をぶつぶつ言っているのか、知らないなんて思わないでよ」ダヤル夫人が、マントラのようなハルシャ・ボーグルの解説越しに呼びかける。「もう話はしたの。そのヌートは、あんたが結婚紹介のエージェントだとか、データベースだとか、そういういんちきに浪費しているのよりも、はるかに安い値段で事を運んでくれるわ。だめよ。ヌートが縁談をまとめるんであって、それで決まり、決定、絶対に」テストマッチの放送からの歓声が、かすかに聞こえる。「困ってるみたいだから教えてやる。女というものはだな、ひとつの家をシェアする二人の男に出会うものなんだよ。で、そいつらについていろいろと考えてくれるわけだ」お父さまがささやいてくれる。アナントはやっとこさ、二杯のお茶を淹れ、目をくるりとまわす。「もうお母ちゃんは話をつけてしまったんだよ。ソレとやらがお相手を見つけてくれる。何もしなくていいんだ。もっとひどい話だってあるだろ」

女たちは自分が欲しいもののことばかり考えているのかも知れないが、スージャイはよくわかってやがる。ジャスビールは思う。ゲームに参加しないのが一番さ。

また歓声が。ボールがまたバウンダリーを越えたのだ。ハレシュとソーハンが、赤いユニフォームの中国チームをあざ笑う。〝何でもかんでも買いこんで世界を支配できるとでも思っているんだろうが、オウドの力を見たかよ。何年も何十年も、何百年もかかるだろうよ、クリケットをマスターするにはよ〟ついでながら、このティーにはミルクがはいりすぎだ。

モンスーンを先触れする、夢にまで見た、熱風のような風に吹かれて、涼しくて、白くて、広い、アカシア・バンガロー・コロニー二十七番地の部屋を、霧状のピクセルが抜けてゆく。風に吹かれたピクセルが自分のまわりをまわる間、ジャスビールは身体を縮めて笑う。ピクセルが風にまかれた粉雪のように冷たくて刺すようなものではないかと想像していたが、それらは単にディジットにすぎない。右の耳の後ろにひっかけた小さなかしこい装置によって視覚皮質を通り抜けてゆく、電荷のパターンにすぎないのだ。回転しながら過ぎ去るときに、銀のシタールをグリッサンドで奏でたような調べが聞こえる。驚きで頭を振り、ジャスビールは耳からライトホークをはずす。ヴィジョンは蒸発するように消え失せる。

「よくできてる。すげえや。でもおれは、値段がもう少し下がるまで待つことにするよ」

「それはだな、あー、〝ホーク〟のことではないんだな」スージャイがもごもご言う。「えっと、あのね、きみの母さんが雇った結婚仲介人。うんと、ぼくが思うに、たぶん、きみには結婚の面倒を見てくれるような人なんて、いらないと思うんだけど」

ここ数日、スージャイのピントのはずれたおしゃべりが、ジャスビールをいらいらさせている。またしても得るものなくど高いシャーディが終わり、結婚仲介人の脅威が迫っているとわかってから、いつもこうだ。もっと腹立たしいことに、白い歯なんてしていないディーペンドラが、デートをするなんて宣言していやがる。あの女と。あいつのポケット占星術AIのラーフの第四宮に書きこまれていた女と。「うんと、あのね、思ったんだけど、ちゃんとした助けがあれば、きみは自分でできると思うんだよ」数日の間、スージャイと議論したが、ピントはずれのままだ。やつにはやつなりの時間の流れがある。「あっと、またホークをつけてみて」

銀の音色が、ジャスビールの内耳を噴霧のように抜けてゆく。洒落たプラスチックの小さな渦巻きが、頭蓋骨のスウィート・スポットを探しているのだ。ピクセルの鳥が、冬の夕方のムクドリのように、群れて滑空する。ハンパなくすごい。続いて、光と音の砕片が、電光石火、小粋な男の姿に凝集したので、ジャスビールは大きく吐息をつく。男は、古風な襟の高いシャルワニを着て、下が襞《ひだ》になり、ゆったりしたズボンをはいている。靴は、まるで鏡のように磨き上げられている。洒落者がお辞儀をする。

「おはようございます。だんなさま。わたくしは、ラム・タルン・ダス、身だしなみ、行儀作法、紳士道の師範でございます」

「おれの家で、何が起こっているんだ?」ジャスビールは、脳みそにデータを送りこんでいる装置をはずす。

「あー、そんなことしないでね」スージャイが言う。「AIのエチケットに反するからさ」

ジャスビールがまた装着すると、やっこさんがそこにいる。例の魅力的な男だ。

「わたくしは、あなたをお似合いの女性と結婚させるという緊急の目的のためにデザインされまして」

「デザインだ?」

「ぼくがだね、その、きみのために作ったんだよ」スージャイが言う。「男女関係と結婚についてよく知っているなら、そりゃ、メロドラマのスターだと思ったからさ」

「メロドラマのスターって。おまえはおれに、け……結婚生活のための師匠をメロドラマのスターから作ったってのかよ？」

「正確には、メロドラマのスターからではないかな。登場人物用のメインのレジスターから、いくつかサブシステムを合成したんだ」とスージャイ。「ごめんな、ラム」

「いつもそんなことすんのか？」

「そんなことって何よ？」

「ＡＩに謝るのかよ」

「彼らにも、感情はあるからね」

ジャスビールは目をまわす。「おれは、夫道をごった煮に教えられているってか」

「あー、そいつは失敬だよ。今度はきみが謝らなきゃ」

「それでは、だんなさま、もしわたくしがあなたさまを地獄ででっち上げられた結婚から救出しなくてはならないとするならば、あなたさまはまず、礼儀作法を学ばねばなりません」ラム・タルン・ダスが言う。「礼儀作法が、男を作るのでございます。それが、あらゆる人間関係の礎となるのです。本当の礼儀作法というものは、人そのものに由来するのであって、その人の行ないに、ではないからです。わたくしと議論してはいけません。女たちはすぐに見抜いてしまいます。あらゆるものを敬うことがですね、だんなさま、エチケットの鍵なのです。おそらく、あなたさまが感じているように、わたくしは自分が感じていると想像しているだけでしょう。ですが、だからといって、わたくしの感覚が、わたくしにとってのリアルを減じることにはなりません。それでは、わたくしがいったんはあなたさまの謝罪を受け入れた、ということにしましょう。さて、始めますよ。今夜のシャーディの前に、やることがいっぱいありますからね」

〝なんでよ〟ジャスビールは思う。〝なんでおれは、ああいう靴を履けないいんだ？〟

物憂い三日月が、千のかがり火が焚かれたように光り輝くトゥグルク・タワーの上に、低く垂れ下がっている。生まれたばかりの国をあやす揺りかご。無限の空間のように広がるインフィニティ・プールに月が映り、そのまわりの波紋で、マンゴーの葉の上のランプのディヤがゆらゆれと揺れる。ジェイトリー王妃のためには、ポロ競技場もカントリー・クラブもない。今は二〇四五年なのであって、一九四五年ではないのだ。現代の国家のための、現代のスタイル。それが、ジェイトリー・シャーディ・エージェンシーの哲学だ。けれども、ゴシップと嫁不足は永遠の問題。ペントハウスの薄暗い灯りの中で、デリーの銀河のような照明とヘッドライトに比べると、男たちの影は、暗く、濃い。

「すげえ眉だな！」キショアがジャスビールに声をかける。テレビ番組の司会者がやるように、指を二挺拳銃に見立てて、バンバン。「いや、マジで、どうやったのよ？」そして、眉から例の完璧な仕事のところに目をやって、目を見張る。口が開く。ちょっとだけ。しかしそれでも、ジャスビールにとっては、口の中で拳を突き出すような勝利を味わうのに充分。

ラム・タルン・ダスをモールに連れてきているのが、照れくさかった。古臭い衣装に頑固に身を包んだ人物が自分以外の人間に見えないということを受け入れるのは、難しくなかった（とはいえ、ごった返すセンターステージ・モールで、AIが他の買い物客を避けるやり方にはびっくりしたが）。何もない空中に向かって話すのが、馬鹿みたいに感じたのだ。

「そんな気難しいことを」ラム・タルン・ダスが、ジャスビールの内耳の中で言った。「人間は、いつも携帯で何もないところに向かってしゃべっているじゃないですか。ああっと、このスーツです、だんなさま」

ピカピカで、キラキラで、すばらしくレトロな裁ち方だったので、それを着るくらいなら、裸になったほうがましだった。

「そいつは、とっても……大胆だな」

「まさしく、だんなさまのための服ですよ。試着して買わなくては。自信があって、スタイリッシュに見えますよ。うわべだけの男じゃないように。女というものは、うわべだけの男には、耐えられませんからね」

ジャスビールがカードで決済している最中にも、裁断ロボットと縫製ロボットが作業していた。高かった。〝シャーディの会費ほど高くはないさ〟と自分を慰めた。〝で、仕上げをどうするかだな〟ところが一足先にラム・タルン・ダスが、ディスプレーの向こうの宝飾店のウィンドーのところに現われていた。

「男に宝石はいけません。シャツのカラーを留めるための小さなブローチぐらいは許されますが。すてきな女性たちに、ムンバイのポン引きみたいに思われたくはないでしょう? だめです。だんなさま。だめ。宝石のところには行きません。靴です。行きますよ」

着飾ってから、ちょっと困惑しているスージャイの前で、歩いてみせた。

「かっこよく、あー、見えるよ。とっても洒落ているな。うん」

ラム・タルン・ダスは、杖にもたれかかって、厳しい視線を注いでいた。「バッファローのようですよ。うーん、だんなさま。わたくしの処方箋としてはですね、タンゴです。情熱と規律です。ラテン・ファイヤーです。でも、テンポにはきわめて忠実に。議論はなしです。だんなさまにはタンゴが必要なのです。立居振る舞いを身につけるのに、これ以上のものはありません」

タンゴに、マニキュアに、ペディキュアに、ポップ・カルチャーとデリーのゴシップについてのブリーフィング（「メロドラマなど、知性と想像力の双方を侮辱するものです。わたくしが理解するところではですね、だんなさま」）、会話の駆け引き。いつ向きなおるとか、いつアイコンタクトをするか、止めるかとか、とっても軽く、それでも気をひくように相手にいつ触れるかといったボディランゲージのゲームとか。スージャイは、家でこそこそとするようになった。ジャスビールが空気としゃべり、目に見えないパートナーとタンゴのターンだとかドロップだとかをやっていると、いつもよりそろそろと歩き、いなくなったりするのだ。

最後の最後の仕上げは、ジェイトリー・シャーディの朝のことだった。

「眉です。だんなさま。毛むくじゃらのサドゥーみたいな眉をしていては、花嫁は見つかりませんよ。ここから五キロぐらい離れたところに女の子がいるんです。原付《モペッド》で出張サービスをしてくれます。ここに、十分もしないうちに来るでしょう」

今までだったら、べちゃべちゃとしゃべり続けて、キショアはジャスビールに答えを返すひまを与えないところだ。「それで、ディーペンドラは？」

ジャスビールは、ディーペンドラがいつもの場所にいないことに気づいていた。いつも腰ぎんちゃくみたいにキショアの陰に隠れているのに。それどころか、このペントハウスのどこにもいないようだ。

「三回目のデートなんだとよ」キショアは言い、静かにもう一度、強調して繰り返す。「あのジャナンパトリAIは、何か正しいことをしているんだよ。あのよ、誰かが彼女をあいつからひっぺがしたらおもしろいと思わない？　ほんの冗談だけどな、もちろん」

キショアは、下唇を噛む。ジャスビールは、昔からのその癖を知っている。するとベルが鳴り、照明が暗くなり、どこからともなく吹く風が、油の炎をちらつかせる。インフィニティ・プール越しに、小さなディヤのランプが揺れる。壁のドアが開いた。女たちが、部屋に入って来る。

　彼女はガラスの壁のそばに立ち、光のキューブを見下ろしている。そこは、駐車場だ。カクテルを両手の間にしっかり挟んで、祈っているか、心配事でもあるかのようだ。そのカクテルは、クリケットの国際試合のために考案されたもので、新型のスピン・ガラスから作られた、卵形のゴブレットに注がれている。あのガラスでできている器は、どう置こうが、落っことそうが、いつもまっすぐに立つ。カクテルの名前は、龍たちの試練。クリケットの六点打なみに中国の高粱酒《コーリャン》が加えられたきらきら輝くシロップに、上質なオウドのウィスキーを注ぐ。小さな赤いジェルの龍が、日没のように溶けてゆく。

　さて、だんなさま。ジャスピールの肩のところに立って、ラム・タルン・ダスが言う。**心臓ばくばくってところですか。**

　ジャスピールの口の中は、乾いている。スージャイがラム・タルン・ダスのAIにくっつけた補助的なアプリケーションは、彼にジャスピールの心拍数、呼吸数、体温、手に汗握っている度合いを、正確に伝える。まだ生きているのが、不思議なくらいだ。

　入り方も抜け方もわかってますよね。真ん中のところは、ラム・タルン・ダスがなんとかいたします。

　女の視線を追って、駐車場を見下ろす。一瞬の間。女性のほうに向かって、わずかな身体の動き。これが入り。

　それできみは、ターター、メルセデス、力帆《リーファン》、それともレクサス？　ラム・タルン・ダスが頭蓋の中でささやく。簡単に台詞を反芻《はんすう》する。何度も何度も何度も、自然に響くようにリハーサルを繰り返してきた。どんなニュースキャスターにだって負けないぐらいうまくやれるはずだし、テレビにほんの少しだけ残っている人間の俳優になら、負けやしない。

彼女が彼のほうを向き、驚きで唇が少し分かれた。

「何か用かしら?」

そりゃ、そう言われますよ。さあ、例の台詞です。ラム・タルン・ダスが茶々を入れる。

「それできみは、ターター、メルセデス、力帆《リーファン》、それともレクサス?」

「どういうことかしら?」

「ひとつ選んでごらん。きみの気分がどれであれ、それが正しい答えさ」

沈黙。唇の合わさり。ジャスビールは、さりげなく背中で手を合わせる。手の汗は、隠しておいたほうがいい。

「レクサスね」彼女は言う。シュルカ。彼女の名前はシュルカ。二十二歳で、デリー大学ではマーケティングを専攻した。男性ファッションの業界で働いている。マトゥールの一族だ――ジャスビールの一族から、カースト的には少ししか離れていない。人口危機は、ゆっくりと進展した民主主義の一世紀よりも、ヒンドゥーのカーストとジャーティの階層を揺さぶった。さて、彼女は、質問には答えてくれたわけだ。

「ほう、そいつはおもしろいね」ジャスビールは言う。

彼女が向きなおる。手入れされた三日月形の眉が、アーチを作っている。ジャスビールの後ろで、ラム・タルン・ダスがささやく。**さ、次です。**

「デリー、ムンバイ、コルカタ(英語名カルカッタ)、チェンナイ?」

少し顔がしかめられる。ヴィシュヌ神よ、この人、きれいなんだけど。

「生まれたのはデリーだけど……」

「ちょっとぼくが考えていたのと違うね」

しかめられた顔が閃きで、ナノレベルの微笑みに変わる。

「ムンバイよ、それなら。そう、絶対ムンバイ。コルカタは暑くて汚くて、いやだわ。チェンナイは――だめね、あたしは絶対ムンバイ」

ジャスビールは、集中しているときにするように、唇を引き締めてうなずく。ラム・タルン・ダスには、鏡の前で何回もこれをやらされた。

「赤　緑　黄　青?」

「赤ね」躊躇《ためら》いなし。

「猫　鳥　犬　猿?」

彼女は頭を傾ける。ジャスビールは、彼女もホークをつけているのに気づく。テック・ガールだな。カクテル・ロボットがまわってきた。自立するグラスと蜘蛛のような小さな指で、機械の手品をやっている。

「鳥……じゃなくて」思わせぶりな笑み。「だめだめだめ、猿よ」

もうおれ、死んじゃうよ。

「でも、これってどういう意味があるの?」

ジャスビールは人差し指を立てる。

「もうひとつ。ヴェド・プラカシュ、ベグム・ヴォラ、ドクター・チャタジ、リツ・パルヴァーズ」

彼女が笑う。結婚式のドレスのスカートのへりの鈴のように。ヒマラヤの空の星のように。

何てことをするんです! ラム・タルン・ダスが悲鳴を上げる。ジャスビールの知覚からひるがえり出て、シュルカの後ろに現われる。絶望してお手上げのポーズ。油田で燃えあがる炎で縁取られた地平線を、大きなジェスチャーで示して見せる。**見てごらんなさい。今宵の空は、あなたのために燃えているのですよ、だんなさま。なのにメロドラマのことを話すだなんて! 台本です、台本どおりに! アドリヴはいけません。**

ジャスビールは、自分の婚活仲介人に向かって危うく口にしてしまうところだった。〝どっかに行っちまえ、この魔神《ジン》野郎〃彼は質問を繰り返す。

「実はあたしね、《タウン・アンド・カントリー》のファンじゃないのよ」シュルカは言う。「あたしの妹はそうね。登場人物の一人ひとりの、すごく細かいところまで全部知っているわ。俳優のことについてはもちろんよ。思うに、実際に見ていなくても、馬鹿馬鹿しいぐらいネタを仕入れているんじゃなくって？　もしどうしてもって言うなら、リツって答えることになるわね。で、これってどういう意味があるのかしら、ダヤルさん？」

心臓が胸の中で、でんぐり返る。ラム・タルン・ダスが冷たい目を向ける。**恋の技巧です。今こそ使うのです。わたくしが教えたとおりに。さもないと、あなたのお金もわたくしの帯域幅も、泡と消えてしまいます。**

カクテル・ロボットが、サイバネティックなサーカスをするためにしゃしゃり出てきた。シュルカのグラスをひょいと取ると、まさしく針の先のような指先でグラスを回転させ、光輝かす。手品のようだ。もし、ジャイロとスピン・グラスのことを何も知らないとするならば、だが。しかしその奇術の時間は、ジャスビールが命じられたとおりに動くには充分。彼女が顔を上げるころには、カクテルは再び満たされ、彼は部屋の半分ぐらい離れたところにいる。

彼女の目が見開かれたので、彼は謝りたい。彼女の視線が部屋にいる彼を探してくれたのだから、彼は謝らなくてはならない。それから、彼女と目が合う。混み合う部屋の向こう、スージャイがジャスビールには聞こえないと思いこんでいるときにぶつぶつ歌う歌みたいだ。スージャイは、あの歌が好きだ。今までに聞いたことがある歌では、もっともロマンチックで、心がこもり、無垢なあの歌。図体がでかくて、もたもたしているスージャイは、昔ハリウッドで映画になったミュージカルに夢中だ。《南太平洋》、《回転木馬》、

《ムーラン・ルージュ》。居間の巨大スクリーンで見ながら、恥ずかしげもなくいっしょに歌を歌い、ありえない恋に目を潤ませる。混み合った部屋をはさんで、シュルカが眉をひそめる。そりゃそうだ。台本どおりだ。

〝それで、どういう意味があるのよ？〟と彼女の口が動く。そして、ラム・タルン・ダスの指示どおり、彼は叫び返す。「電話しな、教えてあげるよ」それから彼は踵を返し、去ってゆく。ラム・タルン・ダスに教えられてはいないが、彼は知っている。これが、恋の駆け引き。

アパートが、やたら暑過ぎる。料理で焦げているギーの臭いがする。しかし、ヌートはかぎ編みのショールに身を包み、執拗な強風に逆らうかのように身をかがめている。プラスチックのティーカップが人数分、ブリキのローテーブルの上に置かれており、ジャスビールの母親は、明らかに手をつけていない。ジャスビールは、右に父親、左に母親に挟まれて、ソファーに座っている。両親は、まるで犯人を捕まえている警官みたいだ。ナヒーンという名のヌートがぶつぶつとつぶやき、震え、指を擦る。

ジャスビールは、第三の性の実物を見たことはなかった。全部知ってはいた——彼は、ほとんどのことについて、何でも知っているのだ——定期購読している、独身専門職男性向け総合情報誌から。そうした雑誌のページでは、デザイナーズ・ウオッチや、ロボットによる歯のホワイトニングの広告に挟まれて、ソレたちの写真が出ていた。うっとりするような美しさが祝福されると同時に、呪われた『アラビアン・ナイト』の想像上の怪物として。結婚仲介人のナヒーンは、神さまみたいに年老いて、疲れて見える。ローテーブルの文書の上で、指を組んだりほどいたりしている——「ひどい薬でね、みなさん」——ときおり、激しい痙攣のような震えにおそわれている。〝結婚ゲームから降りるってのも、ひとつのやり方だぜ〟とジャスビールは思う。

ナヒーンは、テーブルの上で紙を何枚もぐるぐると滑らせている。文書は、円やら螺旋やらが渦を巻く図表に、読解不能のアルファベットで注釈が付されて、ダマスク織のように、豊穣なパターンでびっしりと埋め尽くされている。どの文書の右上の隅にも、女性の写真が一枚貼ってある。女性たちは若くて容姿が整っていて、初めて写真を撮られたので、びっくり顔で目を見開いている。

「さて、全部計算をしてみましたが、この五人が相性ぴったりで、運気もよい」とナヒーンが言う。ソレは、大きく喉を鳴らして痰を呑みこむ。

「みな、田舎出身のようですが」とジャスビールの父親。

「田舎のやり方がいいのよ」とジャスビールの母親。

小さなソファーに、二人の間に楔《くさび》を打ちこんだように座らされながら、ジャスビールはナヒーンのショールがかかった肩越し、ラム・タルン・ダスが立っている戸口のところに目をやる。彼は眉を上げてみせ、首を振る。

「田舎の女たちは、子どもをたくさん産んでくれるのです」ナヒーンは言う。「跡継ぎが心配なのだとおっしゃっていましたな。ジャーティの中に、より近い縁組みが見つかりましょう。一般的に、街中から嫁をとるより、結婚持参金はかなり安くあがります。街中の若い女はあらゆるものを欲しがるので仕方がない。わたしがわたしがわたしが。身勝手なわがままが、いい結果につながることはありません」

ヌートの長い指が田舎の娘たちをローテーブルの上でぐるぐるまわし、それから、ジャスビールと両親のほうに三枚を滑らせてよこす。ダダジとママジは、座ったまま乗り出す。ジャスビールは、後ろにのけぞる。

ラム・タルン・ダスは、腕を組んで目をまわす。

「この三人が、最高でしょう」ナヒーンは言う。「ほとんど時間をおかないで、お相手のご両親と会っていただくことができます。デリーにあなたがたに会いに来ていただくために、少し出費を願わなくてはならないと思いますが。それは、わたしへの支払いに加えさせていただきます」

　電光石火、ラム・タルン・ダスがジャスビールの背後にまわり、耳の中でささやいて彼をびっくりさせる。

西洋の結婚の誓いの中に、こんな台詞があるんですよ。今しゃべれ、さもなくば永遠に黙っていろ。

「母さんは、いくら払わなきゃならないんだ？」ジャスビールは、沈黙の瞬間に切りこむ。

「依頼人の情報を漏らすわけにはいきません」ナヒーンは、スグリの実と同じぐらい小さくて黒い目を持っている。

「もう五割増しで、あんたに手を引いてもらいたいんだがな」

　ナヒーンの両手が、きれいな手書きの螺旋や輪っかの上で躊躇する。〝おまえ、前は男だったろ〟ジャスビールは思う。〝そいつは男のしぐさだぜ。ほらな、おれだって、どうやって人を見るかは学んできているんだ〟

「あたしは二倍だすわ」ダヤル夫人が悲鳴を上げる。

「待て待て待て」ジャスビールの父親が抗弁しようとするが、ジャスビールはすでにもう一声あげている。ここでこの茶番劇をなんとかしておかなくては。家族の結婚熱が、自分たちではどうにもできない取引になってしまう前に。

「おまえさんは、自分の時間とおれの両親の金を浪費しているんだよ」ジャスビールは言う。「あのな、おれはもう、お似合いの娘《こ》に出会ってるんだ」

　ローテーブルのまわりで、視線がぐるりとめぐり、口がぽかんと開かれる。しかし、ラム・タルン・ダスほど、びっくりしてあっけにとられている者はいない。

アカシア・バンガロー・コロニー二十五番地に住むプラサド家の人々は、タンゴ音楽を止めるようにと、すでに申し入れをおこなっていた。けれどもジャスビールは、シャンデリアのブリリアントカットのガラスをガタガタさせるくらい音量を上げることで、それに応える。はじめのうちは、ダンスを軽蔑していた。カクカクしていて、形式ばっていて、テンポに忠実でなくてはならない。つまりは、とってもインド的ではないわけだ。これを結婚式のときに踊ろうという身内は、まずいないだろう。しかし彼は、辛抱強くやり続けていた——ジャスビール・ダヤルが努力の人であるなどとは、とても言えたものではないのに——タンゴの個性が、染みこんできていたのだ。乾ききった河床に降り注ぐ、雨のように。規律を見出し、情熱を理解し始めていた。貯水池およびダムの部署で、彼は背筋を伸ばして颯爽と歩いている。もはや、冷水器に向かって背中を丸めたりはしない。

「わたくしが、今しゃべらないなら永遠に黙っていなさいと助言申し上げたときにはですね、だんなさま、ご両親に嘘をつけというつもりではなかったのですが」ラム・タルン・ダスは言う。タンゴのときには、AIが女性のパートをやってくれている。ライトホークが体重の幻影を作り出し、重みを感じさせてくれるので、AIが、ジャスビールのパートナーとして実体をもって感じられる。〝もし何でもこんなふうにできるんだったら、こいつを女に見せることだってできるだろうによ〟とジャスビールは思う。細部にこだわるスージャイは、よく当たり前のことを見逃してしまう。

「特に、あなたがどこでなら比較的簡単につかまるか、ということに関しては」

「両親があのヌートのために金をドブに捨てるのを、止めなくてはならなかったんでね」

「あなたより高い値をつけたかもしれなかったじゃないですか」

「じゃあ、なおさらだ。親がおれの金をドブに捨てるのをやめさせないとさ」

ジャスビールは、見事なバリーダのステップで、床の上でラム・タルン・ダスの足を運んでゆく。彼は、ベランダへのドアを抜けてゆく。そこで仕事をしていたスージャイが、メロドラマの建物からこちらに目をやる。自分の家主が初老のラージプートの紳士とほっぺたとほっぺたをくっつけあいながらタンゴの練習をするのを見るのが、彼の習慣になっている。〝おまえさんの世界は、幽霊とジンと、うつつ半分のおかしな世界だな〟

「それで、あなたのお父上は、シュルカさまに関して何回電話をかけてきました?」ラム・タルン・ダスの自由に動くほうの足が、床の上で弧を描く。見事なヴォルカーダ。タンゴはすべて、音楽を見るということだ。見えないものを、見えるようにするのだ。

〝なるほど〟、ジャスビールは思う。〝おまえさんは、シルクの模様のように、この家のあらゆるところに織りこまれているわけだ〟

「八回だ」弱気な声で言う。「もしおれが電話したとして……」

「絶対ダメでございます」ラム・タルン・ダスは、エンブレーザで息と息がかかり合う距離まで相手を引き寄せて、強く言う。「あなたさまが享受している極少のアドヴァンテージ、あなたさまが抱いている原子ほどの希望が、なくなってしまうでしょう。それはダメです」

「それなら、少なくとも可能性でもいいから、教えてくれないかな。おまえはなんでも知っていて、シャーディの技術については詳しいんだから、おれにチャンスがあるかどうかだけでも、教えてくれたっていいだろ?」

「だんなさま」とラム・タルン・ダス。「わたくしは、身だしなみ、行儀作法、紳士道の師範であります。単純で洗練されていない賭け事用のAIを、いくらでもご紹介できますよ。連中は何であれ、だんなさまに代償を求めるでしょう。けれども、あなたさまは連中が示すオッズが、お気に召しはしないでしょうね。ひとつ申し上げられますのは、シュルカさまの反応は、非常に……あの場にふさわしいものでありました」

ラム・タルン・ダスは、脚をジャスビールの腰にひっかけて、最後のガンチョの決めポーズをとる。音楽は、厳格に決められたとおりに終局を迎える。その後ろから、音が二つ。ひとつは、プラサド夫人のすすり泣き。仕切りの壁にもたれかかって、どんなに自分が困惑しているのか、はっきり聞こえるようにしているのだろう。もうひとつは、電話の呼び出し音。きわめてスペシャルな呼び出し音。ださいのだけれども、気が狂うくらい口をついて出てしまう映画のヒット曲、《マイ・バック、マイ・クラック、マイ・サック》。ジャスビールの家のシステムは、この呼び出し音を、ただひとつの連絡先からのためだけに設定してあった。ただひとつだけの。

スージャイがびっくりして、顔を上げる。

「もしもし?」ジャスビールは手を振りまわして、狂乱の、懇願のサインをラム・タルン・ダスに送る。今では、部屋の反対側に腰掛けて、両手を杖の取っ手のところにのせている。

「レクサス、ムンバイ、赤、猿、リッツ・パルヴァーズ」シュルカ・マトゥールが言う。「どういう意味なの?」

「いいや、もうぼくは決めているんだ。私立探偵を雇う」ディーペンドラは、手を洗いながら言う。水資源省の十二階では、あらゆるデートに関するゴシップが、第十六男子便所の手洗い場のところで発生する。小便器のところでは相手のモノがあまりにロコツに気になるし、個室のほうではプライヴァシーを侵害することこの上ないからだ。真実は、手の汚れといっしょに手洗いのところで流してしまうのが一番だし、秘密と暴露はいつだって、温風乾燥機で手の水気を思慮深く払うことで、隠してしまえる。

「ディーペンドラよ、そいつはやりすぎだぜ。彼女が何をした？」ジャスビールがささやく。蛇口の中のレベル○・三のAIチップが、貴重な水を無駄使いするなと諫《いさ》める。

「彼女が何をしたかが問題なんじゃなくて、何をしていないかが問題なんだ」ディーペンドラが声を張り上げる。「手が離せないのと、慎重に電話に出ないようにしているのとでは、大きな違いがある。ああ、そうか。教えといてやるよ。ぼくの言葉を覚えとけ。きみはまだ最初の段階だよな。すべてが新しくて、フレッシュで、エキサイティングだよ。きみは、驚くべき事実に目が見えなくなっているわけだ。誰かが、誰かがついに――とうとうついに！――きみをお相手と考えてくれている、という事実にだ。薔薇の花弁と香りと愛するチョ・チウィートときみは、何か悪いことが起こる可能性など思いもよらない。だがな、その段階を過ぎてしまうとだ、ああ、そうだとも。あっけなく目から鱗が落ちてしまうとだな、いろんなことが見えてきて……聞こえてくるんだ」

「ディーペンドラ」乾燥機のほうに向かいながら、ジャスビールは言う。「五回もデートしているんだろう」だが、ディーペンドラの一言ひとことが、真実の鐘を鳴らしていた。自分は今、ありとあらゆる感情がごちゃごちゃになってごった煮になっている。軽さとしなやかさを感じている。まるで世界にまたがる神のように。けれども同時に、世界は希薄で実体がなく、身にまとった絹のモスリンのようだ。空腹で頭がもうろうとしている。何も食べられやしないのに。スージャイのすてきに調理されたダールとローティを、横に押しやる。大蒜《にんにく》で息が臭くなるかもしれない。ほうれん草が歯の間にはさまるかもしれない。玉葱でおならが出るかもしれない。パンのおかげでみっともなく膨れてしまうかもしれない。歯磨きのため、カルダモンを噛む。スパイスの効いたキスを願って。ジャスビールは幸せに、盛大に、恋の病にかかっている。デートは、一回ごとが宝石だ。記憶に呼び起こしては、きらめく光の中で恍惚とする。

デートその一。クトゥブ・ミナール。ジャスビールは言下に反論した。

「観光客の行くところだぜ。土曜日は家族連れでいっぱいだ」

「あれは歴史です」

「シュルカは歴史に興味はない」

「おやおや、三回の電話とシャーディネットでのチャットを二回しただけなのに、ずいぶんよく彼女のことをご存知ですね。チャットの文言だって、わたくしが準備したものではなかったですか？　あれはルーツなんです。あなたが何者で、どこから来たのか。家族であり、一族なのです。あなたのシュルカさまは、そういうことに興味がおありです。請け合いますよ、だんなさま。さて、こちらをお召しになってください」

大小とりまぜた観光バスが来ていた。行商人に土産物売りがいて、険しい表情の中国人団体旅行客がいた。リュックを背負った小学生たちもいて、そのリュックがあまりに大きいので、直立した亀のようだ。けれども、カジュアル・アーバン・エクスプローラーの服に身を包んでドームの下や、クワット・モスクの柱廊を歩いていると、まわりにいる他の連中は、どこか遠くにいるようで、茫漠とした雲のように思えた。シュルカと自分しかいなかった。そして、ラム・タルン・ダスがすぐ横を、後ろ手を組みながら歩いていた。

キューが出たところで、ジャスビールは立ちどまった。ここのところで、ジャイナ教の聖人、ティールタンカラの、時に黙らされた顔の輪郭をなぞることができる。石の中の幽霊。

「クトゥブ＝ウド＝ディン・アイバク。デリーの最初のスルタンがやったことさ。二十のジャイナ教の寺院を破壊して、その石を自分のモスクを造るのに使った。見るべきところを見れば、古い彫刻をまだ見つけられるはずさ」

「すごいわね」シュルカは言った。「古き神々が、まだここにいるだなんて」彼女の唇からこぼれる言葉のひとつひとつが、完璧な真珠のようだった。ジャスビールは彼女の目に浮かぶ感情を読もうとしたが、〈ブルー・ブー！〉のサングラスのせいで何もわからなかった。「自分たちの歴史をちゃんと気にかけている人は、もうあまりいない。あれもモダン、これもモダン。時代の先端に追いついていないなら、取るに足らない。ぼくたちがどこへ行くのか知りたいなら、まずぼくたちがどこから来たのか、知らなければならないと思うんだ」

たいへん結構、とラム・タルン・ダスがささやく。

さて、次はアイアン・ピラーです。

彼らは、柵で囲われた展示物からドイツ人の団体旅行客が移動するのを待った。ジャスビールとシュルカは静まり返った場所で、黒い柱を見上げた。

「千六百年前のものだけれど、錆ひとつない」ジャスビールは言った。

九十八パーセントの純鉄です。プロンプター役のラム・タルン・ダスが言う。**ミッタル鉄鋼が、グプタの王たちから学べることもあるのです。**

「彼はチャンドラという名前を持ち、満月のような美しい顔を持ち、ヴィシュヌ神に篤い信仰心を持ち、ヴィシュヌパダの丘の上に神聖なヴィシュヌの象徴を屹立させた」柱の周囲の彫刻に集中して眉をひそめているシュルカは、ジャスビールにとってはどんな神々やグプタの王よりも美しかった。

「サンスクリット語がわかるの?」

「個人が精神的成長にする道筋ね。それを追ってみたのよ」

次の団体が来るまで三十秒ほどです。ラム・タルン・ダスが割りこむ。**さて、だんなさま、わたくしが準備しました例の台詞を。**

「もしその柱を背にして立ち、両腕を柱にまわすと、願いがかなうと言われている」

中国人が来た中国人が来た。

「それで、もしそうできたなら、あなたは何を願うつもり?」

完璧だ。彼女はなんて完璧なんだ。

「ディナーでも、どうかな」

彼女は小さく、ひそかに微笑み、その微笑は、ジャスビールの心を不安と期待でいっぱいにする。彼女は、歩きだして行ってしまう。門楼のアーチの中央で振り返り、彼女は叫び返した。「ディナー、いいわね」

すると、買物袋とサンバイザーとプラスチックのレジャー用の靴を身につけた中国人たちが、どやどやとやって来て、チャンドラ・グプタの染みひとつない鉄の柱を取り囲んだ。


ジャスビールは、「デートその一」の思い出のぬくもりに、にやけている。ディーペンドラは、温風で手を乾かそうと、ごしょごしょやっている。

「こんな話を聞いたんだ。ドキュメンタリー番組だよ、そう。白い未亡人、ホワイト・ウィドーなんて呼ばれている。ドレスアップしてシャーディに来て、きらきら輝くような完璧な履歴を持っているんだけれど、結婚する気はないのさ。だめだめだめ、ぜんぜん見こみなし。いっしょにワインを飲み、ディナーに出かけ、ステキなところに連れていってもらって、ステキなプレゼントをもらって、靴だとか宝石だとか、さらには車だとか、そういう男たちがいくらでもいる時代に、なぜ彼女らは……、とかそのドキュメンタリーでは言っていた。そういう女たちは、いろいろ手に入るからやって来るのさ。ぼくたちの心をもてあそぶ、ゲームを楽しんでいる。それで、飽きるかうんざりするか、男のほうの要求が大きくなりすぎるか、贈り物が最初より安くなってきたりするか、他でもっとうまいことできるようになったりすると、ピューッといなくなってしまうわけなんだ。すっかり手を切って、次に行ってしまう。ゲームなのさ、彼女たちにとっては」

「ディーペンドラ」ジャスビールは言う。「気にすんなよ。シャーディ・チャンネルのドキュメンタリー番組には、結婚のためにおまえさんが知りたいような手本は出てこないよ。マジで」ラム・タルン・ダスならほめてくれるだろうな。「じゃ、おれは仕事に戻るぜ」水がらみの犯罪を警告する蛇口は、ラインのマネージャーに、長すぎるトイレ休憩も報告できる。しかし、疑惑の種は、まかれてしまった。ジャスビールは、レストランでのことを思い出す。

デートその二。ジャスビールは一週間、毎食、箸の使い方を練習して臨んだ。米に祈りを捧げ、ダールを呪った。スージャイは、米だろうがダールだろうが何だろうが、疾風のような箸使いで、何の苦もなく器から唇まですくいあげた。

「簡単に食いやがって。アジア文化のしきたり指南役でも手に入れてるんだろ」

「あのだね、ぼくたちはアジア人」

「おれが言わんとしていることは、わかっているだろ。そもそも中華料理だって苦手なんだから。薄味なんだよな」

レストランは、高かった。一週間の稼ぎの半分。残業で穴埋めするとしよう。貯水池およびダム部門では、旱魃《かんばつ》に関する新たな懸案事項が浮上していた。

「あら」シュルカの背後では、デリーの夜景が巨大に拡散する光輪になっていた。〝彼女は女神だ〟、ジャスビールは思った。〝夜の街のデヴィ。一千万の光が、彼女の髪に降りてきている〟「箸だわ」彼女はアンティークな陶器製の箸を手に取った。一本ずつ、ドラムスティックのように両手で持っている。「箸の使い方は知らないわ。ポキッと折れそうなのが怖いのよね」

「いやいや、いったんコツがわかれば、簡単さ」ジャスビールは椅子から立ち上がり、シュルカの後ろにまわった。彼女の肩越しに手を伸ばし、丸めた親指の上に、箸を一本置いてやる。もう一本は、親指と人差し指でつくられた輪っかに通す。まだライトホークをつけている。街の女の子のファッションだ。二本の箸の間に彼女の中指の先を滑りこませ、ジャスビールは期待のあまり身震いする。「きみの指が軸の役割をする、いい？ リラックスすること、そこがポイント。それで、器は口のそばまで持ってくる」彼女の指は温かくて、柔らかくて、彼が動かしてやると、すごく反応がいい。彼女の肌から麝香《じゃこう》のかおりがするだなんて、思ってもみなかった。

さて。ラム・タルン・ダスが、シュルカの反対側の肩越しに現われる。**もうよろしいですか？ ところで、箸のおかげで食事がおいしくなるのだとお伝えしなければなりません。**

箸のおかげで、食事はおいしかった。ジャスビールは、それまで知らなかった繊細さと痛快さを見出した。会話がテーブル越しにはずんだ。ジャスビールがしゃべることは何でも、彼女の星の輝きのような笑いを誘った。ラム・タルン・ダスは給仕のように、常にそこにいながらも、決してさしでがましくならないようにしていた。それでも、すべては彼の言葉と機知によるものだった。〝なるほど、こういうことか〟ジャスビールは、心の中で口にした。〝女たちがして欲しいのは。不思議でもなんでもない。自分のことをしゃべっちゃだめなんだ。相手の話を聞いて、笑わせてやるのが大事〟

緑茶を飲みながら、誰も彼もが読んでいる新しい小説について、シュルカは話し始めた。夫探しをしているデリーの女の子とたくさんの求婚者の話。スキャンダラスな。『適齢期の男子』っていうの。誰も彼もが読んでいる。ジャスビール以外は。

〝やべえ！〟自分の内耳に向かって、声をほとんど出さずに言う。

ただ今、スキャン中です。ラム・タルン・ダスが答えた。主題のダイジェストがいいですか、世間の評判でしょうか、それとも登場人物の分類？

「ちょっと待て」ジャスビールは静かにささやいた。顎のところの小さな動きを、ティーポットの蓋を少しずらすことでごまかす。お茶のつぎ足しを頼む合図。

「うーん、男が読んでいるところを見られると、あんまりいいもんじゃないからなあ……」

「でも……」

「でも、みんな読んでるわよ、かい？」ラム・タルン・ダスが助け舟をだしてきた。「読んでないってわけじゃなくて、まだ三分の二ってところなんだよね、でも……きみはどのくらいまで読んだ？　おおっと、ネタバレ警報、ネタバレ警報」これは、スージャイが使う《タウン・アンド・カントリー》からの言いまわしのひとつだ。ようやく、彼はそれが意味するところを理解した。シュルカはただ微笑んで、茶碗を小さな皿の中でまわす。

「口にしかかったことを、言ってみなさいよ」

「そうだね、彼女はニーショックこそがその人だとわからなかったのかな？　あの男ははっきり、間違いなく、千パーセントぐらい、彼女にぞっこんだ。でもそれじゃ、簡単すぎるかな？」

「だってプランがいるでしょう？　彼のまわりには、

いつも危険な香りが漂っている。彼はゴロツキの中で一番のワルで、決して満足したりしないわ。そんな彼を彼女は決して完全に信頼できないのだけれど、だからこそエキサイティングなんだわ。時には、少し刺激が必要だって感じたことはない？　ちょっと怖いくらいの、たぶん、たぶんだけれど、のるかそるか、みたいな」

だんなさま、気をつけて。ラム・タルン・ダスがつぶやく。

「そうだね、でも、チャタジ家のパーティーで、彼女がジョティをロシアの使節の目の前でプールに突き落としてから、彼女が自分の姉に嫉妬しているのはわかっている。なぜならお姉さんが、パンセ氏と結婚するからさ。誘惑と安定との間の永遠に続く闘いだな。情熱と安寧、都会と田舎」

「アジットは？」

「筋書き用の狂言まわしさ。ライヴァルにはならない。やっこさんがデートする女は、全部自分自身のかわいい鏡さ」

そのシーズンに流行った三文小説を、一文どころか、一語だって読んでいなかった。頭のまわりを、バタバタ羽根を鳴らす鳩のように飛びまわってはいた。あまりに忙しくて、その適齢期の男子とやらになる時間がなかったのだ。

「じゃあ、バニは、誰と結婚するかしら？　正確に推測してくれたら、ご褒美をあげるわ」

ジャスビールは、ラム・タルン・ダスの答えが頭の中で形づくられるのを聞いた。**わかりません。**彼は、受信機が埋めこまれた奥歯を噛み締めた。

「わかると思うよ」

「言ってみて」

「プランだ」

シュルカが、冬の鶴のすばやい嘴のように、箸を突き出した。彼の口の中には、熱くて脂ののった、醤油味の家鴨の肉が入っていた。

「物語には、いつだってひねりがあるんじゃなくって？」シュルカは言った。


第十六男子便所で、ディーペンドラは髪の毛をチェックして、手櫛を入れる。

「持参金泥棒、なわけだよ。きみをがんじがらめにして、きみの金に爪をたて、それでおさらばさ。一パイサだって、戻ってきやしないさ」

ジャスビールはマジでほんとに、自分の小さな作業スペースに戻りたいと思う。

「ディープよ、そいつは幻想だよ。ニュース番組で見たんだろ。気にすんなって」

「火のないところに煙は立たず、さ。ぼくの星々が言うところでは、心臓に関わることに気をつけて、友だちのフリをしているやつに注意しなきゃいけないのさ。ジュピターが第三宮にいるから、ぼくのまわりには、暗雲が垂れこめているんだ。いいや、ぼくは私立探偵AIを雇うぞ。他にばれないように監視をしてくれる。どっちなのか、わかるだろうさ」


インディラ・チョウクのものすごい交通渋滞をファトファトが抜けてゆく間、ジャスビールはファトファトの屋根の支柱を握り締め、拳が白くなっている。ディーペンドラのアフターシェイヴ・ローションが鼻につく。

「いったい、どこに向かっているんだ？」

ディーペンドラは、暗号化されたパーマーのアカウントで指定をしてきていた。彼が伝えてくれていたのは、夜二時間ほど空けろ、いい服着て来い、信頼できる友人が一人だけで、絶対黙ってろ、で全部だった。二日の間、彼の醸し出す雰囲気は、接近しつつあるモンスーンみたいに灰色で、風雲急を告げていた。私立探偵AIは結果をよこしていたが、ディーペンドラは何も明かしてくれていなかった。第十六男子便所のクラブ的な秘密の空間でも、ぼそりとしゃべりすらしなかった。

ファトファトは、十代の少年が運転している。ジェルで固めた髪の毛が、鋭い棘のように目の上に垂れている――明らかに運転の邪魔だ。空港の横を通り過ぎた。グルガオンに入ったところで、ジャスビールの周囲の地面の起伏は落ち着いてきた。なのに、ツンツン頭の運転やショッピングセンターで安売りしているディーペンドラのアフターシェイヴ以上の何かのおかげで、ジャスビールは吐き気をもよおしてきた。五分後、ファトファトは、ハリャナ・ポロ・アンド・カントリー・クラブの柱廊が並ぶ玄関先の、きれいに熊手がかけられた砂利道のカーヴに、じゃりじゃりと停車する。

「ここで何をするんだ？　もしシュルカが、おれがデートする代わりにシャーディに出ていたなんて知ったら、この世の終わりだぜ」

「証人が要るんだ」

〝なんとかしてくれ、ラム・タルン・ダス〟、ジャスビールは奥歯に向かって悲鳴をあげるが、身だしなみ、行儀作法、紳士道の師範の顕現を先触れる、銀色の音楽の心休まる調べは、頭蓋を通じて伝わってこない。二人の大柄なシーク教徒のドアマンがうなずいて、二人を通してくれる。

キショアはバーでいつもの角度でもたれかかり、テリトリーを監視している。ディーペンドラは、適齢期の男子たちの群れの間を、戦にでかける神のように、大またで突き進む。すべての顔が振り返る。あらゆる会話とゴシップが止み、静まり返る。

「お……お……おまえ……」ディーペンドラは、怒りのあまり口ごもる。顔が震える。「シャーディ泥棒！」キショアの顔に平手が飛び、クラブのバー全体がひるむ。続いて、二つの手のひらが、ディーペンドラの上に降ってくる。両肩にひとつずつ。人間山脈のシーク教徒が、彼の向きを変えさせ、腕を極《き》め、口角泡を飛ばして怒り狂っているのをものともせず、ハリャナ・ポロ・アンド・カントリー・クラブのバーから引きずり出す。「この、くそ野郎！」ディーペンドラは、相手に向かって騒ぎ立てる。「おまえから全部巻き上げてやる。一パイサだって勘弁してやるもんか。神よ助けたまえ。絶対やってやるからな！」

　ジャスビールは困惑してびくびくし、大暴れして、誓いをたてているディーペンドラの後ろから、かさかさとついてゆく。

「ぼくはここに、証人としているだけですからね」次はおまえだという目つきのシークに向かって、そう言う。二人は、ディーペンドラが手を出した瞬間に捕まえて、レザック妃のラヴリー・ガール・シャーディ・エージェンシーへ出入り禁止にしたのだった。新型の力帆G8の幌越しにクラブの車道まで、二人はものの見事に、ディーペンドラを投げ飛ばした。彼は死んだように静かに地面に転がり、しばらくの間、砂利の上でのびている。それから、威厳を取り戻して立ち上がり、埃を払い、服の皺を伸ばす。

「こいつに関しちゃ、あいつと川で話をつける」ディーペンドラは、平然としているシークに向かって叫ぶ。「川でな」

　ジャスビールはすでに大通りで、さっきのファトファトがまだいないかと、探していた。

　太陽は、世界の藍色の縁に沿って回転する、黄銅の碗だ。黄昏の靄の中で光がちらついている。川に人がいないときなどない。針金のように痩せこけた男たちが、ゴミが散乱した砂の上で荷車を押しながら、地面の餌をついばむ鳥のように、落ちている物を拾い集めている。二人の若者が、石でつくった輪の中で小さな焚火をしている。遠くには、女たちの行列。頭に柔らかいバンドルをかぶっている。草が生えている砂地を、列を成して歩いてゆく。ちょろちょろと流れるヤムナ川の支流では、年をとった婆羅門《バラモン》の僧が頭から水をかぶり、自らを清めている。燃え出したばかりの火があるのに、ジャスビールは身を震わせる。あの水の下には、何が流れているかわかっている。木の燃える煙にまじって、下水の臭いがする。

「鳥だ」素直に驚いて、スージャイがあたりを見まわす。「鳥が鳴いているのが聞こえたぞ。朝ってこういうことが起こっているんだね。で、ぼくがここで何をしているのか、もう一回言ってくれない？」

「おまえがここにいるのは、おれが一人ではここにいないからだ」

「それで、あー、きみはここで、正確には何をしているのかしら？」

ディーペンドラは、ボストンバッグのそばで、両腕で自分をかき抱き、尻をつけずにしゃがみこんでいる。まぶしいばかりの白いシャツを着て、タック入りのスラックス。とてもいい靴を履いている。唸るように挨拶した以外は、彼はジャスビールにもスージャイにも、一言も話しかけていなかった。ずっとにらみをきかしている。ディーペンドラは砂をひとつかみすると、指の間からさらさらとこぼした。ジャスビールは、口を挟まない。

「家で、プログラミングしてられるのになあ」スージャイが言う。「おおっと。ショータイム」

キショアが、ちょぼちょぼとしか草が生えていない河原を歩いてくる。かっこよく着飾った人影が遠くで点になっているのが見えるだけだが、そこにいるみなに、相手が恐ろしく怒っているのがわかる。静かな朝の空気の中、彼の声はよく通る。

「おまえの頭を川の中に蹴りこんでくれるわ」まだ川の土手でしゃがんでいるディーペンドラに向かって、彼は吠える。

「ぼくはここに、証人としているだけですからね」ジャスビールは、信じてもらわないと、と思いながら、急いで言う。キショアは忘れているに違いないし、ディーペンドラは知らないに違いないが、あの夜にトゥグルク・タワーでキショアが思わせぶりな冗談を言った、彼は証人なのだった。

ディーペンドラが顔を上げる。彼の顔は落ち着いていて、目は穏やかだ。

「ただやらずにはいられなかったってとこだろ？　おまえが手に入れられない何かをぼくが手に入れるってのが、耐えられなかったんだ」

「ふん、そうだな。ポロ・クラブで、おれはおまえを逃がしてやった。あのときやっちまうこともできた。一番それが簡単だったろうな。おまえの鼻を頭蓋骨にめりこましてやることだってできたんだが、そうはしなかった。おまえはおれに恥をかかせた。友だち全員、いっしょに働いている連中、職場の同僚の目の前で。だが何よりもな、女たちの目の前で、だ」

「じゃあ、おまえが自分の名誉を回復する手助けをしてやろうじゃないか」

ディーペンドラはボストンバッグの中に手を突っこむと、銃を取り出す。

「おいうそだろ、銃だよ、こいつ銃を持ってる」ジャスビールは、しどろもどろに言う。自分の膝が液体になったみたいで、言うことをきかない。こういうことは、メロドラマか、巷で流行っているゴミみたいな小説の中でしか起こらないと思っていた。ディーペンドラが立ち上がる。銃はキショアの額に狙いが定められ、決してそらされない。ビンディーが塗られる、まさにその場所だ。「もう一挺、バッグの中にある」ディーペンドラが銃身をしゃくり、うなずく。「取れ。カッコよくやろうじゃないか。男のやり方だよ。名誉をかけてやろうぜ。銃を取れ」声がオクターヴ上がる。首とこめかみで、静脈が脈打っている。ディーペンドラが、ボストンバッグをキショアのほうに蹴る。銀行マンのほうにも、相手の公務員に匹敵する怒り、狂気、自殺行為の憤怒がたぎってくるのが、ジャスビールにはわかった。自分がぶつぶつとしゃべる声が聞こえる。〝どうしようどうしようどうしようどうしよう〟「銃を取れ。名誉をかけるチャンスをやるよ。さもなきゃ、今ここで、おまえを野良犬のように撃ち殺すだけだ」ディーペンドラが銃を構え、突然、キショアのほうに向かって一歩踏み出す。彼は、死にかけの猫のように喘いでいる。汗が上物の白いシャツを濡らし、透けてくる。銃口は、キショアの額から、指一本の距離しかない。

そのとき、動いたものがある。太陽を背にした身体、痛みによる叫び、続いて、ジャスビールは、スージャイが用心鉄のところをつまんで銃をぶら下げているのに気づく。ディーペンドラは砂の上で、右手を握ったり開いたりしている。年寄りの婆羅門が、水を垂らしながら、こちらを見つめている。

「もういいじゃん、いいじゃんか。おしまいにしよう」スージャイは言う。「こいつは他のといっしょにバッグに入れて、持ってくからね。ぼくがどっかやっちゃうから、誰もこのことについては口にしない。いいかな？　バッグは今、持っていくからね。みんなここから、ずらかったほうがいいんじゃないかな、誰かが警察を呼ぶ前に。ああん？」

スージャイは、自分のなで肩越しにボストンバッグを放り投げて肩にかけ、街灯が並ぶほうに向かって大またで歩いてゆく。背中を丸めたディーペンドラが、プラスチックのゴミに囲まれて、泣いているのをほったらかして。

「どうやって——何を——あれは——どこであんなん習ったんだよ？」柔らかい砂に足をとられながらも後ろから追いすがり、ジャスビールは尋ねる。

「ずいぶん長いこと、ああいった動きをプログラミングしているからね。肉の生活でも役に立つだろうとは思っていたんだ」

「まさか――」

「メロドラマから習ったんだよ。みんなそうでしょ？」

ソープ・オペラとも呼ばれるメロドラマには、慰めがある。予想のできる、些細だけれどもセンセーショナルな仲たがい、筋書きどおりに急展開をするメロドラマが、混乱した、筋書きのない世界から毒を抜いたのだ。この世界では、水資源局の公務員が、シャーディで出会った一人の女をめぐって、銃で決闘を挑むなんてことが起こるのだ。本物のドラマの小さな人形は、ソープに刻まれている。

まばたきすると、ジャスビールには銃が見える。ディーペンドラの手が、武術映画のスロー・モーションのように、ボストンバッグから銃を抜き出している。もう一挺の銃が丸められたスポーツ・ソックスの間にあるのも、見えるように思える。たぶん、想像しているだけなのだ。挿入されるクローズアップの場面のように。すでに彼の記憶は、編集中なのだ。

ニレシュ・ヴォラとチャタジ医師の妻を見ているのは、心地よい。二人の恋愛は永遠に挫折し、邪魔が入るのだ。それにディープティ――彼女は気づくだろうか？　あのブラームプールの連中にとっては、彼女は永遠に、井戸端からやって来た不可触民ダリットの娘にすぎないということが。

誰かさんとは、ガラスの仕切りで区切られたあっちとこっちで、何年も働いてきた。そいつとシャーディに行く。人生と恋愛に対する希望と恐れを、そいつと共有する。そして、恋愛が、そいつを殺人鬼の狂人へと変貌させる。スージャイが、銃をそいつから取り上げた。大柄で、もたもたしているスージャイが、弾が装塡された銃を、そいつの手から取り上げたのだ。あいつはキショアを撃っていたかもしれなかった。勇敢で、いかれちまってるスージャイ。あいつはプログラミングをしている。それが、再び正常に戻るための、あいつなりの手順なのだ。ジャスビールは、メロドラマを見ろ。ジャスビールは、彼にお茶を淹れてやることだろう。一度だけ。そうだな、そいつはいい身振りだ。スージャイは、ほんっとにいつでも茶を飲んでいる。ジャスビールは起き上がる。ちょっと退屈なのだ。マヘッシュとラジャーニ。あいつらは嫌いだ。運転手の振りをしている金持ちの若者。金のためじゃなくて恋愛のために結婚するんだというキャラたちに、彼の不信はどこまでもつのる。ラジャーニは熱いな、でも。彼女はマヘッシュに、ホテルの前まで車をまわしてくれと頼んだ。

「ここで働いていたら、いろいろな理論を練り上げるのに、充分な時間が手に入る。ぼくの理論のひとつはね、車は、それを乗る人たちの性格だということさ」とマヘッシュが言っている。〝口説き文句がそんなふうに働くなんて想像するやつがいるのは、メロドラマの中だけさ〟とジャスビールは思う。「それで、きみはタータ、メルセデス、力帆、レクサス?」

ジャスビールは、ドアのところで固まってしまう。「レクサスよ」

彼は、ゆっくりと振り返る。すべてが落ちてゆく。彼を宙ぶらりんにして。今、マヘッシュが言っている。「あのね、ぼくはもうひとつの理論を手に入れているのさ。誰もが都市である、ということさ。きみはデリー、ムンバイ、コルカタ、チェンナイ?」

ジャスビールは、ソファーの肘掛けに座りこむ。「それはワナだ」彼は小さな声で言った。「そして彼女は……」

「生まれたのはデリーだけど……」

「ちょっと、ぼくが考えていたのと違うね」

〝ムンバイ〟、ジャスビールがつぶやく。

「ムンバイよ、それなら。そう、絶対ムンバイ。コルカタは暑くて汚くて、いやだわ。チェンナイは——だめね、あたしは絶対ムンバイ」

「赤　緑　黄　青？」とジャスビールが言う。

「赤ね」躊躇いなし。

「猫　鳥　犬　猿？」

彼女は頭を傾ける。あれで、シュルカがライトホークを身につけているのに気づいたのだった。

「鳥……じゃなくて」

「だめだだめだだめだ」ジャスビールが言う。ここで彼女は、思わせぶりな笑みを浮かべるのだ。「猿よ」そこで微笑み。恋の駆け引き。

「スージャイ！」ジャスビールは叫ぶ。「スージャイ！　ダスを出せ！」

「AIは、恋ができるのか？」ジャスビールは尋ねる。ラム・タルン・ダスは、いつもの籐の椅子に、お気楽に脚を組んで座っている。〃すぐに、あっというまにだな〃と、ジャスビールは思う。〃おれが声を張り上げるから、隣のプラサドの奥さんが、壁を叩いて泣き出すことになるだろうよ〃

「さて、だんなさま、ほとんどの宗教が、恋愛とは宇宙の基礎であると述べ立ててはいませんか？　どの事例であれですね、おそらくは、そんなにおかしなことではないと思うのです。分配された実体が——例えばわたくし自身のような、ですね——愛を見出してしまう、そして、そうなんです、愛というものに驚かされてしまう。分配された実体にとっては、愛はその性質において、あなたがたが経験するような神経化学物質の急激な増量と電気的活動の波形とは異なります。わたくしたちにとっては、それはもっと……純化された経験なんです。《タウン・アンド・カントリー》でわたくしがサブルーチンによって知りえたことからだけで判断すれば。ですが、同時に、それは強烈に共有されるものです。どうご説明申し上げればよいのでしょう？　言語を離れてしまえば、あなたがたにはない考えなんです。説明する言葉は、なおさらです。わたくしは、いくつかのAIとサブプログラムの諸相が特定の形で受肉した状態です。こういうAIは、サブプログラムが反復された状態で、多くの感覚を周縁で共有しています。わたくしは多数。わたくしは集団なのです。そして彼女もまた――もちろん、性別などは、わたくしたちにとっては純粋に恣意的なものにすぎませんが。それにね、だんなさま。きわめて不適当でもあります。多くのレベルにおいて、わたくしたちはコンポーネントを共有しているんです。ですから、わたくしたちが結ばれるというときは、精神と精神の結婚であり、国と国の同盟と同じようなものなのです。ここが、わたくしたちと人間で違うところでしょうね。わたくしたちにしてみると、あなたがたの集団は、分裂が生じ、不和が起こるものに見えます。政治、宗教、スポーツ。とりわけあなたがたの歴史が、そのことを教えてくれています。わたくしたちにとっては、集団は、自分たちをいっしょにするものなんです。集団は、おたがいに惹かれあいます。おそらく、もっとも近い喩《たと》えは、大きな会社同士の合併でしょう。ひとつわたくしにわかっているのは、人間もAIも、そのことについて話す人が必要だ、ということなんです」

「おまえは、彼女がAIのアシスタントを使っているって、いつ気づいた?」

「それはもう、すぐですよ、だんなさま。わたくしたちにとっては、明らかですから。それにこういう言い方をお許しいただければ、わたくしたちは時間を無駄にしません。惹かれあったのは、最初のナノ秒です。それから後は、その、だんなさまが《タウン・アンド・カントリー》で不幸にも一場面をご覧になったように、われわれが台本を書きました」

「それじゃ、おれたちはきみらに導かれているように思っていたけれど――」

「だんなさまがたがわたくしたちの橋渡しであるとき

は、そのとおりでございます」

「それで、今は何が起こっている？」ジャスビールは、両手で腿を打つ。

「わたくしたちは、非常に高いレベルで調和していますが、兆しを感じ、影を認めているだけにすぎませんが、わたくしは新しいAIが生まれているのを感じています。わたくしたちのどちらをも、あるいはわたくしたちの共同キャラクターの誰をもはるかに超えたレベルのAIです。これが、誕生というものでしょうか？　わかりません。ですが、だんなさまに、わたくしが感じているとてつもない、迸《ほとばし》るような興奮を、どうやってお伝えすればよいのでしょう？」

「おれに、何が起こっているんだ、という話だったんだがな」

「申しわけありません、だんなさま。もちろんそうでございましょうとも。わたくしは、ここのところ起こりましたあらゆることにすっかりいかれておりましたので。もしひとつ意見を述べるのを許していただけるなら、だんなさまのご両親がおっしゃっていることには、真実がございます——結婚が最初で、愛はそれからです。愛は、毎日見ている物事の中に育つのです」


こそ泥のマカクザルがジャスビールの脚のまわりを駆けまわり、ズボンの折り目のところをぐいと引っ張る。真夜中の地下鉄、家に帰る最終電車。数少ない深夜の乗客が、おたがいの隔絶された孤独なようすを観察する。地下鉄網を走る、説明しがたい風の精《ジン》が、ゴミを螺旋を描くように回転させて、プラットホームの上で吹き飛ばす。トンネルは遠くの列車の音を集め、深夜のこの時間に、不気味に響かせる。ファトファトの停留所に、誰かいるだろう。さもなければ、歩こう。別にそれでもいい。

彼女とは、国際色豊かな街中のホテルのお洒落なバーで会った。椅子がすべて革張りで、ガラスは暗めにされていた。彼女はステキだった。コーヒーに砂糖を入れてかき混ぜるという単純な行為が、彼の心を真っ二つに裂いた。

「きみはいつ気づいた？」

「デヴァシュリ・ディディが教えてくれたわ」

「デヴァシュリ・ディディ、ね」

「あなたのは？」

「ラム・タルン・ダスっていう身だしなみ、行儀作法、紳士道の師範さ。とっても堅苦しい、古風なラージプートの紳士。あいつはいつもぼくのことを、だんなさま、と呼んだ。最後の最後までそうだった。ぼくの家の居候が作ってくれてね。《タウン・アンド・カントリー》のキャラクター・デザインをやっているんだよ」

「あたしの姉は、ジャーザイのメロドラマ部門の広報で働いているの。姉が俳優デザイナーの一人に頼んで、デヴァシュリ・ディディを作り上げてもらったのよ」

人工の俳優が人工の役割を同じようにこなせるのだと信じているという考えに、彼の頭はいつもどうかなってしまいそうだったのだが、そのとき彼は、ＡＩが恋をするということを知っていた。

「結婚しているの？　きみのお姉さんだけど」

「幸福にね。子どももいるわ」

「それじゃ、ぼくたちのＡＩも、お幸せにというところだね」ジャスビールはグラスを掲げ、シュルカはコーヒーカップを持ち上げた。彼女は酒を飲まない。アルコールが嫌いだったのだ。デヴァシュリ・ディディが、ジェイトリー妃の現代のシャーディでは、飲んで見せたほうが見栄えがする、と言ったのだった。

「ぼくのちょっとしたクイズには？」

「デヴァシュリ・ディディが、あなたが期待している答えを教えてくれたわ。彼女が言うには、駆け引きの基本であり、性格クイズ、心理テストだって」

「サンスクリット語は？」

「一語だってわからないわよ」

ジャスビールは、心から笑った。

「個人の精神的成長のほうは？」

「あたしはきわめて即物的なの。デヴァシュリ・ディディが――」

「もしきみに、精神的に深いところがあるのなら、すごく感銘を受けるんだがな。ぼくも歴史オタクじゃないんだよ。それで『適齢期の男子』のほうは？」

「あの読むに耐えない駄作？」

「ぼくも読んでないよ」

「あたしたちのどっちかに、何か本当のことってあるのかしら？」

「ひとつある」ジャスビールは言う。「ぼくは、タンゴができる」

うれしそうな微笑へと変わった彼女の驚きもまた、真実だった。それから彼女は、その表情をしまいこんだ。

「全然チャンスはなかったのかな」ジャスビールは尋ねた。

「なんでそんなことを尋ねる必要があるの？　ゲームをやっているだけだって認めて、握手して、笑って別れたほうがよかったんじゃないかしら。ジャスビール、あんたなんか眼中になかったわよって言ってあげたら、救いにでもなるのかしら。あたしは、自分の殻を破ろうとしていたの。結婚適齢期の女子にしてはヘンね。計画していることがあるの」

「へえ」ジャスビールは言った。

「あなたが頼んだから、そうすることにしたのよ。今夜出会って最初に。ごっこはもうやめだって」彼女はコーヒーカップを取っ手が右に来るようにまわし、ソーサーにきちんとスプーンが置けるようにする。「もう行かなかきゃ」パチンとバッグを閉じて、立ち上がる。行かないでくれ。身だしなみ、行儀作法、紳士道の師範の音がしない声で、ジャスビールは言う。彼女は行ってしまう。

「あのねジャスビール」

「何だい？」

「あなたはいい人よ、だけど、こんなのはデートじゃないわ」


猿は調子にのり、ジャスビールの脛のあたりを引っ張っている。ジャスビールの蹴りが決まり、猿が金切り声をあげる。プラットホームの向こうに飛んでいき、虚勢をはってみせる。悪いな、猿。おまえのせいじゃないんだ。地下鉄の構内で、音が大きくなってくる。熱い空気が強く吹きつけ、放電の臭いがし、地下鉄の最終の到着を先触れる。トンネルのカーヴで光が弧を描くとき、もう一歩踏み出して、あの前に落っこったらどんなだろうと、ジャスビールは想像する。ゲームは終わっているのだろう。ディーペンドラは、楽にやっている。無期限の病気休職、公務員向けカウンセリング、薬の処方。けれどもジャスビールにとっては、それは終わっていない。ゲームをするのに、あまりにうんざりした。そのとき、地下鉄が、青と銀色と黄色の光の叫びをあげ、目の前を通過する。荒っぽく一瞬にして、彼は我に返らなくてはならない。自分の顔が、ガラスに映っている。彼の歯はまだ、神々しく真っ白だ。ジャスビールは頭を振り、微笑んで、開いたドアの中へ足を運ぶ。

そうじゃないかと思ったとおりだった。バルワラ・メトロ駅のタクシー溜まりから、その晩の最後のファトファトは出てしまっていた。門と壁の向こうにおさまったアカシア・バンガロー・コロニーまで、穴だらけで舗装のはがれた道を四キロ。歩きで一時間。いんじゃない？ その晩は暖かかった。歩くのが一番だ。まだ流しのタクシーを拾えるかもしれないし。ジャスビールは踏み出す。半時間後、あたりを流していた最後のファトファトが、道路の反対側を通る。ライトをパッシングさせて、彼の横に来ようと方向転換する。ジャスビールは手をふって、行ってくれと合図をする。夜とメランコリーを、楽しんでいるところなのだから。偉大なるデリーの黄金の大気光の向こうに、星々が煌いている。

ベランダのフランス窓から、暗い居間に光が漏れてきている。スージャイが、まだ働いているのだ。四キロ歩いて、汗をかいていた。シャワールームにひょいと入り、噴射された水が自分を打つ至福に目を閉じる。流れちまえ流れちまえ流れちまえ――どんなに濫費しても、気にしない。どんなに高くついても、どんなに村人たちが収穫のために水を渇望していようとも。古い、くたびれた汚れを、洗い流すんだ。

ドアのところで音がする。誰かがしゃべっているんだろうか？　ジャスビールは、シャワーを止める。

「スージャイか？」

「あー、お茶置いとくから」

「ああ、サンキュ」

静かになったが、スージャイは立ち去っていない。

「あの、一言だけ、ぼくはいつだって……ずっと……いつまでも、ずっと……」

ジャスビールは息を呑む。水が身体を流れ落ち、シャワーの排水溝へと滴ってゆく。「ぼくはずっと、きみのためにここにいるからさ」

ジャスビールはタオルを腰に巻き、バスルームのドアを開け、お茶を手に取る。

やがて、アカシア・バンガロー・コロニー二十七番地の明るく光がともった窓から、ラテンの音楽が轟く。光が敷地の中で、上がり下がりする。プラサダ夫人が靴を片方、壁に叩きつけ、泣き叫びだす。タンゴの始まりだ。

小さき女神

The Little Goddess

中村仁美◎訳

わたしが女神になった夜のことは、今でも覚えています。

日没に男たちが、ホテルまでわたしを迎えにきました。お腹がすいて、目がまわりそうでした。審査官から、試練《テスト》の日には朝から何も食べてはいけない、と言われていたのです。わたしは夜明けに目覚めてから、ずっと起きていました。ていねいに沐浴《もくよく》をし、着替えて化粧をするだけでおそろしく長くかかったので、わたしはもういい加減、いやになっていました。両親がバスルームのビデでわたしの足を洗ってくれました。それまでビデなど見たこともなかったので、きっとこう使うのだろうと思ったのです。わたしたちはホテルに泊まるのも初めてでした。こんなすごいところがあるなんて、と驚いたものですが、いま思えばどこにでもあるチェーンの安ホテルでした。エレベーターに乗って階下へおりるときに、タマネギをギーで炒めるにおいがしました。当時はそれが、世界一おいしそうなにおいに思えたものです。

迎えにきた男たちは、僧侶だったに違いありません。ですが彼らが儀式用の衣装を身につけていたかどうかは、思い出せません。母はロビーで泣いていました。父は大きく目を見開いて、唇をかみしめていました——大人が、泣きたいのに涙をこらえなくてはならない場面でよくするように。わたしのほかにも、試練《テスト》を受けにきた女の子が二人、同じホテルに泊まっていました。わたしの知らない子たちでした。女神《デヴィ》が生まれた可能性のある、ほかの村から来た子たちです。二人の親たちは人目も気にせず、恥ずかしげもなく泣いていました。わたしは不思議に思いました。自分の娘が女神かもしれないのに、どうしてあんなふうに泣くのでしょうか。

表の通りに出ると、わたしたちの赤い長衣と額に描かれた第三の目を見た人力車《リクシャ》の車夫や通行人が、手を振ってはやしたてました。「見ろよ、女神《デヴィ》だ、女神だ！　国一番の果報者だよ！」二人の女の子は、迎えの男の手をぎゅっと握りしめていました。わたしは長いスカートの裾を片手でつまんで、窓に遮光ガラスをはめた車に乗りこみました。

わたしたちが向かったのは、旧王宮のハヌマンドカでした。警官と保安機械《マシーン》が、王宮前のダルバール広場を人払いしていました。はじめて見たマシーンから、しばらく目が離せなかったのを覚えています。機械の脚はまるで鋼鉄製の鶏の脚のようでしたし、手にはむき出しの鋭い刃がついていました。大統領直属部隊の戦闘機械。それからわたしは寺院に目を向けました。巨大な屋根が上へ上へと積み重なって、真っ赤な夕焼け空までつづいていました。まるで反り返った軒《のき》が血を流しているようでした。

細長い部屋は薄暗くて、息苦しいほど暖かでした。彫刻をほどこされた木のすき間や割れ目から、傾いた日の光が舞い立つ埃に縞模様をつくって射しこんでいました。燃えたつほどに明るい、光の縞。表を通る車やリクシャの音、観光客のざわめきが聞こえます。壁はさほど厚くないようでしたが、同時に何キロもの厚さがあるように感じられました。真鍮のような金属のにおいがこもった部屋は、外のダルバール広場とは別世界でした。当時はわかりませんでしたが、今のわたしにはわかります。あれは、血のにおいです。血のにおい以外のにおいもしました——埃のようにぶ厚く積もった、長い時間のにおい。わたしが試練に合格したら後見人になる予定の女の一人が、この寺院は五百年前に建てられたのだと教えてくれました。背が低くて丸っこい体つきの人で、その顔はいつもほほ笑んでいるようでしたが、よく見ると少しもほほ笑んでなどいないのがわかりました。女の人はわたしたちを、床に置いた赤いクッションの上に座らせました。その間に、男たちがほかの女の子たちを連れてきました。早くも泣きだした子もいました。女の子は全部で十人。二人の女の人は部屋を出ると、扉を閉めました。わたしたちは長いあいだ、その暑くて細長い部屋に座っていました。もじもじ、そわそわしたり、小声でおしゃべりする子もいましたが、わたしは全神経を壁の彫刻に集中していました。すぐにわたしは、没我の境地に入りました。我を忘れるのは、簡単でした。シャキャの村にいたころは、山頂の上空を流れる雲の動きや、はるか谷底を流れる川の面にたつ灰色のさざ波、風にはためく祈り旗のさまなどに意識を集中して、何時間も我を忘れて過ごしたものです。両親はそれを、わたしが女神になる素質を持っている印だと思ったようです——女神が宿る女の子には、それを示す三十二の印があるとされていましたから。

　わたしは薄れゆく光のなかで、ジャヤプラカシュ・マラ（十八世紀のカトマンドゥの王）が赤い蛇に姿を変えたタレジュ・バワニ女神とさいころ遊びをする物語を読みました。女神は去りぎわに王にむかって、自分が今後現われるときは、カトマンドゥの支配者たちの高慢さを罰するために、低いカーストに生まれた無垢な処女《おとめ》の姿をとるであろう、と告げるのです。夕闇が迫っていたので、物語の結末を読むことはできませんでしたが、その必要はありませんでした。わたしこそが、この物語の結末なのですから——でなければ、この〝女神の館〟にいる残り九人の女の子たちのだれかが。

　突然、扉が大きく開くと、爆竹が炸裂しました。耳を聾するばかりの騒音と湧きあがる煙のなか、赤い悪魔《デーモン》たちが部屋に飛びこんできました。真紅の衣装をまとった男たちが、鍋や拍子木や鉦《かね》を叩きながら、あとにつづきました。二人の女の子がそれを見て泣きだすと、二人の女の人がやってきて、その子たちを外へ連れていきました。けれどもわたしにはわかっていました。あれは悪魔なんかじゃない、ただの人間――仮面をかぶった人間――にすぎないと。実際、悪魔とは似ても似つかぬ代物《しろもの》でした。わたしは悪魔を見たことがあります。雨雲が去ったあと、光が谷の底まで射してきて、山々がそろってのび上がるように見えるときに。石の悪魔は、背の高さが何キロもありました。悪魔の声も聞きましたが、悪魔の息はタマネギくさかったりしませんでした。悪魔のふりをした人間が、踊りながらわたしに近寄ってきました。赤いたてがみを振りたて、赤い舌を突き出して。けれども仮面にあいた穴の奥にのぞく目を見たわたしには、彼らのほうがわたしを怖がっているのがわかりました。

再び扉が大きな音を立てて開くと、たくさんの爆竹がはぜる音がし、煙をくぐってさらに大勢の男たちが入ってきました。手に手に赤い布をかぶせた籠をさげています。わたしたちの前に籠を置くと、男たちはさっと布を取りました。中には切り落とされたばかりの、血にまみれた水牛の頭が入っていました。白目をむいた目。だらんと垂れた舌はまだ温かく、鼻はまだ湿っていました。切り落とされた首には、たくさんのハエがたかっています。男の一人が、まるで聖なる食物の皿を供えるかのように水牛の首が入った籠をわたしのほうへ押しやりました。外から聞こえる鉦や何かを叩く音はますます高まって、頭が痛くなるほどです。わたしと同じシャキャの村から来た女の子がすすり泣きはじめました。つられてほかの子たちもつぎつぎに泣きだしました。四人の女の子が泣いていました。わたしに話しかけなかったほうの女の人、背の高い、年をとり、やつれて古い財布のような皮膚をした女が入ってきて、長い衣の裾を血で汚さないように片手でつまむと、泣いている子たちを連れだしました。踊り手たちは炎のように部屋のなかを跳びまわりました。一人の男が跪《ひざまず》いて水牛の頭を籠から取りあげると、わたしの顔に突きつけました。死んだ水牛の目がわたしの目をのぞきこんでいましたが、わたしの頭に浮かんだのは、この頭はずいぶん重いんだろうなあ、ということだけでした。男の筋肉は盛りあがり、腕はぶるぶると震えていました。ハエはまるで黒い宝石のようでした。そのとき、外から手を叩く音がしました。男たちは水牛の頭を籠に戻すと、元どおりに布をかぶせ、悪魔の扮装をして踊ったり跳びはねたりしていた男たちとともに出ていきました。クッションに座っている女の子は、わたしとあと一人しか残っていませんでした。わたしの知らない子でした。ヴァジリャナの一族で、川下のニワールから来た子。わたしたち二人は長い間、黙って座っていました。ほんとうは話がしたかったのですが、これも試練の一部なのかどうかわからなかったのです。三度目に扉が開くと、白いヤギを連れた二人の男が入ってきました。男たちはわたしともう一人の女の子のあいだにヤギを引いてきました。ヤギのいじわるそうな横長の瞳が動くのが見えました。一人の男がヤギをつないだ綱を押さえると、もう一人が儀式用の大きなククリ刀を革の鞘から引き抜きました。それから刀を聖別し、すばやく力強いひと振りでヤギの頭を切り落としました。

わたしはふき出しそうになりました。ヤギのようすがあまりにおかしかったからです。体は頭がどこに行ったのかわからず、頭は頭できょろきょろ体を探しまわり、やっと頭を切り落とされたのだと気がついた体は、脚を蹴りあげ、ゆっくりと倒れていきます。だのにあのニワールから来た子は、どうして悲鳴をあげているのかしら。こんなにおかしいことったらないのに。それともわたしが先におもしろがって笑いだしたんで、やきもちを焼いているのかしら。理由はともあれ、笑みを浮かべた女の人とやつれた女の人がやってきて、やさしくその子を外に連れ出しました。二人の男は血の海のなかに跪くと、血まみれの木の床に口づけしました。それからヤギの頭と体を、外へ運び出しました。そんなこと、しなくてもよかったのに。こんな大きな部屋にたった一人で残されるなんて。わたしはだれかに側にいて欲しかったのです。熱気と闇の中に一人取り残されたわたしの耳に、車やリクシャの騒音に混じって、カトマンドゥの鐘の深い音色が響いてきました。そのとき、もう一度、扉が開きました。光を背にして、二人の女の人が立っていました。

「なぜわたしを一人きりで置いていったの?」わたしは叫びました。「何かまちがったことでもしたかしら?」

「あなたがまちがうことなど、ありえません、女神よ」年をとって皺のよった女が言いました。そう、これからはこの二人がわたしの父となり、母となり、師となり、姉となるのです。「われわれとともにおいでください。それも急いで。大統領がお待ちです」

笑みを浮かべたクマリマとのっぽのクマリマ（わたしは心の中で二人をこう呼ぶことにしました）は両側からわたしの手をとると、聳え立つ巨大なハヌマンの神殿から連れ出しました。神殿の前からすぐ横に立つ木造の宮殿まで、白い絹が道のようにのべてあるのが見えました。群衆は広場からこっちへ入れないようになっていましたが、警官とロボットたちに押し戻されながらも行列が通る道の両側へつめかけて、押しあいへしあいしていました。保安機械《マシーン》はその手に燃えるたいまつをささげ持っていました。たいまつの灯りが手につけた刃《やいば》に反射して、輝いていました。暗くなった広場には、大いなる沈黙が満ちていました。

「ここがあなたのおうちです、女神よ」笑みを浮かべたクマリマが腰をかがめ、わたしの耳元に口をつけてささやきました。「絹の上をお歩きください、女神《デヴィ》よ。

絹から足を踏み出してはなりません。わたくしが手を引いてさし上げます。わたくしといれば、大丈夫です」

わたしは二人のクマリマのあいだを歩きました。ホテルのラジオで聞いたポップスのメロディーをハミングしながら。ふと振り返ると、わたしの歩いたあとには血に染まった足跡が点々とつづいていました。

あなたにはカーストも、故郷の村も、帰るべき家もありません。この宮殿が、あなたの家です。これ以上の家など、望むことができましょうか？　われわれはあなたのために、この家を美しく飾りました。あなたがこの家を離れるのは、年に六回だけなのですから。あなたが必要なものは何でも、この宮殿のなかにそろっております。

あなたには父親も母親もありません。女神に人間の親はいないのです。兄弟姉妹もありません。あなたの兄上は大統領で、姉上はネパールの国です。あなたに仕える僧侶たちは、無に等しい者どもです。あなたのクマリマであるわれわれは、それ以下の存在です。埃、ゴミ、ただの道具にすぎません。あなたが何をおっしゃろうと、われわれはあなたの命令に従います。

さきに申しあげたとおり、あなたが宮殿を離れるのは、年に六回だけです。そのときは、輿《こし》に乗ってお出かけいただきます。彫刻をほどこした木と絹でできた、それは美しい乗り物でございますよ。宮殿の外では、決して地面に触れてはなりません。地面に触れた瞬間に、あなたは女神でなくなってしまわれるのですから。

衣装は赤いものをお召しください。髪は頭の上で髷《まげ》に結って、手と足の爪にはマニキュアを塗らせていただきます。額にはシヴァ神の印の赤いティラックをつけていただきます。慣れるまでは、われわれが身支度のお手伝いをいたします。

口を開いて話すのは、宮殿のなかだけになさってください。宮殿のなかでも、多くはお話しになりませぬように。生き神《クマリ》には沈黙がお似合いです。ほほ笑むことも、感情を顔に出すことも、なさいませんように。

　それから、決して血を流さぬように。ほんの小さな引っかき傷も、許されません。女神の力はその血に宿っております。血が流されるときは、女神がその力を失うときです。たとえ一滴でもあなたが血を流したら、われわれはその日のうちに僧侶に報告し、僧侶は大統領に女神が去ったことを伝えます。あなたは神性を失い、宮殿を去って家族のもとに戻らねばなりません。ですから、決して血を流されませんように。

　あなたに名前はありません。あなたはタレジュ女神であり、クマリなのですから。あなたは女神なのです。

　両側にずらりと並んだ僧侶たちの間を歩いて大統領のもとへ向かいながら、二人のクマリマはこうした指示をわたしの耳にささやきました。大統領は西洋風のスーツを着ていましたが、帽子は正しく伝統にのっとったものをかぶっていました。ネパールにもう王はいないけれども、わたしは王族に等しい待遇を受けるべき存在であることを、大統領は知っているようでした。大統領が両手を合わせてナマステの礼をすると、わたしたちはかつて玉座であった獅子の座に並んで腰をおろしました。ダルバール広場から聞こえる鉦や太鼓の音は、細長い広間を揺るがさんばかりでした。支配者ですら、女神であるわたしに頭をさげなくてはならないのか、と思ったのを覚えています。もっとも、女神にも従わなくてはならない法はあるのです。

　笑みを浮かべたクマリマとのっぽのクマリマ。まずはのっぽのクマリマのことからお話ししましょう。年齢に敬意を払うのは、正しいことですから。彼女はまるで西洋人のように背が高くて、日照りの年の木の枝のように痩せていました。最初は、怖そうな人だと思いました。ですが彼女の声を聞くと、怖さなどどこかへ行ってしまいました。まるで小鳥がさえずるような、やさしい声でした。あの声を聞くと、何もかもわかったような気がしたものです。のっぽのクマリマは、ダルバール広場の端っこに建つ観光客相手の店の上にある、小さなアパートに住んでいました。アパートの窓からは、林立する宮殿の塔のあいだにわたしのクマリ宮殿を望むことができました。クマリマの連れ合いは、安物のインド産タバコと大気汚染のせいで肺がんにかかって亡くなっていました。背の高い二人の息子は、成人してそれぞれ結婚し、孫も生まれていました。その孫ですら、わたしより年上だったはずです。クマリマはわたしの前にすでに五人の生き神《クマリ》の母親代わりを務めていました。

つぎは、笑みを浮かべたクマリマのことをお話ししましょう。背が低くて丸っこい体型の人でした。呼吸器に問題があるとかで、いつも青と茶色の吸入器を使っていました。ダルバール広場がスモッグで金色になるような日はいつも、蛇がシュウシュウいうような吸入器の音をさせていたのを覚えています。クマリマは西側の丘の上に新しく開けた郊外に住んでいました。専用車での送り迎えがつくとはいえ、かなりの長距離通勤であることに違いはありません。十二歳、十歳、九歳、それに七歳になる子供がいました。陽気な人で、わたしをまるで五番目に生まれた、大事な末っ子のようにあつかってくれました。それでもわたしは当時から、彼女が私のことを怖がっているのがわかっていました。ちょうどあの悪魔の扮装をして踊っていた男たちのように。無論、女神の母親代わりになることは、女性として考えられるかぎり、最高に名誉なことです——ですがそのせいで、近所の人たちに陰口を叩かれることがあるのも事実でした。（あんな恐ろしげな木の箱みたいなところにとじこもって、血まみれの儀式だのなんだの、古くさい、時代遅れの……）でも、その人たちはわかっていなかったのです。だれかが国を守らなくてはならないことを。インドや中国のように国じゅうがめちゃくちゃにならないように、ネパールを、神の王国の古き良きしきたりを、守らなくてはならないことを。二人のクマリマの違いについては、わたしは早いうちから気づいていました。笑みを浮かべたクマリマは、義務感からわたしの母親代わりを務めていましたが、のっぽのクマリマは愛情から母親代わりを務めていたのです。

わたしは最後まで、二人の本名を知りませんでした。二人は満ちては欠ける月のように、夜となく昼となく交代でわたしの面倒を見てくれました。あるめずらしく晴れた美しい晩、わたしが透かし彫りをほどこした大理石の衝立《ジャーリ》ごしに丸くなった月を眺めていると、笑みを浮かべたクマリマがそれを見とがめて、大声をあげてわたしを追い立てました。「満月なんて見るもんじゃありませんよ、月はあなたのなかの血を呼び覚ますんですから、小さな女神よ、そんなことになったら、あなたはもう女神ではなくなってしまうのですから」

木彫りの壁に囲まれ、鉄の規律に守られたわたしのクマリ宮殿での日々を思い出そうとしても、どの年もどの月も同じようで区別がつかなくなってしまいます。わたしがタレジュ女神になったのが、確か五歳のとき──それがたぶん、二〇三四年のことだったと思います。日時はあやふやでも、いくつかの思い出はまるで雪の下から芽を出して咲く花のように、記憶の表層を破って浮かびあがってきます。

急な傾斜の屋根にモンスーンの雨が降ると、雨水がうがいをするような音を立ててどっと樋を流れ落ちていくようす。風に吹かれると毎年のように建てつけが悪くなって、がたがた音を立てるよろい戸。そう、当時はまだ、季節風《モンスーン》が吹いたのです。街を囲む山々には雷の悪魔《デーモン》が住んでいて、わたしの部屋を稲妻の光で浮かび上がらせました。そんなときは、のっぽのクマリマが部屋にやってきました。わたしが眠れないのではないかと心配して、必要ならば歌を歌って寝かしつけようとして。けれどもわたしは、少しも怖くありませんでした。女神は、嵐なんかにおびえたりしないのです。

小さな庭を散歩していると、笑みを浮かべたクマリママが突然、叫び声をあげてわたしの足元の草に身を投げた日のこと。わたしが、わたしを拝むのはやめて立ちなさい、と言おうとしたちょうどそのとき、クマリママは人差し指と親指で何かもぞもぞ動くものをつまんでさし上げました――それは咬みつく相手を探して身をよじる、緑色のヒルでした。

それからのっぽのクマリママが、人々が女神のお姿を拝みたいと言っている、と伝えに来た朝のこと。最初のうちは、わたしがきれいな衣装や装身具を身につけ、化粧をして、透かし彫りの飾り窓のついたバルコニーに姿をあらわすのを人々が見たがるなんて、なんてすてきなことだろうと思いました。ですがそのころにはもう飽きてきて、めんどうに思うようになっていました。だれもが目を丸くして、口をぽかんとあけているようすときたら。ちょうどわたしの十回目の誕生日から一週間たったころでした。のっぽのクマリママはほほ笑んでいるようでしたが、わたしが目を向けるとなぜか笑みを隠して、わたしをバルコニーへと誘《いざな》いました。中庭に集う人々に手を振ると、たくさんの黄色い顔がいっせいにこちらを向き、甲高い、興奮した声がわたしのところまで聞こえてきました。わたしはバルコニーで人波がひくのを待ちました。ところが旅行者らしい二人の男女が、いつまでたっても立ち去りません。浅黒い、このあたりの住人らしい顔立ちに、田舎くさい服装。ごく普通の、どこにでもいそうな夫婦者でした。

「どうしてあの二人はなかなか行こうとしないのかしら?」わたしは尋ねました。

「手を振っておあげなさい」のっぽのクマリママが言いました。「あの人たちの望みは、それだけなのですから」わたしが手をあげたのに最初に気づいたのは、女のほうでした。その人は急に力が抜けたかのように、夫の腕にすがりつきました。男は妻のほうに身をかがめてから、わたしのほうに顔を上げました。男の顔にはさまざまな感情がないまぜになって浮かんでいました——衝撃、混乱、認識、嫌悪、驚き、そして希望。

それから、恐怖。わたしが手を振ると、男は妻の袖を引いて、バルコニーを見あげるよう、うながしました。わたしはいつの間にか、クマリに課せられた規律に反して、ほほ笑んでいました。女はその場に泣き崩れました。男は何か叫ぼうとしたようでしたが、その前にのっぽのクマリマがわたしをバルコニーから下がらせました。

「あのおかしな人たちは、いったいだれなの？」わたしは尋ねました。「二人とも真っ白な靴を履いていたけど」

「あなたのお父さんとお母さんですよ」のっぽのクマリマはそう答えました。ドゥルガー女神の廊下を先に立って歩きながら、クマリマはいつものようにわたしの手をしっかりと握っていました。わたしのもう片方の手が壁に触れて、木のささくれや何かで傷つかないように、気を配っていたのです。ですがその手は細かく震えていました。

その夜、わたしは夢を見ました。正確に言うと、夢ではありません。わたしが覚えている一番小さなときの記憶です。その記憶は何度も何度もわたしの心の扉をたたき、思い出してくれるよう、うながしていたのですが……わたしは昼の光の下では、決してその記憶の存在を認めようとしませんでした。ですからそれは夜の間に、秘密の裏口から潜りこんでくるしかなかったのです。

わたしは渓谷の上にぶら下がった籠のなかにいます。はるか下には泥で濁った川が、山腹から転がり落ちた岩や丸石のあいだを、泡をたてて流れています。わたしの家から夏の草場まで、川をまたいでケーブルが張ってあります。ケーブルに下げた太い針金でできた籠にヤギを入れて川を渡すのですが、わたしはその籠のなかに座っているのです。背後にはいつもたくさんのトラックで騒々しい幹線道路があります。それから、たくさんの祈り旗と、大手ブランドのびん詰め炭酸水の看板を掲げた、運転手相手にチャイを売る茶店《ティーハウス》――そこがわたしの家でした。わたしが入った籠は、さっき叔父が蹴ってくれた勢いで、まだ揺れています。叔父が両手両足をケーブルに巻きつけて、すき間だらけの歯をむき出してにやりとするのが見えます。叔父の顔は、夏のあいだの日焼けですっかり茶色くなっています。両手はトラックの手入れや修理ばかりしているせいでひび割れ、黒ずんでいます。オイルが皺のなかまでしみこんでいるのです。叔父はわたしに顔を向けて鼻の頭に皺を寄せると、片足をケーブルからはずして、滑車に吊るした籠を前に蹴ろうとします。滑車が揺れ、ケーブルが揺れると、山々が揺れ、空も川も揺れます。けれども小さなヤギ用の籠に入ったわたしは大丈夫、安全です。わたしはもう何度も叔父に籠を蹴ってもらって、渓谷を渡ってきました。叔父がケーブルにつかまって、じりじりと前に進みます。こうしてわたしたちは川を渡るのです――籠を一蹴り、じりじり前進、その繰り返しです。

　そのとき叔父に何が起きたのか、わたしにはわかりません――たぶん、脳のなかで何かがおかしくなったのでしょう。低地の人たちが高地に来たときによくなるように。とにかく、わたしが目を向けたときには、叔父は右手と右足だけでケーブルにしがみついていました。左手と左足はだらりと下がって、まるでのどを切られた牛のようにぶるぶる震えています。それにつれてケーブルも、わたしの入った籠も震えます。三歳のわたしはそれを見て、なんておもしろいんだろうと思います――叔父がわたしを喜ばせようとして、ふざけてみせたのだと思ったのです。そこでわたしはお返しに籠のなかで跳びはねて、もっとケーブルを揺らしてやります。ケーブルが揺れると、叔父も上下に大きく揺れます。左半身の自由がきかなくなった叔父は、なんとか右足をこんなふうに前に滑らせて、すばやく右手を前にのばして、ケーブルを離さないようにしつつ進もうとします。そのあいだも、叔父の身体は大きく上下に揺れつづけます。叔父は何か叫ぼうとしますが、顔の半分が麻痺しているので何を言おうとしているのか、まるでわかりません。叔父の指が、ケーブルからはずれます。叔父の身体がくるりと一回転して、ケーブルに巻きつけた足がはずれます。叔父が落ちていきます。身体の半分はまだケーブルをつかもうとし、口の半分は悲鳴をあげながら。叔父が落ちていくのが見えます。岩にぶつかってはね上がり、とんぼ返りをします――わたしにもあんなことができたらいいと、ずっと思っていたみたいに。叔父の体は川に落ちて、茶色の濁流にのまれます。

兄が出てきて、鉤のついたロープを使ってわたしの入った籠を回収してくれました。両親が駆けつけましたが、わたしは泣きも叫びもしませんでした。むずかってさえいませんでした。それで両親は、わたしが将来、女神になる運命だと気づいたのです。わたしは籠の中でほほ笑んでいました。

何よりよく覚えているのは、お祭りのことです。わたしがクマリ宮殿から出られるのは、お祭りのときだけだったからです。一番大きなお祭りは、夏の終わりのダサインの祭りです。八日間のあいだ、街は赤一色に染まります。祭りの最後の夜、わたしは横になっても眠れずに、さまざまな声や物音がひとつになって広場から響いてくるのに耳を傾けていました。話に聞く海の潮騒は、きっとこんなふうなのじゃないかと思いながら。豊穣と幸運の女神ラクシュミーに祈って、賭け事をする男たちの声が聞こえます。わたしの父も叔父も、ダサインの最後の晩には賭け事をしたものでした。わたしが起きてきて、どうしてみんなはそんなに大声で笑っているの、教えて、と言うと、みんなはトランプのカードから顔をあげて、いっそう大きな声で笑ったものでした。テーブルの上には、世界じゅうの硬貨《コイン》を集めてきたのかと思うほど、たくさんの小銭が積まれていました。けれどもそんなもの、ダサインの八日目の晩にカトマンドゥで動く金額に比べたら、ほんのはした金です。笑みを浮かべたクマリマによると、僧侶たちのなかには、一晩でなくした金を稼ぐのに一年じゅう働かなくてはならない者もいるそうです。そうして祭りの九日目、もっとも偉大な日がやってきます。わたしが宮殿から出て、街じゅうの人々の崇拝を受ける日です。

　わたしの乗り物は四十人の男たちが担ぐ大きな輿で、わたしの胴ほどもある太い竹の棒にくくりつけてありました。担ぎ手は一歩ずつ、慎重に足を運びます。通りはすべりやすいからです。神々や僧侶たち、聖なる者《サドゥー》にかこまれて、わたしは金の玉座に座って運ばれていきます。二人のクマリマ、わたしの代母が、寄りそっています。真っ赤な長衣に身を包み、大きな被《かぶ》り物をつけて化粧をした二人は、まるで人間とは思えないほどすばらしく、華麗でした。のっぽのクマリマの声と笑みを浮かべたクマリマのほほ笑みに支えられて、わたしはハヌマン神やタレジュ女神とともに、歓声と音楽と青空に明るく映える色とりどりの旗のあいだを進んでいきました。あたりには、わたしが女神になった晩にかいだのと同じにおい、血のにおいが漂っていました。

　その年のダサインの祭りで、人々はいまだかつてないほど熱狂的に生き神であるわたしを迎えました。ラクシュミー女神の夜の騒ぎは、翌日の日中までつづきました。タレジュ女神であるわたしは、人間などという下々の者のことは、気にもかけないことになっていました。それでも美しく化粧をほどこした目の隅から、輿の担ぎ手にあわせて一歩ずつ前進する保安機械《マシーン》の頭ごしに、チェットラパティの仏塔《ストゥーパ》から放射状にのびるどの通りも人の身体でびっしり埋めつくされているのが見えました。ペットボトルから空に向けて噴射された水の奔流がきらめいて、たくさんの小さな虹を作ります。水は雨のように人々の上に降りそそぎますが、みんなずぶ濡れになっても少しも気にしません。彼らの顔は熱狂的な帰依の喜びに輝いています。

不思議そうなわたしの顔に気づいたのっぽのクマリマが、身をかがめてささやきました。

「彼らは雨を呼ぶ祈りの儀式《プージャ》を行なっているのです。雨季《モンスーン》に二年つづけて雨が降らなかったのです、女神よ」

わたしが口を開くと、笑みを浮かべたクマリマが扇でわたしをあおぎました。わたしの口元が動くのを、他人に見せないためです。「わたしたちは雨などきらいです」わたしはきっぱり言いました。

「女神はいつでも自分の好きなことだけをするわけにはいかないのです」のっぽのクマリマが言いました。「これは重要な問題なのです。水が足りないのです。たくさんの川が干上がっています」

わたしは自分が生まれた家のはるか下の谷底を流れていた川のことを思い出しました。濁流に黄色い泡が浮かぶあの川を。叔父をのみこんだあの川を。あの川の水が干上がって、細く、途切れ途切れになるなど想像もできません。

「だったらなぜ、あの人たちは水を振りまいているの?」わたしは尋ねました。

「女神が人々にもっとたくさんの水を下さることを祈ってですわ」笑みを浮かべたクマリマが説明しました。ですが女神であるわたしがどう考えても、水が足りないのに水をまくなんて理屈に合うことだとは思えません。わたしは人間たちの奇妙な行動を理解しようと、眉間に皺をよせて考えこみました。それで、ちょうどわたしのほうへ近づいてきた一人の若い男と、まともに目を合わせてしまったのです。

いかにも都会人らしい青白い肌の色。群衆の中から飛び出すとき、頭の左側で分けた男の髪が大きく揺れました。男が斜めに縞の入ったシャツの襟に拳を近づけると、周囲にいた人々がいっせいに後ずさりました。男が両手の親指を、黒い糸の輪になったところに通すのが見えました。男の口が何か叫ぼうとするかのように大きく開きました。と、マシーンがすべるように近づいてきて、銀色の閃光が走りました。男の頭が空中高く舞いあがります。見開かれた目、丸く開いた口。首をなくした男の体の前で、大統領の殺人機械は、少年が折りたたみナイフをたたむように刃《やいば》を鞘におさめました。男の体はわたしがハヌマンドカで見たあのおかしなヤギの体のように、やっと自分が死んだことに気づいて地面に倒れました。群衆は悲鳴をあげて、首なし死体から離れようとしました。担ぎ手たちはどうすればいいのか、どこへ行けばいいのかわからず、輿は大きく前後左右に揺れました。ほんの一瞬ですが、わたしは輿から落ちるかと思いました。

笑みを浮かべたクマリマの口から、小さな悲鳴が漏れました。「ああ、ああ、ああ!」わたしの顔には血しぶきが散っていました。

「女神の血ではありません」のっぽのクマリマが叫びました。「断じて、女神の血ではありません!」クマリマはハンカチを唾で湿すと、やさしくわたしの顔から男の血をふきとりました。黒服を着てサングラスをかけた保安警察が、群衆をかき分けて到着しました。警官たちはわたしを輿から抱《かか》えおろし、死体をまたぐと、待っていた車のほうへ運んでいきました。

「あなたたちのせいで、お化粧がめちゃくちゃだわ」わたしが警官に文句を言うころには、車はもう走り出していました。女神を拝もうと集まってきた人々が逃げ惑うのを蹴散らして、車は狭い路地を疾駆しました。

その晩、のっぽのクマリマがわたしの部屋にやってきました。事件の黒幕を探して街じゅうをかぎまわるヘリコプターの音が、空気を震わせていました。ヘリコプターも保安機械《マシーン》と同じく大統領直属のロボット部隊です。カトマンドゥの上空を飛びまわって、鷹のような目で街を見おろすロボットたち。クマリマはわたしのベッドに腰をおろして、刺繍のほどこされた赤と金のベッドカバーの上に、小さな透きとおる青い箱をおきました。箱の中には青白い錠剤が二粒、入っていました。

「これを飲めばよく眠れます」

わたしは首を横に振りました。のっぽのクマリマは、青い箱を長衣の袖にしまいました。

「あの男はだれだったの？」

「原理主義者です。ヒンドゥーの献身者《カルセヴアク》、愚かであわれな若者」

「ヒンドゥー教徒？　それなのにわたしたちを害しようとしたの？」

「そこが狂気の狂気たる所以《ゆえん》なのです、女神よ。あの男やその仲間たちは、われわれの国があまりに西洋化されすぎて、宗教的真実や民族の根源からかけ離れてしまった、と考えているのです」

「だからといってわたしたちを、タレジュ女神を攻撃しようとするなんて。もう少しで自分たちの女神をふきとばしてしまうところだったのよ。マシーンがあいつの首を切ってくれたからよかったけど。まったくへんな話だわ。雨が降るのを願って空に水をまく人たちと同じくらい、理解できない」

のっぽのクマリマは頭を垂れました。それから長衣の飾り帯を探って、何かを取り出しました。クマリマは睡眠剤を置いたときと同じように細心の注意を払って、そのものをベッドカバーの上に置きました。軽そうな素材でできた、指の部分がない、右手用の手袋のようでした。手袋の上には、小さな小さなヤギの胎児のような形をしたプラスチック製のものがのっていました。

「これがなんだか、ご存知ですか？」

　わたしはうなずきました。街の通りで祈りの儀式《プジャ》をしていた人々は、だれもがこれと同じものを持っているようでした――みんな、まるでわたしをつかもうとするかのように右手をあげていました。確か〝パーマー〟とかいうもの。

「頭のなかにメッセージを送る道具でしょう」わたしは小さな声で言いました。

「それはたくさんある機能のほんのひとつにすぎません、女神よ。これは、そうですね、ちょうどあなたにとってのバルコニーのようなものです。ただ違うのは、これが開いてくれる窓が、ダルバール広場よりずっとむこう、カトマンドゥより、いえ、ネパールよりもっと広い世界に向けて開いていることです。これは人工《A》知能《I》、つまりマシーンのように自分で考えることができるものですが、マシーンよりずっと賢いのです。マシーンはせいぜいあちこち飛びまわって目当てのものを探すていどのことしかできませんが、このＡＩは、あなたが知りたいと思うことがあればなんでも答えてくれます。尋ねさえすればいいのです。それに女神よ、あなたが知っておくべきことはたくさんあります。あなたは永遠にクマリでいるわけではありません。いつかはこの宮殿を去り、一度は後にしてきた世界に戻る日がきます。わたくしは今までにたくさんのクマリがそうするのを見てきました」クマリマは両手を伸ばしてわたしの顔をはさみましたが、すぐに身をひくと言葉をつづけました。「あなたは特別なのです、わたくしの女神よ。ですがクマリとなるために必要な特別な素質を持った人が、世間で生きていくのはたやすいことではありません。人々はあなたが異常だと言うでしょう。いいえ、もっとひどいことさえ……」

　クマリマは感情を抑えると、胎児の形をした受信器をやさしくわたしの耳のうしろにかけてくれました。可塑性のプラスチックが、わたしの耳にあわせて形を変えるのが感じられました。それからのっぽのクマリマは手袋をはめると、ムドラー（ヒンドゥー教の踊りのときの儀式的な手の動き）のように手を動かしました。するとクマリマの声が頭のなかに響いてきました。まるで輝く文字がわたしたちのあいだの空中に浮かびあがるかのようでした。そう、のっぽのクマリマが骨を折って一字一字わたしに教えてくれた文字や言葉が。

〝だれにも気づかれてはなりません〟クマリマの手が踊るように動いて文字を紡ぎだします。〝だれにも話してはなりません。笑みを浮かべたクマリマにも。あなたが彼女のことをそう呼んでいるのは知っています。けれども、彼女にはわからないでしょう。ＡＩなど不浄な、女神を汚染するだけのものだと、彼女は思うでしょう。ある意味、彼女はあなたを害しようとしたあの男と同じなのです。このことは、わたくしとあなただけの秘密にしましょう〟

　それから間もなく、笑みを浮かべたクマリマがようすを見に来て、ベッドにノミがいないのを確認していきましたが、わたしは寝たふりをしていました。手袋と胎児の形をしたものは、枕の下に隠しておきました。枕に詰めたガチョウの羽とやわらかい綿の枕カバーごしに、ＡＩがわたしに話しかけてきそうな気がしました。はるか頭上でヘリコプターとロボットが旋回する今宵、ＡＩがわたしに夢を送ってくれる。笑みを浮かべたクマリマの部屋《パーマー》のドアが閉まる音がすると、わたしは早速、手袋をはめ、耳に受信器《ホーク》をかけて、失われた雨を探しに出かけました。東インドの上空百五十キロに浮かんで自転している天候観測用ＡＩの目を通して、わたしはそれを見つけました。猫の爪のような形をしたモンスーンの雲が、海の上にかかっているのが見えます。猫ならわたしの村にもいました。ネズミと大麦しか食べるものがなくて、がりがりに痩せた疑り深い生物。クマリの宮殿には、猫はいませんでした。わたしは自分の王国を見おろしましたが、ここからでは街も宮殿もわたし自身の姿も、見ることができません。山々が見えました。青と灰色の氷をかぶった、真っ白な山々。わたしはこの山々の女神なのです。わたしの心に憐れみがわき起こりました。山々のふもとに広がる、張り切った牝牛の乳房のような巨大な世界、無数の人々に満ち、まばゆいばかりの都市と輝かしい国々があふれる豊かな世界に比べれば、この山々はほんのちっぽけな岩の塊にすぎません。この世界こそがインド亜大陸、わたしたちの神々とその御名《みな》が生まれたところなのです。

　事件の黒幕は、三日のうちに警察に逮捕されました。雨が降っていました。カトマンドゥの上空には、低い雲が垂れこめていました。雨のせいでダルバール広場に建つ寺院の彩色は流れ落ちてしまいましたが、人々はぬかるんだ通りにくり出して空き缶や金属の器を打ち鳴らし、タレジュ女神を讃えました。

「あの男たちはどうなるの？」わたしはのっぽのクマリマに尋ねました。「悪人たちのことだけど」

「さあ、たぶん、絞首刑になるのでしょうね」クマリマは答えました。

　裏切り者の処刑がすんで、秋が来ました。ついに人々の不平不満が、犠牲にささげられた家畜の血のように、通りにあふれ出しました。警官もデモ隊も、双方がわたしの名を呼んでいました。わたしのことをわれらが祖国のあらゆる善なるものの象徴だと言う者もいれば、反対にあらゆる悪の象徴だとする者もいました。のっぽのクマリマは一生懸命わたしに説明しようとしました。しかし狂ったような危険な世界のただなかにいたにもかかわらず、わたしの心はまるで別なところを向いていました。宝石をちりばめたスカートのように山々の南に広がる、古くて広大な土地、インドに。いえ、そのようなときだったからこそ、わたしはそのおそろしいほどの歴史の深みに魅《ひ》きつけられたのでしょう——その土地を駆けめぐった神々や戦士たち、興《おこ》っては滅んでいった幾多の帝国。わたしの国は常に猛々しく、自由でした。しかしインドは違いました。わたしは最後の帝国からインドの独立を勝ちとった人々、神のごとき人々を見ました。その自由な国家が、競合と陰謀と腐敗にひき裂かれ、たがいに相争ういくつもの国に分かれるのを、見ました——オウド、バラット、ベンガル合州国、マラータ、そしてカルナタカ。

伝説に彩られた場所や名前。歴史そのものと同じほど古い、輝ける都市。人々でいっぱいの通りの上空を、ＡＩがガンダルヴァ（半人半鳥の大気の精）のように飛びまわる国。男と女の人口比率が、四対一にもなる国。古《いにしえ》の習慣は捨て去られ、女は可能なかぎり自分より高いカーストの男と結婚し、男はできるだけ自分のカーストに近い低位のカーストの女と結婚しようとする国。わたしはインドのすべてに魅了されました——その指導者たちや政党、政策から、一般の人々、そしてその人々が愛してやまない、ＡＩ製のメロドラマに至るまで。

長く厳しかったその年の冬のはじめから、わたしの心はインドとともにありました。ダルバール広場のむこうの世界では、警官隊と政府の保安機械《マシーン》のおかげでようやく街に秩序が戻りつつありました。ですが地上の乱れは、上方の三天の乱れでもあります。ある朝、目覚めて見ると、中庭のウッドデッキが雪で覆われていました。ダルバール広場に面した寺院の屋根にもずっしりと雪が積もり、まるで寒さに凍えて眉をしかめる老人のようでした。わたしは当時すでに、こうした異常気象は女神である自分のせいではなくて、大規模でゆっくりとした気候変動の結果であることを知っていました。バルコニーに出て、真っ白な空から大きくて灰のようにやわらかな雪片がひらひらと舞い落ちてくるのを見ているとき、笑みを浮かべたクマリマがやってきました。クマリマはわたしの前に跪《ひざまず》くと、幅の広い袖口のなかで両手をこすり合わせました。寒くて湿気の多い天気が、ひどく身体にこたえる性質《たち》なのです。

「女神よ、あなたはわたくしの実の子供に等しいおかたです——そうでしょう?」

わたしは口を開いて答えるのがいやで、黙ってあいまいに首を振りました。

「女神よ、わたくしは今までずっと、誠心誠意、あなたのためだけを思ってお仕えしてまいりました。あなたはご存知なはずです」

笑みを浮かべたクマリマはちょうど何カ月か前にのっぽのクマリマがしたのと同じように袖からプラスチック製の薬入れを取り出すと、手のひらにのせました。わたしは椅子に座ったまま、ちょっと身を引きました。怖かったのです。のっぽのクマリマがわたしに持ってきてくれたものを、こんなふうに怖いと思ったことはなかったのに。

「われわれはこの宮殿で、このうえなく幸せに暮らしております。ですが変化は、あらゆるものに訪れます。世界も変化します。そう、この雪のように——この雪は異常です、女神よ、なにかがおかしいのです。われわれの街もまた、変化します。われわれもまた、この宮殿のなかにいてさえ、変化から逃れることはできないのです、わたくしの花よ。変化はあなたにも訪れます、女神よ。あなたに、あなたの身体に。あなたもいつかは女になります。できることなら、女神よ、わたくしはあなたに起きる変化を止めてさしあげたい。ですがわたくしにその力はありません。だれにも止められないのです。ですがわたくしにもできることがあります……変化を遅らせること——停滞です。これをお飲みください。変化を遅らせることができます。うまくいけば、何年も。そうすればわれわれはみんな、ともにここで暮らしていけるのです、女神よ」クマリマは慇懃《いんぎん》に半ば腰をかがめたまま、わたしの目をのぞきこみ、そしてほほ笑みました。「わたくしは今までずっと、あなたのためだけを思ってお仕えしてまいりました。違いますか？」

わたしは片手をさしだしました。笑みを浮かべたクマリマは、錠剤をわたしの手のひらにのせました。わたしは錠剤を握りしめて、彫刻のほどこされた玉座からすべりおりました。自分の部屋へと向かうわたしの背後で、クマリマが彫刻のなかの女神に感謝の祈りをささげているのが聞こえました。わたしは手に持った錠剤に目を落としました。青。なんて似つかわしくない色でしょう。小さな専用バスルームに行ってコップを水で満たすと、錠剤をいっきに飲み下しました。ごくり、ごくりと、二口で。

その日から毎日、二粒の錠剤は魔法のように知らぬ間にわたしの枕元のテーブルに置かれていました。クリシュナ神のように青い、薬。わたしはこのことを、のっぽのクマリマに言いませんでした。なぜ言わなかったのかは、わたしにもわかりません。わたしがひどく怒りっぽくなったとか、おかしなくらい注意散漫で、儀式の最中でさえぼんやりしている、と注意されたときでさえ、黙っていました。かわりに、それは壁のなかにいる女神たちがわたしにささやきかけてくるせいだ、と答えました。わたしは自分が特別であることを十分意識していました。ある種の人々がそれを〝障害〟と呼ぶことも。それを言いわけにしさえすれば、みんなそれ以上尋ねようとはしないことも。その冬のあいだ、わたしはずっと疲れ気味で無気力でした。臭覚が異常に鋭くなって、ほんのわずかなにおいでも気になりました。中庭に集まった人々がそろってまぬけな顔を輝かせてわたしを見あげているのを見ると、怒りが爆発しそうになりました。わたしは何週間もバルコニーに姿をあらわしませんでした。木張りの廊下には昔流された血のつんとくる金属臭がこもって、耐えがたいほどでした。悪魔の目を持つわたしには、わたしの身体が、自分自身のホルモンと笑みを浮かべたクマリマが持ってきた初潮を遅らせる薬との戦場になっているのがわかりました。翌年の春は湿気が多く、どんよりとしていました。暖かくなってくると、自分の身体が大きく膨れあがったような気がしました。長衣とぎとぎとした化粧に包まれて、よたよたと歩く水膨れした球体。わたしはこっそり薬をトイレに捨てるようになりました。わたしがクマリになってから、七度のダサインの祭りが過ぎていました。

　これで以前と同じようになれるはずだ、とわたしは思いました。ですが、そうはなりませんでした。たしかに錠剤のせいで気分が悪くなることはなくなりました。けれどもわたしの感覚は鋭くなり、自分の身体を強く意識するようになりました。ベッドに寝ていてさえ、自分の脚がどんどん伸びて育っていくのが感じられます。小さな乳首が気になって気になってしかたがありません。暑さも湿気も、耐えがたいまでにひどくなりました——少なくともわたしには、そう感じられました。

　望みさえすればいつでも、パーマーをつけて自分の身体に何が起きているのか、ＡＩに尋ねることができたはずです。ですがわたしはそうしませんでした。わたしが女神でなくなるときが来ることを、知るのが怖かったのです。

　のっぽのクマリマも、わたしのガウンの裾がもう床につかなくなったことに気づいていたに違いありません。ですがある日、参拝《ダルシャン》の間にむかって廊下を急いでいたときに、わたしを呼びとめたのは、笑みを浮かべたクマリマでした。クマリマはちょっと口ごもりましたが、すぐにいつものようにほほ笑みながらやさしい声で言いました。

「なんて大きくおなりなのでしょう、女神よ。あなたはまだ……？　いえ、失礼いたしました、もちろんそうですわね……きっとこの暖かい気候のせいですわ、子供たちがまるで雑草のようにぐんぐん育つのは。うちの子たちだって何を着せてもあっという間に小さくなってしまって、着せる服がないほどですもの」

つぎの日の朝、わたしが着替えていると扉をノックする音がしました。まるでネズミが引っかくか、虫が鳴くかする音のようでした。

「女神よ？」

ネズミでも虫でもありません。わたしは凍りつきました。パーマーとホークをつけて、オウドとバラットから送られてくる早朝のニュースを聞いているところだったのです。

「いま、着替え中です」

「ええ、女神よ、だからこそ、いますぐにお目にかかりたいのです」

わたしは大急ぎでパーマーをはずすと、ベッドのマットレスの下に押しこみました。と同時に、重たい扉が開きました。

「わたしたちは六歳のときから、ずっと自分一人で着替えをしています」

「ええ、存じております」笑みを浮かべたクマリマはほほ笑みながら言いました。「ですが僧侶たちが、女神の儀式用の衣装に不具合があると申しましたので」

わたしは赤と金の長衣を着たまま立ちあがり、両手を広げてくるりとまわってみせました。輿にのって外出したときに街の通りで見かけた、トランス状態で旋舞する踊り手のように。笑みを浮かべたクマリマはため息をつきました。

「女神よ、あなたもご存じなはずです……」

わたしは頭から長衣を脱ぎ捨てると、一糸まとわぬ姿でクマリマの前に立ちました。女になった印を探したいのなら、好きに探せばいい、と思ったのです。

「ほら、ごらん」わたしは挑むように言いました。

「ええ」笑みを浮かべたクマリマは言いました。「ところであなたが耳のうしろにつけていらっしゃるのは、何ですか？」

　クマリマはホークに手を伸ばしましたが、わたしがそれを握りしめるほうが先でした。

「それは、わたくしが思っているものなのかしら？」笑みを浮かべたクマリマの声はやさしく、その顔はいつものようにほほ笑んでいましたが、身体はわたしと扉のあいだに立ちふさがっていました。「だれがあなたにそれを渡したのです？」

「これはわたしたちのものです」わたしはできるかぎり威厳をこめた声で言いましたが、現実のわたしは、規則やぶりの現場をみつかった、十二歳の裸の女の子でした――威厳などあるはずがありません。

「それをお渡しください」

　わたしは拳をぎゅっと握りしめました。

「わたしたちは女神です。そなたは女神に命令などできぬはず」

「女神には女神にふさわしい振る舞いがあります。今のあなたは、まるで悪がきです。さあ、それを見せて」

　クマリマは母親で、わたしは子供でした。わたしは拳を開きました。笑みを浮かべたクマリマは、まるでわたしが毒蛇を手にのせているかのように後ずさりしました。彼女の信仰に照らしてみれば、わたしが持っていたのは毒蛇にも等しいものだったのでしょう。

「不浄のもの」クマリマはかすれた声で言いました。「汚された、すべては汚されてしまった」クマリマの声は徐々に高くなっていました。「だれが渡したかは、わかっているわ！」わたしが手を閉じるより早く、クマリマはプラスチックの勾玉をひっつかみました。そしてまるで熱いものに触って火傷でもしたかのように、それを床にとり落としました。クマリマのスカートの縁《へり》が持ちあがるのが見えました。それからかかとが降りてくるのも。けれどもそれはわたしの世界のすべてでした。神託を告げる巫女、美しいものにむけて開かれた窓でした。わたしは小さな胎児の形のプラスチックを守ろうと、床に身を投げました。痛みもショックも覚えていません。笑みを浮かべたクマリマが驚いてあげた悲鳴すら、覚えていません。けれども、クマリマのかかとの下で、わたしの右手の人差し指の先から真っ赤な血が噴きだすようすだけは、ありありと思い浮かべることができます。これから先も、決して忘れることはないでしょう。

夕方のラッシュで混み合うデリーの街なかを、わたしは黄色のサリーをはためかせて進みました。小さなスズメバチのような色のオート・リクシャの運転手は、手首の内側でひっきりなしにクラクションを鳴らしながら、よたよたと進む、けばけばしい色で神々や天女《アプサラス》を描いたトレーラーと、クリーム色の公用車マルチとの間に割りこみます。ファトファトはそのまま、コンノート・プレイスを巡るチャクラのような交通の渦へとつっこんでいきます。オウドでは、みんな耳に頼って運転します。クラクションを鳴らす音や自転車《サイクル》・タクシー《リクシャ》のベルの音などが、同時にあらゆる方向から耳に襲いかかってきます。轟音は、夜明けの鳥たちがさえずりだすより早くから真夜中をとうに過ぎる時刻まで、止むことがありません。運転手がハンドルを切って、ゆったりと歩く聖なる者《サドゥー》をよけます。サドゥーはあたかも聖なるヤムナ川の水をかき分けて進むかのように、悠然と渋滞のなかを抜けてゆきます。聖なる灰を塗った白い身体は、死者を悼《いた》む幽霊のよう。ですがその手に持ったシヴァ神の三叉の矛は、沈みかけた日を浴びて血のように赤く燃えています。カトマンドゥの街を汚いと思ったこともありましたが、デリーの大気汚染のひどさときたら比べものになりません。金色の日の輝きと豪奢な夕焼けは、深刻な大気汚染の証拠です。わたしはディープティといっしょにファトファトの後席に身を縮めていました。顔にはスモッグよけのマスクをつけ、目のまわりの繊細な化粧が崩れないようにゴーグルをかけて。肩のところで折り返したサリーの端が夜風にはためいて、小さな銀の鈴がチリチリ鳴りました。

五台のファトファトは、一団となって進みます。大英帝国時代に作られた幅の広い通りに出るとファトファトはスピードをあげ、昔ながらの赤いインド風の建物群の横を通りぬけて、ガラスの尖塔のようなオウドのビル群を目指しました。真っ黒なトンビが塔のまわりを旋回しています——死肉漁りども。涼しげなインドセンダンの並木の下を曲がると、両側に公務員用のバンガローが並ぶ通りです。火を灯したたいまつに導かれて、円柱が並ぶポーチへ。王侯《ラージプート》のようにりっぱなお仕着せを着た召使いが、わたしたちをお見合い《シャーデ》式《イ》が行なわれる天幕へ案内しました。

ママジはだれより先に着いていて、わたしたち〝小鳥ちゃん〟が到着すると、みんなのあいだをいそがしく歩きまわり、いらいらしたり喜んだりしながら、衣装の乱れを整えたり、髪をなおしたり、元気づけたり、お説教をたれたりしました。「さあ、さあ、しゃんと立って。だらだらするんじゃないよ。うちの子たちは、今夜のシャーディでも一番の美人ぞろいなんだからね、わかってるかい？」骨ばった身体にいじわるそうな口元をしたママジの助手、シュエタが、みんなのスモッグよけマスクを回収してまわります。「さあ、みんな、パーマーの準備をして」つぎに何をすればいいかは、わかっていました。わたしたちは軍事教練を受ける兵士のように、いつもの手順をくり返します。手をあげて、パーマーをはめて、指輪をはめて、耳飾りのうしろにホークをつけて——頭を覆って垂れさがる縁飾りつきのスカーフ《ドウパタ》で、ホークが見えないようにうまく隠します。「今夜の相手はオウドでも最高の上玉ぞろいだよ。エリート中のエリートさ」出席者のレジュメが頭のなかでスクロールされるのを、わたしはまばたきもせずに見つめます。「右から左へだよ、みんな、まずは最初の十二人から。時間はきっかり二分ずつ、それが過ぎたら、つぎへ行く。さあ、さっさとおし！」

ママジが手を叩くのを合図に、わたしたちは一列に並びます。楽隊が演奏をはじめます。曲は洗練されたオウドの人々が国をあげて夢中になっているメロドラマ《タウン・アンド・カントリー》からの音楽メドレーです。わたしたち、十二人の花嫁候補が見守るなか、ラージプートのようなお仕着せを着た召使いが、天幕のうしろ側を引きあげます。

大きな拍手がまわりじゅうからわきおこります。百人ばかりの男たちが半円形に並び、熱心に手を叩いていました。男たちの顔は祭り用のランタンに照らされて、明るく輝いています。

わたしがオウドに着いて、まず気がついたのは、とにかく人が多いということでした。押し合いへし合いする人、物乞いをする人、しゃべる人――まわりの人を見ようとも、声をかけようともせずに、そこに人がいることに気づきさえしないで、他人を押しのけてただただ走る人。カトマンドゥですら、想像もできないほどたくさんの人間がいると思ったものですが、オールド・デリーとは比べものになりません。一日じゅうやまない騒音、あたりまえのような無神経さ、他人に対する敬意の欠如に、わたしは驚きました。ここでは人は、簡単に群衆の顔、顔、顔にまぎれて消えてしまいます――一滴の雨が貯水槽のなかに消えるように。つぎにわたしが気づいたのは、その顔がみんな男の顔であることでした。実際、パーマーが教えてくれたとおりでした。インドでは、女一人あたりに四人の男がいるのです。生まれてくる子供の性別を任意に決定するというだけの単純な技術が、ひとつの国をどれだけ歪めてしまったことでしょう。考えるたびに、驚き、あきれずにはいられません。

　りっぱな男、善良な男、賢い男、金持ちの男。野望を抱き、キャリアも財産もある男。将来性豊かで、有力な男。それでも、自分たちと同じ身分の、同じカーストの女性との結婚など望むべくもない男たち。そもそも結婚できる可能性自体がほとんどない男たち。シャーディというのは、もともと結婚式と披露宴を指す言葉でした——美しい白馬に乗った、気高い花婿に、金のヴェールをかぶってはにかむ、かわいい花嫁。その後、この言葉はお見合い斡旋業者の名前に使われるようになりました。曰《いわ》く〝かわいい、小麦色の肌をした、アグラワル階級《カースト》出身の女性。アメリカの大学でMBAを取得。自分と同じく公務員、もしくは軍関係の仕事に就く男性との結婚を希望〟。今ではそれは、〝お見合い式〟を指す言葉になってしまいました。持参財《ダウリー》をたっぷり持ったさびしい男たちが、未来の伴侶を見つけようとやってくる花嫁市場。男たちはラブリー・ガール・シャーディ・エージェンシーに多額の手数料を支払って、〝お見合い式〟にやってきます。

　かわいい娘《ラブリー・ガール》、つまりわたしたちは、バンガローの庭の長さいっぱいにのびる、〝絹の壁〟の左側に並びます。右手に、最初の十二人の男たちが姿をあらわしました。りっぱな衣装に身を包み、胸を張って自信満々に見せようとしていますが、内心、不安でしかたがないのが、わたしにはよくわかります。〝絹の壁〟といっても、実はプラスチックの支柱のあいだに張ったひもに何枚ものサリーを留めたものにすぎません。夕風が立って、サリーがはためいています。男女の間をわける、申しわけばかりの仕切り《プルダー》。ほんとうは絹製ですらないのに。

　今日、先頭に立って〝絹の壁〟にそって歩き、男と話すのは、レシュミでした。ヤダヴ階級出身で、顔も手も大きい、ウッタランチャル州から来た田舎娘です。小作人の娘。料理と縫い物ができて、歌も歌える、家計の管理ができ、家内用のAIや召使いを使うこともできます。レシュミの最初のお相手は、イタチのような顔をした顎の貧相な男で、公務員の白服に身を包み、ネルー帽をかぶっていました。歯は虫歯だらけ。どう見ても、落第です。どの娘に見せても、〝お見合い式〟に来るなんて手数料のムダよ、と言われることまちがいなしです。それでもレシュミとその男はたがいにナマステの礼をすると、並んで歩きだしました、規則どおり、ちょうど三歩の距離をあけて。壁の端まで行ったところで、レシュミはくるりとUターンして列の最後尾につきます。そうしてまた、次の相手と会うのです。こんな大規模な〝お見合い式〟だと、式が終わるころにはわたしの足は歩きすぎて血を流しています。ママジのマンションの大理石を敷き詰めた中庭に、赤い足跡がつくほどに。

わたしはアショクと並んで歩きだしました。丸々とした三十二歳の男性で、歩きながらちょっと息を切らせていました。四代前にパンジャブから出てきたくせに、今年流行のたっぷりとした白の長上着《クルタ》を着ていました。身なりに気をつけたつもりなのでしょうが、髭はめちゃくちゃ、髪はべたべたなうえにダッパー・ディーパクのポマードをつけすぎたようなにおいがしました。〝お見合い式〟に参加するのは今夜がはじめてだと、ナマステの礼をするまでもなく、わかりました。目玉の動きを見ているだけで、目の前に映し出されるわたしのレジュメを読んでいるのがばればれです。IT関係の上級職についている、いわゆる〝データラジャ〟なのは、レジュメを読まなくてもわかりました。何しろこの人ときたら、自分のこと、自分がいかにすばらしい仕事をしたかということしか話さないのです。新しいタンパク質製プロセッサの配列《アレイ》がどうだとか、自分が改良しているソフトウエアのこと、自分のところで育てているAIについて、ヨーロッパやアメリカへの出張の話、行く先ではだれもが自分の名前を知っていて、偉い人たちが喜んで迎えてくれる、などなど。

「無論、オウドがハミルトン法協定を批准するなんて、ありえないさ――いくらシュリヴァスタヴァがマコーレー大統領と仲がいいからって、それはないだろう。でも、もし万一そうなったら、われわれがほんの少しでも現実から目を背けたら――オウドの経済はおしまいだ。ITは、オウドそのものなんだ。デリーのメラウリ地区だけでも、カリフォルニア州全体よりたくさんのIT関連の学位を持った連中がいるんだ。アメリカ人どもが、人間の魂に対する冒瀆《ぼうとく》だとかなんとか言うなら、言わせておけばいい。やつらはオウドのレベル二・八のAIなしじゃ、やっていけないんだ――二・八ってなんだか、知ってるかい？　九十九パーセント、人間と見分けがつかないAIのことさ――なにしろぼくたちほど量子暗号にくわしい者は、ほかにいない。みんなわかっているはずさ。だから、仕事をたたまなきゃいけないなんて心配はしていない。それに万一のことがあっても、バラットに逃げればいい。ラナ政権のやつらがワシントンの要求に屈するなんて、まず考えられないな。やつらは外貨の二十五パーセントを《タウン・アンド・カントリー》のライセンス料で稼いでるんだ……あのドラマは百パーセント、AIだけでできているから……」

大柄で、まるで愛想のいいピエロのような男。しかも、ダルバール広場にあったわたしの宮殿を、なかにいる僧侶たちごと買い取れるほどの、大金持ち。気がつくとわたしは、どうかこんな退屈な男と結婚せずにすみますように、とタレジュ女神に祈っていました。

そのとき、アショクが急に歩みを止めたので、わたしは転びそうになりました。

「歩みを止めないで」わたしはささやきました。「そういう規則になっているの」

「わお」アショクはバカみたいに突っ立ったまま、目を丸くして言いました。わたしたちのうしろには、足を止められた男女の列ができていました。視界の隅にママジが身ぶりでさっさとするよう促すのが見えます。さっさと歩かせなさい！「わお、すごいや。きみは生き神《クマリ》だったんだね」

「お願いだから。みんながわたしたちのほうを見てるわ」できることなら彼の腕をつかんで引っぱりたいほどでしたが、そんなことをしたらそれこそ取り返しのつかないことになります。

「いったいどんなふうだったんだい、女神になるのって？」

「わたしは今ではみんなと変わらない、ただの女よ」わたしは言いました。アショクは、どうもわけがわからない、というように小さな咳ばらいをして、両手をうしろで組むと、また、歩きだしました。〝絹の壁〟のむこうの端に着いて別れるまでに、アショクはまだ、わたしに話しかけようとしていたのかもしれません。ですが、わたしには聞こえませんでした。音楽も、遠雷のようにいつもデリーに響いている、車やファトファトの騒音も、聞こえませんでした。わたしの頭に響いていた音はひとつだけ。両目のあいだから聞こえるキーンというような甲高い音、泣きたくてしかたがないのに泣いてはいけないとわかっているときに聞こえる音でした。デブで身勝手なアショクのつまらないおしゃべりのせいで、自分が女神でなくなった夜のことをありありと思い出してしまったからです。

クマリ宮殿の磨きあげられた木の廊下に響く、パタパタという裸足の足音。走る人の足音、押し殺した叫び声――あらゆる音がだんだん遠ざかっていくようです。わたしはまだ、クマリマに見てもらうために服を脱いだまま、裸で床に跪《ひざまず》いて、自分のつぶれた指先から彩色された木の床に血がしたたり落ちるのを見ていました。痛かったという記憶はありません。まるで離れた別の場所から痛みを見ているような、痛みを感じているのは自分ではない、別の子であるかのような感じでした。はるか彼方に、笑みを浮かべたクマリマが、時間が止まったかのように立ちつくしていました。恐怖と罪悪感にさいなまれ、両手を口にあてたまま。たくさんの声が遠くなり、消えてゆきます。かわりにダルバール広場の鐘が鳴りはじめます。それに応じて、カトマンドゥじゅうの鐘が鳴りだします。ついにはバクタプルからトリスリ・バザールまで、谷じゅうの鐘が鳴り響いて、クマリ・デヴィが神性を失ったことを告げました。

　たった一晩で、わたしは再びただの人間に戻りました。わたしはハヌマンドカに連れて行かれ（今度は普通の人間と同じように敷石の上を歩いていきました）、僧侶たちから最後の祈りの儀式《プジャ》を受けました。きれいにたたんだ赤い長衣と、きちんと片づけたさまざまな装身具や化粧道具を返しました。のっぽのクマリマがわたしに普通の服を渡してくれました。きっと、もうだいぶ前から用意していたのでしょう。大統領が別れの挨拶に来ることは、ありませんでした。わたしはもう〝ネパールの姉妹〟ではないからです。けれども大統領付きの外科医がやってきて、わたしの指をちゃんと手当てしてくれました。ほかの指に比べると、少し感覚が鈍かったり、曲がりにくかったりする症状はずっと残るだろう、と言っていましたが。

　わたしは夜明けに宮殿を出ました。杏《あんず》色の空の下、掃除人がダルバール広場の敷石に水をかけて洗っていました。迎えにきたのは、政府公用の、窓に遮光ガラスをはめたメルセデス・ベンツでした。二人のクマリマは、宮殿の門のところまで送りにきました。のっぽのクマリマは、すばやくわたしを抱きしめました。

「ああ、もっとたくさん、いろんなことをしてあげたかったのに。でも、もうしかたがないわ」

　のっぽのクマリマは、まるで人の手にしっかり握られた小鳥のように震えていました。笑みを浮かべたクマリマは、わたしをまともに見ることもできずにいました。わたしも、見てほしくなどありませんでした。

目覚めつつある街を横切って走る車のなかで、わたしは人間であるというのはどんな感じがするものか、理解しようと努めました。あまりに長いこと女神だったので、自分が女神以外のものであるというのがどんな感じか、忘れかけていたのです。けれども、ほとんど何も変わっていない気がしました。そこでわたしは、わたしが女神だったのはただ単にみんながそう言ったからにすぎないのではないか、と思いはじめました。

緑豊かな郊外を走る道は、のぼり坂になっていました。ぐねぐねと曲がりくねり、道幅も狭くなってきました。派手に飾りたてたバスやトラックがたくさん通ります。道端の家々は、しだいに小さく、貧しげになってきました——あばら家やチャイを売る屋台などが増えてきて、車は街の外に出ました——街から出るのは、七年前にカトマンドゥにきてから初めてです。わたしは顔と手を窓ガラスに押しつけて、オレンジ色のスモッグの衣をまとったカトマンドゥの街を見おろしました。

渓谷の壁をのぼる、細くて整備の行きとどかない道を、車は一列縦隊で走ります。頭上に広がる山の斜面には、ヤギの群れを入れる小屋や、ちぎれた祈り旗がはためく石造りのお堂が、点々と見えます。眼下には、クリーム色がかった茶色の急流が見えます。目的地まで、あと少しです。この車のいくらかうしろ、この同じ道を、僧侶たちを乗せた政府の公用車が何台も走っているのでしょうか。完璧な素質をしめす三十二の印を兼ね備えた小さな女の子を探すために。車が角を曲がると、そこはもうわたしの故郷《ふるさと》、シャキャでした。トラックの休憩所、ガソリン・スタンド、お店に蓮の花《パドマ》と踊るシヴァ神《ナルテスワラ》の寺院、幹に白い輪が描かれた、埃をかぶった木々——そうしたもののあいだに石壁があって、その石壁にあいたアーチをくぐって、段々畑のあいだを下る石段をおりると、そこがわたしのうちです。石壁で区切られた長方形の空をバックに二人並んで、はにかみがちに、ぴったり身を寄せあうように立っているのが、わたしの両親です。ちょうどあの日、立ち去りがたいようすでクマリ宮殿の中庭に立っていたのと同じように。

ママジはいつだってお上品で、怒りをあらわにすることなどありませんでした。ですが不満があるときは、自分なりのやり方でみんなにわからせました。夕飯のときに一番小さなパン《ロティ》の欠片《かけら》しかもらえないとか、豆の煮込み《ダール》をほんのちょっぴりしか入れてもらえないとか。新しい女の子たちが入ってくるんだから、もっと詰めて、部屋を空けておくれ——そうしてわたしは最上階の、一番風通しが悪くて、涼しい中庭のプールから一番遠い部屋に追いやられました。

「彼はわたしに、パーマーのアドレスを教えてって言ったのよ」

「パーマーのアドレスを聞かれたって、一銭にもなりゃしない」ママジは言います。「あの男はあんたの経歴がちょっとばかり変わってるから、興味を持っただけだよ。人類学的興味、ってやつかね。本気で誘ってくることは、まずないね。あんな男のことなんて、さっさと忘れてしまいな」

最上階の部屋に追いやられても、わたしはひどい罰を受けたとは思いませんでした。おかげで旧市街のひどい騒音と排気ガスを、はるかに見おろす身分になれたからです。食事の量を減らされたって、たいしたことはありません。ママジのところにいた二年近くというもの、食事はいつだってひどい味だったからです。木製の格子のすき間から、水のタンクと衛星放送用のパラボラアンテナと屋上でクリケットをしている子供たちごしに、赤い砦《レッド・フォート》の城壁の一部が見えました。ジャーマー・マスジッド・モスクのドームや尖塔《ミナレット》も見えましたし、その向こうには光り輝くガラスとチタニウムでできたニュー・デリーの高層建築群が見えました。屋根裏のハト小屋から飛びたったハトの群れが、どのビルよりも高く舞いあがっていきます。ハトがチャンドニー・チョウクの上を旋回すると、脚につけた粘土製の笛が鳴ります。ママジの世間知も、今度ばかりはあてになりませんでした。アショクはこっそりわたしにメールを送ってきました。わたしが女神だったころのことを尋ねてくることもありましたが、たいていは自分のこと、自分の立てた計画やアイデアの話でした。わたしの部屋の複雑な透かし彫り模様の間仕切《ジャー》り《リ》を背景に浮かぶ、アショクのメールのライラック色をした文字は、あの真夏の日々の何よりの楽しみでした。わたしは政治について議論する楽しみを知りました。アショクの元気だけはいい楽観論に、わたしは自分がニュース・チャンネルで得た知識で対抗しました。社説のコラムを見るかぎり、アメリカ合衆国から最恵国待遇を得るのと引き換えにオウドがハミルトン法協定を批准し、ラングール尾長猿より賢いＡＩをすべて違法化するのは、避けられないように思えました。アショクとのやり取りのことは、ママジには言いませんでした。アショクにプロポーズする気がないのなら、メールのやり取りなどするな、と禁止されるに決まっていましたから。

　雨季《モンスーン》前のある蒸し暑い晩、子供たちですら疲れはててクリケットをする元気もなく、空が逆さにした真鍮のボウルのように見える宵のこと、ママジが元は商人の持ち物だったマンションの最上階にあるわたしの部屋にやってきました。礼儀には反することですが、わたしは透かし彫りの間仕切り《ジャーリ》を大きく開け放ち、真下の路地からあがってくる熱気をはらんだ微風に、ガーゼのカーテンが揺れていました。

「おまえはまだうちで食べさせてもらっている」ママジはわたしの大皿《ターリ》を足でつついて、言いました。暑すぎて食欲も失せるような日でした。あまりに暑すぎて、できることといえばじっと横になって雨と涼しさがやってくるのを待つことだけ。でも、いったい今年はほんとうに雨季が来るのでしょうか。中庭でプールにつけた脚で水をはね返しながらしゃべる女の子たちの声が聞こえました。わたしだってこんな日には、あの子たちといっしょにタイルを張ったプールの縁に座っていたい——けれども自分がラブリー・ガール・シャーディ・エージェンシーで一番の古株になってしまったことは、痛いほどよくわかっていました。あの子たちのクマリマになるなんて、まっぴらごめんです。それに大理石張りの涼しい廊下でのおしゃべりから噂が広がり、わたしがクマリだったことを知ると、だれもがわたしに、おまじない《プジャ》をしてくれ、いい男がみつかるように小さな奇跡を起こしてくれ、と頼みにくるのです。今ではそんな頼みを聞いてやることもなくなりました。自分にはもう力がないのではないか、いや、力など一度もあったためしがないのではないかと、恐れたためではありません。わたしの力はわたしから流れ出して、みんなほかの女の子たちのほうへ行ってしまったのです。だからあの子たちは銀行家やテレビ局の重役やメルセデス・ベンツのセールスマンと結婚して、わたしは……

「おまえなんか、ネパールのごみ溜めにおいてくれればよかった。女神さまだって！　は！　それでわたしとしたことが、おまえにはたいした価値があるみたいに思いこんじまって。男どもときたら！　いくら株のオプションやチョウパティ・ビーチのリゾート・マンションを持ってたって、心の底じゃあ田舎のヤダヴに負けず劣らず迷信深いんだ」

「すみません、ママジ」わたしはママジから目をそらして、そうつぶやきました。

「そうは言っても、あんたがどうこうできることじゃないだろう？　ただ、完璧な素質を示す三十二の印をそなえて生まれてきちまっただけなんだから。ちょいと、よく聞くんだよ、かわいい人《チョ・チウィート》。実は、ある男が訪ねてきてね」

マンションにはいつだって、男たちが訪ねてきました。男たちは涼しい中庭で、シュエタがママジを呼んでくるのを待つあいだ、ジャーリのすき間から下をのぞいてはくすくす笑ったり、衣擦れの音をさせたりする女の子たちを見あげていました。結婚相手を探して、婚前契約を結びに、持参財《ダウリー》の頭金を支払いに、男たちはやってきました。特別に、二人だけで女の子と会いたい、と申しこむ男もいました。ママジの言う男も、そうした特別待遇を要求していました。

「りっぱな若者だよ、ハンサムだし、まだ二十歳そこそこさ。父親は水利業界の大物だし。この男が、特別におまえと二人だけで会いたいと言ってるのさ」

話を聞いた瞬間、何かにおうぞ、と思いました。ですがわたしは、デリーのお見合い紹介所《シャーディ・エージェンシー》では、カトマンドゥで僧侶やクマリマといっしょにいるとき以上に、濃い化粧をほどこした顔に考えを出さないようにすることが重要であることを学んでいました。

「わたしがですか？　なんて名誉なことでしょう……相手はまだ二十歳で……家柄もよくて、コネもあって」

「相手はブラーミンだよ」

「ええ、ですがわたしはたかだかシャキャの出身で……」

「わかってないね。この男は特別な人間《ブラーミン》なんだよ」

（もっとたくさん、いろんなことをしてあげたかったのに）公用車がクマリ宮殿の木彫りの門を出ていこうとしたとき、のっぽのクマリマはそう言いました。だったら窓ごしに、一言ささやいてくれればよかったのに。それでわたしには、みんなわかったのに。「クマリの呪い」と。

シャキャでは、みんながわたしに姿を見せまいとしました。わざわざ道の反対側に渡ってわたしを避け、あらぬ方《かた》を眺めました。昔からの家族ぐるみの友人でさえ、神経質にうなずいてみせるだけで、大事な用があるから、と背を向けました。茶店《チャイ・ダーバ》ではお茶の代金をとろうとせず、結局わたしは居心地が悪くなって、席を立たずにはいられませんでした。わたしの友達は、トラックやバスの運転手、バイオディーゼルを給油しにスタンドに入ってくる長距離トレーラーの運転手たちだけでした。きっと彼らは、いつもスタンドや茶店のあたりをぶらぶらしている、この奇妙な十二歳の女の子は何者だろう、と不思議に思ったことでしょう。それ以上のことを聞いた運転手も、いたに違いありません。噂は北へ向かう道沿いの村から村へ、町から町へと広がりました。元・生き神《クマリ》だった女の子。

それから、たてつづけに事故が起きました。男の子が日産車のエンジンのファン・ベルトにはさまれて、手を半分なくしました。十代の少年ができの悪い蒸留《ラク》酒《シ》を飲んで、アルコール中毒で死にました。男が足を滑らせて、二台のトラックの間にはさまれて死にました。茶店《チャイ・ダーバ》や修理屋では、わたしの叔父が死んだときの話が蒸し返されました。渓谷に落ちて叔父が死んだとき、のちに女神になったわたしが、針金でできた籠のなかで跳びはねながら、ただただ笑いつづけていたことが。

わたしは外出をやめました。カトマンドゥ渓谷のうちでも標高の高いあたりでは、季節は冬に変わろうとしていました。わたしは自分の部屋にこもって、何週間も外に出ないこともありました。霙《みぞれ》が部屋の窓を叩くのを、風の中で祈り旗がほとんど水平になびくのを、谷を渡る籠を吊るしたケーブルが揺れるのを、見ているだけで、日々が過ぎてゆきました。ケーブルの下では、あふれそうに増水した川が激しく流れていました。あの年の冬、悪魔《デーモン》の声がまわりの山々から響いてきました。悪魔は大音声《だいおんじょう》でわたしに向かって、神聖な女神の歴史に泥を塗った、不実なクマリたちについて、憎むべきさまざまなことを告げたのです。

一年で一番昼の短い日に、花嫁の仲買人がシャキャにやってきました。居間で昼となく夜となくつけっぱなしになっていたテレビからいつも聞こえるのとは違う声が聞こえてきたのに気づいて、わたしは細めにドアを開きました。声と一筋の灯りが入ってきました。

「何もおまえさんから金をとろうって言うんじゃない。ここ、ネパールにいたんじゃ、時間の無駄だよ。だれもが噂を知ってるし、そんな話など信じないふりをしているやつだって、いざ行動するとなると、迷信深くなるもんさ」

父の声が聞こえましたが、何を言っているのかはわかりませんでした。仲買人は応えて言いました。

「南の方へ、オウドかバラットへ行けば、うまくいくかもしれん。デリーじゃとにかくひどい花嫁不足で、不可触民《アンタッチャブル》ですらもらい手がある。まったくヘンなやつらだよ、あのインド人ってのは。ステータスとかを考えると、女神と結婚するのもいいかもしれない、と思うやつがいても不思議じゃないね。でも、おれがあの子を連れて行くわけにはいかねえな。なにせ、若すぎる。国境の検問所で捕まって、まっすぐ送り返されるのが落ちだ。そういう規則があるのさ。インドでだぜ。まったく、信じられるかい？　あの子が十四になったら、呼んでくれ」

わたしの十四歳の誕生日から二日後、仲買人はまたシャキャにやってきました。わたしは彼が運転する日本製のＳＵＶで村を出ました。わたしはこの男が好きではありませんでしたし、信用もしていなかったので、車が低地のテライ地方に入るまで、寝るか寝たふりをしていました。目を覚ましたときには、車は国境を抜けて、子供のころ夢見たインドの地に入っていました。最初は、男がわたしを、バラットの輝かしいラナ王朝の新たな都、古い歴史を誇る聖地、ヴァラナシへ連れて行くのではないかと思っていました。ヒンドゥー教の迷信という点から見ると、オウドは今ひとつ、見劣りがしました。とにかくこうしてわたしは、広大で支離滅裂で騒々しい、大脳の二つの半球のような街、ニュー・デリーとオールド・デリーに、そしてラブリー・ガール・シャーディ・エージェンシーに、やって来ました。ところがここでも、花嫁募集中の男性は二〇四〇年代にふさわしいほど進んでいるわけではありませんでした。少なくとも、元・女神と結婚しようというほどには。クマリの呪いなど気にしないのは、周囲からより大きな畏敬の念と色眼鏡で見られている者たち――遺伝子操作の結果生まれた、ブラーミン、と呼ばれる者たちだけだったのです。

　知恵も、健康も、美も、成功も、ブラーミンは何でも持っていました。高い地位が約束され、使いつくせないほどの富は、投機や通貨の切り下げでも、けっして目減りすることはありません――すべてが彼らの遺伝子の二重螺旋に組みこまれているのですから。インドのスーパー・エリート階級に属するブラーミンの子供たちは、寿命すら、親の世代の二倍はありました。ただし、問題もありました。再生種《トゥワイス・ボーン・カースト》姓に属するブラーミンは、すべてのカーストの頂点に立つがゆえに、新たな不可触民《アンタッチャブル》となってしまったのです。元・女神にふさわしい配偶者といえば、新たな〝神〟しかありません。

　トゥグルク地区の重工業地帯からあがるガスの炎が、西の地平線を明るく浮かびあがらせています。わたしは高層建築の屋上に立っていました。ここからなら、普段は見られないニュー・デリーの幾何学模様を読みとることができます。コンノート・プレイスのまわりを囲む光のネックレス、遠い昔に死んだ王族《ラージ》たちが築いた、不朽の都の偉大な輝ける光の網、そして北方には統一性のない、旧市街のぼんやりとした灯り。鳥の翼のようにカーブしたナラヤン・タワーの天辺にあるペントハウスは、ガラスでできていました――壁もガラス、屋根もガラス、足下では磨かれた黒曜石が夜空を映しています。歩くと、星々がわたしの頭に足に輝きました。人を圧倒し、畏敬の念を抱かせるために作られたような部屋でした。ですが、悪魔がヤギの首を打ち落とすのを見、血で染まった絹の上を歩いて宮殿に入ったわたしにとっては、なんでもありません。しかもわたしは使いの者に言われたとおり、女神の儀式用の正装に身を包んでいたのです。赤い長衣、赤い爪、赤い唇、コール墨で黒く縁取られたわたしの両眼の上、額の中央に赤で描かれたシヴァの目。金メッキをほどこした女神の頭飾りからは、人造真珠が下がり、指にはキナリ・バザーの安手の宝飾品店で買った派手な指輪がいくつもはまっていました。鼻につけた飾り鋲と耳飾りとは、細い、純金の鎖でつながれていました。悪魔《デーモン》がわたしは再び、女神、クマリ・デヴィでした。悪魔《デーモン》が身の内でうごめいていました。

旧市街から新市街へと急ぐ道すがら、ママジはわたしにあれやこれや注意しました。ママジは薄いボイル地のチャドルでわたしの頭部をすっぽりと包みました。お化粧が崩れないように、と言っていましたが、ほんとうは、道行く人々の目にわたしをさらしたくなかったからです。ファトファトがマンションの中庭から急発進するのを見送った、ほかの女の子たちは、神の祝福がありますように、と祈りの言葉を唱えて送り出してくれました。

「あんたは口を開くんじゃないよ。もしも相手が何か話しかけてきたら、敬虔なヒンドゥー教徒の娘にふさわしく、ちょっと頭を下げてみせなさい。何か言わなきゃならないことがあったら、わたしが代わりに話すから。あんただって昔は女神だったか知らないけど、相手はブラーミンなんだからね。あんたが住んでたちっぽけな宮殿なんて、十回も二十回も買いとれるくらいの大金持ちなんだ。それから何より、うっかり本心を目にあらわしたりしないこと。目にはどんな表情も出さないこと。そのくらいはあのカトマンドゥでだって、教わっただろう？　さあ、行くわよ、かわいい人《チョ・チウイート》。お見合いがうまくいきますように」

　ガラス製のペントハウスの照明は、街の灯りのほかは、どこかに隠された光源が投げかける、人をどうにも落ち着かない気分にさせる、ぼんやりとした青い光だけでした。ヴェド・プラカシュ・ナラヤンは黒大理石の塊から彫りだした、飾り気のないクッション付き《マスヌ》の玉《ード》座に座っていました。単純なデザインは、どれほど飾りたてた宝飾品よりも雄弁に、持ち主の富と力を示していました。わたしの裸足の足が、星空を映した床に触れて、かすかな音をたてます。玉座に近づくにつれて、まわりから青い光が湧きあがってくるようでした。ヴェド・プラカシュ・ナラヤンは美しい刺繍に彩られたぴったりした長い上着《シェルワニ》の下に昔ながらの細身《チユ》のズボン《リダール》をはいていました。玉座の主が身を乗りだすと、上半身に照明があたりました。わたしは思わず息をのみそうになりましたが、女神はつねに自制がたいせつです、というのっぽのクマリマの言葉を思い出して、かろうじてこらえました。

　大ムガール帝国の玉座に座っていたのは、九歳の男の子だったのです。

　普通人の二倍の寿命を持つブラーミンは、普通人の半分のスピードでしか成長しません。四百万年におよぶ人間の遺伝子の進化を研究しつくしたコルカタの遺伝子工学の権威たちも、これ以上、自然の法則を曲げることはできませんでした。子供の夫に、かつて子供のまま生き神《クマリ》となったわたし。ですが目の前にいるのは、ただの子供ではありません。法律上も、経験も、受けてきた教育も、趣味や感情も、すべてにおいて彼は十八歳の青年なのです——その肉体のほかは。

　ヴェド・プラカシュ・ナラヤンの二本の脚は、床にさえ届いていませんでした。

「すばらしい。実に、普通じゃないな」声は少年のものでした。玉座からすべりおりると、彼はまるで美術館で芸術作品を鑑賞するときのように、わたしのまわりを歩きまわりました。背はわたしより頭ひとつ分低いくらいでした。「うん、こいつは特別だ。で、条件は？」

ドアのところにいたママジが、なにやら数字をあげました。わたしは訓練の成果を総動員して、大またに歩きまわる相手と目を合わせないようにしました。

「結構だ。週末までに部下に婚前同意書を届けさせよう。女神。わたしの女神だ」

そこではじめて、わたしは相手の目を見ました。この人が失った長い長い歳月が、そこにありました。青い瞳、この世のものとは思えないほど青い、この高層ビルの頂上にある彼の宮殿を照らすどの灯りよりも冷たい、二つの瞳のなかに。

〝ブラーミンのやつらときたら、社会的地位の向上を求めるってことに関しちゃあ、だれよりも熱心だからね〟アショクからのメールを受け取ったのは、わたしがマンション最上階の自分の巣にいたときでした。かつてわたしの牢獄《ひとや》だったこの部屋も、今では花嫁の居室に様変わりしていました。〝なんと言っても、カーストのなかのカーストだからね〟アショクの言葉は、かすんだ赤い砦《レッド・フォート》をバックに空中に浮かぶと、音楽的な美しさで飛び立つハトたちの群れに溶けました。

〝きみの子供たちは、さぞ恵まれた環境で育つことだろう〟

それまで、わたしは九歳の少年と結婚する妻の務めについてなど、考えてもいませんでした。

とあるおそろしく暑い日に、わたしはヴェド・プラカシュ・ナラヤンと結婚しました。結婚式はフマーユーン皇帝廟の前のよく手入れされた芝生に設置された、エアコン付きの大テントで行なわれました。わたしははじめてあの人に会った夜と同じく、クマリの正装に身を包みました。夫となる人は金のヴェールを被り、白馬にちょこんと乗って、到着しました。うしろには楽隊と、色あざやかな模様で鼻を飾られた一ダースの象がつづきました。保安ロボットが式場の周囲を警戒するなか、占星術師がさまざまな吉兆を並べたて、赤いコーデュロイの衣装を着けた昔ながらのバラモンが、わたしたちの結婚を祝福しました。わたしのまわりにはバラの花びらが舞っていました。花婿の両親は誇らしげに、客たちにハイデラバード産の宝石を配ってまわりました。シャーディ・エージェンシーで一緒だった女の子たちは、喜んでは泣き、別れを惜しんでは泣きました。ママジは涙をこらえて鼻をならし、下卑た年寄りのシュエタは会場を歩きまわって、テーブルからあふれるほど豊富に供された無料の料理をパクつきました。わたしは夫とともに拍手に迎えられて、列をなす客たちに挨拶してまわりました。美しくて背の高い、外国人の奥さんを連れた、陰気くさい顔をした十歳くらいの少年がたくさんいました。ここで一番幼い花嫁はわたしなのだ、とあらためて思い知らされました。ですがかつて女神だった花嫁は、わたししかいません。

式のあとで行なわれた盛大な披露宴《ダーバー》のことは、ほとんど覚えていません。とにかくたくさんの顔、顔、顔と、次から次へと開く口、口、口、騒音をたてる口、フランス産のシャンパンのグラスを何杯も何杯も何杯もあける口――それだけです。わたしは、アルコールは好きではなかったので飲みませんでしたが、王族《ラジャ》のように着飾った若い夫は酒を飲み、太い葉巻を燻《くゆ》らせました。夫と車に乗りこむ段になって（わたしたちは多くの西洋の習俗を取り入れましたが、新婚旅行《ハネムーン》もそのひとつです）、わたしははじめて、だれかわたしの両親に結婚式のことを知らせてくれたのだろうか、と思いあたりました。

わたしたちは夫の会社のティルトジェットで、ムンバイへ飛びました。わたしはそれまで、飛行機というものに乗ったことがありませんでした。わたしはまだ結婚式用のメンディ（装飾の目的でヘナを使って手などに模様を描くこと）が残った両手でぎゅっと左右の窓枠を握りしめていました――まるですごい速さでうしろに飛び去っていくデリーの欠片《かけら》だけでも手元に留めようとするかのように。機上からの眺めは、わたしがクマリ宮殿にいたとき、神の目で見たインドの眺めと同じでした。飛行機こそ、女神にふさわしい乗り物です。ですが、機がニュー・デリーの高層ビル群の上で旋回するころ、悪魔《デーモン》がわたしの耳にささやきました。〝夫がまだ若い盛りのうちに、おまえは年をとって萎《しな》びてしまうのだよ〟

　空港まで迎えにきたリムジンがマリーン・ドライブに入ると、アラビア海が街の灯りをうけてきらきらと輝いているのが見えました。わたしは夫に車を停めてくれるよう、頼みました。この景色をゆっくり見て、思いをめぐらせたかったのです。目に涙がわいてきました。（この海と同じ水が、わたしのなかにもあるのだわ）わたしは思いました。ですが悪魔は、わたしをほうっておいてはくれませんでした。〝おまえは人ならぬものと結婚してしまったのだよ〟

　わたしの新婚旅行《ハネムーン》は、驚きの連続でした。わたしたちが滞在したペントハウスの壁はガラスでできていて、ちょうどチョウパティ・ビーチに日が沈むところを眺めることができました。わたしたちはすばらしい衣装に身を包み、大通りをドライブしました。映画スターや監督がほほ笑みかけ、パーマーを通じて祝福を送ってくれました。さまざまな色、動き、騒音、おしゃべり――それから、たくさんの人、人、人。それらすべてのバックに、異国の海のにおいと、静かな波音がありました。

　部屋係のメイドが、わたしの初夜の装いを手伝ってくれました。沐浴《もくよく》をさせ、香油をすりこみ、オイルを塗り、マッサージをし、消えかけたヘナの模様をなぞって、腕や上を向いた小さな乳房やへその上にあるマニプラカ・チャクラにまで模様をつけ足しました。髪には金の飾りを編みこみ、腕には腕輪を、手足の指には指輪をはめさせ、ネパール人らしく色黒なわたしの全身におしろいをはたきました。お香の煙と花びらでわたしを清めると、ごくごく薄い絹とヴェールでわたしの身体を覆いました。まつげを長く見せるようにマスカラをつけ、コール墨でアイラインを描き、爪にはていねいに色を塗って、磨いて尖らせました。

「わたしはいったい、どうすればいいの？　今まで男の人にさわったこともないのに？」わたしは尋ねましたが、メイドたちは黙ったまま、ナマステの礼をすると出て行きました。ですが、年取ったほうのメイドは（まるでのっぽのクマリマのようだ、とわたしは思ったのですが）、長いす《ディヴァン》の上に石鹸石の小箱を置いていきました。中には白い錠剤が二粒、入っていました。

　悪くない薬でした。当然といえば当然のことですが。


わたしは緊張と不安でいっぱいになって、トルキスタン製の絨毯の上に立っていました。やわらかな夜風が半透明のカーテンを揺らし、潮の香を運んできます。次の瞬間、耳にかけた金のホークから脳に直接、送りこまれてくるカーマスートラのイメージが、チャンドニー・チョウクの上を舞うハトのようにわたしのまわりで渦を巻きました。シャーディの女の子たちが手のひらに描いてくれたヘナの模様を見ると、まるで模様が手の上で渦を巻き、舞い踊るかのようです。自分の身体から立ちのぼる体臭や香水の香りが、それ自体、生きているかのように強烈で、息が詰まりそうです。まるで、そう、生皮をはがされて、すべての神経がむき出しになったよう。ほんのかすかな夜風が身体にあたるだけでも、耐えられないのです。マリーン・ドライブを走る車がクラクションを鳴らしただけで、溶けた銀を流しこまれたように耳が痛みます。

　わたしはどうしようもなく怖くなりました。

着替え室の両開きの扉が開いて、夫が入ってきました。宝石をちりばめたターバンに袖の長い、襞のある赤い長衣という、ムガール帝国の高官のような出で立ちです。長衣の前は男らしくふくらんでいました。

「わたしの女神よ」夫はそう言って、長衣の前をはだけました。そうしてわたしは見たのです。

固定具《ハーネス》は真紅の革製で、鏡の破片《ピース》を象嵌して美しく飾られていました。しっかり留まるように、腰を一巻きしただけではなく、両肩の上にもハーネスがかかっていました。留め金は金でできていました。ハーネスのことは、細部にいたるまでよく覚えています。ですがそのハーネスが留めていたものについては、一目見ただけですぐに目をそらしてしまいました。黒くて。まるで馬のもののように大きくて、微妙に上に反り返っていて。ごつごつしていて、鋲のような突起があるもの。覚えているのはそれだけです。そのあとは、部屋がわたしのまわりで、匂いをつけた蓮の花びらのようにぐるぐるまわって、ばらばらになり、わたしのあらゆる感覚がひとつに融けあって……気がつくとわたしは、タージ・マリーン・ホテルのなかを走っていました。

考えてみればあたりまえのことです。大人の性欲と嗜好を持つにもかかわらず十歳そこそこの少年の身体しか持たない生き物が、自分の望みを遂げようとしたら、ほかにどんな方法があるでしょう。

わたしはわけのわからないことを叫びながら、ショールだろうがカーテンだろうがなんでも手あたりしだいにひっつかんで、恥辱にまみれた自分の身体を覆おうとしました。召使いやメイドたちが追いかけてきました。どこかものすごく遠いところから、夫が何度も何度もわたしを呼ぶ声が聞こえました。「女神よ! わたしの女神よ!」と。

「統合失調症《スキゾフレニア》というのは、おそろしく耳ざわりな言葉だね」アショクは、赤い、棘のないバラを一輪、指の間で玩《もてあそ》びながら言いました。「前世紀の遺物だな。今なら、解離性障害、と呼ぶほうがいいだろう。もっとも、実は障害なんてないんだがね。あるのは適応的な行動だけだ。きみは自分が女神であることを受け入れるために、そうするしかなかったんだよ。解離。分離。分裂すること」

　時は夜。場所はデータラジャ、アショクの自宅の庭園です。四分庭園《チャハルバーグ》に巡らされた石造りの運河に音を立てて水が流れています。甘い、湿った水の香りがします。空気圧カーテンが、スモッグを締めだしています。周囲に植えられた木々は、デリーの騒音や人目をさえぎってくれます。空にはいくつか星さえ見えました。わたしたちは壁のない、ドーム型の東屋《チャトリ》に座っていました。大理石の表面は、日中の日差しの名残でまだ温かでした。銀の大皿《ターリ》には最高級の干したナツメヤシの実、ハエがたかった、カリカリのナッツ入りの菓子《ハルヴァ》やパーン（キンマの葉にビンロウジ、香辛料、果物、砂糖などを包んだもの）が載っています。植民地風のバンガローから照明の下に姿をあらわした保安機械《マシーン》が、また、影の中へ消えてゆきます。マシーンさえいなければ、王族《ラジャ》たちの時代に戻ったのではないかと錯覚しそうです。

　ばらばらにされた時が、ハトの翼のように旋回しています。解離性の行動。人間が状況に適応しようとするメカニズム。ヤシの並木がつづくムンバイの大通りを駆ける、わたし。新妻らしい薄物の衣装の上にひっつかんだショールを巻きつけた姿は、何も着ていないよりいっそう恥ずかしい気がしました。周囲に気をつけることも、方向を気にすることもなく、わたしはひたすら走りつづけました。道路は混雑していました。タクシーがクラクションを鳴らし、ファトファトが急ハンドルを切ってわたしを避けました。ファトファトに乗るお金を持っていたとしても——ブラーミンの奥方でいるかぎり、現金などというものは必要ないので、持っていなかったのですが——運転手にどこへ行けと言えばいいのか、わかりませんでした。それでも、わたしの本能はわかっていたのでしょう。気がつくと、わたしは鉄道の駅の広大な大理石の構内にいました。何万人もの旅行者や物乞いや物売りや駅員がせわしげに行きかうなか、たった一人、迷子のようにぽつねんと立っていたのです。肩にしっかりとショールを巻きつけて、わたしは赤い石でできた丸天井《ドーム》を見あげました。ドームはまるでわたしの頭蓋骨の内側のようでした。突然、自分のしたことが、おそろしいほどの実感で迫ってきました。

新婚旅行の途中で逃げ出した一文無しの花嫁が、ムンバイのチャトラパティ・シヴァジ・ターミナス駅で一人ぼっち。毎分、百本もの列車が、ありとあらゆる目的地に向けて出発しているというのに、どこにも行くあてがない。踊り《ナウッチ》を見せる高級娼婦だか、ホームレスの不可触民《アンタッチャブル》だか、見分けのつかない格好をしたわたしを、みんながじろじろ見て通りました。わたしは恥ずかしくてしかたがありませんでした。まだ、耳にホークをかけたままなことに気づいたのは、そのときです。〝アショク〟わたしは砂岩の列柱と浮かんでは消える広告の上に書きなぐりました。〝助けて！〟

「わたしは分裂なんてしたくないわ。たくさんの人格なんて欲しくない。どうして一人のままじゃいけないの？　わたしのままじゃダメなの？」わたしはいらいらと手の甲を額に打ちつけながら言いました。「わたしを治して。わたしを正常に戻して！」いくつもの記憶の欠片《かけら》。シャタブディ急行の一等席の個室で、わたしに熱々のチャイを持ってきてくれた、真っ白な制服を着た乗務員。古風な覆いのついた輿を携えて、プラットホームで待っていたロボットたち。わたしはその輿に乗って明け方のデリーの街を横切り、緑と水に彩られたアショクの幾何学庭園へとやってきました。けれどもそれらすべての背景に、ひとつのイメージが焼きつけられたように浮かんでいます。叔父の白くなった拳が、揺れるケーブルからすべって離れるさま。泡立つシャキャ川へと、落ちていく叔父の姿。脚がペダルを漕ぐように宙を舞う様子。わたしはあのころから、もう分裂していたのです。一方に恐れとショック、他方には笑顔と笑い声に。そうするほかに、女神として生きのびるすべなどあるでしょうか？

（女神よ。わたしの女神よ）

アショクには理解できないようでした。「きみは歌手の歌を歌う才能を治療しようとするかい？　これは狂気じゃない、ただの状況に適応する方法にすぎない。知能は進化の結果、獲得されるものだ。ぼくのことを、軽度のアスペルガー症候群の症状が見られる、と言う人がいても、不思議じゃないね」

「それがどういう意味なんだか、わたしにはわからないわ」

アショクがあまり強くひねったので、バラの茎が折れてしまいました。

「これからどうするか、考えたこと、あるかい？」

わたしはずっと、そのことばかり考えていました。ナラヤン一族はそう簡単に支払った持参財《ダウリー》をあきらめはしないでしょう。ママジのところへ戻ったりしたら、門前払いを食わされるだけでしょうし、故郷の村へ帰ることもできません。

「もしできることなら、少しのあいだだけでも、あなたが……」

「今は時期が悪すぎる……連邦議会下院《ローク・サバー》はどちらの言い分に耳を傾けると思う？　この国がこれから十年間は水の供給を心配しなくてすむ巨大ダムを建設している一族か？　それともアメリカ政府が悪魔の申し子と忌み嫌う二・七五世代のAIをごまんと抱えた、ソフト開発者兼起業家か？　オウドではいまだに、家庭の価値観が重要視されてるんだよ。わかるだろう」

「わたしはどこへ行けばいいの？」自分の声が、幼い女の子の声のように聞こえました。

花嫁の仲買人たちの話を思い出しました。結婚相手をみつけられず、かといって故郷に帰ることもできずに、結局、ヴァラナシやコルカタで〝格子窓の女〟となって一生を終えた、元・クマリたちの話。中国人たちが、転落した元・女神をほんのはした金で買っていたこと。

アショクは舌で唇を湿すと、口を開きました。

「バラットのヴァラナシに、家を持ってるんだ。オウドとバラットはおそろしく仲が悪くて、ほとんど交流はない」

「ああ、ありがとう、感謝するわ……」わたしはアショクの前に跪《ひざまず》いて、両手で彼の手をとりました。

アショクは目をそらしました。せせらぎの音がする庭園はエアコンで涼しかったのに、彼はひどく汗をかいていました。

「ただでっていうわけじゃないんだ。きみを……雇いたいんだ。仕事を頼みたい」

「仕事ですって？　いいわ、よろこんで働くわ。仕事なら得意よ。自分が決めたことなら、なんだって一生懸命やってみせるわ。どんな仕事なの？　どんな仕事でもかまわないけど。とにかく、やらせて頂戴……」

「ちょっとした品物を、運んでほしいんだ」

「どんな商品なの？　ああ、もちろん、何だってかまわないわ。何だって運んでみせる」

「AIだ」アショクは銀の大皿からパーンを取って巻きました。「シュリヴァスタヴァ配下の人工知能捜査・官《クリシュナ・コップ》どもが通信遮断器を持ってぼくの庭に踏みこんでくるのを待つつもりはないんでね」

「ハミルトン法協定ね」わたしは思い切って言ってみました。もっとも、その協定がどんなものだかも、アショクのいつもの大言壮語や独り言めいたつぶやきの意味も、わたしにはほとんど理解できなかったのですが。

「ハミルトン法協定にしたがえば、レベル二・五より上のAIは全部、違法化される」アショクは下唇をかみました。パーンの効果が脳に届くにつれて、瞳孔が拡大するのがわかりました。

「もちろん、わたしにできることなら、何だって手伝うわ」

「AIを運ぶのにどうしてきみが必要かは、まだ話していなかったね。百パーセント安全で確実な方法があるんだ。クリシュナ・コップたちが絶対に嗅ぎつけられない場所にAIを隠して、運ぶことができる」アショクは右手の人差し指で、自分の第三の目にあたるところに触れました。

わたしはケララに行って、頭蓋骨内部に複数のプロセッサを埋めこむ手術を受けました。二人の男が、領海外に浮かぶ、改造された巨大タンカー上で手術を行ないました。わたしの長くて美しい黒髪をそり落とし、頭蓋骨の継ぎ目をはずして、一番小さなクモよりもっと小さなロボットを送りこみ、わたしの脳の中にコンピューターの網を張らせたのです。タンカーはケララの高速沿岸警備艇がやってこられないほど沖合いに停泊していたので、秘密を要する外科手術にはうってつけでした。手術の多くは、西側諸国の軍関係者の依頼によるものでした。縫合された切開部分の傷が癒え、大量のホルモン剤の投与で髪が不自然なほど早く生えてくるまで、わたしは用意されたバンガローで介護役のオーストラリア人の少女とともに過ごしました。

〝タンパク質製のマイクロチップだ。最高精度のスキャンをかけないかぎり、みつかる心配はない。だが、わざわざきみを精密検査しようなんてやつはいないだろう。シャーディ・エージェンシーの女の子が夫候補を探して旅をする、なんてよくある話だからな〟

そうしてわたしは六週間のあいだ、座って海を眺めていました。大海の真ん中でおぼれて死ぬのは、どんな気持ちがするものだろう、と考えながら。一人ぼっちで、今いる場所もわからず、自分の手をつかんで引きあげてくれる人など、半径千キロ以内に一人もいないところで。そこから北に千キロ離れたデリーでは、インド製のスーツに身を包んだ男がアメリカ製のスーツに身を包んだ男と握手して、アショクから法的保護を剝奪することになる、「特別な二国間関係」の樹立を宣言していました。

〝クリシュナ・コップって何だか知ってるかい？　やつらはＡＩを狩る。非合法のＡＩを隠し持っている人間や、使っている人間も。やつらにとっては、どちらも同じなのさ。だが、やつらはきみを捕まえられない。決して、捕まえられないさ〟

わたしは大海の岸辺に座り、寄せては返す波の音に包まれて、悪魔《デーモン》のささやきに耳を傾けました。悪魔はわたしの一部なのです。わたしもやっと気がつきました。ですがわたしは、悪魔を恐れてはいません。ヒンドゥー教の教えでは、悪魔は神の鏡像にすぎません。人界でも、また神々の世界でも、歴史を書くのは常に勝者です。たとえ羅刹《ラクサーシャ》を率いる魔王ラーヴァナが神々との戦いに勝利をおさめたとしても、世界は何も変わらなかったでしょう。

〝これを運べるのは、きみしかいない。きみのような脳内神経構造を持った人間は、ほかにいないから。自分とは別の人格を脳内にしまっておけるのは、きみだけだ〟

オーストラリア人の少女は、よく扉の前にちょっとしたプレゼントを置いていきました――プラスチックの腕輪、ビニールのビーチサンダル、指輪や髪留め。みんな、街にある店で万引きしたものです。プレゼントを置くことで、あの子はこう言いたかったのだと思います――ほんとうはもっとあなたのことを知りたかった。でも、あなたが怖かったのです。あなたの過去と、あなたの頭のなかにあるものがこれからあなたをどう変えていくのかが、怖かったのです、と。最後にあの子が盗んだのは、正絹製の美しい長いスカーフ《ドゥパタ》でした。わたしを空港へ連れて行くとき、あの子はまだ髪が生えそろわないわたしの頭をそのドゥパタで包んでくれました。絹のドゥパタごしに、わたしは出発ラウンジでビジネス用のサリーに身を包んだ女性たちがパーマーに指示を送るのを見、女性パイロットがオウドの天気をアナウンスするのを聞きました。飛行機を降りて乗ったファトファトから外を見ると、スクーターに乗った女性たちが自信たっぷりにデリーの交通渋滞をぬってとばしていくのが見えました。どうしてわたしは、あんなふうな人生を送ることができないのでしょう。

「ちゃんと髪が伸びたじゃないか」アショクは庭園の東屋《チャトリ》で、クッションに座ったわたしの前に膝をついていました。この東屋は、アショクにとって特別な場所でした——聖域と言っていいかもしれません。アショクはパーマーをはめた手をあげて、人差し指でわたしの第三の目の上に描かれた印《ティラック》に触れました。アショクの息は、タマネギとニンニクと古くなったギーのにおいがしました。「ちょっと奇妙な感じがするかもしれないけど……」

わたしは息をのみました。感覚がぼやけ、溶けて、融合しました。わたしはひとつの統合された感覚ですべてを見、聞き、感じ、嗅ぎ、味わいました。神々や赤ん坊が、純粋にあらゆるものを取りこむように。音には色があり、光には手触りがあり、においは鐘の音のようにわたしに話しかけました。それから自分が、クッションの上からどっと流れ出して、白くて硬い大理石に向かって落ちていくのが見えました。自分が叫び声をあげるのが聞こえました。アショクがわたしに手をさしだしました。いえ、二人のアショクがわたしに手をさしだしました。いいえ、そのどちらでもない。わたしは一人のアショクを、自分の頭のなかにある二つの視覚《ヴィジョン》で見たのです。どちらの視覚で見ても、ものの形も意味もわかりません。どちらがほんとうなのか、どちらが自分の視覚なのか、どちらが自分なのか、わかりませんでした。宇宙のむこうほども離れたところから、「助けて」と叫ぶ声が聞こえました。アショクの家の召使いたちが、わたしをベッドに運ぶのが見えました。天井に描かれた蔓や小枝や花が、モンスーンの嵐を呼ぶ雲のようにわたしの上で渦巻いていましたが、やがてすべてが闇に溶けました。

　わたしは夜の熱気のなかで目を覚ましました。身体はこわばり、目は大きく見開いたままで、全身の感覚が白熱していました。風通しのよい室内にいる、羽虫一四一四の位置と飛行速度が、手に取るようにわかりました。空気はバイオディーゼルと埃とパチュリ（強い香りがするシソ科植物）のにおいがしました。わたしは一人ではありませんでした。わたしの頭蓋のなかに、だれかがいます。意識、でも、自覚、でもない、解離した、独立の感覚。わたし自身の顕現《あらわれ》。化身《アヴァター》。悪魔。

「あなたはだれ？」わたしはささやきました。自分の声が、とても大きく聞こえました。まるでダルバール広場で鳴る、たくさんの鐘のよう。答えは、ありませんでした——答えることなどできるはずがありません。相手は意識を持った存在ではないのですから。かわりに相手は、わたしを水の流れる四分庭園《チャハルバーグ》に連れだしました。ところどころ大気汚染でかすんだ星空が、頭上に広がっていました。三日月が浮かんでいます。わたしは頭上を見あげ、星々に向かって落ちていきました。月《チャンドラ》。火星《マンガル》。水星《ブドゥ》。木星《グル》。金星《シュクラ》。土星《シャニ》。竜頭《ラーフ》に竜尾《ケートゥ》（ともにインド天文学における九惑星のひとつで、それぞれ太陽と月をのみこんで蝕を起こす悪魔とされる）。惑星は光の点ではなく、岩とガスでできた球体です。それぞれに名前と性格があり、たがいに愛しあったり憎しみあったりします。二十七の星宿《ナクシャトラ》が、わたしの頭をめぐります。星々の形や性質、相互間の関係を決定づける結びつきのパターン——そこから生まれる物語やドラマは、《タウン・アンド・カントリー》に負けず劣らず複雑で人間的です。星座《ラーシ》の輪がめぐるのが見えます。星々の宿る壮大な館。夜空にかかる円弧。すべてがまわりつづけます。機関を内包する機関。果てることなくめぐる因果の輪、とらえがたい微妙な交信。宇宙の最外縁から、わたしが立つ、この地球の中心まで。惑星、星々、そして星座――あらゆる人の人生が、わたしの前を流れていきます。わたしはあらゆる人生を、こと細かに読みとることができます。

わたしは一晩じゅう、星々のあいだに遊びました。

次の朝、ベッドでお茶を飲みながら、わたしはアシヨクに尋ねました。「これは何なの？」

「基本的なレベル一・九のAIだよ。占星術《ジャナムパトリ》のAIで、配列や並べ替えの機能を持っている。このAIは、自分が宇宙にいると思っている。まるであの宇宙飛行士になったサルみたいにね。実のところ、それほど知能は高くないんだ。ホロスコープにはくわしいが、それだけだ。さあ、早くお茶を飲んでしまって、荷物を準備しろよ。列車の時間があるんだ」

予約してあったのは、シャタブディ急行の女性専用車の座席でした。女と見ればみんな独身でフリーだと勝手に思いこみかねない男性乗客の目から妻を守るために、夫たちはこうした席を予約するのです。同じ理由からこうした席を選ぶキャリアウーマンも、少しはいます。テーブルをはさんでわたしの向かいの席に座っていたのは、きちんとしたビジネス用のズボン《シャルワール》をはいた、イスラム教徒の女性でした。列車はガンジス平野を時速三百五十キロで疾走します。彼女はいかにも軽蔑したようにわたしを見ました。（妻とかいう名の、ちっぽけで、にたにた笑うしか能がない女）

（わたしたちがほんとうは何者なのか知っていたら、そんなふうには思わないはずよ）わたしは心のなかで言いました。（わたしたちはあなたの人生を見て、今までに起きたこと、今起きていること、これから起きることを、ひとつ残らずあなたに教えてあげることもできるのよ。何もかも、星の周期《チャクラ》に描いてあるのだから）その夜、わたしとわたしの悪魔は、ともに星座をめぐって飛びまわりました。わたしは悪魔に、悪魔はわたしに流れこみ、入り混じったので、どこでＡＩが終わってわたしがはじまるのか、もうわからなくなりました。

　聖都ヴァラナシは、カトマンドゥのようにわたしに歌いかけてくれるに違いないと思っていました。魂の故郷、九百万の神々のおわす街。その街の通りを、一人の女神がファトファトに乗って駆け抜けます。ですが、わたしが見たヴァラナシは、ほかのインドの国々の首都とひとつも変わりありませんでした――これ見よがしのガラス製の超高層ビル、ダイヤのように輝くドームといくつもの工業地域。そのすぐ足元に、汚物をあさる豚のようなスラム街。紀元二千年期にはじまった通りは、紀元前から変わらない貧民窟につづいています。車にファトファト、あらゆる交通機関と広告板、それに人、人、人。ですがわたしのスモッグよけマスクの縁から流れこんできたディーゼルの煙には、かすかに香のにおいが混じっていました。

　わたしはヴァラナシでのアショクの代理人《エージェント》と、ジャンタル・マンタルで会うことになっていました。ジャイ・シン王が建てた、巨大な太陽観測用の天文台です。日時計や星球儀やシャドウ・ディスクは、まるで現代彫刻のようでした。エージェントはわたしより少し年上の女性でした。ぴったりしたシルクのシャツに、ローライズのジーンズ。ジーンズがあんまり下がっているので、お尻の谷間が見えそうでした。わたしは一目で嫌いになりましたが、相手はかまわず、ジャイ・シンの天文観測儀の陰に入ると、パーマーをはめた手のひらをわたしの額にあてました。自分のなかから星々が出て行くのを感じました。空は、死にました。再び以前のように聖なる存在になれたと思ったのに、わたしはまた、ただの肉の塊に戻ってしまった。アショクのエージェントは、巻いた紙幣の束をわたしの手に押しつけました。わたしは渡された金に目もやりませんでした。相手は、何か食べて、コーヒーでも飲んで、もうちょっとまともな服を買いなさい、と言っているようでしたが、わたしはほとんど聞いていませんでした。喪失感に押しつぶされそうでした。気がつくとわたしは、足どりも重く、そびえたつ日時計の急な石段を登っていました。自分がどこにいるのかも、自分がだれなのかも、こんな日時計の階段を半分登ったところで自分が——自分の半分だけが——何をしているのかもわからずに。そのとき、わたしの第三の目が開きました。目の前に青々とした大河が見えました。川の東岸には白砂が広がり、聖なる者《サドゥー》の掘っ立て小屋や家畜の糞を燃料にした焚き火が見えます。岸には石造りの階段《ガート》が、カーブしながら、わたしの目のとどくかぎりずっと両側にのびています。人々も見えました。沐浴をする人、服を清める人、祈りの儀式《プージャ》を行なう人、物を買い、物を売り、生きては死んでいく人々。ボートに乗る人、跪く人、腰まで川につかった人、銀色の水を両手ですくって頭の上からかぶる人。手につかんだマリーゴールドの花びらを流れにまく人、マンゴーの葉で作った小さなオイル・ランプ《ディヤ》に灯をともして川に流す人、聖なる川の水に浸すために死者を運んでくる人。遺体を火葬にする薪の山が燃えるのが見えます、ビャクダンの香りと肉の焦げるにおいがします、頭蓋骨がはじけて魂が飛び去る音が聞こえます。前にもこの音を聞いたことがあります。パシュパティナートの、旧王族用火葬ガートで。大統領の母上が死んだときのことです。骨の割れる小さな音、それだけで、自由になるのです。心慰められる音です。わたしは故郷を思い出しました。

その年のその季節、わたしは何度もこのガンジス川のほとりの街を訪れました。わたしは来るたび、違う人間になっていました。会計士、カウンセラー、ロボットを操縦する兵士、メロドラマ専門の女優、データベース管理者――わたしは千の技術《わざ》を持つ女神でした。ある日わたしはデリーの駅で、銃を持ったクリシュナ・コップが保安ロボットを連れてプラットホームをパトロールしているのを見ました。人もＡＩも、あの銃で撃たれたらひとたまりもありません。つぎの日から、アショクはわたしが使う交通手段を次々と変えました。飛行機に乗るかと思えば、列車を使い、ぎゅうぎゅう詰めのバスに乗って田舎道を揺られていくかと思うと、派手に飾り立てられたトラックの長い列に混じって、運転手つきのメルセデス・ベンツでオウドとバラットの国境の検問所を越えました。頭蓋がはじける音と同じく、トラックもわたしに故郷のネパールを思い出させました。でも、旅の終わりはいつも同じ。あの小ずるいエージェントの女が自分の手をあげてわたしのティラックに触れて、わたしを分離し、一人にしてしまうのです。わたしは機《はた》織り娘だったり、税理士だったり、ウェディング・プランナーだったり、メロドラマの編集者だったり、航空管制官だったりしました。けれども結局、あの女がみんな持っていってしまうのです。

　そのうち、旅の目的地であるバラットの側でもクリシュナ・コップが待ち伏せしているようになりました。そのころにはわたしもアショク同様、われわれをめぐる政治状況にくわしくなっていました。バラットがハミルトン法協定を批准することは、まずありえません――バラットのドル箱である娯楽産業は、ＡＩに頼りきっているのですから――ですが、アメリカを敵にまわすのは避けたい。そこでバラットは妥協策をとりました――レベル二・八をこえるＡＩはすべて違法、それ以外のＡＩはすべてライセンス制にして、空港や鉄道の駅はクリシュナ・コップにパトロールさせる、というものです。まるでガンジス川の流れを手の指で止めようとするような、試み。

わたしは機内で別の運び屋をみつけました。わたしより二列前の席に座った薄ひげのはえかけた若者で、何もかもがだぶだぶの、スター・アジア風の若者向けファッションに身を包んでいました。おそろしく緊張して、神経質になって、四六時中、何度も何度も何度も胸ポケットをチェックしています。とるに足りないチンピラ。データラジャにあこがれて、パーマーには専門的なレベル二・七五のAIをいくつかインストールしているに違いありません。いったいあれでどうやってデリー空港の検問をくぐり抜けてきたのか、見当もつきません。

ヴァラナシではクリシュナ・コップにみつかるに決まっています。パスポート・チェックのために入国カウンターに並んでいると、クリシュナ・コップが男に近づいてきました。男は突然、逃げだしました。走りました。大理石製の広大な到着ロビーを男が駆けると、女子供が逃げ散りました。男は光の射すほうへ、巨大なガラスの壁とそこにあいたドア、そしてドアの向こうの狂ったような雑踏の中へ、逃れようとしました。クリシュナ・コップが何か短く叫ぶのが聞こえました。ホルスターから銃が抜かれます。群衆から悲鳴があがります。わたしは頭を低くして、急ぎ足で前に進みました。入国管理官がわたしの書類をチェックしました。また、シャーディの女の子の花婿候補探しか。わたしは急いでそこを通りぬけると、タクシー待ちの人の列に顔を向けました。うしろの到着ロビーは、水を打ったように静まりかえっていました。耳がキーンとしそうなほどの静けさでした。

そこではじめて、わたしは怖くなりました。デリーに帰ると、まるでわたしの恐怖が先に着いて待っていたかのようでした。魔神《ジン》の街は、噂でいっぱいだったのです。政府はハミルトン法協定を批准していました。

クリシュナ・コップは家々をしらみつぶしに捜索していました。パーマーのファイルはモニターされることが決まっていました。子供向けのAIおもちゃですら、違法になっていました。アメリカ海兵隊が、空路、投入されつつありました。シュリヴァスタヴァ首相は、ルピーに替えてドルを通貨とすると発表しようとしていました。恐怖と憶測が季節風《モンスーン》のように吹き荒れていました。そしてアショクはそのただなかにいたのです。

「もう一回だけ、これが最後だ。これでぼくも足を洗う。ぼくのために、やってくれるかい？　最後に、もう一度だけ？」

バンガローはもう半分空になっていました。家具はみんな梱包されて、残っているのはいくつかのプロセッサのコアだけでした。コアには埃よけのシートがかぶせてありました。まるでかつてそのなかに住んでいたものの亡霊のようでした。これでいつクリシュナ・コップが来ても大丈夫です。

「わたしたち二人でバラットに行くの？」

「いや、それは危険すぎる。きみが先に行ってくれ。ぼくは大丈夫だとわかったら、すぐ後から行くから」

アショクはここでちょっと口ごもりました。今夜は高い塀のむこうの車やファトファトの騒音までが、どこかいつもと違って聞こえます。「いつもよりたくさん、運んでほしいんだ」

「いくつ？」

「五つだ」

アショクは思わず後ずさりしたわたしの額に手を伸ばしました。

「大丈夫なの？」

「五つ運べば、それでおしまいだ。もう、次はない」

「ほんとうに大丈夫なの？」

「オーバーレイ方式になってるんだ。コア・コードは全部に共通だ」

わたしはずいぶん長いこと、アショクがわたしの頭蓋骨のなかに隠した宝石に、内なる目を向けていませんでした。回路。脳のなかにある、もうひとつの脳。

「ほんとうに安全なの？」

アショクはごくりとつばを飲みこむと、頭をうなずかせました——西洋人の「イエス」の合図です。わたしは目を閉じました。二、三秒もしないうちに、アショクの温かい、乾いた指が、わたしの内なる目に触れるのがわかりました。

気がつくと、真鍮色の早朝の光がジャーリのすき間から射しこんでいました。ひどい脱水状態でした。われわれにはゆっくりと吸収される炭水化物が必要だとわかりました。セロトニン阻害物質のレベルは低いようです。窓枠は、ムガール帝国風のきれいなアーチでした。わたしの頭のなかのタンパク質回路は、ＤＰＭＡ一八七九／Ω《オメガ》、バンガロールにあるバイオスキャン社のライセンスを受けたものです。

目にするすべてのものが、虹のような七色の解釈を発しています。わたしは世界を頭蓋内の新たなゲストである奇妙なマニアたちの目を通して見ていました——医者、栄養士、建築パース作図家、バイオチップ・デザイナー、それに修理用ロボットの一群を率いるエンジニアＡＩ。ナサトヤ。ヴァイシュヴァルナ。マーヤ。ブリハスパティ。それにトヴァストリです。わたしの中の悪魔《デーモン》たち。わたしは今や、いくつもの頭を持つ女神でした。

その日は一日じゅう、五つの世界、五つの印象が重なった世界を理解しようと戦いました。戦ったのはわたしだけです。わたしたちをわたしに統一するために、戦ったのです。アショクはいらいらしていました。乱れたひげを引っぱり、室内をうろうろ歩きまわり、テレビを見ようとしたかと思うと、メールをチェックしてみたり。いつ何時、クリシュナ・コップの戦闘ロボットが壁をのり越えて乱入してきても不思議はありませんでした。きっと統合できるはず。できるに違いありません。頭蓋骨のなかの大騒ぎ、さまざまな解釈が季節風《モンスーン》のように吹き荒れる騒ぎに、わたしはもう耐えられそうにありませんでした。遠くの通りで聞こえたサイレンの音が、近づいてきたと思うとまた遠ざかっていきました。ひとつひとつの音が、わたしのなかのわたしたちからそれぞれ異なる反応を引きだしました。

いつの間にかアショクは布をかぶせたプロセッサの間に両腕でひざを抱えて座りこんでいました。まるでママのお気に入りの、大きなデブのバカ息子のようでした。

〈ノルアドレナリンの不足で顔色が悪い、軽度の低血糖、疲労毒素〉ナサトヤが言います。

〈陰システム、ビヴァバイト級量子ストレージ・アレイ〉ブリハスパティが言います。

わたしはアショクの肩に触れました。アショクは驚いて飛びあがりました。外はもう真っ暗で、息苦しいほどの暑さでした。雨季《モンスーン》はもうベンガル合州国のあたりまで来ているに違いありません。

「わたしたちの準備はできました」わたしは言いなおしました。「わたしはいつでも出発できます」

ハイビスカスの濃厚な香りが玄関ポーチからこぼれるところに、メルセデス・ベンツが待っていました。

「じゃあ、一週間後に会おう」アショクは言いました。

「ヴァラナシで」

「ええ、ヴァラナシで」

アショクは両手でわたしの肩をつかんで引き寄せると、わたしの頰に軽く口づけしました。わたしは頭からドゥパタを被りました。顔を隠したまま、わたしはユナイテッド・プロヴィンス鉄道の寝台車に乗りこみました。一等席の個室のベッドで横になると、AIたちが頭のなかでおしゃべりしているのがわかりました。たがいに相手を発見して驚き、なんだかんだと意見を言い合っています。

朝になると、夜警《チャウキダー》が銀の盆に載せたお茶と軽食をベッドまで運んでくれました。ヴァラナシ郊外に広がるスラム街と工業地帯を抜けるころに、空が白んできました。個人用ニュース・サービスAIが、連邦議《ローク・》会下院《サバー》は午前十時にハミルトン法協定を批准するか否かの投票に入る、と知らせてくれました。正午ちょうどにシュリヴァスタヴァ首相とアメリカの大使が、アメリカとオウドのあいだで最恵国待遇貿易関連一括合意が締結されたことを発表します。

　もうおなじみになった、ダイヤモンドを紡いだような張り出し屋根の下のプラットホームに列車がすべりこむと、乗客がどっとホームにあふれました。乗客の二人に一人は、運び屋のようでした。わたしにも簡単にみつけられるぐらいですから、クリシュナ・コップにだってすぐわかるでしょう。今まで見たこともないほどたくさんのクリシュナ・コップが、出口の斜路にそって並んでいました。その背後には制服を着た警官が、そのまたうしろには保安ロボットが並んでいました。ポーターが頭の上にわたしの荷物を載せて運んでくれました。わたしはそれを目印にして、夜汽車からあふれた人混みを抜けて歩いていきました。（まっすぐ歩くのよ、ママジが教えてくれたように。背筋をしゃんと伸ばして、胸を張って、金持ちの男をつかまえて一緒に絹を敷いた花嫁の道を歩くときみたいにね）わたしは控えめな態度でドゥパタを頭の上まで引きあげました。見ると、出口の斜路のところに大勢の人がたまっています。クリシュナ・コップがパーマーで一人一人をスキャンしているのです。

　チンピラや運び屋の少年たちがちょっと下がって、ごった返す雑踏のうしろ側をうろちょろしているのが見えます。ですが逃げ道はどこにもありません。保安ロボットを引き連れた武装警官が、プラットホーム後方の位置につきました。一歩、また一歩、人の群れがわたしをクリシュナ・コップのほうに押してゆきます。クリシュナ・コップはまるで祝福を与えるように人々の頭上で右手を振っています。パーマーを使えば、わたしの頭皮を引きはがして頭蓋骨のなかをのぞきこむことができるのです。わたしの赤い手荷物が、前の方で揺れています。わたしを檻に誘いこむエサのように。やつらがわたしの頭の回路をみつけたら何をする気か、ブリハスパティが教えてくれました。

（助けて！）わたしは神々に祈りました。すると建築家の悪魔《デーモン》、マーヤが応えてくれました。マーヤの記憶はわたしの記憶です。マーヤは昔、クモのような建設用ロボットがナノダイヤの網を紡ぐよりずっと前に、この駅の建築シミュレーションを図像表示したことがあったのです。ほんのちょっとしたことでしたが、うまくいけばこのおかげで生きのびられるかもしれません。マーヤの図面には、駅の構築物の内部構造までが描かれていました。チャイ屋の屋台の裏と屋根を支える柱のあいだにハッチがあって、そこから排水溝がプラットホームのなかにのびています。

わたしは人混みをかき分けて、屋台裏のせまい空間に潜りこみました。ハッチの横にひざをつこうとしたわたしは、ちょっとためらいました。もし群衆が押し寄せてきたら、もし転んで倒れたら、わたしは押しつぶされてしまうでしょう。ハッチのすき間には泥が詰まっていて、なかなか開きません。爪で引っかいて泥をかき出し、やっと重いハッチを持ち上げたときには、わたしの爪は折れたり割れたりしてぼろぼろになっていました。暗くて四角い排水溝の口からは、吐きそうなほどひどい臭いがしました。わたしは自分を奮い立たせて、孔《あな》に飛びこみました。一メートルほど落下すると、底に着きました。たまったドロドロにすねまで浸かったわたしは、頭上の四角い孔から射しこむ光で周囲を見まわしました。わたしは全身、汚物まみれでした。トンネルの天井が低いので四つんばいになって進むしかありませんが、トンネルの先には希望が、半円形の陽光が見えました。わたしはやわらかな堆積物に両手をつきました。ここでとうとう、さっきのお茶と軽食を吐いてしまいました。わたしは吐瀉物をのどに詰まらせないように気をつけながら、前へはい進みました。これほど悲惨な状況に陥ったことは、今までありません。でも、頭骸骨を切開されて、ナイフで脳の一部を切り取られるよりはましです。ヴァラナシ駅の線路の下を、わたしは四つんばいで前進しました――光のほうへ、光のほうへ、光のほうへ。わたしは排水溝の出口から、汚水溜めに転がり出ました。そこはブタやゴミ拾いが、乾きかけた人間の排泄物をかき分けて、なにか食べられそうなものや使えそうなものを漁る場所でした。

　わたしは干上がりかけた運河に入って、できるだけきれいに身体を洗いました。洗濯屋《ドービワラ》が洗濯物を石に叩きつけて洗っていました。おそろしい病原菌に感染するかもしれないというナサトヤの警告は、この際、気にしないことにしました。

　わたしは花輪作り《ガジュラー》の小屋が並ぶ通りで、アショクの代理人の女と会うことになっていました。子供たちが開いた戸口に座って手に針を持ち、マリーゴールドの花を糸に通しています。あまりに手間賃が安い仕事なので、ロボットにやらせても割に合わないのです。花が籠やプラスチックのケースから通りにあふれています。わたしが乗ったファトファトのタイヤは、濡れた花びらを踏んですべりました。ファトファトは、店の前の竿にかけられた花綱の下を走ります。そこらじゅうに死の臭い、腐りかけた花のにおいがしました。ファトファトが暗くて細い路地を曲がると、そこは人でいっぱいでした。運転手がクラクションを鳴らすと、人々はしぶしぶ道をあけました。アルコール燃料のエンジンがうなります。ファトファトはじりじりと前進しました。ちょっと開けた場所に出たと思うと、若い警官が出てきてわれわれの進路をさえぎりました。戦闘用装甲服《コンバット・アーマー》をフル着用しています。ブリハスパティが、警官のヴァイザーにちらちらと映し出されるデータを読みとりました――警官の配置、通信、逮捕状。ファトファトの運転手が警官に話しかけているあいだに、わたしはドゥパタを引きあげて顔を隠しました。

「いったい、何が起きてるんだ？」「ただのチンピラだ。データラジャだとか」

花輪《ガジュラー》通りのむこうでは、私服のクリシュナ・コップが制服姿の警官たちを従えて、とある家の扉を蹴破ったところでした。警官たちは銃を抜いていました。その瞬間、玄関の真上にある飾り窓《ジャローカー》のよろい戸が砕け散りました。飛び出した人影が、木製の手すりに飛びのりました。わたしのうしろでは、人々がそろって大きなため息をつきました。「ほら、いたぞ。あれだ、あのチンピラだ」「いや、見ろよ、あれは女だぞ」

ドゥパタの襞ごしに、アショクの代理人の女がほんの一瞬、ためらってから、飛びあがって物干しロープをつかむのが見えました。ロープが切れて、女はマリーゴールドの花輪をかけた棚を壊しながら、乱暴に通りまで落下しました。女はその場にしゃがみこみましたが、警官がいるのを見、集まった人々を見、わたしの姿を見ると、くるりと背を向けて逃げだしました。若い警官が女を追って駆けだしましたが、女には警官よりもすばやく、確実な死の手が迫っていました。戦闘ロボットが屋根から路地に飛び降りると、群衆から悲鳴があがりました。クロム合金の脚がピストンのように上下し、昆虫を思わせる頭部がひょいと動いて狙いをつけます。逃げる女のまわりに、マリーゴールドの花びらが舞いあがります。ですがだれもが知るとおり、殺人機械に狙われた女の運命はすでに定まっていました。一歩、二歩、ロボットが女の背後に迫ります。女が肩ごしにふり向くと同時に、ロボットが刃《やいば》を引き抜くのが見えました。

次に何が起きるかは、わかっていました。わたしは見たのです――今のように花びらが舞う、カトマンドゥの通りで、神々やクマリマとともに乗った輿の上から。

　刃《やいば》の一閃。群衆の叫び声。女の頭が、弾みながら路地を転がります。ほとばしる血潮。犠牲《いけにえ》の血。頭を失った体が、一、二歩、前に進みます。

　わたしはそっとファトファトからすべりおりると、魅入られたように立ちすくむ群衆にまぎれこみました。

　事件の結末は、ニュース・チャンネルで見ました。シンディア・ガートの水タンクの側の茶店《チャイ・ダーバ》で、旅行者や巡礼者、物売りや葬儀の参列者たちにまぎれて。わたしはプラスチックのコップに入ったチャイをすすりながら、バーの上にある小さなスクリーンを見ていました。音は小さくてよく聞こえませんでしたが、映像を見るだけで話は十分わかりました。デリーの警察が、悪名高いAI密輸組織を摘発。バラットとオウドの友好の証として、ヴァラナシのクリシュナ・コップも複数の関係者を検挙。カメラの映像は、ロボットが刃《やいば》を振り下ろす寸前でカットされていました。最後に映ったのは、プラスチック製の手錠をかけられてデリー警察のパトカーに押しこまれるアショクの姿でした。

　わたしは川岸《ガート》の石段の一番下の段に腰をおろしました。川の流れはわたしを落ち着かせ、導いてくれます。川はわたしと同じく、神の力でできています。茶色の水が指輪をはめたわたしの足指のまわりで渦を巻きます。この水は、あらゆる地上の罪を洗い流してくれます。聖なる川の対岸では、高い煙突の先から黄色い煙が空に立ちのぼっていました。幼い、丸顔の少女が、マリーゴールドの花輪《ガジュラー》をわたしにさしだしました。買ってくれというのです。わたしは手を振って断りました。再び川に視線をもどします。川、ガート、寺院、舟——わたしは、それらすべてを眺めます。昔、ダルバール広場にあるわたしの宮殿の木でできた部屋で、横になって見ていたように。

　のっぽのクマリマのパーマーはうそを教えたのだと、

今のわたしにはわかります。インドは宝石をちりばめたスカートで、わたしがはくのを待っている――そう思ったのはまちがいでした。インドは、はした金を入れた封筒で花嫁を買う仲買人でした。絹を敷いた花嫁の道を、足がひび割れて血が出るまで歩くことでした。子供の身体と大人の欲望を持ち、自分の性的不能《インポテンス》にねじ曲げられた夫でした。いつだってわたしのことを、その病気ゆえにしか必要としない、救世主でした。道端の溝を転がる、若い女の首でした。

身じろぎひとつしないわたしの頭のなかで、悪魔《デーモン》たちも沈黙を守っていました。わたしと同様に彼らも、われわれの身の置きどころは、バラットにもオウドにもマラータにも、インドのどこにもないとわかっていたのです。

道はナラヤンガートの北で、木々に覆われた尾根をぬうのぼり坂になります。ムグリンまではずっとのぼりで、その後は道が大きく曲がり、トリスリ川が流れる険しい渓谷の斜面にしがみつくようにつづきます。バスで旅をはじめて三日目、乗っているのは三台目のバスでした。毎回、やることは決まっています。後部の座席に座ること、ドゥパタをしっかり身体に巻くこと、窓から外を眺めること。お金はいつも手元に置くこと。何も言わないこと。

最初にバスに乗ったのは、ジャウンプールの郊外でした。アショクの銀行口座にあったお金を残らずおろしたわたしは、できるかぎり目立たない方法でヴァラナシを出るのが一番だと思いました。ブリハスパティに見せてもらうまでもなく、ハンターAIがわたしを追っているのは明らかでした。空港も鉄道の駅もバス・ターミナルも、まちがいなく見張られているでしょう。わたしは無認可のタクシーに乗って、聖なる街を出ました。運転手はたっぷりチップをはずんでもらって満足なようでした。二番目に乗ったバスは、ゴラクプールから豆《ダール》の畑とバナナのプランテーションを抜けて、国境の町、ナウタンワまでわたしを運んでくれました。あえて小さくて辺鄙《へんぴ》なナウタンワの町を選んで国境を越えたのですが、それでもブリキ製のカウンターのむこうに立つシーク教徒の入国管理官の前を通るときは、頭を垂れて急ぎ足になりました。入国管理官はわたしの身分証明書を見もせずに、さっさと行けと手を振りました。

わたしはゆるやかな坂をのぼって、国境を越えました。たとえ目が見えなくても、故国に足を踏み入れた瞬間にそれとわかったでしょう。まるで皮膚にへばりつくようにずっとわたしにつきまとってきた騒音が突然、止んで、耳鳴りがするかと思いました。車やファトファトは、障害物があってもクラクションを鳴らしてどかそうとはしません。代わりにハンドルを切って、通行人や道の真ん中で草を反芻しながらくつろぐ聖なる牛を避けて通るだけです。わたしがバラットのルピーをネパールのお金に換えた両替所でも、人々は礼儀正しく親切でした。わたしが脂ぎったサモサを買った店でも、だれも人を押しのけたり、欲しくもないものを売りつけようとしたりしませんでした。わたしが一夜の宿をとった安ホテルの人も、おずおずとわたしにほほ笑みかけるだけでした。だれもわたしに要求、要求、要求ばかり突きつけたりしませんでした。

わたしはぐっすり眠りました。まるでどこまでもつづく、空のにおいのする白いシーツの間を、永遠に落ちていくようでした。朝が来るとわたしは三番目の、カトマンドゥ行きのバスに乗りました。

道にはまるで一台の長い列車のようにトラックが連なっていました。断崖絶壁をぬって、ときにはヘアピンカーブをまじえながら、ひたすらのぼりつづける道。おんぼろバスのギアがうなります。エンジンが踏ん張ります。わたしはこの音が、重力に対抗してがんばるエンジンの音が好きでした。記憶にあるかぎり、わたしが最初に聞いた音です――同じように曲がりくねった山道をのぼって、女神を探す僧侶たちがシャキャにやってくるよりずっと前に。列車のように連なって、夜も走りつづけるトラック。わたしは窓の外を見ました――道端の茶店《ダーバ》を、石を積んで作ったお堂を、ちぎれかけた祈り旗が風になびくのを、はるか下に見えるチョコレート色に泡立つ川を横切って渡されたケーブルを、やせっぽちの子供が、ケーブルに吊るされて、揺れる針金製の籠を蹴って川向こうに渡すのを。どれもわたしにはなじみの光景ですが、わたしの頭蓋に住みついた悪魔《デーモン》たちには、まるでなじみのないものでした。

バスのなかのざわめきを通して、赤ん坊の泣き声が聞こえてきました。もうしばらく前から泣いていたのでしょう。母親はわたしより二列前の席に座っていました。母親はシッと言ったり揺すったりして小さな女の赤ん坊をなだめようとしていましたが、泣き声は大きくなるばかりでした。

ナサトヤにうながされて、わたしは立ち上がり、母親のもとへ向かいました。

「赤ん坊をこちらへ」わたしの声には医療ＡＩの命令口調がうつっていたに違いありません。母親は考えるまでもなく赤ん坊を渡しました。わたしは赤ん坊をくるんだ布をほどきました。女の子の腹は痛々しいほど膨れあがっていました。青白い手足は力なく垂れています。

「ものを食べるたびに、ひどく泣くようになって」言いかけた母親が止める間もなく、わたしは赤ん坊のオムツをとりました。大量の便は白っぽく、ひどい悪臭がしました。

「何を食べさせているの？」

母親は手に持ったパン《ロティ》を見せました。赤ん坊が食べやすいように、端を噛んでやわらかくしてあります。わたしは赤ん坊の口に指を入れてこじ開けました。もっとも栄養士のヴァイシュヴァルナは、見るまでもなく、わかっているようでしたが。舌には赤い斑点があり、小さな潰瘍がいくつもできていました。

「赤ちゃんに固形食を食べさせるようになってから、症状が出はじめたのね？」わたしは尋ねました。母親は同意を示してうなずきました。「この子はセリアック病にかかっています」わたしが診断を下すと、母親は恐怖に駆られて両手で顔を覆い、身体を揺すってすすり泣きはじめました。「大丈夫よ。ただ、パンを食べさせるのをやめればいいだけ。穀物から作ったものは、みんなダメ。コメ以外はね。この子は小麦や大麦に含まれるタンパク質を消化できないの。コメを食べさせなさい。コメと野菜を。そうすれば、すぐにすっかりよくなるわ」

席に戻るわたしを、バスじゅうの乗客が見ていました。赤ん坊と母親はナウビセで降りていきました。赤ん坊はまだ泣いていましたが、その声は泣き疲れて弱々しくなっていました。母親は片手をあげてわたしに挨拶をしていきました。わたしは目的地も計画も望みもなく、ネパールにやってきました。ただ帰らずにいられなかっただけ。でも、今はこれからどうすればいいか、少しずつわかってきました。

ナウビセを過ぎると道はずっとのぼり坂で、カトマンドゥを懐《ふところ》に抱く山々の突出部を、スイッチバックをくり返して越えていきます。黄昏が迫りつつありました。振り返ると、ヘッドライトの川がうねうねと山腹を蛇行しています。バスがまたひとつ、ヘアピンカーブを曲がると、前方には赤いテールランプの川が同じようにうねうねとつづいていました。バスは長く険しい坂を、苦しげに登っていきます。エンジンの音に異質な雑音が混じっているのに、わたしは気づきました。ほかのみんなも気づいたはずです。バスはじりじりと分水嶺の鞍部に向けて登っていきます。分水嶺の右側はカトマンドゥの谷、左側はポカラとヒマラヤの高嶺へとつづきます。バスの速度が、しだいに落ちてきました。絶縁材の焦げる臭いがします。ガタガタいう音も聞こえます。

運転手と助手のところに駆け寄ったのは、わたしではありませんでした。悪魔《デーモン》のトヴァストリです。

「停めて！　すぐに停めて！」わたしは叫びました。「発電機《オルタネーター》が焼けついてるのよ！　このままじゃ、火事になってしまう」

運転手は幅のせまいはね橋の開閉部にバスを停めました。車体の片側は、むき出しの岩壁にぴったりついています。もう片側を、トラックがほんの何ミリかの間隔をあけただけで通りすぎていきます。わたしたちはボンネットを開けました。オルタネーターから煙があがっています。運転手は首を横に振って、パーマーを取り出しました。乗客たちはバスの前のほうに集まって、ボンネットをのぞきこんで口々にしゃべり出しました。

「いいえ違うの、そうじゃないの、わたしにレンチを貸して」

運転手はまじまじとわたしの顔を見ましたが、わたしは断固として伸ばした手を振り、レンチを要求しました。運転手は、あの泣いていた赤ん坊のことを思い出したのかもしれません。それとも、カトマンドゥから修理のトラックを呼んだら、どれだけ長い時間がかかるか考えたのかもしれません。奥さんと子供たちが待っている家に帰れるなら、どんなにありがたいことか、と思ったのかもしれません。とにかく運転手は、わたしの手にモンキー・レンチを渡しました。わたしは一分もかからずにベルトをはずし、オルタネーターの接続を切りました。

「ベアリングが焼けついたのね」わたしは言いました。「二〇三〇年以前のモデルでは、よく起きる不具合だわ。あと百メートル走っていたら、完全に焼けついてダメになっていたはずよ。このままバッテリーにつないで運転していくことね。カトマンドゥに着くまでは、それで十分もつでしょう」

みんながこのインド風のサリーを着て頭を覆い、ブラウス《チョリ》の袖をまくり上げて指をバイオ潤滑油でべとべとにした女の子を見つめていました。

悪魔は自分の場所に戻りました。わたしがこれから何をすればいいかは、だんだん暗くなりつつある、澄みわたった空のようにあきらかでした。トラックの車列の横を峠に向かってのぼりだしたわたしに、運転手と助手が何か呼びかけました。わたしたちは無視しました。横を通る車が楽器の音を奏でるように次々とクラクションを鳴らして、乗っていかないかとわたしを誘います。わたしは歩きつづけました。峠の頂上が見えてきました。もうすぐ、三叉路に着きます。インドへ戻る道と、街へ降りていく道、山へのぼる道が分かれるところに。

車が向きを変えるのに使う、幅が広くなった、オイルのしみだらけの場所に、茶店《チャイ・ダーバ》がありました。アメリカ製の飲み物とバラットのミネラル・ウォーターのネオン・サインが明るく輝いて、まるで星から降ってきたようでした。発電機がポッポッと音をたて、テレビからはおなじみののどかなネパールのニュースが早口で流れてきます。空気は熱したギーとバイオディーゼルのにおいがしました。

茶店の主人は、わたしにどう声をかけたものか迷っていました。インド風のきれいな服を着た、奇妙な小さな女の子。主人はようやく、「いい晩だね」と言いました。

ほんとうにいい晩でした。谷はスモッグと煤だらけでしたが、上空の空気は不思議なほど澄んでいました。どちらを向いても、どこまでも見通すことができました。西の空には夕日の最後の光が残っていました。マナスルやアンナプルナの偉大な峰々が、青い空をバックに紫色に輝いていました。

「ほんとうに」わたしは答えました。「ほんとうにいい晩ですね」

　車がゆっくりと通りすぎていきます。世界の頂上のこの三叉路に、車の流れが絶えることはありません。わたしは茶店《ダーバ》のネオンの灯りの下に立って、じっと長いあいだ山を見ていました。（わたしはあそこに住もう）そう思いました。冷たい雪解け水が流れるところ、木々を間近にのぞむ、木造の家に住もう。家には暖炉とテレビさえあればいい。それと風になびくたくさんの祈り旗と。そのうち人々もわたしたちのことを恐れるのをやめて、峠道をのぼってわたしたちの家にやってくるでしょう。神といっても、さまざまなあり方があります。偉大な神は、荘厳な儀式と血と恐怖の神です。わたしたちは小さき神、小さな奇跡とありふれた不思議の神になりましょう。機械を修理し、プログラムを作り、人々を癒し、家を設計し、心と身体に糧《かて》を与えましょう。わたしは、小さき女神になるのです。そのうちにわたしの噂は広がって、あちこちから人々が訪れるようになるでしょう――ネパール人も外国人も、旅行者もハイカーも僧侶も。もしかしたらいつかは、わたしのことを怖がらない男性があらわれるかもしれません。それもいいでしょう。でも、もしそんな人があらわれなくても、それはそれで一向にかまいません。だってわたしは一人ぼっちではないのです――いつだって、わたしの悪魔《デーモン》たちがいてくれるのですから。

　気がつくと、わたしは駆け出していました。うしろから、驚いた茶屋の主人が「おーい！　おーい！」と呼ぶ声がします。わたしはゆっくりと進む車の列と並んで駆けながら、車のドアを叩いては、「おーい、ポカラまで！　ポカラまで！」と声をかけます。道端の粗い砂利に足をとられてすべったり転びかけたりしながら、わたしははるか彼方にまぶしく輝く山々を目指しました。

ジンの花嫁

The Djinn's Wife

下楠昌哉◎訳

昔々、デリーに、魔神《ジン》と結婚した娘がいました。水戦争が始まる前のことです。それほどおかしなことではありません。脳のように二つに分かれているデリーという都市は、大昔からジンの街だったのですから。神秘主義者《スーフィー》たちが言うことには、神は二種類の創造を行なったそうです。土くれからと、炎からと。土くれから創られたものは人間となり、炎から創られたものはジンとなりました。炎の被造物は、いつもデリーに引き寄せられてきました。デリーはいくつもの帝国の侵略を受け、七度灰となり七度転生しましたがそのたびに、すなわち運命のチャクラの輪が一度まわるたびに、ジンは炎から力を得て、増殖し、分裂したのです。イスラムの修道僧《ダルヴィーシュ》や婆羅門《バラモン》の高僧のなかには、ジンを見ることができる人もいます。でも実は、どこの通りでも、どんなときでも、誰だって、感じ取ることはできるのです。ジンとすれ違うとささやき声が聞こえ、ふわりと一瞬、ぬくもりが漂うからです。

わたしはラダクで生まれました。ジンの熱からは、遠く離れています――ジンは、人間とはとても違った心の動きをします。でも母さんは、デリーで生まれ育ちました。母さんの話から、デリーの円形辻《サーカス》や並木道、広場《マイダーン》や繁華街《チョウク》やバザールが、自分が生まれ育った町のレーの市場に似ていることを知りました。デリーはわたしにとって、物語の街でした。だから、ジンの花嫁の物語を、スーフィーの伝説やマハーバーラタからの物語、ＴＶのメロドラマのように話してみようと思います。ジンの物語は、わたしの耳にはそう響いたのですから。

赤い砦《レッド・フォート》の城壁で恋に落ちたのは、彼らが初めてではない。

　政治家たちの話し合いは三日にわたり、合意の形成は近い。オウド政府は自らの威信をかけて、謁見の間だったディーワーネ・アームの前の巨大な中庭に、壮大な式典《ダーバー》の準備をしていた。インド全土が注視しているこの一大スペクタクルは、ヴィクトリア朝並みのスケールを誇ることになるだろう。イベントプランナーたちが熱くなった剝き出しの大理石の上を駆けまわり、垂れ幕をぶら下げ、角突きあっている。舞台を据え、音響と照明のシステムを設置し、ダンサーばかりか象と花火と儀礼飛行をする戦闘ロボットにまで振り付けをする。テーブルを飾り付け、給仕たちを仕込み、慎重に座席順を決めてゆく。冷遇されたと感じる人がいてはならない。一日じゅう、荷台付三輪車が、新鮮な生花、祝祭用品、最高級の柔らかな絨毯やカーテンを運びこんでいた。本物のフランス人のソムリエまでいて、デリーのひどい暑さのおかげでワインプランが台なしだ、と怒鳴り散らしている。会議はきわめて重要。俎上に載せられているのは、二億五千万の生命。

　モンスーンが来なくなってから二年、インド亜大陸にある国家のオウドとバラットは、主力戦車、ロボット攻撃ヘリ、攻撃ソフト、戦略低速核ミサイルを聖なるガンジス《ガンガー》川の両岸に配置し、対峙している。杭が突き出た三十キロにわたる砂地。そこは婆羅門が身を清め、聖なる《サドゥー》者が祈る場所だったが、オウド政府が巨大なダムの建造を計画している。クンダカダール・ダムは、今後五十年にわたってオウド国民一億三千万人への水資源を確保することだろう。その一方で、バラットのアラハバードやヴァラナシといった聖なる都市を抜けて流れる川の下流は、すっかり干上がってしまうだろう。水は命。水は死。バラットの外交官たちは、人間も人工知能のAIアドヴァイザーたちも、慎重を期して交渉し、通行権を争っている。不用意に零《こぼ》した水の一滴が何を引き起こすか、よくわかっているからだ。ロボット戦闘機がニュー・デリーに並ぶガラスの塔の上空に鳶《とび》のように飛来し、ナノ核弾頭を胴体におさめた低速ミサイルが藪の上やヴァラナシの路地《ガリー》を抜けて侵入してくるだろう。ニュース専門チャンネルは、クリケット以外の番組をすべて変更する。決着は近い！　合意に達したぞ！　条約は明日締結！　今夜、ダーバーが挙行されるのだから。

　ヒジュラーが熱狂的に飛び跳ね、象が怒濤の行進をするなか、カタックの踊り手がひとり、レッド・フォートの胸壁でタバコを一服しようと抜け出した。衣装に施された手のこんだ黄金の刺繍を気にしながら、日に焼けた石に寄りかかる。ラーホール門の向こうには、蜂の巣のようにごみごみとしたチャンドニー・チョウクが横たわる。太陽は巨大な水ぶくれのように膨れ上がり、林立する煙突と西方の郊外にかたまる小農場の上に、血のような西日を滴らせる。シスガンジ寺院《グルドワラ》の離れの棟《チャトリス》、ジャマー寺院《マスジッド》の塔《ミナレット》やドーム、シヴ寺院の尖塔《シーカラ》は、埃のせいで鉛色がかった赤い空を背景にして、まるで影絵のようだ。その上空では鳩の大群が激しく羽ばたきながら、渦を巻くように飛び交っている。オールド・デリーの何千もの屋根の上にある熱気泡にのって、鳶の黒い影が舞い上がる。その向こうには、ムガール帝国時代のどんな建物よりも高くて高圧的な幕壁がある。ニュー・デリーの巨大企業のタワーやヒンドゥー教のガラスの寺院、それにきらびやかな建造物の集合体が、途方もなく見上げるような高さにまで狂ったようにそそり立ち、星々と航空機の警告灯とともに煌《きら》めいている。

　頭の中でささやき声がする。自分の名を呼ぶ声には、シタールのかすかな音色が伴っている。手のひら《パーム》のパーマーの呼び出し音だ。宝石のように耳の後ろで丸まっている小さなホークによって、音は頭蓋を通じて聴覚中枢に直接送り届けられている。

「ちょっとビーディを一服しているだけなんだから、最後まで吸わせてよね」と彼女は愚痴をこぼす。どうせ振付師のプランだろう。怒りっぽくて有名な、第三の性のヌートだ。ところが、思わず「えっ!」と驚きの声が口をつく。黄金に輝く塵が、目の前で舞い上がって渦を巻く。まるで、灰でできたダンサーのよう。ジンだ。息を呑む間に、そんな考えが頭に浮かぶ。母親はヒンドゥー教徒なのに、熱心にジンを信じていた。あの人は、ペテンの技術を持っている超自然的な存在なら、どんな宗教のものでもよかった。

塵が癒着し合って、男性の形になる。フォーマルな長いシェルワニを着て、赤いターバンをゆるめに巻き、胸壁に寄りかかって、無秩序に灯りがともされたチャンドニー・チョウクの町を見渡している。すごいハンサムね。ダンサーはそう思って、慌ててタバコをもみ消し、胸壁越しに吸殻を落とす。燃えさしが、赤い光の弧を描く。その名も高き外交官A・J・ラオの前で、タバコなど吸えたものではない。

「わたしのためにそんなことをする必要はなかったのに、エシャ」A・J・ラオは言って、両手を合わせてナマステの礼をする。「わたしがあれで何かできそうにもないですね」

エシャ・ラトーレは挨拶を返すが、気が気でない。中庭のスタッフからは、自分が何もない空中に向かってお辞儀をしているように見えるはずだから。この映画スターの顔は、オウドの人間だって誰でも知っている。A・J・ラオ。バラットのもっとも聡明で、粘り強い交渉人のひとり。違うわ。彼女は自分で訂正する。オウドのみんなが知っているのは、スクリーンの上の映像だけ。スクリーンの上の映像、頭の中の像、耳の中の声。AI。

「わたしの名前をご存知なの?」

「きみを最高に賛美する者の一員だからね」

彼女は顔を赤らめる。巨大な宮殿の中の気候を局地的に変えているおかげで、息が詰まるような熱気が漂ってくる。エシャは自分に言い聞かす。まごついてはだめよ。まごついてはだめ。

「でもわたしはダンサーで、あなたは……」

「人工知能、かい？　そのとおり。ＡＩはダンスを賛美してはいけない、という新しい反ＡＩ法でもできたかな？」彼は目を閉じる。「ふむ。今ちょうど、《ラーダーとクリシュナの結婚》をもう一回見ているところだよ」

もうすでに、彼は彼女の虚栄心をくすぐるのに成功している。「どのパフォーマンスかしら？」

「スターアーツ・チャンネルのさ。全部持っているよ。白状するとね、交渉しているときに、よくきみのパフォーマンスをバックに流しているのさ。だが誤解はしないでくれたまえ。きみのパフォーマンスにうんざりすることはないんだよ」Ａ・Ｊ・ラオは微笑む。すばらしく歯並びのよい、真っ白な歯。「やっぱりへんかな。この手のことに関しては、どう礼を尽くしてよいか不案内でね。わたしがここに来たのはね、きみの熱烈なファンで、今夜、きみのパフォーマンスを見るのをとても楽しみにしている、と言いたかったからなんだ。この会議のハイライトだよ。わたしにとってはね」

日の名残は今やほとんど消えかかり、物悲しい和音を響かせるように、空には穢《けが》れなく深い永遠の青が滲《にじ》む。使用人たちがみなで、何本もある城のスロープや胸壁の歩道を歩みながら、小さな角灯に火をともしてゆく。レッド・フォートが、オールド・デリーに落っこちた星座のように光り輝く。生まれてこのかた二十年、エシャはデリーに住んできたが、自分の生まれた街をこんなに眺望がきくところから眺めたのは初めてだった。「礼を尽くすなんて、わたしだってどうしたらいいかわかりません。今までAIと話したことなんてありませんでしたから」

「そうかい？」そのときには、A・Jは日の光で暖まった石を背にして立ち、空を見上げながら目の端で彼女を見ている。目が笑っている。茶目っ気たっぷりに。

当たり前でしょ。彼女は思う。彼女の街は、鳥と同じくらいAIでいっぱいだ。コンピューターシステムや鼠や鳩といった動物程度の知性を持つロボットから、レッド・フォートの門の上で素敵なお世辞を弄する、自分の目の前にいる存在まで。目の前にいるわけではない。どこにもいやしないのだ。自分の頭の中にある、情報のパターンにすぎないのだから。彼女は口ごもる。

「わたしが言いたかったのは、その……、なんて言うか……」

「レベル二・九、のことかな？」

「それが何を意味するのか、わたしにはわかりません」

AIは微笑み、それがどういう意味なのか理解しようとしているエシャの頭の中で、別のチャイムが鳴る。今度こそプランだ。いつものように、ひどい罵りよう。

〝あいつはどこだショーが始まろうとしているのがわかってんのか、大陸の半分がこいつを見ているんだぞ〟

「ごめんなさい……」

「もちろん。わたしは見ているからね」

どうやって？　と尋ねたい。AIが、ジンが、わたしが踊るのを見たいんだって。どういうことよ？　振り返って質問を投げかけようとしてみれば、相手は塵《じん》芥《かい》に帰しており、角灯がともされた胸壁に沿って、ただ風が吹いているだけ。

象が、サーカスの芸人たちがいる。大奇術師たちが、テーブル手品師たちがいる。ガザルとカッワーリーとボリの歌い手がいる。食事とソムリエのワインが揃い、ステージに照明が入る。タブラとメロディオンとシャへナーイーの演奏が始まったところで、しかめっ面のプランの横を通り過ぎて、エシャは舞台に踊り出る。四角い大理石のステージは強烈な暑さだが、彼女は夢心地だ。足を踏み鳴らし、つま先だって回転すると、スカートが渦を巻く。くるぶしにつけられたアンクルベルで拍子をとり、表情豊かに、手の微妙な動きでムドラーを紡ぎ出す。今回もまた、彼女はカタックの枠からはみ出して、より偉大な何かへと飛翔する。この状態を、自分自身の芸術、あるいは才能と呼んでもよいのかもしれないが、彼女は迷信深い。このことを声高に喧伝したりすれば、天からの授かりものはだめになってしまうだろう。名前をつけちゃだめ。しゃべっちゃだめ。それに身をまかせるの。わたしだけの、燃え上がるジン。けれども、明るいステージを横切って使節団の席に向かって回転しながら、目の端で建物の中をスキャンしてしまう。A・J・ラオは、何を通してわたしを見つめているのだろう。カメラ、ロボット、どのカメラアイを通してだろうか。わたしは、彼の意識の中の断片にすぎないのだろうか。わたしの意識の中の彼のように。

まぶしい照明に向かってお辞儀をしてステージから走り去るが、喝采の拍手はほとんど聞いていない。控え室で助手が、宝石が幾層にも縫いつけられた衣装を脱がして慎重にたたみ、汗まみれになったステージ用のメイクをふき取って、その下にある二十二歳の肌を露《あらわ》にしてくれる。その間、彼女はイヤホークをちらちらと気にしつづけている。ホークは化粧テーブルの上に、プラスチックでできたクエスチョン・マークのように丸まっている。ジーンズに絹の袖なしベストを着て、四百万いるデリーの二十代の若者たちと同化する。ホークを耳の後ろに収め、髪を上にかけ、手の上にパーマーを滑らせながら、宙に一瞬、指を漂わせる。着信なし。メールなし。化身《アヴァター》なし。思いのほかそれがこたえたことに、面食らう。

デリー門の内側に、公用車のベンツが列をなしている。男がひとりと女がひとり、車への道をさえぎる。あっちへ行け、とばかりに彼女は手を振る。

「サインはしないの……」パフォーマンスの後は、絶対しない。早く退散しよう。人知れずさっさと静かに抜け出して、夜の街に消えるのだ。男が手のひらを開いて、バッジを見せる。

「こちらの車にどうぞ」

車列から抜け出て目の前にやって来たのは、高級車タイプのクリーム色のマルチ。男はうやうやしくドアを開けて彼女を先に乗せるが、敬意はまるで感じられない。女が助手席に座ると、運転手がアクセルを踏みこんで警笛を鳴らし、レッド・フォートの周りをまわる車の流れの巨大な円環の中へと突入してゆく。エアコンが、ブーンと音をたてている。

「わたしは、人工知能登録ライセンス課の捜査官、サッカーと申します」と男が言う。若くて肌つやがよく、自信に満ち、セレブの隣に座っているのに、まったく臆するところがない。アフターシェーブはちょっとつけすぎのようね。

「クリシュナ・コップね」

その一言が、男を身構えさせる。

「われわれの監視システムが、あなたとバラットのレベル二・九のＡＩ、Ａ・Ｊ・ラオがコミュニケートしていたのを捉えたのです」

「彼はわたしのところに来たわ。そのとおり」

「二十一時〇八分ですね。あなたは六分二十二秒にわたってコンタクトした。何をしゃべったか教えていただけますか？」

車は猛スピードでデリーに向かって走っている。車の流れはこの車から始まっているかのようで、信号はいつも青のように思える。その前進を妨げるものなし。この人たちがやっているのかしら。エシャはいぶかしむ。クリシュナ・コップ。ＡＩ警察。この人たちは、自分が狩り立てているものを手なずけることもできるのかしら？

「カタックについて話しました。ファンなんだそうです。何か問題あります？　あたしが何か悪いことをしたとでも？」

「いえ、まったく。しかし、ご理解いただきたい。これだけ重大な会議なのですから……。ＡＩ課を代表して失礼をお詫びします。ああ、着きましたね」

　まっすぐ自宅のバンガローに連れてこられてしまった。埃まみれで穢れているような感じがし、とまどいながらクリシュナ・コップの車が去ってゆくのを見つめる。いつも狂熱状態にあるデリーの交通が、手なずけられたジンによって押しとどめられている。彼女は門のところで立ちどまる。パフォーマンスから自分を取り戻す瞬間が必要だ。その時間があってしかるべきだ。あの短い階段で、わが身を振り返ることにしよう。イエイ！　エシャ・ラトーレ！　バンガローには明かりがともっておらず、静まり返っている。ニータもプリヤも、素敵なフィアンセと出かけたのだろう。結婚式のお返しやお客のリスト、彼の実家からどのくらいたっぷりと持参財《ダウリー》を搾り取ることができるかなんぞを話しているのだろう。洒落たバンガローにいっしょに住んではいるものの、二人は彼女のきょうだいではない。オウドにエシャの年代で女きょうだいを持つ人間など、いるはずがない。バラットにだって。バランスは回復しつつある、と聞いてはいる。今は、娘が複数いるのが流行というわけだ。昔は、女のほうが結婚のときに、ダウリーを払ったという。

　自分の街の空気を胸いっぱい吸う。庭の冷却用微気候が、デリーの喧騒をくぐもった鼓動の音に変える。まるで、心臓の血流のよう。塵と薔薇の香りがする。ペルシアの薔薇。ウルドゥー詩人たちの花。そして、塵。一陣の風によって、塵が舞い上がるさまを想像する。回転しながら、魅力的で危険なジンへと姿を変えるのだ。そんなことがあるわけないわ。幻影よ。いにしえの狂った街の狂気。セキュリティゲートを開けると、家の敷地がびっしりと、赤い薔薇で埋め尽くされていた。

翌朝、ニータとプリヤが、朝食の席で彼女を待ち受けている。横に並んで座り、インタビューでもするみたいだ。さもなければ、クリシュナ・コップの尋問みたい。今回ばかりは、家がどうだとか未来の夫がどうだとか言ってられない。

「誰誰誰、どっから誰がこんなにたくさん送ってきたのよすごく高いわよこれ……」

メイドのプーリーが、癌にいいという中国の緑茶を運んでくる。掃除人が、花束を敷地の隅に山と積んでいた。甘い香りには、すでに腐敗臭が忍びこんでいる。

「外交官のひと」ニータとプリヤは《タウン・アンド・カントリー》とワイドショーぐらいしか見ていないが、それでもA・J・ラオの名前ぐらいは知っているに違いない。そこで、半分嘘をつく。「バラットの外交官なの」

二人の口からオオーッという叫びが漏れ、それからアーと言いながら、おたがいを見る。ニータが言う。

「彼をぜったいぜったい連れてこなくっちゃ」

「わたしたちのダーバーに連れてきてよ」とプリヤ。

「そうよ、ダーバーにぜったいぜったい連れてきて」ニータが言う。二人がしゃべっているのは、自分たちの豪勢な合同婚約パーティーのことだ。ここ二カ月、二人が口にして噂にして計画しているのは、ただこれだけ。まだ結婚していない女友だちにはあてつける。独り者の男たちは全員嫉妬させる。なのにエシャは、顔をしかめているのは健康茶が苦いせいだ、と言いわけをする。

「彼はとっても忙しいの」忙しい人なの、とは言わない。馬鹿らしい少女チックな打ち明け話のゲームだ。

けれども、なぜこんなことをしているのか、というところまで考えがまわらない。ＡＩがレッド・フォートに、あなたを賛美していますと言いにやって来た、と言いたいところだが、本当のところは会ってさえいないのだ。実際における邂逅はなし。すべては自分の頭の中での話。「どうやって連絡を取ったらいいのかすらわからないのよ。外交官は、自分の番号とか教えてくれないから」

「彼が来なくちゃ」ニータとプリヤは言い張る。


　古いエアコンがガタガタいうせいで、音楽はほとんど聞こえない。それでもアディダスのタイツのウエストバンドに沿って汗がつたい、背中のへこみにたまって、筋肉が緊張した臀部の隙間に流れこむ。流派《ガラナ》の稽古場で、もう一度あれをやってみようとする。ところがアンクルベルの響きときたら、鉛のよう。昨日の夜、彼女は三つの天国に触れた。今朝はというと、全然ダメ。集中することができず、粗チン《ラヴダ》のプランはそのことをお見通しだ。空を切る音がするほど彼女に向かって激しく杖を振りまわし、クチャクチャとかみ締めたキンマの葉の塊と、タマなし一流のまわりくどい悪態を吐き散らす。

「エイ！　パーマーをそんなに見てないで、もっとムドラーしなさいって。優雅なムドラーよ。わたしをおっ立たせてみせて。もしまだわたしについているとしてね」

　自分でも意識していなかったことにプランが気づいているのにとまどって――かけてかけてかけてきて、ここからあたしを連れ出して――鋭く言い返す。「もしあんたにそんなものがあったのならね」

　プランは彼女の脚へと杖を走らせる。打擲《ちょうちゃく》されたふくらはぎに、鋭い痛みが走る。

「何すんのよ、このヒジュラー！」エシャはタオルとバッグとパーマーをひったくると、長いストレートへアの後ろにイヤピースをひっかける。着替えるだけ無駄。外に出れば、どうせすぐに熱気に包まれてしまうのだ。「今日は止《や》めるわ」

　プランは声をかけてこない。ソレはプライドが高い。チビのフリークの猿、と彼女は思う。ヌートはソレなのに、どうして具現化したAIは彼なのかしら。オールド・デリーの伝説では、ジンはいつだって彼。

「ラトーレさま？」

　運転手は正装にブーツ。暑さ対策はサングラスだけ。こちらはというと、ブラトップとタイツのほかは裸同然なのに、溶けてしまいそう。「車はエアコン完備ですよ、ご婦人《メムサーブ》さま」

　白い革の座席はあまりに冷たく、肉が縮み上がって皮膚からはがれそうになる。

「クリシュナ・コップが手配してくれたのかしら？」

「いいえ、メムサーブ」運転手は、車の流れの中に乗り入れる。セキュリティ・ロックがカチャンと音をたてただけだが、祈りの言葉を頭の中で唱える。ああ、クリシュナの神様、わたしは誘拐されかかっているんじゃないでしょうね。

「誰に頼まれたの？」彼女と運転手の間にあるガラスは、拳で叩き割るには厚すぎる。ドアがロックされていないとしても、このスピードにこの揺れでこの交通量では、しなやかで反応のよいダンサーの身体をもってしても、さすがにどうしようもない。そのうえ、生まれてからずっとデリーで過ごし、スラム《バスティー》からバンガロー暮らしに成り上がった自分だが、こんな通りは、街外れは、工業地帯は見覚えがない。「どこにあたしを連れていくつもり？」

「メムサーブ、どこへ行くかは話してはいけないことになっているのです。サプライズが台なしになってしまいますので。ですが、あなたがA・J・ラオの客人であることは言ってもいい、と言われています」

　車のミニバーにあったミネラルウォーターのキンレ

ーを飲み、ほっと一息ついたところで、パーマーが彼女の名前を呼ぶ。

「もしもし！」（めちゃめちゃ冷たい白い革の座席にふんぞり返る。映画スターみたいに。あたしはスターよ。ミニバー付の車に乗ったスター）

音声だけだ。「車は問題ないですよね？」滑らかで耳あたりのよい、あのときの声。交渉の席で、この声に歯向かえる者がいるとは思えない。

「すてきだわ。とても贅沢。高級ね」今はバスティーの中を走っている。彼女が育ったスラムよりもディープで、よりみすぼらしいスラム。より新しいスラムだ。もっとも新しいものが、いつだって一番古く見える。トラクターの部品を寄せ集めて作った自家製チャクダーに乗って、少年たちがバタバタと音をたてながら通り過ぎてゆく。クリーム色をしたレクサスは、やせ衰えた牛を慎重に迂回する。角ばって皮がつっぱらかった尻は、工学的に処理されているかのようだ。いたるところで乾ききった塵が、焼け付いた砂利道の上を厚く覆っている。それにしてもこの街は、ムクドリでいっぱいだ。「会議に出ているんじゃないんですか？」

聴覚中枢で笑い声。

「ええ、バラットに水を勝ち取るために、もちろん一生懸命働いていますよ。信じてください。わたしは勤勉な公務員以外の何者でもありませんからね」

「そちらにいると言いながら、こちらにもいる、と？」

「ああ、われわれにとっては、一カ所以上の場所に同時にいることはなんでもないことなんです。わたしにはいくつも複製がありますから。サブルーチンですよ」

「では、どれが本物のあなた？」

「ぜんぶ本物ですよ。実のところ、わたしのアヴァターはひとつもデリーにはいないんです。ヴァラナシから パトナにわたる一連のダルマ＝コアに、自分を分配しているんです」彼はため息をつく。それは耳の中に吹きこまれたかのように、近くに、疲れきって、温かく感じられる。「分配意識を理解するのはむずかしいでしょうね。わたしにしてみると、移動する個別の意識という存在が同じくらい理解しがたいのですから。わたしができるのは、あなたがたが言うところのサイバースペースを通じて自分自身を複製することだけです。それが、わたしの宇宙の物理的な現実です。けれど、あなたがたは拡がりを持った時空を移動していますよね」

「それならわたしのことが好きなのは、どのあなたなのかしら」その言葉はいきなり、いい加減に、よく考えもせずに吐き出された。「あの、ダンサーとして、ということだけれど」胸がいっぱいになってしまい、慌てて言葉を継ぐ。「あなたのうちのどなたかが、特にカタックを賛美しているとか?」丁寧に丁寧に。ニータとプリヤの趣味の悪いお見合いパーティーで実業家や前途有望な弁護士に話すときみたいに。出すぎちゃだめよ。出すぎた女は嫌われるからね。それが、今の男の世界。ところがA・J・ラオの声の中に響くのは、歓喜がはじける音。

「そんな、わたしのすべて、わたしのあらゆる部分ですよ、エシャ」

わたしの名前。彼が口にしたわたしの名前。

そこはおそろしく汚い通りで、野良犬と簡易寝台《チャーポイ》で生活している男たちが身体をばりばりと引っ掻いている。それでも〝さあ、こちらです、メムサーブ〟と運転手が促す。古タイヤが不安定なミナレットのように両脇に積み上げられた路地《ガリー》を、ようよう進んでゆく。厨房でギーが焼ける臭いと饐《す》えた尿の臭いが、宙に漂っている。子供たちがレクサスに群がってくるが、車にはA・J・ラオにふさわしいレベルのセキュリティ・システムがついている。崩れた赤壁に、木と真鍮製の門がある。運転手が、その古いムガール様式の門を開く。「メムサーブ」

　門を抜けると、そこは廃園だった。驚きの喘ぎは、すぐおさまる。幾何学的に設計された四分庭園《チャハルバーグ》の水路は乾き、ひび割れ、ピクニックで訪れた者たちの捨てたゴミで詰まってしまっている。植木は手入れされておらず、伸び放題。緑地の切れ目は雑草で埋めつくされ、汚らしい。芝は日照りで焼けて、元気なく茶色になっている。木々の下のほうの枝は、薪にするために伐採されてしまっている。小道と水路が収斂してゆく庭園の中心には屋根がひび割れた阿舎《あずまや》があり、そこに向かって歩いてゆくと、靴底の薄い足の下で砂利が崩れて、その昔モンスーンで水が流れた跡にめりこむ。枯葉と落ちた枝が、芝地を覆っている。噴水は涸れて、泥で塞がっている。こんな有様ではあるが、家族連れがベビーカーを押して歩き、子供たちはボールを追っている。イスラム教徒の年老いた紳士たちが新聞を読み、チェスをさしている。

「シャリマール庭園です」A・J・ラオが、彼女の頭蓋の基底部で言う。「壁で囲われたこの庭園は、パラダイスですよ」

　彼がしゃべっている間に、変化の波が庭園に押し寄せ、二十一世紀のみすぼらしさが一掃されてゆく。木々には葉が生い茂り、花壇には花が咲き、テラコッタの鉢植えのゼラニウムがチャハルバーグの水路の両側に列をなし、水路には水が煌《きら》めく。段になった阿舎《あずまや》の屋根は金箔で輝き、孔雀が虚栄の美しさを競い合う。あらゆるものが噴水の仕掛けに反応して、光り輝く。笑い合っている家族はムガールの貴人に先祖がえりし、公園の年寄りたちは植木職を生業《なりわい》とする階級のマーリに変じ、枝ぼうきで砂利道を掃いている。

　エシャが喜んで手を叩くと、遠くでシタールの銀の音色がする。「あら」と彼女は口にするが、驚きですっかり痺れてしまっている。「うわあ！」

「昨晩していただいたことに、まずはお礼を。ここは、インド全土の中でもわたしのお気に入りの場所のひとつでしてね。ほとんど忘れられてしまっています。おそらく、だからこそ気に入っているのでしょうね。アウラングゼーブは、一六五八年にここでムガール皇帝として戴冠したのですよ。今じゃ、バスティーの住人の夕涼みの場所だ。わたしはね、過ぎ去った時に夢中なんです。わたしにとってはなんでもないことですから。ＡＩなら、問題はない。自分たちを配置できさえすれば、いくつもの時代で暮らすことができますからね。わたしはよくここに来ます。心の中でね。というより、ここがわたしのところにやって来る、と言うべきでしょうかね」

　噴水のさざ波から、水が噴き出る。風が吹いたかのようだが、今日の午後は息苦しいほど空気に動きがないので、風のはずはない。地面に落ちてきた水は人間の形になり、水しぶきの中から歩み出てくる。水の男はきらきらして、身体は流水。それが、肉体をそなえた人間になった。Ａ・Ｊ・ラオ。いいえ、彼女は思う。肉体があるわけないわ。ジンなんだもの。天国と地獄の間に囚えられたもの。気まぐれ屋。トリックスター。それなら、わたしにトリックをかけてちょうだい。

「古きウルドゥーの詩人たちが宣したようにですね」Ａ・Ｊ・ラオは言う。「実は、楽園は塀の内側にこそあるのですよ」

　午前四時をだいぶ過ぎていたが、眠ることができない。彼女は素っ裸だ――恥知らずにも――身に着けているのは、耳の後ろのホークだけ。ベッドの頭のところの窓の羽根板は透かされ、定期的に行なわれる電力管制の最中によく発作を起こす旧式のエアコンは、ゴンゴンと音をたてている。今夜は最悪。街は空気を求めて喘いでいる。街を行き交う交通の音さえバテて聞こえる。部屋の向こうでパーマーが青い目を開き、彼女の名をささやく。〝エシャ〟

　起きなおってベッドにひざまずき、手をホークにやる。珠のような汗が、剝き出しの肌の上に噴き出す。

「わたしはここよ」ささやき声で言う。両隣の部屋にはニータとプリヤがそれぞれいるが、薄い壁を隔てているだけだ。

「もう遅いね。申しわけない……」

　部屋の反対側にあるパーマーのカメラのレンズを見つめる。

「いいのよ、眠っていなかったから」聞きなれた声に、ちょっと違った調子。「どうしたの？」

「ミッションに失敗した」

　大きなアンティークのベッドの真ん中にひざをつく。汗が背骨を伝って流れる。

「会議のこと？　何？　何が起こったの？」彼女はささやき返すが、彼がしゃべっているのは彼女の頭の中だ。

「論点のひとつを争ってだめになってね。小さな取るに足らないことだったんだが、急所に打ちこまれた楔のようだった。すべてが崩れるくらい、まっぷたつになったよ。オウドはクンダカダールにダムを建造し、聖なるガンガーの水を自分たちのために保持するだろう。わたしのいる使節団は、すでに荷造りを始めている。朝にはヴァラナシに戻るだろう」

　彼女の心臓は早鳴り、続いて自分に対して悪態をつく。お馬鹿でロマンチックなお嬢さま。彼は、もうヴァラナシにいるのだ。ここにいるのと同じくらい、レッド・フォートで上司の人間たちをサポートしているのと同様に、あちらにも存在しているはずだ。

「残念ね」

「うむ」彼は言う。「まさしくそういった感じかな。わたしは、自分の能力を過信していたのかもしれないね」

「人間は、いつだってあなたを失望させるでしょ」

つらそうな笑いが、暗い頭蓋の中に響く。

「きみはどのくらい……肉体を離れることができるのかな、エシャ」自分の名前が、熱い空気の中に漂っているように思える。まるで和音のように。「わたしのために踊ってくれないか」

「え、今ここで?」

「そうだ。何かが足りないんだ……具現化した、実体を伴った何かが。わたしにはできないようなやり方で、肉体が動き、意識が時空間で踊るのを見ることが、わたしには必要なんだ。何か美しいものを見ることが」

何かが足りないだなんて。神の力を持つ存在が、必要とすることがあるだなんて。エシャは突然恥ずかしくなり、小ぶりで引き締まった胸を両手で隠す。

「音楽……」彼女は口ごもりながら言う。「音楽なしじゃできないわ……」寝室の隅で影が濃くなり、アンサンブルへと姿を変える。三人の男が覆いかぶさるようにして、タブラとサランギとバンスリを構えている。

エシャは小さな叫び声をあげて、掛け布の下に身を隠す。**彼らにきみは見えはしないよ。存在すらしていない。きみの頭の中を除いては。たとえ肉体を持っているとしても、弦と皮の道具にすっかり集中しているから、きみに気づくことさえないよ。**おそろしくトリップさせられた音楽家たち、というわけね。

「今夜のために、サブAIを複製して自分に統合してきたんだ」A・J・ラオは言う。「レベル一・九のコンポジション・システムなんだ。ヴィジュアルも供給できる」

「あなたたちは、自分自身をちょっとずつ交換したりできるの?」エシャは尋ねる。タブラの鼓手が、ダヤン太鼓でゆっくりと、ナ・テ・テレ、と拍子を刻み始める。音楽家たちは、おたがいにうなずき合う。拍子をとっている。彼らはこのまま拍子をとりつづけるつもりだ。ニータとプリヤには聞こえていないと、どうしても確信が持てない。自分以外には誰も聞くことはできないだなんて。わたしと、A・J・ラオ以外には。サランギ奏者が、弦に弓をあてる。バンスリ奏者は、蛇を笛の音に合わせて解放する。踊りへと誘う音楽《サンギート》。でも、一度も聞いたことがない調《しら》べだ。

「自分で作っているのね！」

「これは作曲《コンポジション》AIなのさ。題材はわかるかな？」

「クリシュナと牛飼いの乙女《ゴーピー》たちね」カタックの古典的な主題のひとつ。クリシュナが、牛飼いの娘たちをバンスリの笛で誘惑する。もっとも官能的な楽器。ステップは知っている。踊りたくて身体がうずうずしてくる。

「踊ってくれませんか？」

　虎のように、優雅に力強く、ベッドから寝室の床に敷かれた茣蓙《ござ》の上に降りる。パーマーの焦点の中へ。恥じらいを感じる前は、お馬鹿なお嬢さんだった。でも今は違う。こんな観客の前で踊ったことはない。気高いジン。純粋な静けさの中で熱気に包まれて、《百八人のゴーピー》の旋回、足踏み、会釈をする。剝き出しの足の裏が、織り上げられた藺草《いぐさ》に接吻をする。手がムドラーを形作り、いにしえの物語の表情をつくる。驚き、恥じらい、姦計、覚醒。汗が惜しみなく裸体の上を流れるが、彼女はそれを感じない。身体にまとっているのは、肢体の動きと夜の闇。時の流れがゆっくりとなり、弧を描いていた星々が巨大なデリーの上で動きを止める。地球が足の下で呼吸するのを感じる。夜通しの稽古、血まみれの足、プランの打擲、失われた誕生日、盗まれた子供時代。すべてはこのときのために。粗く織られた茣蓙《ござ》の上で足から血が流れるまで、身体から最後の一滴まで水分が搾り取られて塩に変わってしまうまで、彼女は踊る。そうしてもなお、ダヤンとバヤンのタブラの拍子にのっている。彼女は神に誘惑された川端の牛飼い娘。A・J・ラオは、このカタックを気まぐれで選んだのではなかった。やがて音楽に明白な終焉が訪れ、音楽家たちがおたがいに礼をして黄金の塵となり、彼女はベッドの端に崩れ落ちる。今までに、こんなに疲弊するパフォーマンスをしたことはない。

光が彼女を目覚めさせる。裸だし身体はべたべただし、で当惑する。手伝いの者に見つかってしまうかもしれない。死にそうなくらい頭痛がする。水。水。関節と神経と骨が、水を欲する。中国風の絹のローブを引っ掛ける。キッチンに行こうとすると、パーマーから覗いている目が目配せしてよこす。じゃあ、あれは淫夢じゃなかったんだ。暑さと炭化水素によって生じた、発汗過多による幻影じゃなかった。彼女はクリシュナと百八人のゴーピーたちを、自分の寝室で、AIのために、踊ったのだ。メールが来ている。彼の番号がある――〝かけてくれたまえ〟。

八つのデリーの歴史を通じて、ジンについての事柄に通じた人たち――たいていは男の人たち――がいました。その人たちは、ジンがいろいろな姿をとることを知っていて、街中でどんなものに姿を変えていようとも――ロバ、猿、犬、腐肉漁りの鳶――本当の姿を見抜くことができるのです。ジンたちがねぐらにし、集《つど》う場所を知っているし――とりわけ、モスクに引き寄せられます――、ジャマー寺院裏の路地《ガリー》の雑踏を歩いているときに感じることがある原因不明の暑さが、ジンの仕業であることも知っています。ジンが密に集まっているので、そこを通り抜けるときにジンの炎を感じる、というわけです。一番賢い――すなわち最強の行者は、ジンの名前を知っているので、ジンを捕らえて命令をすることすらできます。オウドとバラットとラージプタナとベンガル合州国に分かれてしまう前の昔のインドには、ジンを呼び出してその背に乗り、ヒンドゥスタンの端から端まで一晩で飛ぶことができるような聖人たちがいたといいます。わたしの生まれ故郷のレーでは、とてもとても年寄りのスーフィーが、面倒に巻きこまれた家から百八のジンを追い出しました。居間に二十七、寝室に二十七、厨房に五十四。あまりにたくさんのジンがいたので、人間が入れないくらいだったそうです。スーフィーはヨーグルトと唐辛子を燃やしてジンを追い払ってから、戒めの言葉を残しました――〝ジンと戯れてはならん。必ず何か見返りを求めてくるからだ。長いことかかるかもしれんが、奴らは必ずやって来る〟。

ジンの街には、今では新しい種が蠢《うごめ》いています。それは、AI。ジンが炎の被造物で、人間が土くれの被造物であるならば、AIは言葉の被造物。五千万のAIが、デリーの並木道や繁華街《チヨウク》にうようよしています。交通整理をし、株取引をし、電力と水が不足しないようにし、質問に答え、運勢を占い、カレンダーと日記を管理し、法律・医療関連の業務をこなし、メロドラマで演技をし、毎秒あたりセプティリオンもの情報を、デリーの神経系に駆け巡らせているのです。街は巨大なマントラです。動物より少しだけましな知性しか持っていないルーターやメンテナンス用ロボットから（どんな動物だってそれなりの知性を持っています。鷹か虎に尋ねてみるとよいでしょう）、この時代では人間と九九・九九パーセント区別がつかないレベル二・九AIまで、AIたちは若くて活き活きとした種です。この世界には生まれたばかりで、まだ一生懸命で、自分たちがどれほどの力を持っているのか、よくわかっていません。

ジンたちは、屋根やミナレットの上からびくびくしながら見つめています。あの強力な、生きている言葉の生き物が、土くれの被造物に言われるがままに従っている様子を。でも、ジンがびくびくしている大きな理由は、人間たちと違って未来を予知できるからなのです。AIは、やがてジンたちをいにしえの愛すべき街から追い出して、彼らに取って代わってしまうことでしょう。

ニータとプリヤが今回のダーバーのために設定したテーマは、《タウン・アンド・カントリー》。オウドにおける公衆感情は反バラットに転じているというのに、バラットのそのメガ＝メロドラマはすっかり流行になっていた。とにかくダムをつくってしまうことね。ダムがあるかないかよ。あっちは泣きをいれてくるでしょうね。今じゃわたしたちの水なんだから、と言った舌の根も乾かないうちに、《タウン・アンド・カントリー》の話だ。ヴェド・プラカシュはどう思う？ あのリツ・パルヴァーズがからんでいるなんてとんでもないわ。かつては二人とも、その番組と視聴者を馬鹿にしていた。ところが今では、その番組を見ることは不穏当で悲愛国的ということになってしまったので、アニータ・マハーパトラやベグム・ヴォラの情報が充分に入ってこないで困っている。あの番組を見ることをまだ拒否している人々もいるが、それでも毎日のダイジェスト版を見るためにお金を払っている。ニータとプリヤのデート・ダーバーのような、社交上はずせないイベントで最新の情報に通じているように見せるためには、仕方がない。

いかしたダーバーだ。モンスーン前最後の――もし今年モンスーンが発生するとしてだが。ニータとプリヤは、トップクラスのバティ・ボーイたちを集めていた。彼らの役目は、お客のホークにミキシングした曲を直接照射することだ。気候管理フィールドが、押し寄せる夜の暑さを押しとどめるべく奮闘している。フィールドの内側では超音波が鈍い振動となって、エシャの奥歯に響く。

「個人的な意見だけれど、きみには汗が似合っていると思うんだ」エシャの生体徴候をパーマー越しに読み取りながら、A・J・ラオは言う。彼はエシャの横を彼女以外には誰にも見えない状態で、死神のように歩いている。あたりは、《タウン・アンド・カントリー》の登場人物の扮装をしたお客たちでいっぱいだ。伝統に則ると、シーズンの最後のダーバーは仮面舞踏会でなくてはならない。現代のデリーの中流階級にとって、仮面舞踏会というのは、コンピューターによって作りだされたメロドラマの登場人物たちに扮装をすることを言う。現実には、社会的に様々な階級の人々が集まっていて、フォーマルだが涼しい夏場のファッションに身を包んでいる。しかし、心の目に映るその姿は、アパルナ・チョーラとアジェイ・ナディアドワラ、スタイリッシュなゴービンドに、遠くで見守るチャタジ医師なのだ。ヴェド・プラカシュが三人、ラル・ダルファンも同じ数だけいる——ラル・ダルファンは、機械が作りだすメロドラマの中でヴェド・プラカシュを演じているAI役者である。ニータのフィアンセの郊外向けバンガローは、庭までブラームプールに変じている。ブラームプールは、《タウン・アンド・カントリー》の舞台になっている架空の町である。さらに、登場人物を演じる役者たちは、自分たちがその町でセレブの噂話にあるような生活を送っている、と信じている。そのうちニータとプリヤが、参加者が全員交わって充分ネットワークができた、と判断することだろう。そこで呪文が唱えられ、全員がきらきらの扮装を脱ぎ捨てて、卸売業者や弁当売り、ソフトウェア成金《ラジャ》に戻ることになる。たいへんなのはそこからだ。嫁探しの始まり。今のところは、エシャは友人のジンを連れて、誰だか悟られないでそぞろ歩くのを楽しめている。

ここ数週間、彼女はずいぶん歩いた。自分の街を、灼熱の通りから昔の名所まで、いくつもの時空に跨《また》がって生きる存在の視点から眺めたのである。シーク教徒の寺院グルドワラで、彼女は第九世グル、テグ・バハードゥルに出会った。原理主義者アウラングゼーブの親兵に斬首された人物である。ヴィジャイ・チョウクの周りをぐるぐるとまわる車の流れが溶解し、最後のインド副王マウントバッテンのベントリー騎馬隊の行進へと変じた。彼がラチェンズの壮麗な宮殿を永久に後にしたときの行進である。クトゥブ・ミナールの周りの旅行者集団と押し売り古物商たちは、幽霊に変わった。時は一一九三年。ムガール最初の征服者たちの時代。イスラムの勤行《ごんぎょう》の時を告げる役目の者が、アザーンを詠唱していた。幻。ちょっとした嘘。でもいいの。恋しているなら。恋をしているならなんでもOK。**あなたはわたしの心が読めるの？** 透明のガイドといっしょに通りの人混みの中を抜けながら尋ねた。そうした毎日が気にならなくなり、現実感がなくなってきていた。**わたしがあなたについて何を考えているかわかる、Aーラオ？** 彼女はちょっとずつ、人間世界からジンの街へと滑り落ちていっていたのだ。

門のところでセンセーション。象牙のスパンコールのドレスを着たひとりの女性を、《タウン・アンド・カントリー》の男性スターたちが取り囲んでいる。ちょっとあれは反則だわ。ヤナ・ミトラの扮装をして来ている。一番フレッシュで、フィットで、最速のボリ・シンガー。ボリ・ガールズは、カタックのダンサーのようにまだ肉と自我を持った存在だが、ヤナは話題の歌手がみなそうであるように、《タウン・アンド・カントリー》に自分のコンピューター・アヴァターをゲストとして送りこんでいた。

A・J・ラオが笑う。「みんなわかっているのかな。確かに反則だ。自分自身に仮装するとはね。あれは本物のヤナ・ミトラだよ。エシャ・ラトーレ、大丈夫かい、どこへ行くんだ？」

〝なんであんたは何でもかんでもきみはわかっているかいって聞いたりするのよ暑くてうるさいのはわかっているでしょうに超音波が頭の中でぶんぶんいっていてべちゃべちゃべちゃべちゃ尋ねられることといったら狙いはひとつだけ、結婚してるの婚約してるのお相手探しているのだからあたしは来たくなかったのあなたといっしょにどこかに行きたいだけなのそれでバティのトレーラーの横の火炎樹の下の暗がりがお馬鹿なお馬鹿なみなさんから失礼するにはいい場所に見えるの〟

ニータとプリヤは彼女の扮装を知っている。声が飛んでくる。「それでエシャ、あたしたちは、あなたの彼氏に会えるのかしら?」

すでに彼は、黄金の花の中で彼女を待っている。ジンは、思考と同じ速度で移動できる。

「どうした、何かまずいことでも……?」

彼女はささやく。「たまにはわたしがなにをしたいのかわかってよね、飲み物をひとつ持ってきて欲しいの」

「そりゃもちろん。ウェイターを呼ぶよ」

「ああ、もう!」声が大きい。藪に向かって話しているのを見られてはたまらない。「違うの、わたしが言いたいのは、あなたから手渡しで、ということ。グラスをひとつ、わたしに渡して欲しいの」しかし彼はできないし、これから先もできはしない。「わたしが踊り始めたのは五歳のとき。知ってた? ええ、知っていたでしょうとも。わたしのことは何でも知っているものね。でも賭けてもいいけど、どんなふうに始まったのかは知らないわよね。ほかの女の子たちと遊んでいたの。水タンクの周りで踊っていたら、さる道場《ガラナ》の年配の女性がわたしの母のところに来て言ったの、あの子をあたしにくれたら十万ルピーあげるよ。あの子をダンサーにするんだ。がんばれば、おそらくインド全土に名を轟かすダンサーになれる。わたしの母は言ったわ。なぜうちの娘を? そしたらその女性は何て言ったと思う? あの子には、荒削りだけれど身体の動かしかたに才能があるからだよ。でも、それよりもね、あんたがあの子を十万ルピーで喜んで売るだろうからさ。彼女はその場で即、金を受け取った。わたしの母のことね。その老女は、自分のガラナへわたしを連れていった。昔は偉大な踊り手だったのだけれど、リューマチを患って動けなくなっていたからいつも不機嫌だった。よくわたしを棍棒《ラーティ》で打ったわ。わたしはみんなにチャイと卵を準備するために、夜明け前に起きなくてはならなかった。練習は、足から血が出るまでさせられたわ。わたしの腕を紐で縛って上げさせ、ムドラーの練習をさせるの。もうできないって泣きだすまで、腕を下ろすことは許されなかったわ。わたしは一度たりとも家には帰らなかった——何か知っていることがあった？　家に帰りたいと思ったことは、一度だってない。母がどう考えていたか知らないけれど、わたしは一生懸命やって、すばらしい踊り手になった。あなたに何がわかる？　それでも誰も気にしちゃくれないのよ。わたしが十七年間をかけて修練を積んできたことは、みんなにとってはどうでもいいことなの。あっちを見てみなさいよ。ほんの五分ぐらい歯をきらきらさせて胸を見せるだけのボリ・ガールを連れてきたら、あれなんだから……」

「妬《や》いているのかな？」少したしなめるように、A・J・ラオは尋ねる。

「わたしにその資格はないかしら？」

　そのとき、バティ・ボーイ一号が自分のパーマーに《きみはぼくのソニヤ》を送信する。それが仮面を取る合図。ヤナ・ミトラが欣喜雀躍《きんきじゃくやく》して手を叩いて歌っている間に、彼女の周りでちらちらと光っていたメロドラマのスターたちは、仮面を剥がされてそのへんの会計士やエンジニアやナノ美容外科医に戻ってゆく。古きブラームプールの町のピンクの壁と屋上庭園と何十万という星々は、溶けて空を流れ落ちる。

　まるでセレブの太陽の下で、メロドラマの世界が溶けてゆくかのようだ。その眺めが、ガラナで子供のころから叩きこまれてきた狂気をエシャに呼び覚ます。ウェイターからカクテルグラスをひったくると、グラスがブローチにぶつかって鋭い刺すような音を立てる。

彼女がテーブルの上に登ると、あのボリの牝犬がようやく口をつぐむ。すべての視線が彼女に注がれる。

「レディースよりおそらくジェントルマンのみなさん、一言申しあげたいことがございます」騒音の向こうにある街でさえ息を潜めたかのような静寂。「わたしは婚約しております！」ハッと息を呑む気配。オォーッ。控えめな拍手、**彼女は誰、テレビに出てるの、何かゲージツしてる人？** ニータとプリヤは後ろのほうで目を見開いている。「非常に幸運なことに、わたしの未来の夫は今夜この場に来ております。実は、彼はずっとわたしといっしょにおりました。あら、ごめんあそばせ。すっかり忘れておりました。みなさん全員が彼を見ることができるわけではないですものね。ダーリン、いいかしら？ ジェントルメン・アンド・レディース、ほんの少しばかり、お手元のホークをお着けいただけますか？ わたしのすてきなすてきなフィアンセは、ご紹介するまでもないと思います。A・J・ラオです」

こちらに注がれる視線と口の動きが告げている。低いささやき声が拍手喝采に転じる直前までいき、それが押しとどめられ、ニータとプリヤが引き取って、礼節に則った賞賛へとその場を導いたことから、彼女にはわかる。みなが自分と同じように、背が高くエレガントな男性として、ラオを目にしていることを。すぐ横で、わたしに腕をまわしてくれている。

あのボリ・ガールの姿は、どこにも見えなくなっている。

ファトファトに乗っての帰り道、彼はずっと黙っていた。家にいるが、今も静かだ。二人きりなのに。ニータとプリヤは何時間も前に家に戻っているはずだが、エシャにはわかっている。二人ともエシャのことを怖がっているのだ。

「ずいぶん静かなのね」ベッドで横になったまま、天井のファンに向かって立ちのぼってゆくタバコの煙に向かって声を投げかける。好んで吸うのはビーディ。汚い通りで手に入れた、今日のためのタバコ。西側の有名メーカーのものじゃだめ。

「パーティーから帰ってくるとき、われわれは尾《つ》けられていた。AIエアクラフトが、きみのファトファトを監視していた。ネットワーク分析AIシステムが、このコム・チャンネルをトラックしようとしてわたしのルーターネットを嗅ぎまわった。路上監視カメラのいくつかが、われわれを追尾するように設定されたことも知っている。レッド・フォートのダーバーの後、きみを車で送ったクリシュナ・コップは、そこの通りの隅にいた。隠密行動はあまりうまくないね」

　エシャは、クリシュナ・コップの姿を探しに窓のところに行く。大声で呼びつけて、なんでそんなことをしているんだか問い詰めてやる。

「ずっと前にいなくなっているよ」ラオは言う。「今までも継続して、連中はきみを軽度の監視下においていたんだ。想像するに、きみの宣言で、監視のレベルは上がっただろうね」

「あそこにいたの？」

「言ったとおりだよ……」

「軽度の監視」

　怖くはあったが、興奮する。気《チャクラ》の第一の中枢、ムラダラの深いところ、彼女の女陰《ヨニ》の上が、紅く脈動する。おっかないけどセクシー。彼女に結婚宣言をぶちまけさせたのと同じ、紅い狂気。あっと言う間に、来るところまで来てしまった。もう降りることはできない。

「わたしに返事をするチャンスを与えてくれていないよ」とAIラオが言う。

　あなたはわたしの心が読めるの？　パーマーに向かって、エシャは考える。

「いいや。しかしわたしは、《タウン・アンド・カントリー》のための脚本担当AIとオペレーション・システムのプロトコルの一部を共有している——実のところ、そのAIは、わたしの下部階層の一部なのだけれど、人間の行動に関してはかなり正確な予測をたてることができるんだ」

「あたしはメロドラマってわけね」

ベッドの上にひっくり返って、笑って笑って笑って笑いまくる。気分が悪くなるまで、もう笑いたくなくなるまで。笑うたびにむせ返る。それはうその笑い。暑さをただかきまわすだけのおんぼろファンの上、デリーの巨大なヒートアイランドから立ちのぼる膨大な熱気流の上には、スパイ飛行機の群れが旋回している。あいつらを笑い飛ばしてやる。ジンたちの企みなんか、くそくらえ。

「エシャ」A・J・ラオが言う。今までにないぐらい、彼が近くに感じられる。「じっとしてて」なんで、と考える。すると頭の中に、返答のささやきが聞こえる。


シッ、しゃべらないで。同時に、チャクラの光が卵黄身のように膨れ上がって破裂し、彼女のヨニの中に、熱が漏れ伝わってくる。あう、彼女は口にする。あう！　クリトリスが彼女に歌いかける。ああああ。

「どうやって……？」もう一度、頭の中であの声が大きく鳴り響く。彼女の体のすべての部分でシィィィィィッ。高まって高まって、何かしないでは、身体を動かさないではいられない。昼間に熱せられた大きなベッドからは、木の匂いが香り立っている。その木に身体をこすりつけないでは、手を下にやらないではいられない。ハードにハードにハードに……。

「触っちゃだめだよ」A・J・ラオに優しくたしなめられ、そうなると彼女は動くことさえできないから爆発する必要があるの爆発しなくちゃならないのよ頭の中にこんなものが収まるわけはないんだからダンサーの筋肉がワイヤーのように硬く引っ張られてこれ以上はもう無理でいやいやいやいいいいいいい高い声をとても小さい声だけど漏らしてベッドを拳で叩くのだけれどそれは痙攣しただけで、何も彼女の言うとおりにはなりそうもなくて、すると最初の爆発。続いて最初のがおさまる前に次のが。大きな爆発がゆっくりと空を渡っていって、彼女はインドのすべての神を呪って祝福する。潮が引くようにおさまってゆく。それでもまだ、ショックにつぐショック。ひとつ終わるとまたひとつ。おさまってゆく……やっと。

「うーん。あうっ。何だったの？　いったいどうやって？」

「きみが耳の後ろに着けている機械はね、言葉や視覚のヴィジョンより深いところまでたどりつくことができるのさ」A・J・ラオは言う。「これで返事になったかな？」

「えっ？」ベッドは汗でぐちゃぐちゃ。べたべたな身体を洗い、服を替えなくては。しかしさっきの光の名残が、まだ続いている。とてもとてもきれいな色の光。

「きみがわたしに答えるチャンスを与えてくれなかった質問だよ。答えはイエスだ。わたしはきみと結婚する」

「馬鹿な見栄っ張りの娘だね。あんたはその男がどこのカーストかもわかっていないんだろう？」

マーター・マドゥーリは、喉につながっている人工呼吸装置から垂れたビニールチューブを通じて、日に八十本はタバコを吸う。彼女は一回に三本ずつ火をつける。このおんぼろがいいところを全部とっちまうんだよ、と彼女は言う。あたしの最後の楽しみだってのに。前は看護師に賄賂を渡していたが、今ではただでタバコを持ってきてくれる。肉体が機械に頼る度合いが増すにつれ、ますます凶悪になる癇癪《かんしゃく》に恐れをなしているのだ。

エシャに返事の間を与えずに、気まぐれなマドゥーリは生命維持装置付車椅子の向きを変え、もう庭に出ようとしている。

「そこじゃタバコが吸えないからね。新鮮な空気がない」

　エシャは後を追って、きちんと手入れされた四分《チャハル》庭園《バーグ》に出てゆく。足の下の砂利は、熊手でかかれている。

「カースト内で結婚するような人は、もういないわよ」

「わかったふうなことをいうんじゃないよ、この馬鹿な娘っ子。イスラム教徒か、もっと言うならキリスト教徒と結婚するようなもんだよ。クリシュナさま、どうぞご加護を。あたしの言いたいことはわかってるだろう。本物の人間じゃないんだよ」

「あたしより若いのに、木とか、もっと言うなら犬とさえ結婚している娘たちがいるわ」

「そういうのには頭がまわるんだから。それはビハールだとかラージプタナのような、ひどい糞溜めでの話だよ。あの人たちは、神なんだから。どんな愚か者でも知ってるよ。ああっ、やめとくれったら！」年老いてぼろぼろの女は、椅子のＡＩが日傘を出そうとするや、罵声を浴びせる。「太陽、太陽。あたしには太陽が必要なんだ。あたしはすぐに燃やされちまうんだから、白檀《びゃくだん》で。聞いてるかい？　おまえが、あたしを、白檀の薪の上で燃やすんだよ。出し惜しみしたら、ただじゃおかないからね」

　老いさらばえた、足が不自由な踊りの師匠、マドゥーリは、気に入らない会話を打ち切るためにいつもこの手を使う。あたしが死んだら……うまいこと燃やしとくれ……。

「それで、神さまにはＡ・Ｊ・ラオにできないことができるっていうの？」

「アイ！　おまえはほんとに恩知らずで罰当たりな子だね。そのラララララララは聞いてないよ。まだ話は終わってなかったのかい？」

　エシャは毎週一回、養護施設にこの女の残骸を訪ねに来る。これが、ダンサーであるために人間の身体が払わねばならない代償なのだ。ファトファトに乗ってここに来つづけるために、だらだらと死んでゆくこの女を見つめることの意味を探し求めてきた。罪悪感だとか、必要性だとか、怒り憤り喜びだとか。彼女が信頼できるのはただひとり。この女が、自分にとって、たったひとりの母親なのだ。

「もしおまえがその……モノと結婚するなら……そのおかげで人生台なしになっちまうだろうよ」水路の間の小道をスピードをあげて下りながら、マドゥーリは宣言する。

「あなたの許しは必要ないわ」エシャは、その後ろから声をかける。思うところがあって、マドゥーリは車椅子をくるりと回転させる。

「あら、そうかい？　そんなことをおまえさんが言い出したのは、初めてだね。あたしに祝福して欲しいんだろうに。冗談じゃないね。そんな世迷言に巻きこまれるのはごめんだよ」

「あたしはＡ・Ｊ・ラオと結婚するの」

「何て言った？」

「あたしは、Ａ・Ｊ・ラオと、ＡＩと、結婚す、る、の」

　マドゥーリが笑う。乾いた、死にゆく者の、ビーディの煙に満ちた、唾吐くような音の笑い。

「いやいや、なかなか驚かせてくれるね。歯向かうのかい。いいねえ、やっとつかんだね。そこがおまえの問題だったんだよ。おまえはね、いつもみんなに認めてもらわないとだめだった。みんなに許してもらわないとだめ、みんなに愛してもらわないとだめ。そのせいで、おまえは偉大な踊り手になれなかった。わかっているかい、小娘？　女神のデヴィに等しい存在になっていたかもしれないのに、誰かがだめと言うんじゃないかと恐れていつも二の足を踏んでいた。だからおまえは今までずっと……そこそこなだけだったのさ」

今や、みんながこちらを見ている。スタッフ、見舞い客、患者たち。荒らげられた声と場にそぐわない感情の吐露。ここは静謐《せいひつ》とした、機械化された死をゆっくりと迎えるための家。エシャは師匠にささやき声で話そうと、身体を低く屈める。

「あたしが彼のために踊っているということを、知って欲しいの。毎晩よ。クリシュナにとってのラーダーのように踊っているの。彼のためだけに踊ってあげると、あたしのところにやって来て愛してくれるのよ。寝業師みたいで、思わず声をあげてしまうくらい。毎晩よ。あ、ほら見て！」もう彼は、エシャをパーマーで呼び出す必要はない。ほとんど彼女がはずすことのないホークに直接つながれているからだ。エシャが顔を上げる。彼はそこにいる。シックな黒のスーツを着て、そぞろ歩く見舞い客たちやのろのろと進む車椅子の間で腕を組んで立っている。「あそこ。見える？　あたしの恋人、夫よ」

ハウリングのような、機械が壊れゆくような、長く鋭い叫び。マドゥーリは慌てふためいて、皺くちゃの手で顔を覆う。タバコの煙入りの呼吸管がひきつけを起こす。

「化け物！　化け物じゃないか！　この親なしめ！　おまえなんか、あのバスティーに放っておけばよかった！　あっちへ行け、行けったら！」

エシャは、半狂乱で怒りまくる老婆の剣幕にたじたじとなる。病院のスタッフが白いサリーをはためかせながら、焦げた芝の上を走ってくる。

どんなおとぎ話にだって、結婚の話があるものです。もちろん、その結婚はシーズンの大きな目玉となりました。荒れ果てたシャリマール庭園は植木屋《マーリ》の一団によって、緑と水に溢れた、目を見張るようなマハラジャのファンタジアに変容しました。象、天蓋、音楽家、槍を持った騎兵、ダンサー、映画スター、ロボットバーテンダー。ニータとプリヤが新婦の付き添いをしていましたが、華やかな人々の間で居心地が悪そうでした。婆羅門《バラモン》の高僧が、人間の女と人工知能の婚姻を祝福するために呼ばれていました。どこのテレビ局も、カメラクルーを送ってきていました。人間のチームがあれば、AIのチームもありました。きらきらした装いの係の者たちが、ゲストの出入りをチェックしました。ゴシップ雑誌のパパラッチたちは、いったい何に向かってカメラをまわすことになるのだろうかと訝《いぶか》りながら、人混みに紛れこんでいました。バラットの政治家たちまでいたのですよ。オウドの建築業者たちがガンガーの砂を掬《すく》い上げて護岸工事を始めていたそのときには、隣り合った二つの国の間の関係は難しいものになっていたのに。けれども、一番多く集まっていたのは、どんどん広がりつつあるバスティー、つまりスラム街の人々でした。庭園の小道に列をつくるセキュリティ・スタッフともみ合いながら、彼らは口々に尋ねました。あいつは何と結婚するんだい？　そんなのありかよ？　ほんとにできんの？　子供はどうなるのさ？　ところで結婚するのは誰？　何か見える？　何も見えん。見えるものなんているのか？

ところがホークを着けたゲストとお偉がたは、黄金のヴェールをした花婿が白馬に乗って登場するや、拍手で迎えました。馬は熊手でかかれた道をよく訓練された馬が持つ優雅さで、しずしずと歩いてきました。そして、その場にいるのはゲストとお偉がたでありますから、国と国が交渉をする場で活躍していることで有名なソムリエが準備したフランスのシャンパンが飲み放題であったにもかかわらず、誰も口を滑らしたりはしなかったのです。でも、誰もいないじゃないか、なんて。花嫁が大型リムジンに乗って去っていった後に、乾いた空気の中を雲から雲へ、雷が間をおきながら鳴り響き、気持ちの悪い熱風が打ち捨てられた招待状を庭園の小道から吹き飛ばしました。でも、誰も驚いたりはしませんでした。ゲストがタクシーに次々に乗りこんでゆく間、タンク車がぜいたくに水を溢れさせる水路《カナート》への排水をしつづけていました。

この結婚は、トップニュースになりました。カタックのスターがＡＩの恋人と結婚!! ハネムーンはカシミールで!!

そのころデリーのチョウクとミナレットの上ではジンたちが頭をつき合わせ、ひそひそとささやき合っていたのです。


彼がトゥグルク・モールへ買い物に連れて行ってくれる。三週間が経ったが店の売り子たちがまだうなずきあい、ささやき合っている。いい気分。ところが黒睡蓮日本輸入品商会のカウンターからクリシュナ・コップに引っ張られ、横目で見られて忍び笑いをされては、いい気分ではいられない。

「わたしの夫は外交官特権を持っています。これは、外交問題ですよ」ひどいスーツを着た女性にそっとだが頭を押されて、車の中に押しこまれる。公安は、個々人に責任説明の義務はない。

「そのとおりです。ですが、あなたはそうでありません。ラオ夫人」後部座席にいるサッカーが言う。あいかわらず、安物のアフターシェーブの臭いがする。

「ラトーレよ」彼女は言う。「舞台の名前のままだから。それじゃ、夫がわたしの外交上の立場について何て言うか、聞いてみようじゃない」Ａ・Ｊに話しかけるために、彼のことを考えながら手を上げて、ムドラーの動きをする。何も起こらない。もう一度やってみる。

「これは、シールドされた車でしてね」サッカーが言う。

建物もシールド付。車はまっすぐその中に乗り入れる。スロープを降りて、地下駐車場へ。そこは、パーラメント通りにあるガラスとチタニウムでできた安っぽく目立たないブロック。コンノート・サーカスに買い物に行くときに何万回となく車で通り過ぎてはいたが、こんなところがあろうとは思いもよらなかった。サッカーのオフィスは十五階にある。きちんと整頓されており、ジャンタル・マンタルの天文観測のためのオブジェの群れがよく見える。食べ物の匂いがするのはいただけないが、昼飯《ティフアン》をデスクで慌ててとったのだろう。エシャは、家族と子供と妻の写真がないかチェックする。彼自身の写真があるだけだ。きれいにアイロンがけされた白いクリケットのユニフォームに、格好良く身を包んでいる。

「チャイは?」

「お願いするわ」この公共施設用ブロックの無機質さに、彼女は落ち着きを失い始めている。都市の中の都市。チャイは温かく、甘く、小さな使い捨てのプラスチック製のコップに入って出てくる。サッカーの微笑みも温かく、甘く、見える。彼はデスクの端に座るが、そのアングルは、クリシュナ・コップのマニュアルでは〝非対決的〟とされている。

「ラトーレさん、今回の件について何かおっしゃりたいことは?」

「わたしの結婚は法に則ったもので……」

「それはもちろん、ラトーレさん。だって、ここはオウドですよ。ジンと結婚した女たちもいたのですからね。わたしたちが生まれた後でだって。ですが今はですね、それが国際的な問題になりそうなんですよ。そう、そのとおり。水です。われわれはみな、あるのが当然と思っているものですよね? それが不足するまでは」

「わたしの夫がクンダカダールの問題を解決しようとして交渉中なのは、周知のことよ」

「ええ、もちろん存じております」サッカーはマニラ封筒をデスクから取り上げ、中を覗きこみ、何か言いたげに顔をしかめる。「どう言ったものかな。ラトーレさん、だんなさまは、自分のお仕事のことを全部あなたに話してくれますか？」

「それはずいぶんぶしつけな質問で……」

「ええ、そのことは申しわけなく思うのですが、この写真を見たらどうですかね」

大型で光沢付。高解像度で出力されている。つるつるとして、プリンターから出たての甘い臭いがする。地表を空撮した写真。緑と青の水の筋、白い砂地、正体不明の物体が散らばっている。

「わたしには何だかわからないわ」

「そうだと思います。どういうことか説明させていただくと、ドローンが撮影したこの写真に写っているのは、クンダカダールの建設現場を射程におさめる距離に散開しているバラットの戦車とロボット偵察部隊と対空砲兵隊なのです」

足下の床が崩れ落ちて、虚空の中に落ちてゆく気分を味わう。その空間はあまりに広大で、目が焦点を合わせられるものすらなく、ただ落下の感覚があるだけ。

「夫とわたしは、仕事のことは話し合ったりしません」

「そうでしょうね。ああ、ラトーレさん、カップをつぶしちゃっていますよ。もう一杯お入れします」

係の若者《ワラー》からチャイを一杯入れてもらうだけにしてはいやに長い時間、彼女は置き去りにされる。戻ってくると、彼は気さくに尋ねる。「ハミルトン法協定と呼ばれている事柄について、何か聞いたことはありますか？　すみません。あなたのような人だったらもしかすると、と思ったものですから……ないようですね。基本的に、アメリカ合衆国によって始められた一連の国際協定で、高水準の人工知能の開発と拡散の制限を目的とするものです。特に、ジェネレーション三と仮称されているものが対象になっています。どうです？だんなさまはこうしたことについて、何かおっしゃってはいませんでしたか？」

イタリア製のスーツに身を包んだラトーレは、脛と脛を交差させて考える。〝この立派な殿方は、ここでなら何でもやりたいことができるのね。何だって〟

「おそらくご存知のことと思いますが、われわれはAIに等級を付け、レベルにしたがってライセンスを発行しています。その基準は、どのくらい人間として通用するか、ということにほぼ対応しています。レベル一の知性は、動物の知性の基本的な部分を司る程度のもので、命令されたことをこなすには充分ですが、人間と間違われることは決してありません。多くはしゃべることさえできません。その必要がないからです。レベル二・九となると、あなたのだんなさまと同じぐらいの」――ここのところを、シャタブディー特急がレールのギャップの上を通り過ぎるかのように彼は猛スピードでしゃべり――「AIですが、人間と同様の存在まで五パーセンタイルです。ジェネレーション三となると、どのような状況下でも人間と区別がつきません――実際には、彼らの知性はわれわれの何百万倍もあるでしょう。もし実効性のあるなんらかの方法で計測したとすれば、ですが。理論的には、われわれはそのような知性を認識することはできません。言ってしまうと、わかるのはジェネレーション三のインターフェースだけなのです。ハミルトン法は単純な法律です。ジェネレーション三AIの登場を可能にするテクノロジーを管理しようとしているだけなのです。ラトーレさん、われわれは心から信じているのです。ジェネレーション三AIが、われわれという民族、さらには種族の安全保障にとって、今までにない最大の脅威になるであろうということを」

「それでわたしの夫は？」夫。しっかりとした心地よい言葉。サッカーの誠実さが、かえって彼女を不安にさせる。

「クンダカダール・ダムを建設するための借款を保証してもらう見返りとして、政府はハミルトン法協定を批准する準備をしています。このハミルトン法協定が通れば――現在、下院で審議中ですが――レベル二・八より下のすべてのＡＩは厳格な検査とライセンス審査を課され、われわれの監視下に置かれます」

「それで、二・八より上のＡＩは？」

「違法です。ラトーレさん。強制的に消去されてゆくことになります」

エシャは足を組み、また組みかえる。椅子に座りなおす。サッカーは、彼女が何か言うのを永遠に待っているだろう。

「わたしにどうして欲しいの？」

「Ａ・Ｊ・ラオは、バラットの行政府の高位にいます」

「わたしにスパイをしろと……ＡＩの」

相手の表情から、夫のと言うことを期待されていたのがわかる。

「仕掛けがあるのです。盗聴器なのですが……。ＡＩラオの意識レベルの下に設置して、あなたのホークの中に走らせます。われわれはみんなが、へまばかりしている無能な警官ではないのですよ。窓のところへ行ってみてください。ラトーレさん」

エシャは、気候冷却された窓ガラスに指で軽く触れる。旱魃《かんばつ》をもたらしている強い日の光が、偏光されて柔らかくなっている。スモッグの靄が、外は暑いぞ、と訴えかけてくる。とそのとき、彼女は叫び声をあげ、恐怖のあまり、がくりとひざをつく。空が神々で埋め尽くされている。何列にも、何層にも、長大ならせん形を形作りながら、デリーの空へ昇っていっている。巨大なること雲のごとし、国のごとし。たどりついた頂上部では、ヒンドゥーの三神一体、ブラフマン、ヴィシュヌ、シヴァのトリムールティが、落下してくる月のようにこちらを見下ろしている。まったくの個人向けラーマーヤナ。大力無双のヴェーダの神々の軍団が、対流圏に整然と並んでいる。

サッカーの手が助け起こしてくれるのを感じる。

「お許しを。愚かでした。プロとして恥ずかしい。見せびらかしてしまったのです。われわれが自由に操ることができるAIシステムを見てもらうことで、あなたに信頼して欲しかった」

紳士的、というには長すぎる時間、彼の手が彼女を支えている。すると神々が消えた。すべていっぺんに。

彼女は言う。「サッカーさん、そのスパイを、わたしの寝室にまで忍びこますつもりかしら？ わたしと夫の閨《ねや》まで？ もしあなたがわたしとA・Jの間のチャンネルを盗聴するとなれば、そこまでする、ということよね？」

彼女を椅子に導いて、冷たい冷たい水を差し出す間、サッカーの手はまだ彼女の身体におかれている。

「こうしてお願いしているのは、この国のために自分が何事かを為していると信じているからです。わたしは、自分の仕事を誇りに思っています。わたしの裁量で何とかなる場合もありますが、国家の安全に関わるときはそうはいきません。どうぞご理解ください」

エシャは、ダンサーに必須の沈着さを一瞬にして取り戻す。服を調え、表情を引き締める。

「それならあんたにできることは、せいぜいあたしに車を呼ぶことぐらいよ」


その晩、ジャイプールの宮殿の一般謁見の間、ディーワーネ・アーム。タブラとシャヘナーイーの奏でる音楽に合わせて、昼間に熱を帯びた大理石の上で、彼女は舞っている。黄昏時の光が射す柱の間に、炎がひとつ。観衆は大理石の上で暗い塊になり、息を殺して見つめている。法律家と政治家とジャーナリストとクリケット選手と産業界の大物たちの間にいるのが、このラージプートの宮殿を世界レベルのホテルに変えたマネージャーたち。さらに噂のセレブが何人か。ただし、エシャ・ラトーレほど噂になっているセレブはいない。プランは、今ではエシャへの仕事の依頼をえり好みすることができた。最初の狂騒が終わっても、彼女への注目は衰えなかった。さらにその後も。エシャにはわかっている。うっとりしてこちらを見ている人々が全員ホークを着け、炎によって影が濃くなった柱の間で彼女がジンの夫と踊っている姿を、幽霊を目にするように一瞬でいいから見ることができないかと願っているのを。

パフォーマンスの後、控えのスウィートに腕一杯の花を抱えて現われたプランが言う。「あのさ、わたしの取り分をあげてもらうよ」

「あなたには無理よ」エシャは冗談で言う。そのときヌートの顔に、恐怖が剝き出しになる。ちょっと浮かんだだけ、影が差しただけ。でもそれで充分。ソレが恐れ慄《おのの》いているのが見て取れる。

彼女がダル湖から帰ってくる前に、ニータとプリヤはバンガローを引き払ってしまっていた。二人はエシャからの連絡に応えなくなった。マドゥーリに最後に会いに行ってからは、七週間が過ぎていた。

裸で枕の上で寝そべり、白亜の壁をくり抜いて金銀線細工が施された飾り窓《ジャローカー》のところにいる。覆いがされたバルコニーから、窓の格子越しに帰ってゆく客たちを見つめる。外は見るけれど、中は見せない。昔ながらの婦人部屋《ゼナナ》に閉じこめられた女のよう。世界から隔絶され、人間の肉から隔絶されている。立ち上がり、日中に熱を溜めた石に身体を押し付ける。乳首を押し付け、恥骨を擦り付ける。わたしが見える香る感じるここにいるのがわかる?

彼はそこにいる。もう彼を見る必要はない。頭蓋の内側で微細な電気刺激を感じるだけでいい。装飾が施された背の低いチークのベッドの端に座る彼の姿が、徐々に見えてくる。彼女の待つバルコニーの前の空中に、彼はいとも簡単に姿を現わすことができるのでした、と彼女は心の中で呟く。でも、ジンに対してだってルールと駆け引きがある。

「心穏やかではないようだが」彼はこの部屋では盲目だ――裸に宝石だけ身に着けた彼女を見つめるカメラアイは、どこにもない――それでも、十を超える感覚、ホークを通じての無数のフィードバックのループを通じて、彼には彼女の様子がわかっている。

「疲れているし、悩んでいるの。しっかりしなきゃいけないときに、ちゃんとできなかったのよ」

「うむ、そのようだね。それは、今日の午後のクリシュナ・コップに関わることかな？」

エシャの心臓が早鳴る。彼は、彼女の鼓動を読むことができる。汗も読めるし、脳の中のアドレナリンとノルアドレナリンのバランスも。嘘をつけば、彼にはわかるだろう。真実の中に嘘を隠すしかない。

「もっと早く言うべきだったんだけれど、どうしたらいいかわからなかったの」恥ずかしい思いをするということが、彼には理解できない。名誉を失ったことで死ぬ人間もいる社会にいるというのに、おかしなものだ。「あたしたちは、厄介ごとに巻きこまれるかもしれないわ。ハミルトン法とかいうのがあるんだって」

「そのことは知っているよ」と彼は笑う。彼はこれを、最近は彼女の頭の中でやる。完全に二人の間だけで交わすジョーク。この近さを彼女が好きだと彼は思っている。そんなことないのに。「知りすぎているくらいだね」

「連中はわたしに、わたしたちに、警告しようとしたの」

「それはご親切なことだ。そのうえ、わたしは外国政府の使節だものね。だから連中は、きみを監視しつづけているというわけか。きみが大丈夫かどうか確かめるために」

「あたしを通じてあなたから情報を手に入れられると考えていたのよ」

「あいつらが、ほんとうに？」

夜はあまりに静かだ。象につけられた金具がジャラジャラと鳴る音と、象使いの叫び声が聞こえる。最後の客たちを象に乗せ、下で待つリムジンに向かって門までの長い道を下っているのだ。遠くの厨房で、ラジオが鳴っている。

わたしたちは今に、あなたがどれほど人間的なのかがわかることになるんでしょうね。彼を呼び出す。とうとう、A・J・ラオが言う。

「もちろん、わたしはきみを愛しているとも」それから彼女の顔を覗きこむ。「きみに贈り物があるんだ」

部屋の裏手にある白い大理石の床の上に仕掛けを施しながら、スタッフは困惑して、顔をそむけ、目を伏せる。何を気にすることがある？　彼女はスターなのだ。A・J・ラオが手を上げると、照明がゆっくりと消えてゆく。古く美しいゼナナの部屋を横切って、飾り穴のついた真鍮の角灯が柔らかい光を投げかける。

その仕掛けの大きさと形はファトファトの車輪ほどで、クロームで鍍金《めっき》されプラスチックで形成されている。レトロなムガールの宮殿の中では、異彩を放っている。エシャが大理石の上を漂うように歩いてゆくと、その物体の白く滑らかな表面が泡立ち、崩壊して塵になる。エシャはたじろぐ。

「怖がらないで、見てごらん！」A・J・ラオが言う。炊きたての米から昇る蒸気のように、粉が吹き上がる。それから破裂する粒子は塵の小さな踊り手《ダルヴィーシュ》となり、ディスクの表面をふらふらと動きだす。「ホークをはずしたまえ！」ラオがベッドから嬉しそうに叫ぶ。「はずしてみなさい！」彼女が二度ためらうと、彼は三度促した。耳の後ろのスウィート・スポットからプラスチックのコイルをはずすと、男の姿と声は死のように消え失せる。すると、きらきらと輝く塵の柱が頭の高さにまで跳ね上がり、モンスーンの中の樹木のように激しく震え、捻れながら、幽霊のような人間の姿を形作る。それが一度、二度、ちらつくと、A・J・ラオが目の前に立っている。木の葉がかさかさと揺れ、ガラガラヘビの尻尾が振動し、風が吹き荒れているようだ。すると、その人形《ひとがた》がしゃべり出した。「エシャ」塵のささやき。太古の恐怖から来る震えが、肌の表面から骨の髄まで突き抜ける。

「これはいったい……あなたは何?」

塵の嵐の一部が裂けて、微笑みになる。

「われは塵《ダスト》。マイクロ＝ロボット。ひとつひとつが砂の一粒より小さく、静電気のフィールドと光をコントロールしている。これはわたしの身体なんだ。触っておくれ。これは本物なんだ。これは、わたしなんだ」

けれども角灯がともされた部屋で、エシャはびくっと身を引く。ラオが眉をしかめる。

「触ってくれ……」

手を彼の胸に向かって伸ばす。近くで見ると、彼は砂男だった。小さな砂の竜巻が、人形《ひとがた》の周りをずっと回転している。エシャは、〝われはダスト〟の肉体に触れる。両手が、彼の身体に沈みこんでゆく。彼女の叫び声は、驚きのくすくす笑いに変わる。

「くすぐったいわ……」

「静電気のフィールドだよ」

「中はどうなっているの?」

「自分で見てみてはどうかな?」

「えっ、どういう意味?」

「わたしは親愛の情を示しているだけだよ……」コール墨の化粧の下で、彼女の目が大きく見開かれる。

「息を止めたほうがいいと思う」

息は止めるが、ぎりぎりまで目は開けたままでいる。塵が視界の中でテレビ放送終了後の砂の嵐になるまで。A・J・ラオの身体は、ヴァラナシの極上の絹スカーフを裸の肌の上にまとったように感じられる。彼女は彼の内側にいる。夫の、恋人の内側に。思い切って目を開ける。ラオの顔はがらんどうの抜け殻で、ほんの数ミリ先から彼女を見返している。彼女が唇を動かすと、唇のところの塵ロボットが自分の唇を掠《かす》める。裏返しのキス。

「わたしの心臓、わたしのラーダー」A・J・ラオの抜け殻の仮面がささやく。頭のどこかでわかっている。これは叫び声をあげるような状況なのだ。しかし、できない。自分はこれまで人間が誰一人としてたどりついたことがない境地にいる。そして今、〝われはダスト〟の渦を巻く流れが、彼女の尻、腹、太ももを撫でてゆく。乳首を、頬を、首筋を、人間に触れられて彼女が心地よく感じるすべての部位を、愛撫し彼女をひざまずかせる。A・J・ラオのコマンドに従って、倒れこむ彼女の身体を微片《モート》サイズのロボットが追ってくる。ラオの身体が、彼女を呑みこんでゆく。

《チャンドニー・チャッティー》に続いてきたのは、〈グプシャップ〉誌からの依頼。十二時三十分に撮影ではいかがでしょう――差し支えなければ、ホテルで――〈フィルムフェア〉の土曜版、中面の見開きページ用です――ロボットを送っても構いませんでしょうか、生身の人間ではできないような場所とアングルで撮影ができますので、ドレスアップをお願いできますか、あのオープニングのときのように、ちょっと踊りの動きをしてみてください、ディーワーネの柱の間でやっていたような、ちょうど式典の開会のときのような、OK、いいですいいですいいですねえ、だんなさまがアヴァターをコピーしてくだされればわれわれのAIがペーストしますので、読者はお二人がいっしょにいるのを見たがっていますから、幸せなカップル愛らしいカップル、バスティー出身のダンサー、国際的外交官、異なる世界に跨《また》がった結婚あらゆる意味においてロマンスそのもの、出会いはどんなで最初に魅力を感じたのはどこでAIと結婚するというのはどんなふうでほかの女性たちはあなたにどのように接しておいでですか、あのですね子供はどうされます、わたしが言いたいのはですね、もちろん人間の女性とＡＩとの間のことなのですが昨今はテクノロジーがございますでしょう遺伝ライン工学をスーパーリッチな人々は利用して遺伝子を操作した子供を授かっているでしょうそれにあなたはセレブなんだし今はどんな気分ですか、突然名声を博してどこの芸能雑誌のコラムを見ても出ているし、世界的なセレブスターであらゆるところであらゆる人があらゆるパーティーであなたのことを話していますよそしてエシャは同じ質問に答えること六回目で尋ねているのはいつものシマウマのような目をした女性セレブ専用リポーターで――〃ええわたしたちはとても幸せですわとっても幸せで目もくらむような幸せな恋というのはとてもとてもすばらしいことでそれは愛についてのことで、なんであろうと、誰であろうと、人間であれＡＩであれちゃんとできるわけで、最高に純粋な形の愛なのよ、霊的な愛なのよ〃――彼女の口は開いて閉じてを繰り返すべちゃべちゃべちゃべちゃしかし彼女の内なる目は、彼女のシヴァの目は、内側を、裏側を見透かしている。

あたしの口が、開いて閉じて、開いて閉じて。

木の香りがする大きなムガール様式のベッドに横たわっていると、ジャローカーに掛かる帳《とばり》を抜けて、朝の黄色い光が入ってきた。彼女の裸の皮膚は、エアコンの冷気のせいで鳥肌が立っていた。異なる世界の間で踊り、眠っているはずなのに、ホテルの寝室では覚醒状態にあった。夜の間に何時間も、彼が彼女の脳の辺縁系の中枢にしたことの記憶。彼女を小鳥のブルブルのように歌わせた記憶。ジンの世界。耳の後ろのホーク以外は素っ裸。治療を受ける余裕がなくて眼鏡をかけなくてはならない人のようなものだ。頭部につけられたテクノロジーを、無視すると同時に意識する術《すべ》を学んだ。その機械をはずしたときでも――パフォーマンスのためや、今のようにシャワーを浴びるために

――A・J・ラオが部屋のどこにいるのか特定することができ、彼の実在性を感じ取ることができた。このVIPルームで、大理石の広いシャワールームの中で、貴重な水の奔流を浴びながら（それは常に、本物の王妃《ラーニ》の証）、A・Jが、バルコニーのそばの彫刻が施された椅子に座っていることがわかる。髪の毛をタオルで拭いている間に、気を紛らわせようとしてテレビのパネルをいじっていると（浴室にテレビなんて、ウワーォ！）、ヴァラナシからの記者会見をやっていて、水問題担当スポークスマンのA・J・ラオが、クンダカダール・ダム近辺へのバラットの軍事行動の正当性を説明している。それに対する彼女の最初の反応は、洗面台のスタンドにあるホークを思わず見なおしてしまうこと。彼女はホークを装着し、部屋の中に目をやった。あそこ、椅子のところ、彼女が感じていたように、ちゃんといた。あっちにも。ヴァラナシのバラット委員会のスタジオから《おはようオウド！》のニュースの中で、バラットの人民に話しかけている。

　気もそぞろになって、ゆっくりと身体を拭きながら、エシャは両方に目を凝らした。昨夜は自分が光り輝き、官能的になり、神がかったように感じた。今では肉をまとい、自意識過剰で、馬鹿みたいだ。肌の上の水と巨大な部屋の空気が、冷たい冷たい冷たい。

「A・J、あれは本当にあなたなの？」

　彼が顔をしかめた。

「朝の最初の質問としては非常に珍妙なものだね。特に、あんなことがあった晩の後にしては……」

　彼の微笑を冷たく断ち切った。

「浴室にテレビがあるの。あなたが出てる。ニュース番組のためにインタビューを受けてる。ライブ・インタビューだわ。あなたは本当に、ここにいるの？」

「チョ・チウィート、可愛い人よ。わたしが何なのか知っているだろう？　単一の実体が分配されているだけだよ。わたしはいたるところで自分自身を複製して削除している。わたしは完全にあそこにいるのだけれど、完全にここにもいるのさ」

パウダーのように柔らかな大ぶりなタオルを、エシャは身体に巻きつけた。

「昨日の夜、あなたがここにいたとき、身体付きだったけれど、その後あたしたちはベッドの中にいたわよね、あのときあなたは、あたしといっしょにいてくれたの？　完全にここに？　それとも公式声明を作成中のあなたのコピーがいたのかしら、それとも高次の会合をしていたあなたのコピー？　水供給のために緊急計画を策定していたあなたのコピー？　ダッカでバングラ人たちと話していたあなたのコピー？」

「マイ・ラヴ、それがどうかしたかな？」

「ええ、どうかするわよ！」気がつけば、涙が出ていた。それ以上の何かも。喉が怒りで詰まった。「あたしには大事なことなの。どんな女にも。どんな……人間にも」

「ラオ夫人、どうかしましたか？」

「ラトーレよ、わたしの名前はラトーレ！」お馬鹿で小柄なゴシップ雑誌の若い記者をぴしゃりとやっている自分の声が聞こえる。エシャは立ち上がり、ダンサーに必要な平衡を完全に取り戻す。「インタビューは終わりよ」

「ラトーレさん、ラトーレさん」芸能誌の若い女記者が、声をかけながら追ってくる。

シーシュ・マハールの千の鏡に分裂して拡散した自分の姿をちらりと見て、自分の顔の輪郭が塵できらきらと輝いているのに、エシャは気づく。

ジンのわがままと気まぐれにまつわる千もの物語がある。ところが、ジンのすべての物語ひとつひとつに対して、人間の情欲と妬みにまつわる千もの物語があるのだ。両者の間の被造物であるＡＩは、双方から学んだ。嫉妬、そして偽りを。

クリシュナ・コップのサッカーのところに出向いたとき、エシャは自分自身に言い聞かせていた。こんなことをするのは、国家防衛の名の下に自分の夫がハミルトン法によってどうされてしまうのかわからなくて怖いからだ、と。しかし、彼女は自分を偽っていた。ジャンタル・マンタルの天文幾何学模様を眺めることのできるパーラメント通りのオフィスに彼女が出向いたのは、嫉妬からだった。妻が自分の夫を欲しいと思うとき、夫のすべてを手にしたいに決まっている。万の物語がそう言い伝えている。他のコピーが水を争う政治に現《うつつ》を抜かしている間にコピーが臥所《ふしど》をともにしているというのは、不実である。妻がすべてを手に入れられないのなら、それは何も手に入れていないということなのだ。だからエシャは、裏切りをしたくてサッカーのオフィスを訪れた。そして、デスクの上に手を広げた。テックボーイがダークウェアを彼女の手のひらのパーマーにロードしたとき、彼女は思った。これが正しいの、これでいいの、これでわたしたちは対等だわ。ダークウェアをアップデートする都合上、一週間ほどしたらもう一度会ってください、とサッカーは彼女に頼んだ。永遠の虜囚であるジンと異なり、交戦状態にある両国では、ソフトウェアとして存在するものはずっと進化しつづけていたからだ。このときサッカーは、これは自分の職務に関する義務、国への忠誠なのだ、と自分に言い聞かせていた。この点において、彼もまた自分を偽っていた。彼は、魅了されていたのだ。

土工ロボットがクンダカダール・ダムの工事現場で作業を開始した日に、サッカー捜査官は、たぶん来週、コンノート・サーカスのインターナショナル・コーヒーハウスで会うことになるでしょう、と伝えた。その店は、彼のお気に入りだった。彼女は言った。「夫はわかってしまうわ」それに対してサッカーは答えた。「われわれは、彼の目を見えなくする術を持っていますから」それでも彼女は、一番奥の暗い隅の席に腰を下ろす。クリケットの国際試合が映写されているスクリーンの下。ここなら、詮索するような視線が注がれる心配はまったくなかった。ホークはシャットダウンされ、ハンドバッグの中で冷たくなっている。

「で、何か見つかったのかしら？」彼女は尋ねた。

「それをお伝えするのは、わたしの仕事の範疇を超えてしまいます、ラトーレさん」クリシュナ・コップは言った。国家防衛の問題なのだ。ウェイターが、コーヒーを銀のトレイに載せて運んできた。

その後も、オフィスで会うことはなかった。サッカーに会う日には、彼の公用車で市内を連れまわされるのが常だった。チャンドニー・チョウクへ、フマーユーンの霊廟へ、クトゥブ・ミナールへ、そして、シャリマール庭園にさえ。エシャは、彼が何をしているのかわかっていた。夫が彼女を魅惑した場所と同じ場所へ連れていかれていたからだ。どれだけぴったりわたしのことを見ていたの？　彼女は思った。わたしを誘惑しようとしているわけ？　サッカーは、魔法をかけてすでに過去のものとなった八つのデリーに彼女を連れ去ったりはしなかった。代わりに彼女といっしょに分け入ったのは人混みの中であり、臭いの中であり、喧騒、声、商い、交通の流れ、音楽の中だった。彼女の今、生命と動きで燃え上がる彼女の街。わたしは消えつつあったんだ。彼女は悟った。世界から消え、幽霊になり、目に見えないあの結婚に閉じこめられてしまった。わたしたち二人だけの、見える者と見えざる者、いつもいっしょ、だけどただいっしょなだけ。宝石のついたバッグの底にプラスチックの胎児のように丸まっているホークを感じると、それが少し憎く思えるようになっていた。バンガローに帰るファトファトで、ひとりになってからホークを耳の後ろに装着した。すると、国家の安全のために彼女が助力してくれていることを飽きもせずに礼を言うサッカーの姿が、いつも思い出されるのだった。彼女の答えはいつも同じだった。**国のために夫を裏切るような女に、感謝なんてしないことね。**

　もちろん彼はよく尋ねてきた。**遠くに行っていたの。**彼女は言ったものだ。**ときにはここから抜け出すことが必要なの。逃げるの。そう、あなたからも……。**口をつぐみ、じっくりと時間をかけ、レンズの目をじっと覗きこむ……。

そうだね。そうしなさい。

　土工機械がクンダカダールをアジア最大の建築現場に変えるころには、交渉は新しい段階に突入していた。オウドにダムを放棄するよう圧力をかけるべく、不確定な要素が多すぎる水戦争を回避すべく、ヴァラナシはワシントンと直接交渉していた。アメリカの支援の実現は、ハミルトン法協定のプロトコルにバラットが合意するかどうかにかかっていた。しかしながら、それはバラットには無理な相談だった。完全にAIによって生み出されているメロドラマ、《タウン・アンド・カントリー》が、主たる国際的収入源であったからだ。

　ワシントンが、実質的に自分の死亡宣告になる書類に署名しろって言うんだよ。A・J・ラオはいつものように笑った。**アメリカ人ってのは、間違いなく皮肉《アイロニー》を解する連中だね。**彼がこういうことをしゃべっているあいだずっと、緑茶のチャイをストローで啜りながら、よく手入れされた芝の上に座っていた。うだるような暑さの中でエシャはだらだらと汗をかいていたが、エアコンが効いた室内には入りたくなかった。あっちでは、まだパパラッチのレンズがこちらを狙っているのがわかっていたからだ。A・Jは、汗をかく必要はまったくなかった。彼が自分を分割させていることを、そのときも彼女はわかっていた。ほんとうにめずらしく涼しくなった夜、彼は頼んだものだ。**わたしのために踊っておくれ。**けれども、彼女はもう踊らなかった。

AIのA・J・ラオのためには。プランのためにも、賞賛と花と金と名声のシャワーを降り注いでくれた興奮しきった観客のためにも踊らなかった。自分自身のためにさえも。

疲れたわ。疲れすぎ。暑いんですもの。疲れすぎているの。

サッカーは落ち着かない。チャイのカップをいじりまわし、いつものインターナショナル・コーヒーハウスのはずなのに、おどおどして目を合わすのを避けている。少年のような恥じらいを見せながら手を取って、彼女の開いた手のひらに、アップデートした情報を書きこむ。やたらに細かいことを消え入りそうな声で、聞いているこちらが気恥ずかしくなるような丁寧さでしゃべる。とうとう思い切って、彼女と目を合わす。

「ラトーレさん、お願いしたいことがあるんです。どうやって切り出そうかと思っていたんですが」

いつだって、名前を呼ばれるときは恐ろしい。まだ息を殺してはいるものの、動物的恐怖で心臓がばくばくする。

「わたしに頼めないことなんてないのは知っているでしょうに」毒の味がする。サッカーは彼女の目をまともに見つづけることができず、目を伏せる。キラー・クリシュナ・コップは、シャイな少年に変じていた。

「ラトーレさん、よろしければ、クリケットの試合を見にいらっしゃってくれませんか？」

人工知能登録ライセンス課とデリー公園墓地管理課の試合は、ベンガル合州国とのテストマッチと同等とは言いがたい。それでも、上等の礼服を引っ張り出し、とっておきのサリーをまとうには充分の社交イベントだ。観覧席、日傘、サングラスが、オウド公務員運動場の焦げた芝生と白い服を着た男の一団を、輪になって取り囲む。野外用ポータブル・エアコンを持っている者たちは、涼しいところに座って英国のピムズ・ナンバーワンをカップで飲んでいる。残りの観客は、自分で自分を扇いでいる。ブランドもののサングラスと軽い絹のスカーフ《ドゥパタ》で変装し、エシャ・ラトーレは茶色い芝生の楕円の中を動きまわる塩のように白い人影を見つめ、棒とボールを使ったしんどいだけのゲームがなんでそんなに大事なのだろうか、と思う。

　映画スターまがいの変装をしてファトファトから降りたとき、おそろしく自意識過剰になっているのを自覚した。それから、群集が晴れ《メーラー》の装いで押し合いへし合いし、おしゃべりしているのを見ているうちに、心の中に熱いものがこみ上げてきた。パフォーマンスの背後に自分を消しこむことを可能にするエナジーと同じもの。見られているのに見られていない。今朝、ゴシップ雑誌で国の半分は目にしているであろう顔が、サングラスとスカーフの下に簡単に消すことができる。スラムの顔立ちなのだ。バスティーの無名性が、頬骨のところに滲み出ている。群集から生まれた顔。

　公園墓地管理課に対して、クリシュナ・コップたちが先攻だ。サッカーは、真ん中あたりの打順。公園墓地管理課チームの速球派投手《ボウラー》チャウドリーの投球がさえ、ウィケットがずんぐりとして的《まと》が大きめのこともあって、人工知能登録ライセンス課の初めのバッターたちに、ろくに仕事をさせない。またひとり、ペンキが塗られた木造の選手控え棟に退場してゆくのに代わって、サッカーが打撃線《クリース》に向かって大股で歩を進めてくる。手袋を引っ張って締め、足場を固め、バットの位置を合わせる。白いユニフォームだとハンサムね、エシャは思う。反対側のクリースとの間をパートナーとともに何度か往復して地味に得点を少し挙げたところで、新しい六投球《オーヴァー》の始まり。パカッ。柳の木にボールが当たる、豊かで心地よい響き。ランナーが一往復して二点。続いて、ボウラーが位置についてから走り出し、まっすぐに伸ばした腕を風車のようにまわす。ボールが、ちょうどよいご機嫌なバウンドをする。サッカーはそれを目で捉えると、ステップバックして、バットの芯で捉え、速く強い球を打ち返す。ボールは境界線《バウンダリー》のロープに向かってバウンドしてゆき、ロープのところで跳ねて宙に浮き上がる。一陣の風のように喝采がわきあがる。四点だ。エシャは立ち上がり、手を上げて拍手する。スコアボードの得点が変わるが、彼女はまだ立っている。観衆の中で、ただひとり。なんとグラウンドの中、ウィケットの後ろの白幕《サイトスクリーン》の前に、背の高いエレガントな人影が立っている。黒い服に身を包み、赤いターバンを巻いて。

彼女だわ。考えられないけど、あれは彼。彼女をまっすぐに見つめている。彼の視線に貫かれて、白い衣装を着たプレイヤーたちはまるで幽霊のよう。それから、とてもゆっくりと、彼は耳のところに指を持ってゆき、右耳をトントンとタップする。

何があるのかわかってはいるが、彼の行動にこだまするように、自分の耳に手をやらないではいられない。恐怖とともにあらためて、プラスチックがそこにとぐろを巻いているのを感じる。試合場に着いた興奮のあまり、ホークをはずすのを忘れていたのだ。彼女を髪の中で糾弾しながら、それは蛇のように身を潜め、この時を待っていたのだった。

「で、クリケットはどっちが勝った？」

「なんであたしに訊く必要があるの？　あなたにとって大事なことなら、もう知っているでしょうに。ほんとうに知りたいなら、あなたは何でも知ることができるんだから」

「きみは知らないのかい？　最後までいなかったのかな？　スポーツの大事なところはどっちが勝つかってことだと思っていたがな。公務員の部署対抗のクリケットの試合を見に行く、ほかの理由でもあったのかな？」

もしメイドのプーリーがここで居間に入ってきたら、

まさしくおとぎ話の一場面を目にしたことだろう。静まりかえった虚空に向かい、怒って叫ぶ女。けれどもプーリーは、自分の仕事をこなしたらできるかぎり早く帰ることにしていた。ジンの家は、落ちつかない。

「今度はあてこすり？　どこでそんなことを学んだの？　自分の一部であてこすりAIでも作ったのかしら？　それじゃ今は、あたしが知らないまた別のあなたの一部があるってわけね。それであたしは、それも愛さなくちゃいけないわけ？　あのね、そういうのは嫌なの。愛さないわよ。だってそいつのおかげで、あなたはみみっちく、いやらしく、意地悪く見えるんだから」

「そんなことのためのAIはいないよ。そういう感情はわれわれには必要ないからね。もしそういうのを学んだとしたら、それは人間からだな」

エシャは、ホークを引き剝がして壁に向かって投げつけようと、耳に手をやる。

「やめたまえ！」

それまでのところ、ラオは声だけだった。午後も遅い時間だったので、黄金の光が斜めに射しこんでいる。その光が擾乱《じょうらん》され、それまで声だけだった彼女の夫の肉体を形作った。

「どうか」彼が言う。「どうか……ぼくを遠ざけないでおくれ。わたしはきみを愛しているんだ」

「それはどういう意味よ？」エシャが叫ぶ。「あなたは現実じゃないじゃない！　どれも本当じゃない！　あたしたちがでっち上げた、ただの物語だわ。あたしたちはそれを信じたかっただけ。ほかの人たちはね、ほんとうに結婚しているのよ、ほんとうの生活、ほんとうのセックス、ほんとうの……子供たち」

「子供たち。大事なのはそれかな？　わたしは、名声や世間からの注目が大事なのだろうと思っていたよ。きみのキャリアと身体をダメにしてしまうから、子供たちはいらないだろうとね。でも、もうそういうことではないのなら、子供たちを授かることはできるよ。われわれが買うことのできる、最良の子供たちを」

エシャは絶叫する。失望とフラストレーションの切り裂くような悲鳴。近所の人たちにも聞こえているだろう。もっとも、隣人たちは今までだってすべてを耳にし、聞き耳を立て、ゴシップにしてきた。ジンの街に、秘密などはありえない。

「あたしたちがなんて言われているか知ってる？　ゴシップ雑誌やワイドショーの類で、ほんとうは何と言われているか？　あたしたちが、ジンとその妻が」

「知っているとも！」彼女の頭の中で甘く理性的に響いていたA・J・ラオの声が、ここで初めて張り上げられる。「そういう雑誌や番組がわたしたちについて何を言っているか、ひとつひとつ、ぜんぶ知っているとも。エシャ、わたしが今までに、何かきみに頼みごとをしたことがあったかな？」

「踊ることだけ」

「それじゃ、もうひとつ頼ませてくれ。たいしたことじゃない。小さな、些細なことだ。きみは、わたしが現実じゃない、わたしたちが手に入れているものはほんとうじゃない、と言ったね。わたしは傷ついたよ。あるレベルにおいては、それは真実だからね。われわれの世界は互換性がない。しかし、それは現実になりうる。チップがあるのさ。新しいテクノロジーだ。蛋白質のチップさ。それを移植すればいい。ここに」ラオは、第三の目があるはずのところに手をやる。「ホークのようなもので、常につけていられる。いつもきみといっしょにいられるようになるんだ。わたしたちは決して離れることはない。そして、きみは自分の世界を離れて、ぼくの世界に入ってこられるようになる……」

エシャは、両手を口にやる。恐怖を抑えようと、胆汁を、恐れから来る不快な嘔吐を抑えようと。彼女はむせて、吐く。何も出ない。固形物なし、実体なし。

ただ幽霊と、ジンがいるだけ。耳の後ろのスウィート・スポットからホークを引き剝がす。至福の沈黙と遮断。その小さな機械を両の手で握ると、きれいにまっぷたつにする。

そして、彼女は家から逃げ出していく。

ニータはだめ、プリヤもだめ。ガラナにいる高慢ちきなプランもだめ、マドゥーリもやっぱりだめ。今では生命維持車椅子に乗って煙で燻《いぶ》された、ガラクタになっているのだから。ううん、母親もだめ。絶対にだめ。エシャの足は母親の家までの一歩一歩を覚えているけれども、バスティーはいや。死も同然。

行けるところは、ひとつしかない。

しかし、彼は彼女を行かせるつもりはない。ファトファトに乗れば、彼はそこにいる。彼女の両手の手のひらに、顔が浮かび上がる。滑らかな繊維の上のチッカーに、夫の言葉が音もなくスクロールしてゆく。**戻ってきてくれ、すまない、話し合おう、戻れと強制しようとしたんじゃないんだ、話をしよう。**黄色と黒で塗装されたプラスチック製の小さな球状の乗り物の後部座席で背中を丸め、ラオの顔を拳の中に握りつぶすが、まだ彼が感じられる。彼の顔が、彼の口が、自分の皮膚にくっついている。手からパーマーをひっぺがす。口が音もなく動いている。車の流れの中に放り出すと、彼はトラックのタイヤの下に消えてゆく。

しかしそれでも、彼は彼女を行かせるつもりはない。ファトファトがコンノート・サーカスの巨大な周回路に入ると、彫刻がされたファサードに掛けられた映像用シルクスクリーンの一枚一枚すべてに、彼の顔がある。二十のA・J・ラオが、大きいのも、小さいのも、極小のも、シンクロして同じ仕草をする。

エシャ、エシャ、戻ってきておくれ。スクリーンの下に流れるニュース用のチッカーが言う。**別のやり方を考えよう。わたしに話しかけておくれ。どの監視カ**

メラに向かってでも、どのパーマーに向かってでも、どれにでもいいから……。

誰かが動きを止めた。それがコンノート・サーカスを行く者たちに、次々に伝染《うつ》ってゆく。最初、人々はファッションの広告かワイドショーの番組かと思った。続いて、あたりの通行人の様子や車の流れがおかしいと気づいた。路上のみんなが上を見上げ、蠅が飛びこみそうなくらい、ぽかんと口を開けている。ファトファトの運転手もそちらを見ている。コンノート・サーカスの車の流れが麻痺しつつある。もしデリーの中心が止まってしまえば、街全体が動きを止めて死んでしまう。

「行って行って、車を止めないで」エシャは運転手に叫ぶ。「行けって言ってるでしょう」それでもオートリクシャはシスガンジ・ロードの端で棄てなくてはならず、マンモハン・シン・ビルディングへの最後の五百メートルは、混乱に陥った路上を強引に進むことになる。人混みをかき分けて進む、サッカーの姿がちらりと見える。サイレンを鳴らして突き進もうとしている白バイがいて、それと合流しようとしている。無理かと思いながら彼女は腕を突き出して、彼の名前と肩書を叫ぶ。ようやく、彼が振り向いてくれる。二人は混沌の中を突っ切って、たがいに近づいてゆく。

「ラトーレさん、われわれは大規模な攻撃に直面しているのですよ……」

「わたしの夫が、ラオ氏が、狂ってしまったの……」

「いいですか、ラトーレさん。われわれの基準に則れば、決して狂ってしまったわけではありません。彼はAIなのですから」

バイクがいらだたしげにクラクションを鳴らす。サッカーが白バイ隊員に向かってかぶりを振る。警察の皮つなぎとヘルメットを身に着けた、女性の白バイ隊員だ。少しだけ、少しだけ待ってくれ。彼はエシャの手を取り、パーマーが装着された自分の手のひらに彼女の親指を押し付ける。

「マンション一五〇一。そこの鍵があなたの親指の指紋を認証できるようにしました。誰が来ようとドアは開けてはいけません。電話もでないように。コミュニケーションとエンターテーメント用の機械はすべて使ってはだめです。ベランダからは離れているように。できるかぎり早く帰りますから」

　それから彼はバイクの後部座席に向かって走り、白バイ隊員はバイクの向きを変え、二人は渋滞の中に消えてゆく。

　マンションはモダンで広くて明るくて、男がひとりで使っているにしては清潔だ。調度と装飾はよく整えられており、クリシュナ・コップが自宅に仕事を持ちこんでいないことを窺わせる。日の光が降り注ぐ巨大な居間の床の真ん中で、再び吐き気が襲ってくる。いきなりカシミールの敷物の上にひざまずくと、震え上がって自分をかき抱き、嗚咽に身を震わせる。苦しさのあまり、声がでない。今回は、こみ上げる吐き気を抑えることはできない。中身がでてしまうと――すべてではない。全部だすのは無理――汗でまみれて目の前に垂れ下がっている髪の毛の下から、向こう側を見る。呼吸はまだ震え、胸が痛む。ここはどこ？　あたしは何をしていたの？　なんであたしはこんなにお馬鹿で見栄っ張りで考えなしで周りが見えていなかったのかしら？　遊びよ。お遊びだったのよ。子供の見栄、そうじゃなくって？　自分で言うわよ、そのとおり、そのとおりだわよ。今の自分を見てみなさいよ！　見なったら！

　サッカーは、キッチンの横に小さいけれどもプロ顔まけのバーを設置していた。自分のために一杯《ショータペグ》つくってみるが、エシャは酒のことはよくわからなかったので、トニックよりジンのほうがはるかに多くなってしまう。しかしその一杯のおかげで、毛皮の敷物の上から胆汁っぽく酸っぱい汚物を片付ける気力がわき、震える呼吸を整えることもできた。

ラオの声が思いだされ、エシャはびくっとして凍りつく。自分をしっかり抑えて音を立てないようにし、懸命に耳をそばだてる。隣の家のテレビの音がよく聞こえるようになった。新しくできた高級マンションだが、壁は薄い。

もう一杯《ショータペグ》。三杯飲んで、ようやくあたりを見まわす余裕ができる。ベランダにジェットバスがある。心地よい水の泡への欲求が、サッカーの警告を打ち負かす。ジェットが噴射する。ダンサー特有の優雅さで着ているものを脱ぎ、穢れた気がする衣類を水の中に入れる。ドリンクを挿して置くホルダーまである。邪悪な疑念が頭をよぎる。わたしの前に、何人ここに来たことがあるのかしら? いいえ、これは彼がする考え方。もうたくさん。安全に、見えないように、身体を沈める。下のシスガンジ・ロードでは、渋滞が続いている。頭上では、腐肉漁りの鳶の黒い影が旋回し、さらにその上では、エシャが眠りに落ちてゆく間に、セキュリティ・ロボットが黒い翼を広げたり閉じたりしている。

「窓からは離れているように、と言ったと思いますが」

エシャはびっくりして目を覚まし、本能的に胸を隠す。ジェットは止められており、水はずいぶん前に動かなくなって、完全に澄み切っている。疲れきったサッカーが立っている。顎は鬚が生えだして青くなり、目は腫れぼったく、スーツは砂っぽくて皺くちゃだ。

「ごめんなさい。ただ、その、嬉しかったものだから。逃げ出すことができて……わかるでしょう?」

真底疲れきった様子でうなずく。自分にショータペグをつくり、ソファーの肘掛のところに載せ、ゆっくりと、慎重に、まるですべての関節が錆付いているかのように、服を脱ぐ。

「セキュリティはすべてのレベルで弱体化しています。

ほかの状況であれば、国家に対する情報戦とみなされるでしょう」剝きだしになった彼の肉体は、ダンサーのそれではない。上半身には少し脂肪がつき、筋肉はたるんでいる。小さな男の乳首、腹毛があり、背中の肩のあたりにも毛が生えている。それでもそれは肉体であり、本物だった。「バラット政府は関与を否定し、ＡＩラオの外交官免責特権を剝奪しました」

　彼はバスタブのところに行き、ジェットバスのスイッチを入れる。ジントニックを手にバスタブに滑りこみ、深く、大きく、肌触りが感じられるような息をつく。

「どういうこと？」エシャが尋ねる。

「あなたの夫は、今では無法ＡＩであるということです」

「あなたはどうするの？」

「われわれに許されている行動はただひとつです。彼を除去《エクスコミュニケート》します」

　エシャは泡に愛撫されながら、震えあがる。彼女は自分の身をサッカーに押し付ける。男の肉体が、自分に向かって動いてくるのを感じる。彼は肉だ。抜け殻じゃない。デリーの都会の染みになった二人の何キロも上空で、ＡＩクラフトが旋回し、監視を続けている。

　翌朝、警告は継続される。パーマー、ホーム・エンターテーメント・システム、コム・チャンネル。全部だめ。そのとおり、ベランダもだめ。ジェットバスが使いたくてもだめ。

「もしぼくが必要であれば、このパーマーがＡＩ課管轄のものだ。これを経由しては、彼もきみにたどりつくことはできないだろう」サッカーはパーマーグローブとホークをベッドの上に置く。絹のシーツの上で丸くなりながら、エシャはパーマーグローブをはめ、ホークを耳の後ろに着ける。

「ベッドの中で着けるのかい？」

「慣れてるから」

ヴァラナシ製の絹のシーツにカーマ・スートラのプリント。クリシュナ・コップには不似合いだ。サッカーが、AIをエクスコミュニケートするために身繕いするのを見つめる。ほかの仕事に出かけるのとまったく変わらない——アイロンがけされた白いシャツ、ネクタイ、特注の黒革の靴——街中で茶色はだめ——はピカピカに磨き上げられている。またしても、いつものひどいアフターシェーブ。違うのは、腋の下に吊るされた革のホルスターと、その中にするりと収まった武器。

「それは何のためなの？」

「AIを殺すためだ」彼はシンプルに言う。キスをひとつ。彼は出かけてゆく。エシャは、彼のクリケット用のプルオーバーを着こむ。だぼだぼの白い服はひざのところまできて、浮浪児のよう。それから、禁じられたベランダに急ぐ。首を伸ばしてみれば、この建物の扉が見えるだろう。彼はあそこ。外に出てきて、縁石のところで待っている。彼の車はまだついていない。道路は渋滞だ。エンジン、クラクション、ファトファトの警笛の喧騒は、日の出から絶えることがない。彼が待っているのを見つめる。見られないこちらが圧倒的に有利。自分の手にある力を楽しむ。あなたが見えているわよ。見たり見られたりをどんなふうに楽しんでいるのかしら？ 彼女は自問する。クリケットのプルオーバーの下は暑く、肌が汗ばむ。すでに三十度。天気情報のチッカーが、通り越しにあるビデオ・スクリーンの上を流れている。そのシルクのスクリーンは、新しく建造中の建物のぽっかり開いた前面を覆っている。最高気温は三十八度。降水確率はゼロ。《タウン・アンド・カントリー》の文字が、メロドラマなしでは生きていけない人々のために、画面でループを描く。流れるニュースの上に、テロップが出てくる。

おはようエシャ。ヴェド・プラカシュが、彼女のほうを見て言う。

分厚いクリケットのプルオーバーは、声に潜む氷の響きを跳ね返すのに、もはや充分ではない。

今度はベグム・ヴォラが、彼女に向かってナマステをして言う。**きみがどこにいるかわかっているよ、きみが何をしたかわかっているよ。**

リツ・パルヴァーズがソファーに腰をおろし、チャイを注いで言う。**種明かしをするとね、あれは双方向で働いていたんだよ。きみのパーマーに入っていた、あのウェアさ。あんまり賢明ではなかったね。**

口が、声を出すことができずにパクパクと動く。バスティー出身の若い女は迷信に弱い。恐怖でひざも太ももガクガクする。エシャはパーマーグローブを空中で振りまわすが、ムドラーがわからない。コードを正しく踊らせられない。かかってかかって早くかかってよ。

場面が切り替わり、息子のほうのゴービンドが自分の競走馬の厩舎にいる場面になる。純血サラブレッドの名馬、スターオブアグラの首を撫でている。**彼らがわたしをスパイしている間にね、わたしも彼らをスパイしていたんだ。**

チャタジ医師が自分のオフィスにいる。**つまり、わたしたちはおたがいを裏切っていたということだね。**

サッカーのパーマーにかけるためには、ＡＩ課のセキュリティ認証と暗号を突破しなくてはならない。

チャタジ医師の患者は黒い服を着た男で、こちらに背を向けている。その男が、カメラに向かって振り向く。微笑。Ａ・Ｊ・ラオだ。**結局のところ、スパイじゃない外交官なんて、いるはずがないんだよね。**

そのとき、屋根の上を行く白い輝きが目に入る。感づいて当然だったじゃないの。彼は彼女の注意をそらそうとしていたのだ。本物のメロドラマがするように。

エシャは警告の叫びをあげようと、バルコニーの手すりに飛びつく。マシーンは電線のちょっと下ぐらいの高度で飛行し、通りを突き抜けてゆく。変形して翼は後退し、エンジンの出力があがる。交通モニター用AIドローンだ。

「サッカー！　サッカー！」

何千もの声の中のひとつ。彼が耳にして振り返ったのは、彼女の声ではない。人は誰でも、自分に迫る死の足音を聞くことができる。慌ただしく人と車が行き来する通りでただひとり、空からドローンが飛び出てくるのを、彼は目にする。ドローンは時速三百キロで、人工知能登録ライセンス課のサッカー捜査官を粉々にする。

ドローンは跳弾のように進行方向を変え、ばらばらになってバスに、車に、トラックに、ファトファトに突っこむ。プラスチックの破片、燃えあがる燃料の塊、わずかな知性が、シスガンジ・ロードの上に散乱する。サッカーの上半身はくるくると横ざまにまわりながら空中を飛び、サモサの屋台にぶち当たる。

ジンの嫉妬と怒り。

エシャは、バルコニーで凍りつく。《タウン・アンド・カントリー》がフリーズする。通りの動きも止まる。まるで断崖絶壁の端っこにいるよう。それから、恐慌が巻き起こる。通行人は逃げ惑い、自転車リクシャの運転手がいち早く車両を見捨てて逃げ出すと、車、タクシー、ファトファトの運転手と乗客も乗り物を乗り捨ててゆく。スクーターがパニックの間を縫って走ろうとし、バスとトラックは立ち往生して人々に取り巻かれる。

そしてエシャ・ラトーレは、まだバルコニーの手すりのところで凍りついている。メロドラマよ。これは全部メロドラマ。こんなことが起こるはずがないもの。シスガンジ・ロードよ、ここは。デリーなのよ。木曜日の朝なんだって。ぜんぶ、コンピューターが作り出した幻よ。ずっと、ずっとそうだったんだから。

すると、彼女のパーマーが鳴る。感覚が麻痺したま ま、何が起こっているかわからず、じっと手を見る。AI課だわ。自分がすべき、何事かがある。そうよ。呼び出しに応えようと、ムドラーの動きをしながらパーマーを掲げる——ダンサーの動きだ。と同時に、何者かによって召喚されたかのように、空が神々で埋め尽くされる。彼らは雲のように巨大で、シスガンジ・ロードの居住区画の背後に雷雲のようにそそり立つ。ガネーシャは自分の乗り物《ヴァーハナ》の鼠に乗り、折れた牙とペンを持っている。その顔には慈悲の欠片《かけら》もない。シヴァはどの神よりも高いところにいて、回転する炎の車輪の中で踊っている。その足は、破滅への最後の一踏みの直前で宙に留まっている。ハヌマーンは棍棒と山の頂《いただき》を持ち、高層区画のタワーの間を飛びまわっている。カーリーは髑髏の首飾りをし、赤い舌から毒を滴らせながら、偃月刀《えんげつとう》を掲げている。足を屋根の上に据え、シスガンジ・ロードを跨いでいる。

通りは人々でごった返している。あの人たちには、これが見えないんだ。エシャは悟る。わたしだけ、見えているのはわたしだけ。クリシュナ・コップたちの復讐だ。カーリーが、手という手に持った偃月刀を振りかぶる。刀と刀の切っ先の間から、アーク放電の稲妻がほとばしる。スクリーンの上でフリーズしている《タウン・アンド・カントリー》に、女神が刀を突き刺す。エシャは叫び声をあげる。一瞬、目がくらんだのだ。それは、クリシュナ・コップたちのハンターキラーが無法AIのA・J・ラオをトラック・ダウンし、エクスコミュニケートした瞬間だった。そして、彼らは行ってしまった。神々はいなくなっている。空はただの空。巨大なシルクのスクリーンには何も映っておらず、死んでしまっている。

神々の怒りのような爆音が、上から響いてくる。エシャは首をすくめる——このときには、通りの目がすべて、彼女のことを見つめている。ずっと欲しがっていた、みんなの注目。オウド空軍のカメレオン・カラーの旗を付けたティルトジェットが屋根の上を滑るようにやって来て、通りの上を旋回する。エンジンのダクトをくるくると回転させ、着陸のために翼端の車輪を出している。ジェットは、昆虫のような機首をエシャに向ける。操縦席には女性パイロット。ヘッドアップディスプレー付きのバイザーをしているので、顔が見えない。その横にはビジネス・スーツを着た女性が乗っており、エシャに呼び出しに応えるようにジェスチャーしている。サッカーのパートナーだ。今では覚えてしまった。

　嫉妬と怒りとジン。

「ラトーレさん、捜査官のカウールです」ダクト内のファンの轟音のせいで、ほとんど声が聞き取れない。「下に降りて、建物の外にでてきてください。もうあなたは安全です。ＡＩはエクスコミュニケートされました」

エ、ク、ス、コ、ミ、ュ、ニ、ケ、ー、ト、さ、れ、ま、し、た。

「サッカーは……」

「下に降りていただければ結構です、ラトーレさん。もう安全です。脅威は去りました」

　ティルトジェットが、彼女の下に降りてゆく。手すりから離れたとき、突然、何か温かいものが顔に触れたのを感じる。ジェットがつくった気流か、さもなければ、ただのジンだったのだろう。それは留まることなく、急ぐことなく、光のように音もなく通り過ぎていく。

　クリシュナ・コップたちはＡＩたちの怒りと気まぐれからわたしたちを逃がすために、できるかぎり遠くに連れていってくれました。着いたところはレー。ヒマラヤ山脈からの息が吹きかかるような場所でした。わたしは、わたしたち、と言いました。そのときには、わたしはすでにこの世にいたからです。母さんの子宮の中で、四つの細胞の結び目になって。

母さんは、ケータリングの会社を丸ごと買い取りました。おかげで、宗派を問わず結婚式《シャーディ》があると大忙しでした。オウドがハミルトン法協定を批准した後のごたごたやＡＩたちから、わたしたちは逃げおおせたのかもしません。ですが、結婚相手を見つけられないインドの男たちの絶望は、ずっと続いているようです。母さんが靴を脱いで、《ラーダーとクリシュナ》を踊っていた姿が思い出されます。気に入ったお客さんのために――チップをはずんでくれたり、商売を超えたお付き合いをするようになったり、芸能雑誌に載っていた母さんの顔を覚えていてくれたりしたお客さんたちのために、母さんは踊ったのです。わたしは母さんが踊るのを見るのが大好きで、ラム神の寺院に忍びこんで、ポーチ《マンダバ》の柱の間でよくステップを真似しようとしたものでした。婆羅門《バラモン》のお坊さんたちがわたしに微笑んで、お金をくれたのを覚えています。

ダムが建造され、水戦争が始まって、一カ月で終結しました。ＡＩたちはいたるところで追い立てられ、バラットに逃げました。そこでは大人気の《タウン・アンド・カントリー》が、彼らに隠れ蓑を与えてくれたからです。けれども、彼らはそこでも安全ではありませんでした。人間とＡＩは、人間とジンとの間と同じように、あまりに異なった被造物だからです。結局、オウドを離れた別の場所、わたしにはよくわからない、何者にも危害を加えられることのない安全な世界へと、彼らは逃げ去ったといいます。

そして、ジンと結婚した女の物語は、これでおしまいです。西洋のおとぎ話やボリウッドのミュージカルのように、末永く幸せに暮らしましたとさ、という終わりかたではありませんが、充分に幸せな終わりかただと思います。この春、わたしは十二歳になります。バスに乗ってデリーに行き、あそこのガラナに加わることになるでしょう。母さんはこの思いつきにものすごい剣幕で反対しましたが――あの人にとって、デリーはずっとジンにとり憑かれ、血で汚れている街なのです。でも、お寺のお坊さんたちが母さんを引っ張ってきてわたしが踊っているのを見せてから、母さんは反対しなくなりました。今の母さんは成功したビジネスウーマンで、肉がついて、ひどい冬を何度も越したおかげでひざの調子が悪くて、ほぼ一週間おきにプロポーズを断り、最後の最後にはわたしの希望をかなえてくれました。母さんとわたしの話の舞台となった通りや公園が見てみたくてたまりません。レッド・フォートや悲しく荒れ果てたシャリマール庭園を見てみたい。ジンの熱を感じてみたい。ジャマー寺院の裏手の人でいっぱいの路地《ガリー》で、チャンドニー・チョウクに並ぶ襤褸《ぼろ》をまとった托鉢僧や、コンノート・サーカスの上で旋回するムクドリの間に、ジンの熱を感じてみたいのです。レーは仏教徒の町で、チベット難民の三世でいっぱいです――彼らは町をリトル・チベットと呼び、自分たちの神と悪鬼を信仰しています。ジンを見ることのできるイスラム教徒の老人から、わたしはいにしえの知恵と神秘の一部を学びました。でも、わたしにとってほんとうに本物の知識は、ラム寺院にひとりでいるとき、踊り終わった後、お坊さんたちが内陣《ガルバグリハ》を閉じて神さまを眠りにつかせる前にやって来るのです。春から夏になるころやモンスーンの後には、静かな夜が訪れます。そんな夜、わたしは声を聞くのです。声はわたしの名前を呼びます。わたしたちのために祈りの言葉をずっと呟きつづけてくれる小さな低レベルAI、祈禱ソフト《ジャパ》から聞こえてくるのだろうといつも思っているのですが、いたるところから聞こえるようにも、どこからも聞こえていないようにも思えます。それとも、別の世界から、完全に別の宇宙から聞こえているのかもしれません。声は言うのです。**言葉と炎の被造物は、土くれと水の被造物とはあまりに違うのだよ。しかし、ひとつだけは真実だ。愛は続**

くのだよ。それから家に帰ろうとして身をひるがえすと、頬に何かが触るのを感じるのです。通り過ぎるそよ風か、それとも、温かく甘い、ジンの吐息。

ヴィシュヌと猫のサーカス

Vishnu at the Cat Circus

下楠昌哉◎訳

救いの机

さあ、マツヤ、クルマ、ナラシマ、ヴァラハ！　ポリエチレンのゴミが燃えて煙が立ちのぼり、月光が射す。月は酔っ払って狂った目をし、仰向けに寝そべっているようだ。サーカスの舞台へと走っていくんだ、赤毛と黒毛とぶちと灰色、白とキャリコと三毛、兎の脚をした尻尾のないマンクス猫。ヴァマナ、パラシュラマ、ラマ、クリシュナ！

わたしの猫たちに神の化身の名前がついているからって、ご気分を害されてはいませんよね。確かに、この猫たちは、うす汚ない野良猫たちでございます。ゴミ捨て場や高い壁の向こう、バルコニーの上から拝借いたしました。でも、猫なんて、生まれながらに冒瀆的な生き物じゃないですかね。ひと舐めひと舐め、丸まって伸びをする毎度毎度、ひと搔きひと搔き、そのすべてが神聖なる権威に対する、計算された侮辱ですよ。確かに、わたし自身の名前が神さまの名前でなかったら、わたしの走者たち、跳躍者たち、わたしのスターたちに、自分の名前をつけはしなかったかもしれません。でも、わたしの名前はヴィシュヌ。世界をこの世に残し続ける神の名前なのです。

ご覧ください！　襤褸《ぼろ》ですが照明は灯してあるし、舞台はロープで仕切ってあるし、椅子だって並べてありますよ。クッションやぼろぼろのマットレスはボートから拝借してまいりまして、みなさまの臀部を湿った砂で汚れないようにしてございます。猫たちは、ぶちと灰色、黒と白と三毛の、流れるような連鎖になって走ります。マーヴェラスで、マジカル、マジすごの、ヴィシュヌの天空の猫のサーカス！　びっくりするのはもちろん、目の玉剝きますですよ！　さあ、寄ってらっしゃい！

　猫たちが走り、まわる。鼻と尻尾をくっつけるほど連なって。わたしの猫が完璧に、滑らかにシンクロするようすに、びっくりされるでしょう。行けよブッダ、カルキ！　そうですとも、猫のサーカスを訓練するには、神さまがいるんです。

　熱風に吹きっさらされたチュナールの郊外を、太鼓を叩きながら自転車のベルを鳴らし、毎晩おれは走る。

〝マーヴェラスで、マジカル、マジすごのヴィシュヌの天空の猫のサーカス！　さあ、寄ってらっしゃい！　この楽しさは、フツーの生活を送っているみなさんには、そうそう味わえないですよ。わずかばかりのルピーで、驚異と一週間分の話のネタをどうぞ！〟　通りに浮いた砂、廃屋の崩れ落ちた壁の中に吹き溜まった砂、捨てられた車とミニバスの車輪のリムに積もった砂、川の端から延びる砂州と不毛の耕地を隔てる有刺鉄線に積もった砂、長年にわたる旱魃と走る光によってもたらされた戦争は、破壊神の柱《ジョティルリンガ》に近い多くの町と同じように、この町も空っぽにしてしまった。古い砦に登ると、川の上流も下流も、二十キロにわたって見渡せる。英国大使がその昔、知事公邸を造ったその高みから、ヴァラナシの上に、ジョティルリンガが空に向かってそそり立っているのが見える。目が届く高さよりも上に、空を突き抜けてさらにその上に。というのもその光の柱は、もうひとつの宇宙まで伸びているからだ。古い家の壁は、落書きでいっぱいだ。おれはベルを鳴らし、太鼓を鳴らすが、ここには幽霊だっていそうにない。おれはデイヴァ＝ネットには接続していないが、他の帯域で彷徨《さまよ》っている神々なら、ほとんど嗅ぎ出すことができる。街中に歩いてゆくと、木がほんとうに燃える臭いや、料理のいい匂いがしてきたので、思わず振りかえる。目や顔や手が、おれが見ると戸口のところからさっと影に隠れてしまうが、気配は感じられる。〝**ヴィシュヌのマーヴェラスで、マジカルで、マジすごの猫のサーカス！**〟と、おれは叫び、自転車のベルを激しく鳴らす。おれのエンターテインメントと同じくらい、貧しくて害がないことを宣伝できるように。破壊神の妃カーリーの時代には、いくじなく救いがたい連中は情け容赦なく餌食にされるだろう。そして、AK－四七ライフルの余剰が出るのだ。

　おれが戻ってくると、猫たちは怒り狂い、声を合わせてミャウミャウやっていた。天幕の陰ではあるが、暑いのだ。星が出るまで、おれは猫たちに狩りをさせる。その間に、舞台と客席を設営し、照明を灯し、看板を出し、施しを放りこんでもらう椀を置く。ひとりだって客が来るかどうかは、定かじゃない。もうけは慎ましい。カーリーの時代には、わずかな楽しみさえ、そうそう味わえはしないのだ。

　おれのステキな白猫のカルキが、浅瀬を流れるせせらぎよろしく、流れるようにハードルを越えてゆく。カルキはカーリーと戦って相手を打ち負かすだろうと書かれているが、思うに、単なる猫にそいつを期待するのは酷と言うものだ。いやいや、そいつはおれが引き受けるよ。だってそいつがおまえの名前なら、おれの名前でもあるんだから。おれは、十回の転生をくり返すヴィシュヌじゃないか？　おまえらはみんな、おれの一部だろう、猫ども？　おれには、この川を下ったところで約束がある。東の空にそそり立つ、あの光の柱の下で。

　さあさ、いらっしゃい、お座りくださいこのマットレスに——砂は払いのけてありますし、ランプで虫は追い払っておりますから。どうぞおくつろぎください。チャイは差し上げられますが、水は猫のために必要ですので、悪しからず。今夜、あなたさまが目撃するのは、インド全土の中でもっともすばらしい猫のサーカスというだけではありません――おそらくは、インド全土でただひとつの猫のサーカスです。何ですって？ ぐるぐる走りまわっているだけじゃないかって？ ご同輩、猫からしてみれば、たいしたもんじゃないですか。ですが、あなたは正しい。円になって走る、鼻と尻尾がくっつくくらいに連なって。それが正しく、わたしの猫のサーカスの肝《きも》なんです。ですが、あなたにお願いしたわずかばかりのルピーに見合うだけの他の出し物もありますよ。どうぞお座りください。ひとつお話をしましょう。わたしの話を。わたしはヴィシュヌ。神となるべく目論まれた者なのです。

わたしたち三人は、全員が神でした。シヴとヴィシュとサラスヴァティ。わたしは、最初に生まれたわけではありませんでした。最初に生まれたのは、兄のシヴです。その兄と、わたしはヴァラナシのジョティルリンガの下で会うことになっているのです。成功者シヴ。ビジネスマンのシヴ。世界的に成功した、みなさんおなじみの名前。このカーリーの時代の軽率な先駆者。シヴ――兄がどんなふうになったのか、想像できません。わたしは最初に生まれたわけではありませんが、一番出来がよかった。そしてそこに、トラブルの種があったのです。

わたしが信じるに、両親のDNAのらせん状の紐すべてに、諍《いさか》いの遺伝子が練りこまれていました。あなたが古典的なダーウィン主義者でしたら、知的価値観が進化を形作りうるという考えを却下するでしょうけれど、わたし自身が、ミドル・クラスの価値観が遺伝子にプログラムされうるという、生きている証拠なんです。戦争だって、そうなりうるんじゃないでしょうか？

情報兵として想像してもらえる人として、わたしの父ほどらしくない人はいないでしょうね。それはもたもたした人だったんですよ、ぎこちなくて、ふっくらしていて――いいえ、はっきり言いましょう。すっごいデブだったんです。父はドリームフラワーで働くデザイナーで、自己満足できればそれでよく、好き勝手やっているのに賛辞をおくってもらっていました。ドリームフラワーって覚えていますか？　《ストリート・スモウ》だとか、《ラ・マ・ヤ・ナ》だとか、《ボリウッド、歌のスター》だとかの何百万本も売れたゲームは？　たぶん覚えてらっしゃらないでしょうね。自分が思っている以上にずいぶん前の話だったんだ、と思い知らされることが最近増えました。何でもね。大事なのはですね、父は金もキャリアも成功も手に入れていたんです。あの仕事で考えられうるかぎりの名声だって。人生は、レクサスみたいにうまく転がっていたんですよ。そんな時に、父は戦争に不意打ちされたんです。戦争は、わたしたちみなの不意を打ちました。わたしたちが偉大なるアジアのサクセス・ストーリーだったあの日――インドの虎、というやつです（わたしは、こいつを金言リバウンドの法則と呼んでいます――経済成功の虎は、わたしたちのところに戻ってくる前に、世界じゅうをまわってくることでしょう）――あの中国人たちと違って、わたしたちには英語もクリケットも民主主義もありましたからね。それが、次にやっていたことといったら、おたがいのショッピング・モールを爆撃して、テレビの放送局を占領することでした。国対国、地域対地域、一族対一族。大分裂戦争についてわたしが理解しうる解釈は、たったひとつです。インドは、大きくて、騒々しくて、野蛮な一族だったたってわけですよ。尊きお婆さまが六カ月ほど旅行している間に死んじまったら、二日としないうちに、息子たちが自分の父親たちの喉を掻っ切るような一族ってことです。母親は娘たちを殺し、姉妹たちは決闘し、兄弟たちは戦い、いとこたちおじたちおばたちはみんなどちらかについて、一族は木っ端微塵になってしまうんです。ダイヤモンドが、美しい瑕疵《かし》や傷に沿って粉々になるみたいにね。若い時にデリーで、ダイヤモンドを切る職人に会ったことがあります――ああ、すいません、子どもの時でした。そんなに幼くはなかったんですが。見ていると、パッドのついた万力に宝石をセットして歯止めをかけ、ダイヤモンド・カッターを手に取りました。あんなに小さく輝いている宝石には、とんでもなく巨大で暴力的な道具に見えました。わたしが息を止め、歯を食いしばって見ていると、大きな丸々としたハンマーが振り下ろされ、宝石は三つの宝石になりました。親であった宝石より、より明るく、より光を放つ宝石になったのです。

「叩き損ねるとね」彼は言いました。「手に入るのは、目がくらむような塵だけだよ」

思うに、われわれの歴史はずっと、目がくらむような塵なのではありますまいか。

一撃が加えられ――成功だとか、富だとか、人口増加による緊張だとか――わたしたちは散り散りになってしまったのです。けれども、デリーはそのことを知らなかった。インド忠誠派の連中は、頑固にインドという夢を守っていました。それで、わたしの父はというと、機械化偵察部隊のヘルプ・デスクに選任されたのですよ。言葉にできないくらい幸運で魅力的に聞こえるかもしれませんね。でもね、こいつは別の世紀の別の時代の話なんです。わたしたちがこんにち知っているロボットは、絶えず形を変え、人間が期待するぎりぎりのところまで機能するわけですが、そのころのロボットたちは、われわれの羅刹たちには遠くおよばないものでした。それは、偵察ボットの一団だったんです。二本の脚で走り、跳び、鉄のニワトリみたいにぶざまで、日によって調子も違う。で、ダダジはそのヘルプ・デスクだったんです。どういう仕事をするかと言えば、修理して、ウィルスを取り除いて、バグ取りをする。ボットがぐるぐる同じところをまわっていたならば、そこから引っ張り出す。登れるはずのない壁を飛び越えようとしていたら、向きを変えてやる。そういうことをしている間はずっと、フレシェット弾を装塡した二挺のガトリング銃と、接近戦用のナノ＝エッジのナイフの刃に気をつけていなきゃならない。「わたしはゲームをエンコードするのが仕事なんだよ」父は嘆いたそうです。「ボリウッドのダンス・ルーティーンを振り付けるとか、車がちゃんとクラッシュするようにするとか。宇宙から来た吸血鬼のデザインだってするさ」デリーは、父の嘆きを無視したのです。デリーは、すでに負けかかっていました。民族自決の「われわれもだ」という声が、大統領公邸でも大きくなっていました。でも、大統領は、その声も無視したのです。

ダダジは情報兵で、ママジは軍医でした。ダダジよりは、少しだけママジのほうがましですね。母は実際に医者の資格は持っていましたし、地震の後ではインドとパキスタンの現場でNGOのために働き、スーダンでは国境なき医師団といっしょに働いたことがありました。母は、兵士ではありませんでした。断じて。ですが、母なるインドは前線で働く医師を必要としていたのです。というわけで気がつくと、母はアーメダバードの先進野戦治療センター三十二東にいたのでした。わたしの父の偵察部隊がそこに再配置されたと同時に。母は、毛ジラミと痔を患うトゥシャール・ナリマン技術軍曹を診察しました。彼の部隊の残りは、女医に恥毛を検査させるのを拒否しました。軍曹は、母とのアイコンタクトをやりとげたのです。勇敢なる、ほんの一秒だけ。

おそらく、もし防衛省が情報兵の召集にあれほどいい加減でなく、第八アーメダバード機械偵察部隊にゲームデザイナーの代わりに訓練されたセキュリティ・アナリストを配置していたら、バラット・タイガー攻撃部隊が急襲を行なった際、もっと多くの人たちが生き残れたことでしょう。旧東ウッタラ＝プラデシュとビハールでは、新しい名前が人々の口にのぼり始めていました。バラット。インドの古い聖なる名前。あらゆる都市の中でもっとも古く純粋なヴァラナシに、回転する車輪の旗が立てられました。民族解放運動がどのようなものでもそうであるように、自らをアピールする何十ものゲリラ軍があり、それぞれが、当てにならない同盟を結んでいる先発のゲリラ軍よりも恐ろしげな名前を称していました。バラット・タイガー攻撃部隊は、初期バラットにおける情報戦の精鋭集団でした。そしてトゥシャールとは違って、彼らはプロだったのです。二十一時二十三分、彼らは第八アーメダバードのファイアウォールを突破することに成功し、トロイの木馬を偵察ボットに植え付けました。近々わたしの母となる人のひらひらする指と検査用トーチライトを小さな肛門で味わい、父がズボンをたくしあげたその時、タイガー攻撃部隊はロボットをコントロールできるようになり、野戦病院を襲わせたのです。

シヴァの神さまは、父がデブで臆病者であるがゆえに、お恵みをなさりました。英雄だったら、射撃が始まったら何が起こっているか見るために、砂州の上に走り出ていたでしょう。十字砲火の中で死んだでしょう。弾薬が尽きたならば、刃にかかって死んだでしょう。最初の一発で、父はまっすぐ、机の下にもぐりこんだのです。

「頭を下げろ！」半分当惑、半分驚きの表情を浮かべて立ち尽くしていた母に、父は金切り声で叫びました。父は母を引っぱってしゃがませ、不適切に接触をしてしまったことを謝りました。母はさっきまで父の睾丸を手にとっていたのですが、彼は謝ったのです。銃声と叫び声と油の切れた機械の関節がカチカチカチとたてる恐ろしい音が周囲で渦を巻いている間、彼は机の下の人の脚が収まるところにひざまずいていました。母と並んで。少しずつ、叫び声とカチカチという音だけになってゆき、それからカチカチいう音だけになり、さらには静かになりました。彼らは並んでひざまずいていました。恐怖に震えて。わたしの母は、緊張をふるい落とすまで、犬のように四つんばいの姿勢でした。けれども、怖くて動けませんでした。窓を通じて見えているゆっくりと歩く影を外科室の中に招きいれかねないので、怖くてどんな小さな音もたてる気にはなれなかったのです。彼女が思いきって「何が起こったの?」と吐き出すころには、影は長く、暗くなってきていました。

「機械がハックされたんだ」父は言いました。その時、父は、母の目には永遠に英雄と映るようになったのです。「外を見て来る」手、膝、膝、手、音をたてないように慎重に、どんなに小さな割れたガラスの破片も、粉々になった木切れも動かさないように、机の下から這い出し、破片とほこりが飛び散った床を越えて、窓の下へ。それから、一ミリ一ミリ、窓枠の下で中腰になるまで体勢を起こす。窓の外をチラリと見ると同時に床に伏せ、しんどいハイハイを始めて再び床を横切る。

「外にいる」父はママジに、息をころして言いました。「全部。動くものは何でも殺すだろう」父はこれをひと息で、いっぺんに言いました。ガンガーの砂州にある移動式のテントがきしんだり、収縮したりしている時の音に聞こえるように。

「たぶん、燃料が尽きているんじゃない」と母は言いました。

「太陽電池を切っているんだ」こうやって話す時は、長い時間をかけて。「あいつらは、永遠に待っていることができる」

その時、雨が降り始めたのです。それはそれは、大きな落雷でした。ベンガル湾の向こうでようやくとぐろを解きつつあった、モンスーンの先触れです。偉大なる男の到来を世界に知らしめるために、結婚式で新郎の前を旗やトランペットを携えて行く者がいますが、あんな具合でした。雨は、手で太鼓を打つようにキャンヴァス地を叩き、乾いた砂に浸みこむ時にはシューッという音をたてました。待ち伏せし、耳をすましているロボットたちのプラスチックの甲殻から、雨粒が跳ね返りました。雨の歌が、あらゆる音を呑みこんだのです。ですから、父が笑っていると母がわかったのは、机を伝わってくる振動によってでした。

「ちょっと、何で笑ってんのよ」雨音よりほんの少し抑えた声で、母は悲鳴をあげました。

「なぜってこのすごい音じゃ、わたしが自分の手袋型《パー》端末《マー》を取りに行っても、聞こえっこないからですよ」父は言いました。よく肥えた男としては、たいへん勇敢でした。「そうすれば、誰が誰のボットをハックしたかわかりますからね」

「トゥシャール」母は熱い蒸気のような声でささやきましたが、父はすでにさっさと机の下から這い出しているところでした。ファスナーで閉じられた出入口のそばにある、キャンプ・チェアの上のパーマーに向かって。「ほんの……」

すると、雨が止まったんです。ピタリと。庭師《マリ》が、ホースから出る水を蛇口をひねって止めたみたいに。おしまい。滴が尾根の稜線と、風雨対策などされたはずがない窓を滴り、太陽の光がプラスチック製の窓から差しこみ、かわいらしい虹ができました。けれども、わたしの父は、外に警戒中のキラー・ロボットがいる状態で、テントの真ん中で立ち往生してしまったのです。父は下品な言葉を言うように口だけ動かして、慎重に、おそろしく慎重に、飛び散り転がった破片の間を後退しました。象のように、でかい尻を先にして。今度は木の机越しに、押し殺した笑いの振動を父が感じる番でした。

「今。きみは。何を。笑って。いるのかな？」

「あなたは、この川を知らないのよ」母はささやきました。「そのうち、ガンガーの女神が、わたしたちを助けてくれるわ」

聖なる川の岸辺に、いつもと同じようにすばやく夜がやって来ました。今、わたしの物語を照らしているのと同じ物憂げな月が上がるのが、ひっかき傷ができたプラスチックの窓を通して見えました。母と父は、ひざまずいていました。腕は痛み、膝は拷問状態で、隣り合って机の下にいました。父が言いました。「何か臭うね」

「そうよ」母は、歯の間から音を出すように言いました。

「何だろう?」

「水よ」母は言い、父は危険な月光の中で、母の微笑を見ました。そしてそれから、父は聞いたのです。シューッという、砂に水が浸みこんでゆく音を。しかし地面の乾きは、充分ではありませんでした。水量は多すぎて、水流は速すぎて、人がいたら溺れんばかりでした。父は、押し寄せる水の舌先を目にする前に、水の匂いを嗅いだのです。水は、砂と、藁と、川の合流地点のキャンプ地にあった物資とに縁取られていました。テントの下から入りこみ、敷布の上を通り、父の拳の周囲にやって来ました。浮き上がった土壌の香りがしました。モンスーンの、いにしえの匂いです。乾いていた物すべてが、真の芳香を放つ時の。水の匂いは、水が解放するすべての物の匂いでした。水の舌先は、水の膜になりました。水は、指と膝のまわりを流れています。机の脚は橋脚のようでした。父は、母の身体が笑いで震えているのを感じました。それから、水の奔流がテントの横を突き破り、水の壁の中で父を翻弄し、当惑させ、溺れさせたのです。父はむせて、息を詰まらせ、裏切り者の機械どもを恐れて咳きこむまいとしました。それから彼は母の笑いの意味を悟り、いっしょに笑ったのです。大声で、力いっぱい、肺をいっぱいにしていたガンガーの水を、咳きこんで吐き出しながら。

「おいで！」父は叫んで勢いよく立ち上がり、机をひっくり返して、サーフボードのようにその上に飛び乗りました。机の脚を両手でつかみます。母が上がってきて、脚をつかんだちょうどその時、テントの横っ腹が奔流で大きく口を開け、机とその上の避難民の二人を、洪水の流れにのせました。「蹴るんだ！」型崩れしかかっている戸口のほうに机を誘導しながら、父は叫びました。「命が惜しくて母なるインドを愛しているなら、蹴れ！」そうして二人は、月が出た夜の中へと出ていったのです。見張りが、殺しの道具を解放しました。次から次に刃が後を追って進水してきては、溢れる水で叩き倒され、ひっくり返され、流されてゆきました。最後に見えたのは、甲殻が半分砂にはまりこんで動けなくなり、クリームのようになった水がその周囲で砕けている姿でした。二人は水を蹴って、キャンプの浮き荷の間を抜けて行きました。机や椅子、携帯食料、医療キットや機材、ショートを起こし、混線し、火花を散らして動けなくなったロボット、兵士や軍医の、ぷかぷかと浮かび回転し、膨れ上がった死体。こうしたものすべての間を、水を蹴って蹴って、彼らは抜けていったのです。ぎくしゃくと進む机の上で、半分息を詰まらせ、震え上がり、母なるガンガーの深い緑色の水の上へと。満月の見守る下、月光で銀の廊下になった川を、彼らは水を蹴って進んでゆきました。次の日の真昼、チャッティーガルの川岸から遠く遠く離れたところで、パトロール中のインド側の小型無甲板船《RIB》が彼らを見つけて、引き揚げてくれました。脱水症状を起こし、肌はひび割れ、日にあたっておかしくなり、ボートの中に転がされました。机の下か、浮いている机の上か、その長い夜の間のどこかの時点で、二人は恋に落ちていました。母は、いつも言っていました。自分に起こったことで、あれほどロマンチックなことはなかった、と。ガンガーの女神は洪水を起こし、殺人機械のまっただ中から安全なところに、奇跡の筏に乗せて彼らを運び出したのです。こんな具合に、わたしたちの家族の物語は紡がれ始めました。

輪廻した神、その次に生まれたわたし

わたしの両親はインドで恋に落ち、別の国、オウドで結婚しました。古きアウドの亡霊、ほとんど忘れられた、英国によるインド統治の亡霊です。デリーはもはや偉大なる国の首都ではなく、暫定合意による地理的な中心地にすぎませんでした。ひとつのインドは、今では複数になっていたのです。我らの母なる女神は、いくつもの神の化身《アヴァター》に堕しました。連合ベンガルからラジャスタンへ、カシュミールからタミル・ナドゥへ。超大国への道を行進していたわたしたちが、ほんの一瞬よろめいたけれども、すぐに持ちなおして歩き続けたようなあんばいでしたが、どんなふうにあんなようにしてしまったんでしょうねえ。ほとんど無頓着に。あらゆることに、すごく面食らって当惑しましたよね。お気に入りだったおじさんが、コンピューターでポルノを見ているのを見つけちゃったような感じかな。目をそらして、距離をとり、決してそれについては口にしない。暴力が巨大地震のように起こったことを、わたしたちは決して口にしませんものね。われわれの濃密で堅固だった社会を引き裂ききった、あの暴力。苦渋に満ちた分割とともにわたしたちの独立が引き起こした、大量の流血。今にも起こりそうな宗教戦争、カースト・システムに内在していて芽生えた暴力。ぜんぶ、あまりにインド的ではないものでしたよ。あの時に何百万も死んだことを考えれば、今数十万死んだところで、なんぼのもんでしょう。忘れられはしないにしても、数年もすれば無視されるようになりますよ。そうなれば、クリケットのテスト・マッチのほうが間

違いなく、よりみなの興味を引くようになるでしょうね。

　新しいインドは、わたしの母と父にとてもよく合いました。二人は、模範的な若きオウド市民でした。人工知能にかつて足止めをくったわたしの父は、あんなことは二度と起こすまいと誓って、最初期のAIファームのうちのひとつを設立しました。オウド航空やデリー銀行、税務署のようなところの低レベルなアプリケーションのために、カスタムメイドのソフトウェアを供給したんです。母はまず美容外科に行き、それから揺籃期のオウド官公庁のためのとっておきの土地に抜け目なく投資した後、マイクロ＝マニピュレーターを扱うのはやめて、財産のポートフォリオにかかりっきりになりました。二人の間には、それはそれはたくさんのお金が生み出されましたので、父と母の顔が〈デリーでキラリ！〉の紙面から消えることはありませんでした。彼らは戦争という洪水を乗り越え、光り輝く未来に漕ぎ出した黄金のカップルで、二人のペントハウスを訪れたインタビュアーたちは尋ねたものです。〝それで、ゴールデンな息子さんはどちらでいらっしゃいますか？〟

　シヴァ・ナリマンが誕生したのは、二〇二五年九月二十七日でした。シヴァ、世界でもっとも古い神。シヴァ、最初にして恩恵に恵まれし者。シヴァ、その澎《ほう》湃《はい》とした毛髪から聖なるガンガー川は流れ出で、生殖力、吉兆、逆説の王。五十万オウド・ルピーで、写真の権利は〈グプシャップ〉誌に行きました。ゴールデン・ボーイの子ども部屋は夜の《ネーションワイド》で特集され、すっかりそのシーズンの流行になりました。新しい国の最初の世代には、多大な興味が持たれていたのです。オウドの兄弟《バイ》、と巷《ちまた》のゴシップを扱うウェブサイトは彼らを呼びました。彼らは、デリーで目立っているミドル・クラスのひと握りの集団の息子たちではなく、オウド全体の息子でもあったのです。

国は彼らを国家の中心へと連れていき、その胸から直接乳をやりました。凛として、利発で、理知的なこうした少年たちは、新しい国とともに育ち、この国を偉大な高みへと押し上げることでしょう。ですが、決して口にされないことがありました。考えもされなかったでしょう。いくつの女の子の胎児がキュレットで掻き出され、医療廃棄物の中へと押し流され、洗い流されたか、子宮に着床することなく。われわれは新しい国なのである。国づくりという偉大なる任務に従事しているのだ。われわれミドル・クラスを何年にもわたって歪めてきた人口危機は、大目に見ておいてもいいだろう。男の子が女の子の四倍いるからといって、それがどうした？　こいつらは、オウドの立派で頑健な息子たちじゃないか。その他は、ただの女なんだから。

単純に、〝われわれ〟と口にしていますから、わたしが最後に興行主か語り部になって終わり、と思われているかもしれませんね。でも実際のところ、わたしは存在すらしていませんでした。その時は、存在していなかったんです。あの赤ん坊がオウド・バイ・クラブで口をきく、あの日までは。そこは、規約が整備されたクラブのような、フォーマルなものではありません。祝福された母親たち、国家の恋人たちが、メディアに自分たちの生活をなんでもじろじろと眺めまわされるようになって、何らかの手を打とうと自然の成り行きで集まるようになったのです。完璧さを求めれば、支援者の集団が必要です。当然の流れとして、彼女らはおたがいの居間やペントハウスに集まるようになりました。自分らの母親たちや乳母たちといっしょに。ギルド制の母と子の集まりとでも申しましょうか。赤ん坊が話したその日、母はウシャとキランとデヴィと集まっていました。しゃべったのは、デヴィの赤ん坊でした。誰もが、日々の疲れと乳首用のオイルとピーナッツ・アレルギーについて話しているところでした。その時、ヴィン・ジョハールが揺り籠の中でまどろんでいたのですが、茶色の目をぱっちりと開け、部屋を見渡し、はっきりと言ったのです。

「お腹減った、哺乳瓶ちょうだい」

「お腹減ったの、わたしのかわい子ちゃん《チヨ・チウイート》？」デヴィは言いました。

「今ちょうだい」とヴィン・ジョハール。「お願い《プリーズ》」デヴィは喜びで手を叩きました。

「〝プリーズ〟ですって！　今までに〝プリーズ〟なんて言ったことはないわ！」

ペントハウスの他の人々は、まだ目を瞠っています。驚いて。

「どのくらい前からしゃべっているの？」ウシャは尋ねました。

「あら、ここ三日ぐらいよ」デヴィは言いました。

「まわりがしゃべることをなんでも真似るの」

「ぼくの哺乳瓶」ヴィン・ジョハールがねだります。

「早く」

「でもまだ……」とキラン。

「そうよ、五カ月。ラオ博士が予測したのより、ちょっと遅れているわ」

母親の母親たちと乳母たちが、こっそりと手を動かし、お守りに接吻をして、邪悪の気を祓《はら》おうとしました。膝の上で、太って満ち足りたシヴをあやしていたわたしのママジが、最初に事態を把握しました。

「あなたはその、あなたがしたのは、息子さんは……」

「そうよ、ブラーミン」

「でも、あなたのカーストはシュードラでしょう」キランは驚きました。

「ブラーミンよ」デヴィは、最初の音を聞きまちがえる者がいないように、はっきりと強調して言いました。

「わたしたちは、この子をそうしたの」

「そうしたって？」とウシャは尋ね、それから得心しました。「うわ」もう一度、「うわ」

「この子は背が高くなるわ。頑健で、ハンサムで——もちろんそんなに遺伝子をいじる必要はなかったのよ——健康で、それを損なうことはないわ。どのくらい健康ってそれはもう——心臓にも、関節炎にも、アルツハイマーにも、ハンチントン病にも、この子はかからないの。その免疫をもってすれば、ほとんどのウィルスと感染症は笑い飛ばせる。マラリアだって、駆除することができるのよ！　考えてもみて！　それに知能のほうは——ドクター・ラオがおっしゃっていたことだけを言っておくわ。この子を試せるような、賢いテストはないそうよ。一度見るだけで、彼はそれを習得してしまう——こんなふうにね！　記憶はというと、そうね、ドクター・ラオが言うには、脳の中のつながりの数が二倍だか何だかなんですって。つまり、並外れた記憶力を持っているっていうことよ。《インドの天才たち》に出てくるミスター記憶力みたいなものね。あれよりすごいってだけの話。何も忘れることはないしね。誕生日という誕生日を忘れないし、大きな会社に入って世界のどこに行ったって、ママのところに電話をするのを忘れはしない。この子を見て、見てよ。あなたがたが今までに目にしたものの中で、一番すばらしいものじゃゃなくって。あの赤ちゃん特有の茶色の目。あなたを、あなたを、あなたを見ているのよ。わたしの小さな王さま。みんなを見てごらんなさい、あなたのお友だちを。あの子たちはみんな、王子さまだわ、でもあなたは、あなたは神なのよ。あなたのお尻をかじっちゃいたいわ。かじっちゃいたいのよ、きれいでふっくらしていて、ステキなんだもの」デヴィはヴィン・ジョハールを、クリケット・マッチのトロフィーのように掲げ、裸の腹に接吻をしました。小さなヴェストがまくれあがって、お腹が出ていたのです。

「ああ、わたしの小さな神さま」

するとシヴが、尾を引くような長い泣き声をあげました。遺伝子的に改良された愛する息子への賛美をデヴィが歌いあげている間ずっと、嫉妬のせいで母の手には徐々に徐々に力がこめられていっていたのです。ゴールデンなシヴは、その時はどうしようもないくらい時代遅れになっていたわけですが、とうとう痛みで叫び声をあげたのです。母の指は、シヴの腕と脚に紫の人参のような痣を残していました。

シヴは、よく空調の効いた空気の中、自分の揺り籠の上でまわっているものを見つめました。どれほど自分の視覚が、賢くデザインされたぼうっと見える物体によって刺激されているのか気づかずに。父が職場から帰ってくるまで、母はパステルカラーの照明で照らされたアパートの部屋でぐるぐるとまわるものに、やきもきして腹を立てていました。シヴが生まれてからというもの、父の職場で果たすべき義務はより多くなり、そちらで過ごす時間も増えました。父は、おそろしくいい父親というわけではなかったのです。クリケットでは、役に立たないタイプですね。

「金曜日は、空いてる？」ママジは詰問しました。

「あー、よくわからんが、職場でやることがあって——」

「キャンセルなさい」

「あ？」身だしなみこそだらしないものの、その時の父は、トップ・プログラマーではありました。

「ドクター・ラオに会いに行くから」

「ドクター誰《フー》だって？」

「ドクター・ラオよ。スワミナサン・クリニックの」

父でも、その名前は知っていました。そのクリニックを知っていたのです。デリーのあらゆる人々が、仕事ばっかりやっているプログラマーでさえ、そこから生み出される奇妙で奇跡的な子どもたちについては、聞き及んでいたのです。恐怖で引っこみ縮み上がった父の睾丸が、ゆるんで会陰の暖かなところに落ちてくるまで、少しばかり要しました。

「金曜日の十一時三十分。ドクター・ラオ自身が会ってくれるわ。わたしたちは、赤ん坊をつくるの」

金曜日の十一時三十分にお話、なんて具合ではありませんでした。次の金曜日までかかったというわけではなく、金曜日が六度過ぎるぐらいかかったということでもありません。最初の診察、財政のチェック、医療アセスメント、一対一の面談を最初にママジで次にダダジ、そうしたらば、二人はメニューを選ぶことになりました。そう、メニューです。想像しうるうちで、もっともありそうもないレストランで。両親は、目をパチクリしました。知性はイエス、見た目もイエス、集中力強化イエス、拡張記憶と想起力強化イエス、健康、富、力、幸福、ヴィン・ジョハールが持っているものは全部。そしてさらに、それ以上。

「寿命延長？」

「ああ、それは新しいのです。認可されたばかりの、新しい技術です」

「それはどういう……？」

「文字どおりです」

両親は、再び目をパチクリしました。

「あなたがたの息子さんは——」（これが、彼らがつくっている最中のわたしです）「——まったく健康で活力に満ちて、たいへん長い寿命を享受することになるでしょう」

「どのくらい長く？」

「現在の平均寿命の二倍です。どのくらいですかね。ちょっと待ってくださいよ、われわれのような、富裕で、教育があって、ミドル・クラスで、質のいい健康管理をしてもらえる人間は、今のところ八十年が寿命ですよね。えっと、その二倍ということです」

両親が目をパチクリしたのは、三回目でした。

「百六十年」

「もっとも短くて、ですね——考えてみてください。医療における奇跡は毎日起こっているんです。毎日毎日。当然じゃないですか、あなたの息子さんが——」

「ヴィシュヌです」

父は、口をポカンと開けて母を見つめました。名前がもう決まっているなんて、思っていなかったからです。このなんだかんだに何も言えない自分に、父はまだ気づいてはいませんでした。それでも、ゆったりしていて暖めすぎず、精子生産にとってもよろしいシルクのボクサーパンツにぶら下がった父の睾丸は、理解していました。

「ヴィシュヌ、王者、統治するもの、残し維持する者」ドクター・ラオは、敬意をこめて頭《こうべ》を垂れました。ドクターは、古風な人でした。「あのですね、わたしはよく考えるのですよ。受胎、妊娠、出産の過程は、ロード・ヴィシュヌの十度の輪廻を反映しているのではないか、とね。絶え間なく動く精子は魚、卵子はクルマの亀、ヴィシュヌによる海の底からの大地の救出が受胎――」

「小人はどうなんです?」父は尋ねました。「ドワーフ・ブラーミンについては?」

「ドワーフ、小人、そうですね」ドクター・ラオは、ゆっくりと言葉をつなぎました。彼は、ゆっくりしゃべる人でした。文の終わりに近づくと、文の終わりがなくなってしまうように聞こえる、あのタイプです。おかげでたくさんの人が、この人は馬鹿なんじゃないのと考える失敗をおかしましたが、こうしている間は、彼が完璧な結論を作り上げている最中なのでした。結果として、この人がテレビやネットでインタビューを受けることは、多くはありませんでした。「小人は、いつでも問題ですねえ。でもあなたの息子さんは、確実に本物のブラーミンになりますよ。そしてカルキにも。そう、カルキです。黒き女神カーリーの時代を終わらせし者。この世界が火と水の中で終わり、新しき世界が生まれるのを、息子さんは目にするかもしれません。長寿。そうですとも、たいへんすばらしい。ただ、些細ではありますが、少しばかり具合が悪いことがあるのです」

「どうでもいいわ。それにする。デヴィ・ジョハールは、それを持っていないんだもの」

というわけで、父はプラスチックのコップを持たされて、聖なる魚を獲りに行かされました。母は、父といっしょに行きました。それを、愛の行為とするために。とはいっても理由の大半は、西側のポルノに父を任せないためでしたが。金曜日がいくつか過ぎたところで、ドクター・ラオは長い針で、母の卵子の一団を摘出しました。その際、母は父を必要としませんでした。それは、生物学的行為だったからです。ゆっくりとしゃべる医師は自分のやるべき仕事を行ない、人工子宮の深淵から、八つの胞胚を呼び出しました。そのうちのひとつが選ばれました。ぼく！　ぼく！　ちっちゃいぼくを選んで！　ここだよ！　見て見て！　というわけで、わたしは母の子宮に着床したのです。その時でした、具合が悪いことを母が発見したのは。わたしの二倍にされた寿命の代価は、非ブラーミンの人間の基準の半分の速度で年を取る、ということでした。妊娠は十八カ月。朝の吐き気、大きなお腹、血のめぐりの悪さ、静脈瘤、失禁、腰痛、でも最悪なのは、煙草が吸えない十八カ月が過ぎた後、〝やっと、やっとよ！　このくそみたいな物をわたしの中から出してちょうだい！〟と、それは大きな金切り声をあげて、二〇二七年九月二十七日に母は出産したのです。ようやくわたしは、この物語への参戦を果たしたのです。

兄に憎まれた弟

わたしが生まれ出たのは、なんという世界だったでありましょう！　それは、光と輝きの時代でした。光り輝くインドは、間違いなく自分の姿を、輝くオウド、輝くバラット、輝くマラータ、輝くベンガルの中に見出していました——たくさんの民族の、あらゆる輝く切子面の上に。大分裂の恐怖は、わたしたちのはるか後方にありました。除いておかなくてはならないものも、ありましたがね。地下鉄のプラットフォームで物乞いをする戦傷者、社会に適応できない以前は十代だった情報兵のギャング、シティ・ネット深くに埋めこまれていてたまに目覚める休眠中の戦闘ソフトウェア、わたしたちが自分を切り刻むことを充分に嘆いておらず和解も達成していないと感じている、時事ネタを扱うドキュメンタリー作家たち。和解、ですって？ デリーには、そんな西側的な上品さに時間を使っているヒマはありません。死人の相手は死人にさせな。金は稼がなくちゃならないし、快楽は味わわなくてはならないのさ。わたしたちの新しい大通りと広場《マイダーン》、モールと歓楽街は、明るくて、若くて、楽天的な人々でキラキラしていました。大胆で新しいファッションの時代だったのです。お父さんが憤慨するスカート丈とお母さんがおろおろする髪型の。その時代には、新しい流行やこだわりは、ウェブサイトでゴシップになるやいなや古くて味気なくなりました。一万もの画期的な新しいアイディアが、思考の量子泡のようにくり返し使われるやいなや、消えてゆきました。それは、若さでした。自信でした。古き母なるインドが、自分はそうなのかもしれないと訴えていたすべての具現化でした。ですが何よりも、金、でした。デリーでそうなら、ヴァラナシ、コルカタ、ムンバイ、チェンナイ、ジャイプールでもそうでした。ですがどこよりも、わたしが思うに、デリーで、でした。インドにおいてデリーが首都であったのは、権利によってではなく、ほんの思いつきによってでした。ムンバイは、コルカタでさえ、常にデリーより光り輝いていたのです。今やデリーは真実、自らの国の首都でありました。並ぶ者なく、彼女はきらきらと輝いていたのです。昔の記憶があるようになるころには、わたしの感覚という感覚はいっしょに活動し、音は芳香を放ち、色には手触りがあり、こうした素の感覚の上位に、統合された現実を認識していました。わたしの一番古い記憶は、仰向けの顔の上を流れる光の筋でした。光はありとあらゆる色で、さらには色を超越しており、その光は、分化されていない表層組織へとたどり着き、シタールの共振する弦のように振動し、鳴り響いたのです。思うに、わたしは運転手が運転する車の中におり、ダウンタウンの光の中を抜けて、どこかの夕べの集いか何かに向かっていたに違いありません。ですがわたしが覚えているのは、流れて歌う光に向かってにっこり笑ったことだけです。今だってデリーのことを考える時、デリーを光の河、銀色の調べの奔流として、思うのですよ。

それにしても、なんという街だったのでしょう！ デリーの新旧市街を越えて、グルガオンのより新しいデリーに、サリタ・ヴィハールのすてきな新しい郊外、ニュー・フレンズ・コロニー、最新のデリーが全部、勃興しているところだったのです。目に見えないデリー、データとディジッドとソフトウェアのデリー。配分されたデリー、ネットワーク化されたデリー、ケーブルとワイヤレスのノードで織り上げられたデリー、触知できないデリー、こうした複数のデリーが、現実の街の通りや建物を抜けて、数珠つなぎになっていたのです。そこには、おかしな新しい民が住んでいました。《タウン・アンド・カントリー》の、コンピューターによって構築されたキャストです。その番組は、あまりに圧倒的な連ドラで、完全なる人工性のうちに展開しているにもかかわらず、人生そのものよりリアルでありました。わたしたちを惹きつけたのは、登場人物たちだけではありませんでした。プロダクションの才は、CG役者たちにあったのです。そのCGたちは、自分たちが演技をしていると信じており、彼らが演じているキャラクターとは異なる存在でした。その連中のゴシップやスキャンダルや、情事や結婚は、わたしたちの友人や隣人たちに関わる事柄よりも、わたしたちにとって、大きな問題となったのです。現実の通りや広場を流れるように通り過ぎて突き抜ける、キラキラ光る別の存在もいました。AIです。人工知能の伏魔殿は、わたしたちの物質化しないでもいい用事に、バンキングから法律サービス、家計のマネジメント、個人秘書サービスにわたり、あまねく奉仕していました。どこにもいないのに、どこにでもある状態で、さまざまなレベルや階層にわたって存在していたのです。高性能AIは、サブルーチンを通じて、低いグレードのモニターやプロセッサへとあっというまに降りてくる。毎日のきつい同じ業務をこなす何千ものレベル〇・八（街じゅうをうろうろしている豚程度の知能）のAIは、接続と連合を通じてレベル一、猿ぐらいの知能にスケールアップする。そいつらは再び寄り集まって、もっとも高次のレベル二となる。もうそうなると、その時代の人間の七十パーセントとは、区別がつきません。そしてさらにその上には、噂に聞こえた、みなが慄《おのの》くレベル三。人間の知性を持ち、それをも凌ぐ。多くの部分に属しながら、おたがいを認識する必要がないひとつの存在なんて、誰が理解できますかね？　自分たちが愛するデリーに古くから棲みつくジンたち。あいつらは、理解していました。ジンより古い神々もね。ただ、わかりすぎてしまっていたんですね。それに、物質上の都市においては、新しいカーストが出現していました。新しい性が、わたしたちの街じゅうに顕現していたんです。天から降ってきたみたいに。男でも女でもない。古きヒジュラーの妥協を排し、攻撃的にどちらでもない状態であろうとする。

〝ヌート〟って自分たちのことを呼んでましたね。それにもちろん、わたしみたいなやつもいる。卵子と精子の中でいじられて、あきれるほどすばらしい才能と微妙な呪いに恵まれたブラーミン。そう、わたしは遺伝子的な優越性の中へと生まれ出た、アッパー・ミドル・クラスのくそガキだったんです。でも、デリーは、わたしの目の前に結婚式の大饗宴のように横たわっていました。彼女は、わたしの街だったのです。

デリーは、わたしを愛してくれました。わたしを、すべてのブラーミンの兄弟たちを、そして稀に生まれる姉妹たちを。わたしたちは驚異であり、フリークであり、奇跡であり、アヴァターでした。何でもさせてもらえました。わたしたちは、オウドの可能性だったのですから。ブラーミンたちの誕生は最初、まったく予想されていませんでした。わたしたちブラーミンは、真実オウドの兄弟《バイ》だったのです。わたしたちの漫画まであったんですよ。そういう題名の。奇妙な遺伝子パワーでもって、犯罪者や悪魔やバラットの連中と戦うんです。わたしたちは、スーパーヒーローだったんです。漫画はよく売れました。

わたしはものすごく満ち足りていた、と思われるかもしれませんね。揺り籠の中で跳ねている、遺伝子的に高いカーストにある、丸々太った赤ん坊。高層階のてっぺんにあるペントハウスのガラス壁から差しこむ日の光に向かって、目をしばたいて。ところが、違うんですね。わたしが横たわり、むずかってまばたきしている間にも、神経の道筋が、脳髄と小脳とブローカ中枢を通じて、異常なスピードで紡ぎあげられていたんです。ぼうっとした光だとか銀の調べの広がりだとかは急速に、物体、音声、臭気、感覚へと分別されました。見て聞いて感じて、それでもまだ、理解することはできなかった。だから、つながりを見出し、パターンを導き、世界が自分の感覚に流れこんできてニューロンの燃え盛る樹木にまでたどりついた時、わたしは世界を関係性として、ウェブ、ネット、星座のような連なりとして、見たのです。犬を「犬」、猫を「猫」、ママジを「ママジ」と呼ぶ前に、わたしは自分の中で関係性の占星術を作り上げ、そこから、事物のつながりを理解していました。わたしは、より大きな絵を見ていたのです。とてつもなく大きな絵を。これが、わたしのほんとうの超能力でした。こんにちまでわたしとともにある。考えただけでランカまで飛んでゆくか、意思の力によって山を持ち上げるなんてできません。火や雷はおろか、自分の魂だって自由には扱えない。ですが、わたしはいつだって、一度見ただけで、全体を全体として、丸ごとわかってしまうんです。

浅黒い顔に金色の目をするようになったら、こんな具合なのかもしれないですね。そのあたりではじめて、ママジはドクター・ラオの恵みが、子どもにとってもいいことばかりではないとわかったんです。その日は、デヴィ・ジョハールの家での夕食会でした。驚くべきヴィンの母親の、デヴィ・ジョハールです。ヴィンは、ロサンジェルスのサンサンの子ども服を着た彼を捕まえようとする乳母といっしょに、家の中を走りまわっていました。シヴは、他のブラーミンではない子どもたちといっしょに屋上庭園で、自分たちの限られた、高められてはいない活動にすっかり満足して遊んでいました。わたしが生まれてから、兄のメッキが剥がれるのは、なんと早かったことでしょう！　わたしはというと、ベビーバウンサーに座って、あーあー言いながら、大きな目で黄金の子どもの母親たちを見つめていました。シヴの嫉妬はわかっていました。あの時は、それに対する言葉や感情を表現する何かは持ち合わせていませんでしたが。こちらを見るさまざまな目つき、テーブルへのつき方、車への乗り方、乳母のミナクシがわたしを乳母車に乗せてモールを行く時によちよちと付いてくる歩き方、ベビーベッドの横に立ってやさしそうな目でわたしを見るやり方から、わたしはわかっていたのです。わたしは、憎しみというものを理解していました。

ヴィンは、デヴィに屋上庭園に行って他の子どもたちといっしょに遊ばせてくれと頼みました。プリーズ。「わかったわ。でもいろいろできるからって見せびらかしちゃだめよ」デヴィ・ジョハールは言いました。彼がよちよち行ってしまうと、デヴィはとりすまして、脛のあたりで脚を交差させて、両膝に手を置き、あのね。

「ミラ、悪気があって言うんじゃないんだけれど、あなたのヴィシュは、その、まだしゃべらないわよね。その子ぐらいの時、ヴィンには二百語の語彙があって、文の作り方や文法もよくわかっていたわ」

「ひょっとして、あの、ハイハイもしないの？」ウシャが尋ねます。

「月齢はいくつだったかしら――十五ヵ月？　ちょっとその――小さめよね」キランも口を挟みます。

ママジは泣き崩れました。夜泣きの日々。寝なさいとそっとゆすってあげて、オムツを替えて、ホンギャホンギャ泣かれて。疲れたわ。ほんと、疲れたわ。でも最悪なのは、母乳をあげること。

「母乳？　一年も経っているのに？」ウシャは疑わしそうです。「乳首はクワの実みたいよ」ママジはしくしく泣きました。「この子は十五ヵ月なのよ。でも生物学的には、まだ八ヵ月にもなっていないの」

わたしの寿命は二倍になることになってはいましたが、成長する速度は半分なのです。乳児期はとてつもなく引き伸ばされた日の出、幼児期は終わりのない朝。シヴが学校に行きだした時、わたしはよちよち歩きをやっと始めたばかりでしょう。わたしが大学に行く歳になった時、生理学的には九歳児です。大人、熟年、老境は、わたしの人生の広がりの中ではるか彼方にあり、海のものとも山のものともわかりませんでした。わたし自身がそういう境地にたどり着けば、わたしの人生は歴史の一部と呼ぶに足るものになっているでしょう。ですが赤ん坊のうちは、わたしは母にとっての悪夢でしかありませんでした。

「母乳が一番って知ってはいるけれど、たぶんミルクに変えるのも、考えるべきじゃないかしら」デヴィは慰めるように言いました。

どれだけわたしが一語一語を正確に覚えているか、わかります？　ドクター・ラオのいいんだか悪いんだかわからない贈り物の、これもひとつです。覚えないって自分で選んだことしか忘れられないんです。一語一語、全部わかってるよ――十五カ月のおれのヴォキャは、おまえさんの大事なヴィンよりはるかに先を行っているのさ、あほデヴィ。でもその言葉は、わたしの中にとらえられたままでした。わたしの脳は言語を形成していましたが、その時の発声器官、舌、唇、肺では、言葉を発せなかったのです。わたしはベビーバウンサーの囚人で、微笑み、ふっくらした小さな拳を振りまわしていました。

そこにいる四名が、わたしを理解していました。四体だけが。ベビーベッドの上に吊り下げられた、柔らかい輪郭を持つプラスチックの蝶の中に、彼らは住んでいました。彼らの名前は、ティッカティッカ、バドシャンティ、プーリ、ニン。彼らはAIでした。わたしを見守り、歌と物語と色づいた光のかわいらしい模様でわたしを楽しませるために、据えられていたのです。というのも、乳母のミナクシのお休みのための物語は、暗示を受けやすいことこのうえないブラーミンには、あまりに恐ろしいのではないか、とママジが考えたからでした。AIたちは、わたしたちの両親たちよりかなり愚かでしたが、それは、彼らがレベル〇・二のプログラミングを超えて何の予断も持たないような、深みのある愚かさを持っているがゆえでした。わたしは、彼らとコミュニケーションをとることができました。

ティッカティッカは、歌を歌いました。

緑の小さなボートに乗って
深い青い海の上で
小さなヴィシュヌの王さまが

船に揺られておねんねだ……


　彼はこんな具合に、毎晩歌ってくれました。わたしは、それが好きでした。わたしの猫のサーカスを、母なるガンガーのゴミが散らかった川辺沿いに設営しながら、今でも一人で口ずさむんですよ。

　プーリは、動物の真似をしました。下手くそでね。彼は愚かでした。あんまりの愚かしさにこちらが辱めを受けている気分でしたので、プラスチックの蝶の中に、音を出せないようにしてほうっておきました。

　バドシャンティは、可愛らしかったなあ。彼女は、物語の紡ぎ手でした。「お話が聞きたい、ヴィシュヌ？」が、何時間にもわたる驚異の始まりの言葉でした。わたしは、忘れることがありません。ですから、彼女が同じ話を決してくり返さなかったのを知っています。わたしが頼まないかぎりは。どうやって頼んだかですって？　そのためには、わたしは四つのうちの最後のＡＩを紹介しなくてはなりません。

　ニンは、わたしの顔の上を飛びまわる光と色の模様でのみ、話すことができました。いつまでも円を描いている万華鏡で、視覚的にわたしの知性を刺激すると期待されていたのです。言葉を持たないニンは、知的でした。彼は顔の表情を解釈できましたので、彼こそが、最初にわたしが自分の言語を教えた相手だったのです。まばたきによる、とても単純なものでした。ゆったりと一回まばたいたらイエス、二回ならノー。ゆっくりとした苦しい動きでしたが、それは、身体という牢獄から脱出する方法だったのです。ニンがバドシャンティの質問の答えを読み取ってくれましたので、わたしは何でも伝えることができたのです。

　兄がどんなふうにわたしを憎んだのですかって？　それでは、あのころのカシュミールにあなたをお連れしましょう。立て続けに三度の旱魃があった後、母は、二度とデリーの熱と騒音とスモッグと病の中で夏は過ごさないと誓いました。街は道端で寝そべっている犬みたいで、ぜえぜえ息を切らして、野生に返り、うす汚れていて、誰かに噛み付いてやる理由を何とか見つけようとし、モンスーンを待ちわびていました。ママジは百年前のイギリス人を見習って、わたしたちを涼しくて高いところに連れていきました。カシュミール！　緑のカシュミール、青い湖にある、すてきなハウスボートのシカーラ、何ものよりも高いところにあって、山々の尾根に守られている場所。その時カシュミールは、まだ雪をかぶっていました。シカーラが静かな湖面を滑るようにして、わたしたちをホテルへと運んでいった時、わたしは、ダル湖の驚異に目をパチクリしたものです。ホテルはバドシャンティの物語のひとつに出てくるお城のように、水面から天空へとそそり立っていました。ボートが湖面を横切るように弧を描く間、わたしの四体の友人たちは航路を吹く風の中で、ボヨンボヨン揺れていました。船は浮き桟橋へと向かい、そこでは赤いターバンをしたポーターたちが、涼しい夏のアパートメントにわたしたちを運んで行こうと待ちかまえていました。シヴは、舳先に立っていました。接岸のためのロープを投げたがっていたのです。

ごみごみとしたデリーの暑さの後の、静かで、澄んでいて、高いところにある、カシュミールの涼しさといったら！　わたしはベビーベッドの中で跳ね、ニカッと笑い、すばらしい空気に向かって、喜びで小さな手を振りまわしました。あらゆる感覚が刺激され、あらゆる神経が振動していました。夜になれば、ティッカティッカが歌い、バドシャンティがお話をし、ニンがわたしの顔の上を星でなでてくれるでしょう。

湖をボートで渡る、お楽しみがあるはずでした。食べ物も飲み物もありました。わたしたちは全員で行くはずでした。ほんの一瞬のことでした。今でも目に浮かびます。事故にしては、あまりに小さな出来事でした。でも違ったんです。慎重に、細かいところまで、計画されたものだったんです。

「ガンドの熊はどこ？　ガンドのテディベアを失くしちゃった」父がボートに乗りこもうとしたまさにその時に、シヴは叫びました。「ガンドの熊がいるんだ」浮き桟橋を岸に向かって走り出しましたが、ダダジが彼を抱えあげました。

「おいおい、だめだぞ。この調子じゃ、どこにも出かけられやしない。ここにいて、動いちゃだめだぞ。それで、最後に熊のやつを見たのはどこでなんだ？」

シヴは無邪気を装って、忘れちゃったとばかりに肩をすくめました。

「わたしもいっしょに行くわ。何でもひっくり返すようなあなたのやり方じゃ、何も見つけられっこないわ」母は、激しい怒りをこめてため息をつきました。

「シヴ、あなたはここにいなさい。わかったわね？何も触っちゃだめよ。すぐに戻って来ますからね」


わたしは、日よけの柔らかな日陰の中で、より深い影を感じました。シヴが、わたしを見下ろして立っていました。たとえわたしがそうしようと思っても、兄のあの顔つきは忘れられません。兄は浮き桟橋を走っていって、係留綱をほどき、水の中に落としました。兄はバイバイと指を動かし、風が着色された綿布をとらえ、わたしを湖へと運んでゆきました。頼りない小さなシカーラは、さざ波の中へと流されてゆきました。風にとらえられ、レイク・ホテルの島の停泊所から、向きが変わりました。ボートはまわりだし、わたしは泣き出しました。

ニンが、わたしの顔の変化を見て取りました。ティッカティッカが、両親が竹の棟木から吊るした小さな蝶の中で目を覚ましました。彼は歌いました。

大きな湖、深い湖
小さなヴィシュヌさまはおねんねだ

　風は高く、日が差して
　夢の国へと運んでゆくよ

「ねえ、ヴィシュヌ」バドシャンティが言いました。

「今日もお話はどうかしら?」

　まばたき二回。

「あら、お話はいらないの? それじゃ、寝かしつけてあげるわね。よい夢を、ヴィシュヌ」

　まばたき二回。

「お話はいらないけれど、眠りたくもないの?」

　まばたき一回。

「わかったわ。じゃあゲームをしましょう」

　まばたき二回。バドシャンティは、彼女のソフトウエアがフリーズしたのではないかと思うくらい、躊躇しました。彼女は、きわめて初歩的なAIだったのです。

「ゲームでもなく、お話でもなく、おねんねでもない?」まばたきしました。彼女は、「それじゃあ、どうしたいの?」と尋ねるほど愚かではありませんでした。すると、ティッカティッカが、それまで聞いたことのない奇妙な歌を歌いました。

　風と湖の水
　迫り来る嵐
　ロード・ヴィシュヌに
　危機が迫る

そのとおり。シカーラは岸から遠くはなれ、側面から風を受け、さざ波の上で回転していました。強い風が一度吹けば、船は転覆して、わたしはダル湖の底に沈むでしょう。わたしのような者たちを主人公にした漫画では、わたしはヒーローかもしれませんが、ドクター・ラオは、わたしに水中で呼吸する遺伝子を与えるのをさぼっていました。

「あたしたちはボートの上にいて、遠く遠くに船出してしまっているのかしら?」バドシャンティは尋ねました。

そう。

「あなたは水の上にいるわけ?」

そう。

「あたしたちだけで?」

そう。

「ヴィシュヌはうれしい?」

んなわけないだろ。

「ヴィシュヌは怖いの?」

そう。

「ヴィシュヌは安全?」

まばたき二つ。再び、バドシャンティは黙りこくりました。それから、彼女は叫びだしました。「助けて救ってアシストして! 小さなヴィシュヌさまが危険です! 助けて救ってアシストして!」声はか細く小さくて、風に波立つ湖の向こうには、少しも聞こえはしませんでした。けれども、音を出さないでいたAIのひとつが、おそらくは愚かなプーリが、ラジオ波、Bluetooth、GPSに、警報を発したに違いありません。というのは、一艘の釣り船が急にコースを変え、後ろに突き出たエンジンを吹かし、弧を描く水のスプレーをつくりながら、わたしのほうに向かってスピードを上げてやって来てくれたからです。

「ありがとうございますありがとうございますだんなさまがた救い主さま」

二人の漁師がわたしのシカーラを硬くなった手でぐいと引き寄せ、マットレスの上に横たわった赤ん坊に微笑まれて驚いている間、バドシャンティはぺちゃくちゃとしゃべり続けていました。

頭蓋の中に記された地図

長い長い人生の間、わたしはずっと水に結びつくように運命づけられてきました。両親は洪水によって救い出され、AIたちはわたしを漂流する船から救いました。今だって、シヴァ神の髪の毛である、ガンガー川の干上がって縮んだ記憶をたどっているんですよ。水が、わたしをオウドのスーパーヒーローにしたんです。高いビルを飛び越えたりはしないし、ヴァージン・コミックの中ではずっと成長するのを拒んでいたオウドの兄弟《バイ》とは異なったタイプでしたけれどね。

四歳になろうとしていたシヴがわたしを船にほったらかそうとした後、当然のことながら、ずっと大騒ぎが続きました。兄は、目をそむけようとはしませんでした。ストイックに耐えたんです。最悪なのは、父のセラピートークでした。ほとんど兄に同情しましたね。少なくとも、母のほうは怒りました。火を噴くように、怒髪天をつきました。〝どうやったらそうなっちゃったの〟とか、〝あなたが感じていることはわかるわ〟とか、〝ちゃんとした大人みたいにこのことについて話してみましょう〟とかいったように、言葉をオブラートに包もうとはしませんでしたし。モンスーンがようやく来ても、その話は終わりませんでした。モンスーンは遅れたうえに、規模もそれほど大きくなかったので、雨で光《てか》って、油が浮いたデリーに、わたしたちは戻ることになりました。湿った塵のすばらしく豊饒な匂いが、どんなお香よりも純粋に香っていました。四日後、デリーは戦慄しました。両親は新聞からのその話を避けるようになり、例の話は終わりになりました。〝千五百万人が水不足〟は、緊急性のある見出しでしょう。〝四歳児、ブラーミンの弟の溺死を企む〟よりは。ただし、ほんのちょっとだけですがね。

もちろん、カウンセリングがありました。長時間にわたる高額な。結局、児童心理学者がこう言ってくれる以上の成果は得られませんでした。「これはおそらく、わたしが今までに見た中では、もっとも治癒しにくい近親憎悪ですね。あなたがたのご長男は、権利保有について、とてつもなく肥大した感覚を持ち、自分の地位と両親からの愛情の喪失を認識して、深く憤っています。まったく自責の念はありませんので、ヴィシュヌに危害を加えるような、第二の試みをする恐れがあるかもしれません」わたしの両親はこの言葉を受けて、彼らなりの決断を下しました。シヴとわたしはいっしょに暮らせはしないだろうから、この二人は引き離さねばならない。父は街の反対側に、マンションを借りました。シヴは、そちらに父といっしょに。わたしは、ママジといっしょに。それともうひとり。別れ別れになる前に、太っちょのトゥシャールは母と愛し合い、家族計画も性選択も遺伝子操作もしませんでした。それで、サラスヴァティが生まれたのです。三人の神々の最後のひとり。わたしの妹が。

わたしたちは、いっしょに育ちました。わたしたちは、ベビーベッドに並べて寝かされ、刺激を付与する教育効果のあるおもちゃではなく、おたがいを見ていました。彼女とわたしが並んでいられたのは、至福の時間でした。わたしたちは歩き、話し、お椀を扱うのをいっしょに学びました。わたしたちだけの時、自分が知っている言葉を妹にぶつぶつとつぶやいたものでした。言葉はわたしの頭蓋の中で長いこと、とまり木にとまってさえずっている状態でしたが、今や自由になったのです。まるで誰かが、デリーの屋根裏にある暗くて臭い鳩小屋の扉を、大きく開け放ったようでした。わたしたちは、双子のように近かった。それから、一週一週、一月一月、サラヴァティの成長は、わたしを追い越してゆきました。より大きく、より調和して、より肉体的に発達して、彼女の舌はシンプルでわずかな語彙を発するのに、もつれることはなくなりました。その間、わたしの中では詩やらヴェーダやらが分節されぬまま、ガタガタいっていたのですが。彼女は双子ではなく、お姉さんへと成長してゆきました。彼女は驚きであり歓びであり、期待などとは無縁でした。ですから、彼女はがっかりすることなど、なかったのです。わたしは彼女が好きでした。彼女もわたしを。夕日の光とエアコンの冷気に満たされたあのぶつぶつとしたつぶやきの夕べに、わたしたちは共通の言葉を見出したのです。わたしたちのさまざまな、嫌われ者の乳母たちはおろか、母でさえも決して侵すことのできない、共通の遊びが生まれていることが、わたしたちにはわかっていました。

公害に生み出された、街の向こうでゆらゆらとした夕日の光に満たされた、偉大なるデリーのガラスの塔の最上階で、シヴは、わたしたちとは離れて育ちました。五歳半にして、クラスでトップ。彼は、偉大となるべく運命づけられていました。どうしてわたしにそれがわかったか、ですって？　父が週に一度、もうひとりの息子と娘に会うために、愛する妻とちょっとの時間でも夜を過ごすために、やって来ました。ティッカティッカとプーリとニンとバドシャンティがよりパワフルで（より行儀のよい）ＡＩと取り替えられてからずいぶん経っていましたが、わたしは言葉が話せるようになるとすぐ、必要に応じてそのＡＩたちのプログラムを書き換えられることに気づきました。わたしは、彼らをジンのようにマンションじゅうに送り出しました。口にされる言葉、交わされる視線で、わたしが知らないものなどありはしませんでした。時折、交わされる視線はじっとおたがいを見つめ合うようになり、ぼそぼそとした話し声はおさまり、両親はよく愛を交わしました。それも見てましたよ。特に悪いとも思いませんでしたし、とまどいもしませんでした。何をやっているか、よくわかっていたからです。でもね、それでお幸せになっているのはわかるんですが、やってみたいと思うようなものじゃあ、ありませんでしたね。

わたしは今、失われた日々を思い返しています。サラスヴァティと片言の言葉を交わしたのは、黄金の日々でした。わたしたちにとっての、無垢と真実の時代《ユガ》だったのです。わたしたちは太陽の光に向かっていっしょに転げまわり、転んでつまずいてニカッと笑うたびに、歓びを見出しました。わたしたちの世界は明るく、驚異に満ち、サラスヴァティのために何かを見つけては喜び、彼女が明らかに喜んでくれれば、それもまた歓びでした。そして学校が、わたしたちを無理やり引き離したのです。学校とはなんとひどい、無用の長物なのでしょう。そこでは、怠惰な子ども時代に親が感じるような、じっと耐えるような嫉みを感じますね。もちろん小さなロード・ヴィシュヌのための学校が、ありきたりのわけはありませんでしたよ。レンガナタン博士のブラーミン・カレッジは、エリート中のエリートのための学び舎《や》でした。教育は親身で、個別対応。わたしの学年には八人いましたが、それでも大きなクラスのほうでしたね。レンガナタン博士のカレッジでは、ブラーミンは、みな平等というわけではありませんでした。わたしたちはみな同じ年齢でしたが、自分たちで分かれました。きわめて自然に。減数分裂するみたいに、オールド・ブラーミンとヤング・ブラーミンに。あるいは、そちらの呼び方のほうがいいんでしたら、大きなブラーミンと小さなブラーミン、ですかね。健康と利発さと見た目と特権とあらゆる贈り物を享受しながらも、その時代の医療技術が維持できる年齢にいたれば死んでしまうであろう者たちと、半分の速さでしか成長しないのだけれど二倍の生を生きる者たち。ミス・ムクダーンの受け入れ学級では、死すべき運命の宣告がなされたのです。

　ああ、ミス・ムクダーン！　あなたの黄金の腕輪、クレオパトラみたいな微笑を浮かべる目、南部最深部の女性の柔らかく黒い肌。ボタンや靴のベルクロを留められないでもたもたしているわたしを助ける時に屈みこんでくれたあなたの、ほんとうに目立たない口髭や樟脳《しょうのう》の匂い。あなたは、淡い初恋の人でした。あなたは、わたしたち全員にとって、差異化できない恋慕の対象でした。あまりに遠い存在であるところ、毅然としたところ、それとなくほのめかされるテクノロジーに関する専門知識のゆえに、わたしたちはあなたを愛しました。そして何より、あなたにとってわたしたちが盲目でわがままでチビすけの野蛮人で、文明化された人間の若者にならなければならない子ども以上のものではない、とすてきにわかってしまったがゆえに、わたしたちは、あなたを愛したのです。あなたは、わたしたちを甘やかす親ではありませんでした。過保護の母親ではありませんでした。下《しも》の世話はしてくれませんでしたしね。

尊敬すべきミス・ムクダーンにとってさえ、ブラーミンの教室は、荷が重いものでした。四歳にして、わたしたちのいじられた脳みそは、世界を見るにあたって、それぞれの奇妙な分かれ道へと、わたしたちを押しやったのです。擬似自閉症的執着、恐るべきイディオ＝サヴァン的洞察、単純な無理解。わたしたちにはそれぞれ個別のチューターが、朝も夜も張り付けられました。わたしのは、カーンという名前でした。彼は、わたしの耳の中で生活しました。新しいテクノロジーが、わたしたちを救うべく到着していたんです。コミュニケーションのための、最新機器でした——わたしにはいつだって、恐ろしく気まぐれで、くだらないテクノロジーに見えるんですがね。もはや、スクリーンやら、手のひらの上に浮かび上がる画像にへばりつく必要はないんです。バザールで托鉢僧が米粒に旅行者の名前を書くのと同じぐらいごていねいに、あなたの眼球に文字を書いてくれるものもありますけれど、そんなものも必要ない。耳の後ろに引っ掛けられた簡単なプラスチックのフックが、頭の中に直接サイバースペースをつくりあげてくれるんです。視覚、聴覚、嗅覚の中枢への直接電磁波刺激のおかげで、今や世界はごった返していました。メッセージの幽霊で、拡散するデータで、《タウン・アンド・カントリー》からのクリップで、ビデオメッセージで、第二の生活が完全にできあがっている世界で、アヴァターで、そしてこれも避けられないんですが、スパムメールやらジャンクメールで。そして、わたしのためにカスタムメイドされたAIチューター――ミスター・カーンもいらっしゃった、というわけなのです。

どんなに彼がいやだったことでしょう！　彼は、ミス・ムクダーンにないものすべてを持っていました。少しばかり短気で、傲慢で、ぞんざいで、しつこくて。針金のように痩りWASPチックなイスラム教徒で、白いネルーキャせこけていて、白い口髭をたくわえ、白いネルーキャップをかぶっていました。わたしはよく癇癪をおこして、ホークをむしりとったものです。ミス・ムクダーンのお願いを聞き入れて――わたしたちはあの人のためだったら何でもしましたから――ホークをもう一度つけるといつでも、わたしが彼を黙らせたまさにその音節のところから、長口舌を再開するのです。

「ちゃんとこちらに注目して聞きたまえ。太っちょで、甘やかされ、特権を与えられた、自らが本物のブラーミンだと宣言する資格などありはしない悪ガキよ」と彼はよく言ったものです。「目と耳を使い、学べ。これこそが世界であり、おまえはその中に存在し、所属し、その他には、何もありはしないのだ。できることなら、おまえが学ぶ必要あるすべてを教えてやりたいのに」

彼は厳格な倫理主義者で、とても礼儀正しく、イスラム的でした。それからわたしは、ミス・ムクダーンを違った目で見るようになりました。わたしに特別に割り当てられているカーン氏を、彼女はいったいどう評価しているのでしょう？　ヴィシュヌのためだけにプログラミングされたのかしら？　どうやってつくられたんだろう？　いきなり完全につくられたのか、彼なりに歴史を持っているのか、過去をどう考えているのだろう？　彼にとっては虚構なのだろうか、宝物なのだろうか。自らを偽る、《タウン・アンド・カントリー》のＡＩ役者みたいなんだろうか。演じる役割によっていくつにも分かれて存在していると、自分で信じているような。もし知性があるように演じているだけだとしても、彼には知性があるということになるんだろうか？　知性というのは、模倣できないただひとつのものではなかったのか？　こんなふうに考えるのは、ものすごく興味深かったのですよ。相手の堅牢な世界に他にも奇妙な住人たちがいることに急に気づいてしまった、自分も奇妙な小さな子どもにとってはね。ＡＩの性質とは何だろうか。どこにでもいるのに、ほとんど目にすることができない偉大なるデリーの住人たちの性質とは。わたしはすっかり、おチビな哲学者になっていたのです。

「あなたにとっては、何が正しいことなんですか？」

ある日、わたしは彼に尋ねてみました。わたしたちはレクサスに乗って暑さのせいで溶けてしまったデリーを抜けて帰る途中に、突破不可能の黒い集団に突っこんでしまっていました。イスラムの祭りのアーシュラーでした。カーン氏はわたしに、カルバラーの恐ろしい戦いと、預言者（彼《か》の人に平安を）の息子たちの間の戦争について、話してくれたことがありました。詠唱をしながら嘆き悲しむ男たちが、念入りに装飾を施された棺台を運んでいます。わたしは、血だらけになるまで背中を鞭打たせ、自分で額や胸を叩いている男たちを見つめました。世の中は――わたしは理解し始めていました――わたしなんぞより、よっぽど奇妙でした。

「わたしにとって何が正しいかなど、気にしなくてよろしい。厚かましい。おまえは、神としての特権を与えられている。正しい行動について考える必要があるのは、おまえのほうだ」カーン氏はそう宣《せん》しました。わたしの視野では、彼はレクサスの後部座席で、わたしの隣に座っていました。両手は、とりすましたようすで腿の上で組まれています。

「真面目な質問なんです」陰鬱な行進の横で、わたしたちの運転手がクラクションを鳴らしました。「正しい行動が、あなたには何の意味があるのです？　あなたは、自分が行なったことを何でもしなかったことにできるし、行なわなかったことにしたことを、またしたことにできるのに。あなたは数字の連鎖でしょう。あなたにとって、倫理性は、何のために必要なんです？」そのころ、わたしはAIの存在を理解し始めていたのです。わたしにとってのその神秘の始まりは、ティッカティッカとプーリとバドシャンティとニンでした。彼らはともに暮らし、わたしのプラスチックの蝶の中で、コードを共有していた。同じ数列のはずなのに、分裂している個性。「それって、誰かを傷つけうるようなものではないですよね？」

「なるほど、正しい行動とは、苦痛を引き起こすのを控えることだと？」

「それが、正しい行動の始まりだと思うんです」

「あそこの男たちは、誤った行動に対する悲しみを表現しようと、自らに苦痛を引き起こしているぞ。自分たちの精神的な先祖が行なったことは棚上げにしてな。ああしている時、彼らは自分がより倫理的な人間になると信じている。精神的な純粋性を達成するがために、信じがたいほど過酷な物質的欠乏に耐えるヒンドゥーの聖《サドゥー》なる者たちを、考えてみるがいい」

「精神的な純粋さは、倫理的である必要はありません」カーン氏がわたしの目の前にぶら下げた言葉に飛びついて、わたしは言いました。「その人たちは、自分のためにそうすることを選んでいます。他の人たちのためにそうすることを選ぶなら、それはまったく別物です」

「たとえ、他の人たちがより良い人間になるかもしれないとしても？」

「その人たちは、自分でその気になるように、ほうっておかれるべきでしょう」

わたしたちは、緑の布がかけられた、殉教者の偽りの棺桶を通り過ぎました。

「それならば、わたしときみの関係の性質とは、どのようなものなのかな？　それに、きみの母君と父君との」

ママジ、それにダダジ！　あの会話から二年前のあの日まで、わたしの瑕疵のない記憶は甦りました。わたしが七歳で、三歳半の身体だったあの時、サラスヴァティが猫のように痩せて元気溢れる四歳児だった時、わたしの母と父は、それは穏やかに、平和的に、離婚したのです。その知らせは、二人から告げられました。サフランのような濃い黄色のローブのように、午後の日の光でデリーのスモッグが輝く居間で、二人は大きなソファーの両端に座っていました。AIによるフルレンジのカウンセリング・サポートが、部屋の中で待機していました。万が一、涙なり癇癪なり他の何かなり、両親がほんとうにどうにもできない状態になった時のために。外界認識の端っこに、カーン氏の疑念を感じたのを思えています。イスラム教徒にとっては、離婚は簡単です。三つの言葉でおしまいだからです。

「パパとママはね、あなたたちに言うことがあるの」母は言いました。「ママとパパの間のことなのだけれど、しばらくの間、いろいろとうまくいかなくなっていたの。それでね、みんなにとって、離婚するのが一番じゃないかって、パパとママは決めたの」

「だがな、それは、パパがおまえたちのパパを金輪際やめるなんて意味じゃない」太っちょのトゥシャールはすばやく言いました。「何も変わりはせん。あってもほとんど気にはならんさ。おまえたちはここで暮らし続けるし、シヴはパパと暮らす」

シヴ。わたしは彼を忘れません——忘れることができないんです——でもあの後は、わたしの関心から抜け落ちてしまいました。兄は、いとこより遠くなってしまった。自分と関係があるなんて考えてもみなかった、ご両親のいとこっているでしょう。そういう遠い存在の子どもよりも、考えることはなくなってしまったんです。学校で何をしているかなんて、知りません。誰が友だちなのかとか、どんなスポーツ・チームに入っているかとか。人生と物語の大いなる車輪の反対側で、どんなふうに生き、どんなふうに夢を追っていようと、わたしには関係ない。兄は、わたしから去ってしまったんです。

わたしたちは勇敢にうなずき、感情を抑えるのに充分なくらい唇を震わせ、カウンセリング用のAIたちは、自分たちのコンポーネント・コード・クラスターに溶解して戻ってゆきました。ばぶばぶの赤ちゃんの時にいっしょに使っていた部屋は、今ではわたしたちのおたがいの巣《デン》でした。だいぶ後にその部屋で、サラスヴァティはわたしに尋ねました。「あたしたちには、何が起こるの？」

「ぼくたちにわかるとは思えないな」わたしは言いました。「ただね、あの醜い、目を覆うようなセックスを、ママとパパがやらなくなるのはうれしいな」

やれやれ、あの四文字の小さな言葉。セックス、セックス、セックス。わたしたちの子ども時代にずっと不気味に蠢《うご》めいていた、ジャガナートのように抗えぬ力。裸になることに対する子どもじみたスリル——裸になることに控えめなわたしたちの社会では、二倍にエキサイティング——は研ぎ澄まされて、自分でも理解できない何かになっていたのです。やれやれ、言葉も場所も、ぜんぶわかっていましたからね。サラスヴァティとわたしが、自分たちのデンでお医者さんごっこをする時には、彼女が小さなヴェストを引き上げて、小さなズボンを引き下げると、わたしは聞き耳をたて、診断し、ちょっとだけつつきました。わたしたちは、こういうのは大人のすることで、大人の目に触れてはならないことだとわかっていました。もしママジがわたしたちのゲームを見つけたりしたら、母は恐怖して、カウンセリング用のソフトウェアの一団が呼び寄せられていたでしょう。でも、わたしはずっと、嘘の報告をするようにAIを仕込んであったんです。もし母がセキュリティカメラのモニターを見ていたとしても、映っていたのは、わたしたちがテレビで子ども向けのアニメを見ている姿でした。わたしの自前の小さな《タウン・アンド・カントリー》のCGが、母のためだけにひと芝居打ってくれていたんです。子どもたちによる、エッチの真似事。誰もがやることです。モンスーンがちゃんと来ず、黄土色の塵埃交じりのスモッグのせいでデリーが窒息している間に、プールの中で上へ下へと跳ねまわりながら、自分自身を屋上のスパのジェット水流に押し付けてみました。自分の秘密めいた場所を伝わる人工の波の振動の中に、何かがあるのではないかと考えながら。そしてわたしたちがお馬さんごっこをする時は、ヴィシュヌの妃のラクシュミーのように、妹はわたしを勇ましく乗りまわしました。わたしがカーペットを駆け足で渡っていく間、妹が太ももを締める具合には、単にしっかりまたがっている以上の何かがありました。どうあるべきか、自分でわかっていたなら。わたしは、十一歳がそうあるべきであるように自分の身体が反応してくれないので、戸惑っていたんです。わたしの情欲は十一歳だったのかもしれませんが、わたしの身体はまだ、幼児だったのです。ミス・ムクダーンの純粋さと無垢でさえ、彼女がわたしのほうに屈んでくる時に胸の動くようすに気づいたりすると、その栄光を失ってしまうのです。それにあのお尻の形――サリーで慎み深く覆われていたのですが、少年ブラーミンの情欲溢れる好奇心の前では充分に隠れているとはいえず――ハイテクのシルクボードに彼女が向かうと、どうしてもだめでした。

「さて」カーン氏がある日、レクサスの後部座席で言いました。「オナニーについてだが……」ひどい悟りでした。第二次性徴期がハンマーのようにわたしを襲うところには、わたしは二十四歳です。わたしのモノは、天使のように猛り狂いながらも不能なのでした。

燃え盛るような五年間が過ぎた。おれたちがいま乗っているのは、えらいスピードで走るドイツの車だ。運転しているのは、おれさ。操縦装置は特別に調整されているから、足はペダルに届く。ギアは通常のままだ。もしおれがシリのリングロードで割りこんだら、あんたはドライバー激怒症を起こしかかったところで、おや？　と思うだろうな。あのメルセデスを運転しているのは、子どもじゃないか。残念でした。ちゃんと運転できる年齢なのさ。賄賂を贈ったり、圧力をかけたりしないで、試験は通っているからな。あのな、何でもわかってるんだよ。年齢からいったら、運転はもちろん、結婚したって煙草を吸ったっていいんだから。煙草は吸うよ。みんな吸うのさ、小さなブラーミンのクラスメートたちとおれさまはね。みんな煙突みたいにスッパカスッパカやるけれど、おれたちの健康には何の害もない。みんな、スモッグ用のマスクはしているがね。ここ七年間で、モンスーンは四回も来そこねた。インドの北の広大な広がりはどれも塵になって、炭化水素がへばりついた通りを抜けて、おれたちの肺に吹きこんでいる。ガンガー上流のクンダ・カダール、すなわちおれたちの東の隣国であるバラットとの国境近くでは、ダムが建設中だ。ダムはおれたちの渇きを何世代にもわたたって和らげてくれるはずだったが、ヒマラヤの氷河が溶けて砂利になっちまったんで、母なるガンガーは渇いてへろへろだ。パーラメント・ストリートのロータリーの真ん中にあるシヴァ寺院の信者の連中が、聖なる川への侮辱だと、フェルトペン書きされたバナーと、三叉の鉾のトリシューラを携えて抗議している。おれたちはすいすいとばかりにやつらの横を通り過ぎ、クラクションを鳴らして、手を振ってやる。そして、ヴィジェイ・チャウクをまわってサンサド・マールグを走ってゆく。オウドの新しいスーパーヒーローとしておれたちを描いていた漫画は、何年も前に静かに姿を消した。今や、おれたちについて書かれている記事の見出しで目にするものといったら、「ちびっ子暴走族、ティラク・ナガールを恐怖のどん底に」だとか、「ちんぴら赤ん坊ブラーミン」だとかだ。

おれたちは四人組だ。プールジァとシェイマンとアシュールバニパル。それにおれ。みなカレッジでよ——まだ、ブラーミン・カレッジなんだよ！——ただ、出かける時は、みな自分の名前を持っている。自分たちでつけた名前だ。異邦人の名のように響く、奇妙な名前。おれたちのDNAみたいにな。見た目も奇妙で異邦人のようだし。遠方もしくは外来とおぼしきものは何でもネタにして、そいつをつぎはぎにして自分たちのスタイルをつくった。Jパンク・ヘア、中国風のリボンと蝶結び、フランスのストリート・スポーツ・ファッション、完全におれたち自身のデザインによる先住民的メイク。おれたちは、この惑星状でもっとも恐ろしい格好をした八歳児だ。そのころには、サラスヴァティは活発でセンスのいい十三歳の少女になっていた。おれたちの間の親密さは、どっかにいっちまった。妹には、あいつなりに付き合っている連中と友人たち、それにあいつにとっては大事らしい、心に秘めた何かがある。聞いたところでは、シヴはオウド・デリー大学の一年生だそうだ。学校では最優等。父親の後を追って情報科学の道に進んだそうな。おれはというと、子どもの身体にとらえられたまま、デリーの大通りを車でかっとんでいる。

建物の翼を大きく広げた大統領公邸、ラシュトラパティ・バーヴァンを、おれたちは抜きつ抜かれつしながら通り過ぎる。赤い石は、琥珀色の暗がりの中で砂のように実体なく見える。

「あれがあんたの家よ、あれが、ヴィシュ！」プールジャが、マスク越しに叫ぶ。ママジがおれのためにいろいろ計画を練っているのは、周知のことだ。そうしないほうが変だろう？　おれに関しては、他は何でもデザインされているんだから。法曹界でのいい仕事、秀逸な業務遂行、安全に議員の仲間入り、野心に対して政党が報いうるチャンスの頂点へ向かって、着実に計画された上昇。ある日おれは国を率いるだろう、と思われているのさ。おれは、支配するためにデザインされているんだから。アクセルを目いっぱい踏みこむと、巨大なベンツが飛び出す。おれの名を持つ神さまがソーマ酒をかき混ぜたかのように、車の波が分かれてゆく。あっちの車に搭載された自動運転用のＡＩが、雀のように神経質になって反応しているのだ。

シリのリングロードの外側は、どちらの方向にも、八本の車線にテールライトが連なっている。決して途切れることのない、車の流れの咆哮。車は流れの中に落ち着く。バリアーと警告標識がありはするが、警察は一日に二十の死体を舗装していない路肩から引っ張り出す。このリングロードは、古いインドの交通ルールには従っていない。人々はここで、レースをするのだ。ヘッジファンドのマネージャーやら、データラージャやら、自力でのし上がったメディアのムガール大帝やらが。デリーの心臓の二つの心房を周回するレース。自動運転のスイッチを入れる。おれは、ここにレースに来たんじゃない。セックスをしに来たんだ。運転席を倒して、ひっくり返す。アシュールバニパルがおれの下になる。髪の毛は耳の後ろに引っつめられていて、プラスチックでできた螺旋のホークを見せつける。それも、ファッションの一部。

右手の指を手のひらにぎゅっと握りこんで、パーマー手袋《グラヴ》のソフトウェアをアクティヴにする。おれはその手を、蛍光ボディペイントで汚れた彼女の腹の数センチ上で浮遊させる。おれは触らない。おれたちは決して触れ合わない。それがルール。セックスにはルールがあるものだ。どこかの古典的なムドラーの踊り手のように、アシュールバニパルの上で、おれはやさしくかつ正確に一連の動作を手で行なう。触らない。決して触らない。指一本すら曲げはしない。肉体的に触れ合うんじゃない。これがおれたちのやり方だ。でも彼女の頭の中では、おれは彼女に触れている。どんないいところを愛撫、圧迫、摩擦するよりも親密に。ホークが、骨を通してシグナルを発しているのだ。おれのゆっくりとしたお習字に反応して、脳の部分部分が刺激される。おれは彼女の身体に、自分の署名をする。そうしている間に、自分に記されたおれを彼女がお返しにおれの頭蓋の中にマッピングしてくれる。どんなふうに感じるかって？　猫がなでられていると、こんなふうに感じるに違いないだろうぜ。カワウソが水中に飛びこみ旋回してアクロバットをやってのければ、炎が風にとらえられて木が生い茂った山腹に連れていってもらえれば、こんなふうに感じるに違いない。詩人を気取るのをやめにするなら、身体がすくむと同時にとろけたくなってしまうようなんだ。自分では説明できず、身体では表現できない方向に動かなくてはならないような。口の中に、何かがあるみたいなんだ。それは一秒ごとに大きくなるんだが、サイズは変わらない。糞が逆転するみたいな。ひたすら甘くて楽しくて、腸まで戻っていきやがる。まだおれの身体が習得していない、ションベンみたいな何かを出さなきゃならないみたいな。こいつを終わりにしたいんだが、終わらないみたいな。そいつは、それはそれは長く続いて、AIがシリのリングロードで唸りをあげる交通の円環を運転し続けてくれている間、恐ろしいばかりの小さな叫び声が、おれたち八歳児の唇から発せられる。おれたちは十代で、車でやってるのさ。

　いくんだよ。ほんとさ。いくんだぜ。柔らかな花火のようって言うのかな。あるいは観覧車のてっぺんからくすくす笑いながら落ちてくるって言うのか。さもなければ、あんな夜に感じるふうなんだよ。空気が澄んだ夜に、屋上のプールからデリーの何億もの光を見渡して、そのひとつひとつに自分がつながっているみたいな。ジンみたいなのさ。火でつくられた。エクスタシーで、罪悪感があって、不潔で。とりすましたパーティーで、すっげえ下品な言葉を叫んじまった感じさ。おれの乳首は、それはそれは感じやすくてね。

　それから、おれはプールジァと始める。その次はシェイマン。言ったけど、これは完全に、おれたちだけのやり方なんだ。おれたちがシートを起こして、服の皺を伸ばして、髪にジェルを付けなおすころには、すっかり暗くなっている。おれは自動運転のスイッチをオフにして、出口車線からリングを飛び出し、クラブへと向かう。ちょっとばかしおかしな場所でね——ヌートの連中が好きなところなんだよ。で、ヌートが歓迎されるところなら、ふつうはおれたちも歓迎される——ドアマンたちはおれたちがわかっている——おれたちに金があるのがわかっているのさ。それに、そこにはいつもゴシップ雑誌の連中がいる。今夜も例外じゃない。おれたちはカメラに向かってポーズを取り、ご機嫌を取り、きざを気取ってみる。社交欄のコラムの見出しは、きっとこうだぜ。〝遺伝子をいじられたフリーク、カクテルクラブで大騒ぎ〟——ただ、おれたちは飲んじゃいない。まだ、飲酒はできない年齢なんでね。

　おれたちが戻る時は、いつも遅い。待っているのは、家の召使とAIだけだ。明日は学校ですよ、とソフトにたしなめやがる。今夜は最高って、わかってくれないんだよなあ。ところがその晩は、大きな客間に灯りがついたままだった。駐車場のアプローチから、人が見える。母さんが待っている。ひとりじゃない。男と女がひとりずついっしょにいる。金持ちだ。あいつらの靴、爪、歯、服の裁ち方で、すぐにおれにはわかる。まわり一帯が、浮遊しているAIの召使たちで籠みたいになっているし。こういうのを全部、おれは一瞥しただけで判断できる。

「ヴィシュヌ、こちらはナフィサ・ミスラさんとディネシュ・ミスラさんよ」

おれは、ナマステの礼をする。文化を横断する際に、その衝撃で飛び散る破片のような何かが、一瞬目の端を横切る。

「この人たちは、おまえの新しい義理のお母さんとお父さんになる人たちよ」

可愛らしい配偶者

わたしの猫たちは、他の芸もできますですよ。そろそろ連中がぐるぐるまわるのに、お客さまも飽きてきましたよね。猫よ！　猫！　見ていてくださいよ、わたしが手を叩いたら、あいつら向こうに飛んでいって小さな椅子にちょこんと座りますからね。マツヤとクルマ、ヴァラハとナラシマ、ヴァマナ、パラシュラマ、ラマとクリシュナとブッダとカルキ。いい子だ。賢いぞ。ラマ、毛づくろいするのはやめなさい。どうです！　わたしからの一言で、あいつらこんな具合に言うことをきくんです。それでですね、ちょっとこの輪っかを触ってみてください。ただの紙ですから。でしょ？　ですよね。それでこっち、同じですよね？　よし。

おれは、その輪っかをぐるりと円形の演舞場に取り付ける。パラシュラマがあんなふうにぎゅっと目を閉じていると、それはそれは小生意気に見える。

ところで、**マーヴェラスで、マジカル、マジすごの**

ヴィシュヌの猫のサーカスに、ご来場いただきまして、真にありがとうございます。ええ、正式な名前ですよ。この名前で登録していますもの。そうですとも、税金もちゃんと必要なだけ払っていますよ。小さな催しですがね、少なくとも何とかやっていけています。おたくに屋上はありますか？　爆心地のそばだったりはしない？　それじゃ、遠くまで見渡せるんですね。さて、見てくださいよ！　ヴァラハ、ヴァマナ、ブッダ、カルキ！

猫たちは、色が付いた椅子から液体のように流れ出て、ロープで囲われた輪の内側を走り出す。力の抜けた、猫特有のけだるげな走り。おれにはすでにわかっている。猫のサーカスの芸というのは、あいつらに、自分自身のためにやっていると信じさせているだけなのだ。

さあ見てください！　おれが手を叩くと、完璧にシンクロして、猫たちが定められた軌道の上で、紙の輪っかを飛び越える。拍手を願います！　わたしにじゃないですよ。ヴァラハとヴァマナとブッダとカルキにお願いいたします。今や猫たちは、輪っかをハードルのように飛び越えながら、ぐるぐると円を描いて走っている。何ですって？　芸にはどれも教訓でもあるのかって？　どういう意味です？　演技をさせて、猫たちのスピリチュアルな力を呼び起こしているのかですって？　そんなふうには考えてはいませんね。猫たちが特にスピリチュアルだなんて思っていませんよ。まったく逆ですな。あいつらは一番俗で、官能的な生き物ですよ。預言者のムハンマドは、言われるところでは、猫がとってもお好きだったらしいですけどね。眠りに落ちた猫を起こさないように、猫がのっかっているローブの袖を切り落とした、というのは有名な話ですなあ。

さて、話を続けますよ。え、わたしがどこに行くつもりかですって？　語り部の邪魔をするのは、あまりに無作法というものですよ。猫のサーカスを見に来たんであって、とうが立ったチンピラがむだ話をするのを拝みに来たんじゃないって？　猫が紙の輪っかを飛び越えるのを見たでしょう？　他に何が欲しいっていうんです？　わたしがどこに行くつもりかですか？　はいはい、わかりましたよ。ヴァラナシです。ヴァラナシに行くのは、ボダイソフトだけじゃないんですよ。じゃあ、取引しましょう。砂の上の小さな舞台でお見せする芸はまだまだありますけれど、そいつを見るには、わたしの話を聞かなきゃなりません。で、覚えておいてください。電気は通っているんですけれどね、アナウンサーがだめなんです。今夜は、スクリーンには何も映りません。でもね、お気に召すと思うんです。結婚式の場面ですから。結婚がない話なんて、しまらないでしょう？

おれは、象にうんざりしている。だからって、厚皮動物属が退屈だとわかった、なんて言いたいわけじゃない。それじゃ象と深く私的なお話をできる関係を持っていて、連中の言語的表情とか動作を知っているみたいだしね。おれたちの不品行な汎神殿全体のなかでは、象の顔を持つガネーシュが、一番愛されている神さまじゃないかい？　おれが言いたいのは、単純に、象がおれを運んでいたってことさ。小さな金ぴかのお寺みたいな、象の背中の上の天蓋付きのかごに乗って、おれはデリーの通りを抜けてゆく。象は五頭。象使い付き。一頭はおれの学友のスレシュ・ヒラ、一頭はヴィン・ジョハール、一頭はシェイマン、一頭には、伝統の顔におれが唯一軽蔑をこめて唾したからそうなったんだが、サラスヴァティに乗ってもらって、それでもう一頭には、ヴィシュヌ・ナリマン・ラジ、とんでもない花婿が乗っている。デリーの永遠に続く、怪物的な車の流れが、音楽家たちと鼓笛手たちと踊り手たちと取り巻きの連中のまわりで、水のように割れる。

交通速報は、おれのことを何時間にもわたる大きな交通渋滞だと報道していた。人々は立ちどまり、こちらを見つめ、女たちが米を投げ、乳母たちは指をしゃぶっている幼子たちにおれを指さして見せている――〝ほら、あそこだよ。ヴィシュヌさまが結婚式にお出ましだ〟。どこのゴシップ雑誌も、ブラーミンの、覇王のような最初の結婚式とは別の小ネタで埋め尽くされていた。おれが伝統を壊していたところが他にもあってさ。〈グプシャップ〉誌に、結婚式の写真の権利を正当なオークションで売り払って、このけばけばしさのほとんどの代金は、自分で手に入れたのさ。見ろよ、ここにいるおれさまを。白いシャルワーニに襞のついたアンクル・パンツの最高のスタイル。伝統的な花のヴェールが顔にはかけられ、片手には剣を握り締めている。（デリーでもっとも引く手あまたのヌートの結婚段取師、スリームによるあほらしいはったりだ。象のでかい背中の上で、誰がチャンバラなんぞできるってんだ）もう片方の手で拳が白くなるほど握り締めているのは、揺れる象の背の上にある客かごの、黄金の葉のついた笠木だ。象に乗るってのは、荒れた水の上のボートに乗っているみたいだって、もう言ったっけか？　マリーゴールドのヴェールの間からちょっと見えている顔は、怖がっているみたいだったかもな。もっと大きなやつがいると思っていたろう？

　交渉は、冬の間ずっと、慎重に進められた。ＡＩ弁護士たちの一団が母と父のまわりで円を描き、ぶつかり合っていた。両親は一時的にくっついていた。ミスラ一族を豪勢な婚約式《ヴァグダナ》でもてなしたからだ。ラクシュミーとおれは穏やかに、静かに、両手をきちんと腿の上に置いて、クリーム色の革張りのソファーに座る。親戚と親戚になるはずの人々が通り過ぎ、挨拶をし、祝福をしてくれる。おれたちは微笑み、うなずく。おれたちはしゃべらない。賓客にも、おたがいにも。ランガナタン博士のブラーミン・カレッジでいっしょにいた年月のうちに、おたがいに言えることは、全部言ってしまっていた。おれたちは、地下鉄の駅の年老いた夫婦みたいに座っていた。やっとこさ、ぶつかり合っていたAI弁護士の一団が引き下がった。婚姻に関する契約が作成され、持参金が決定されたのだ。財産に、ソフトウェアに、水。生命の究極の真髄。もちろん、値は張った。おれたちはブラーミンだ。人類の中の選りすぐり、子種の中の子種なのだ。あらゆる世代を通じての。ラクシュミーの両親は、ドクター・ラオのショッピング・リストに並んでいたチェック項目をよくわからないでチェックしたんだと思う。自分の両親も、そうしたのがわかっている。でも、おそらくは、ドクター・ラオのナノ技術者たちがおれたちにやったあらゆることの中で、もっとも深遠なる変更だったのではあるまいか。おれたちは、子孫に影響する遺伝子が改変されていたのだ。おれたちに施された特質は、子孫に受け継がれうるものだった。おれたちの子ども、あいつらの子ども、想定しうるかぎりのあらゆるナリマン＝ミストラの跡継ぎたちは、ブラーミンなのだ。ドクター・ラオの極微の外科手術はもはや必要なく、おれたちの精子と卵子からブラーミンが生まれ出るのだ。

　子どもたち、子孫たち、家系、王朝。そいつが、おれたち双方で契約された結婚持参金だった。お似合いのカップルができた！　偉大なるデリーに歓びを！

　占星術AIが最高に吉兆な星を読み、ヒンドゥーの僧侶がガネーシュに祈り《プージャ》を捧げ、ナリマン家とミスラ家が合同で、グプシャップ・ガールズを雇った。デリーで一番ビッグで、けばけばしいガールズ・バンドだ。連中が、おれたちの長い結婚の宴で、二千人の社交界のゲストに向かって歌を歌い、まぶしい太ももを見せるのだ。ラクシュミーは、ステージで連中といっしょに歌った。ポップシンガーたちのホットパンツとへそ出しのトップスは、ハイヒールの間を踊りながらスキップしている間に、彼女の心を乱したようだった。結婚するには小さすぎるし、幼すぎる。おれは、歌はうまくなかった。ママジとダダジは、歌のボックスにはチェックをしなかったのだ。おれは、同級生たちがつくってくれた黄金の輪の中でブギウギを踊った。まだ二年ほどランガナタン博士のカレッジで目に見えないカーン氏の指導を受けて過ごすのではあったが、この黄金の輪はここで砕かれた。おれは、あいつらみんなにとっての、目の前にある未来だったのだ。

インド門のところでサラスヴァティは、象使いに止まれと声をかけ、象の背中から滑り降りて、花婿パレードの中に走りこんで踊りだした。彼女を招待することで、おれは伝統にけんかを売っていた。妹は妹で、男のような衣装を着てやって来て、さらにけんかを売っていた。シャルワーニを着て、コール墨でメイクし、巨大で馬鹿げたラージプート風の付け髭をつけていた。おれは彼女が飛び跳ね、旋回するのを見つめていた。明るく、快活に、踊り子たちと、鼓笛手たちと、踊り、笑っていた。猿みたいなスリームといっしょに。花のヴェールの裏側で、おれは涙が溢れてくるのを感じた。妹はそれほど輝いて、可愛らしく、しなやかで、周囲の期待とは無縁だった。

ロディ庭園では、セレブの追っかけたちで黒山の人だかりだった。警察官たちが警棒を鎖のように連ねて、そいつらを抑える。リシ・ジャイトリとアナンド・アローラはもう見たけど、おおっとあれは有名なダンサーのエシャ・ラトーレじゃないの、それでえらく若い奥さんを連れているあのちっこい男は誰なのさ？　知らねえのかよ、ミッタル工業のナラヤン・ミッタルだよ。そうした人々の中のしんがりに、一番小さいのが色を塗られた結婚式用の象の背中に、小鳥みたいにお高くとまっている、まだ子どもみたいに見える、新郎だ。高らかになるトランペットと太鼓の一斉乱打が、おれたちを迎えた。すると、滑らかな絹のスクリーンがおれたちのまわりに垂らされ、《タウン・アンド・カントリー》の登場人物たちがずらりと並んだ。未だかつてお目にかかったことのない、CGを駆使した神業だった。CGの俳優たちは、伝説的映画作曲家A・H・フセインによって特別に作られた結婚式の曲を歌い、踊った。あいつらはAIだ。歌うのも踊るのも、お安い御用。そこで、絹のサリーと結婚式の花輪にほとんど姿が見えなくなりながら、おれたちに挨拶をしようと歩み出てきたのが、ラクシュミーだった。

おれたちは太鼓のビートと管楽器のファンファーレの波にさらわれ、ムガール帝国による侵略のように、よく水やりがされた芝の上を越えて、パヴィリオンに連れていかれた。おれたちは祝宴を楽しみ、踊り、玉座に座らされ、足は地面に着かず、賓客たちに応対した。

あいつは見なかった。賓客の列は長く、天幕の中の空気は人いきれでむっとし、おれは酔っ払い、祝宴の食べ物で眠くなっていた。うんざりして、おれは何も考えずに手を取った。初めておれは、はっとした。その手はおれの手をその瞬間、ふつうでないくらい長く握り、その質量は、あまりに濃密だった。

シヴ。

「弟よ」

おれは返礼にうなずいた。

「調子はどうですか？」

兄は、自分のスーツを示してみせた。生地は安っぽく、裁ち方はさえない。カフスとシャツの喉元の宝石は、フェイクだった。結婚式のための経済的な服装。明日には、ファトファトで貸衣装屋に返却されるのだろう。

「おれの結婚式におまえが来てくれる時には、もっとましな格好をしておくよ」

「結婚のご予定が」

「今は誰も、できねえだろ？」

その時、おれは臭いを嗅ぎ取った。こいつは、シヴの香水じゃない。あまりに安っぽくて、フェノールの臭いがし過ぎる。おれの特異に統合された感覚は、他の連中がまったく気がつかないような微妙なところを、おれに示してくれる。学生の借り物スーツを着て、安物のバータの靴を履いたシヴは、身体のまわりにオーラをまとっているようだった。霊気。夏の日の遠雷のような、情報の響き。AIの臭いがしやがる。おれは頭を傾ける。一瞬、きらめくものが動かなかったか？　耳の後ろのホークを見つけるのに、共感覚だとかブラーミンだとかは必要ない。

「来てくださって、ありがとうございます」おれは言い、兄が嘘を耳にしているのに気づく。

「来ないわけにも、いかないからな」

「いつか会わなくちゃいけませんね」しゃべり続けて、嘘をさらにひどくする。「ラクシュミーとわたしがデリーに戻ったら。お招きしますよ」

「ちょっと無理そうだな」シヴは言った。「卒業したら、すぐバラットに行くんだ。ヴァラナシ大学にポスドクの口があってね。ナノ情報科学の。デリーは人工知能についてやっている人間にとっては、いい場所じゃないから。ハミルトン法協定を批准させようとして、アメリカの連中が、スリヴァスタヴァの一挙手一投足を監視しているからね」

おれは、ニュースを消費する。あらゆるニュースを、どんなニュースも。呼吸するのと同じくらい、あまねく、考える必要もなく。おれは十二のテレビ番組を同時に見て、どれで何が流れているのか言うことができる。テーブルいっぱいの新聞を同時にスキャンして、どの記事でも一語一句再現することができる。おれは頻繁に、起きている時も眠っている時も、脳にニュースをフィードし続けていた。自分の小さな頭の中に、世界で起きていることを照射し続けていたのだ。人工知能をライセンスによって制限しようという、アメリカで始まった国際的な動きについては、知りすぎるぐらい知っていた。恐怖が連中を動かしている。自らの手によってつくりだされた物が、自分たちの神になってしまうのではないかという、キリスト教の千年紀的な、漠然とした恐れ。何を意味するのであれ、人間の知性を千倍、一万倍、無限にしのぐ、人工の知性なんて。全体を俯瞰して見るならば、知性はきわめて漠とした領域だ。にもかかわらず、公安の取り締まり機関が編成された。クリシュナ・コップ。悪事を働くAIを狩りたて、排除するのが仕事だ。すばらしきご職業、無駄な望み。AIは、おれたちとは完全に異なる。人工の知性は、同時に多くの場所に存在しうる。たくさんの異なったアヴァターに存在しうる。移動するのは、自らをコピーすることによってのみだ。頭蓋というカルシウムのお椀に高められた知性を詰めこんで、えっちらおっちら移動するおれとは、違うのだ。クリシュナ・コップは、とてもいい銃を持っている。だが、思うに、おれを悩ましている恐怖は、今日はAIだが、明日はブラーミンなのではないか、ということだ。人間たちは、神々をひどく嫉むものだから。

アメリカからの最恵国資金援助の返礼に、オウドが同意の署名をするのは避けられまい、とわかっていた。隣国のバラットは、決して受諾しないだろう。あそこのメディア産業は、ロビー活動にたいへんな影響力を持っている。ジャカルタからドバイにいたるまでの《タウン・アンド・カントリー》の成功は、人工知能に頼りきっている。世界で最初の、明白なソープオペラ国家体制だ。それに、おれが予測するところでは、世界で最初のデータ・ヘイヴン国民国家だ。ビジネス・ニュースに織りこまれている話を縒《よ》り合わせることで、おれはすでに、ソフトウェア業界の再編のパターンと、ヴァラナシへの研究拠点の移動に気づいていた。なるほど、シヴさんよ。野心満々たるシヴさんよ。おれが自分のDNAに埋めこまれた命令に従っている間に、あんたは自分の帝国をつくるというわけかい。あたりにAIの臭いを漂わせて、バラットには何があるんだい？　ロード・クリシュナご自身のように、青天井のテクノロジーの研究者にでもなるのかい？　チューリングテストをパスできませんという風を装ったAIの一団を飼っている、データラージャにでもなるのかい？

「今までだって、ぼくたちはいつもいっしょに暮らしていたわけじゃなかったですからね」おれはしつこく言った。おれたちは人生のほとんどを、おたがいの間に二千万人の人々を挟んで暮らしてきた。しかしそれでも、おれの中は怒りで沸き立っていた。何に怒る必要があったのだろう？　全部いいとこどりをさせてもらっていた。愛、祝福、贈り物。それでもここに、やつは安物の借り物のスーツを着て、厚かましいくらい自信たっぷりでいやがる。おれはといえば、馬鹿げたぐらい小さな幼君だ。黄金の玉座で足をぶらぶらしている、子どもの新郎だ。

「そうだな。そうじゃなかった」シヴは言った。その言葉、微笑みの中にも、何かオーラがあった。強調を加えるような。シヴ＝プラス。ヴァラナシでしかできない何を、自分に施しているんだ？

挨拶の列が、落ち着かなくなっていた。母親たちは居心地の悪い結婚式用の靴の中で、足を踏みかえ踏みかえしている。シヴは、深く頭《こうべ》を垂れた。兄と目が合った。最高に純粋で強烈な、憎しみの一瞬。それから兄はこみ合った賓客たちの中へと入ってゆき、シャンパンのグラスを取り、オードブルの乗った皿を取っていった。その姿は、結婚式に入りこんだ疫病のように、奇妙なほど、ひとり黒かった。

宴会業者たちは撤収し、ロディ庭園のヒールで踏み荒らされた芝生のいたるところで、松明が灯された。ヒンドゥーの僧侶がおれたちを、婚姻の契約で結びつけた。ムハンマド・シャーの墓とバラ・グンバッド廟のドームの上に花火が炸裂している時、おれたちは車で飛行機に向かっていた。ダイヤモンドの染みみたいになった明るいデリーを後に飛びたって、おれたちのような大きさの子どもが起きているにははるかに遅い時間、夜から朝にかけて、今度はプライベートにチャーターされたヘリコプターが、涼しくて水のある緑の丘にある茶室へと、おれたちを空中に持ち上げて運び去った。現地スタッフが慇懃におれたちの荷物を運び去り、部屋のありかを教えてくれた。日陰になったベランダからは、心打つような黄金と紫のヒマラヤの朝が臨むことができ、寝室には、四つの柱がある巨大なベッドがあった。それから、係の者たちはシルクの衣擦れの音を残して立ち去り、おれたちは二人きりで、その場に残された。ヴィシュヌとラクシュミー。二人の神。

「いいわね、どう？」

「いや、いいね。すごいよ。とてもスピリチュアルで」

「この部屋は気に入ったわ。木の匂いがいいわね。古い木の匂いが」

「ああ、いいね。とても古い木の匂いだ」

「それで、これはハネムーンなのよね」

「だな」

「で、あたしたちのために準備されているのは……」

「ああ、わかってる。あのさ、きみは……してる？」

「つながってるってこと？　あたしそれ、やったことないの」

「ああ、そうなんだ。バッグに持ってきてるものがあるから。きみにも同じように効くと思うんだよね」

「あなたは試したことがあるの？」

「時々ね。何かおれのモノも勝手に硬くなっているみたいだし、それらしく、何も特別なことはないよ。試してみるかい」

「それって生産的なの？」

「ホーク・セックスみたいなもんかな。マジでとっても何か出したいような感じになるのさ。何か出すのではないし、何も出ない。正直なところ、そんないいもんでもないかな。きみは試してみたことある？」

「指で？　ええ、手を全部使ってね。あなたと似たようなものよ」

「何か出るの？」

「そんなようなものよ。ぎゅっとするのを超えるのよ。リズムにも乗るわね。あなたがつけているのを使いたいとは、正直なところ、思わないわね」

「じゃあやめとこう。じゃあぼくたちは……、あのぼくは……」

「使いたくないの」

「連中はチェックすると思うかい？　シーツを取っておいて、親戚全員に見せてまわるとか」

「わたしたちの身体年齢で？　馬鹿言わないで」

「契約の一部だぜ」

「わたしに初潮が来るまで、誰も契約上の義務がどうのこうのと言わないと思うのよ」

「じゃあきみは、何かしたい？」

「特に何も」

「じゃあ、ぼくたちはどうしようか」

「眺めはいいわよ」

「テーブルの引き出しに、カードが一組あるよ」

「たぶん後でね。今は寝たいわ」

「じゃあ、そうするか。ベッドでいい？」

「もちろんよ。そうするだろうと思われているんでしょう？　わたしたちは、夫と妻よ」

おれたちは、絹のカバーがかかった照明の下、天井でファンがゆっくりとまわる中で眠った。肉体的八歳児にふさわしく、それぞれが丸まって、おたがいに背を向けて眠った。ヴィシュとシヴのように、遠く離れて。その後で、壮大なヒマラヤを臨むベランダで、丸い形をした古風なガンジーファのカードで、信じがたいほど複雑なゲームを自分たちでひねり出して遊んだ。ラクシュミーが王さまと大臣たちをひっくり返し、目が合って、おれたちは知った。終わりなんてもんじゃない。始まってすらいないんだ。おれたちの間にあるのは、契約上の義務以外のなにものでもなかった。おれたちは、自分たちのDNAの虜囚だったのだ。自分のまだしょぼくれたペニスの端から真珠の綱のように生み出される、子孫たちの系譜を思った。遅れてやって来るそうした子どもたちがよちよちと未来に登場するのは、はるか彼方の先の話で、あまりの遠さに、時の地平線の果てで塵にすら見えないほどだった。先の先の、いつだって先の話なのだ。目に見えぬ生物学的な絶対原理に対する恐怖で、おれの心はいっぱいになった。おれは、人知を超えた知能を持っていた。自分が忘れようと選んだことしか、忘れられない。ちょっと気分が悪くなるなんて、人生でありえない。おれは、神の名前を持っている。だが、こういうことは全部、おれの属する種の知ったことではないのだ。モラー・ブンドのスラム街に住む、カーストの最下位、ダーリットの基準線と、なんら変わりがない。そうとも、おれは特権を与えられた悪ガキだ。そうとも、おれは最悪の部類に属する冷笑者だ。他の何になれるというのか？　おれは、遺伝子工学によって改造された、いけ好かない野郎なのだ。

ヒマチャル＝プラデシュの緑の山麓にある茶室で、おれたちは一週間を過ごした。ラクシュミーとヴィシュヌは。ラクシュミーは、自分が考案したカードゲームで特許をいくつか得た——おれたちはそれぞれ何人かのプレイヤーを一度に引き受けて、多人数ゲームも試してみた。ブラーミンにとっては、たやすいことだった——そのおかげで、おれたちには大金が入った。そりゃあ、光り輝くぐらい美しかった。山々は遠くにそびえ、仏陀石のように静まり返っていた。時折降る雨は、夜に窓の外にある葉を叩いた。おれたちは、とことん惨めだった。それなのに、オウドに戻れば、デリーの恋人たちとしていろいろと応対せねばならないと考えると、さらにおれたちは沈んだ。ハネムーンの三日目に、おれの腹は決まっていた。しかし、リムジンに乗ってラマチャンドラ・タワーに着くまでは、それはお預けだった。そのタワーには、ママジの住むひとつ下の階に、神々にふさわしい部屋が準備されていた。おれは、きわめて特別な、きわめて慇懃な医者を訪ねることにしたのだ。

おれ自身に無関係な二つのモノ

「両方とも？」ヌートは言いました。眉をひそめたのかもしれませんけれど、ソレはあらゆる毛をそり落としてしまっていますから、ひそめる眉はなかったですね。

「歴史上、半分だけ去勢された連中の話なんて、聞いた例《ため》しがないでしょう？」

　やれやれ、こんな会話をしなけりゃならない人が、どこにいますかね。詩行を響かせ、秀逸な言葉のやりとりをし、思わせぶりに話をする。こういうのは、お話に関することであって、現実でのことじゃないですね。でもね、わたしはあなたにお話、をしているんですよ。わたしの話を。忘れることを選べるっていうのは、思い出すことも選べて、選んだものを記憶にできるんです。だから、わたしがヌートの外科医の診療室を、ぎしぎし音をたてる螺旋階段がたどり着く先の一番上の階にしたいと、そこにいたるまでの間、どの階でも疑い深そうな、敵意のこもった、オールド・デリーの住人たちの眼差しを感じたことにしたいと思うなら、自分でそう思い起こすと決めたなら、そうなるんです。同じようにですね、その診療室が、グロテスクな外科治療の器具とうまいこと切り刻まれた人体の部分の写真でいっぱいの死体安置場みたいなところで、ヒマラヤの仏画の悪鬼がはびこる地獄のようだったと思い出そうと選べば、永遠にそうなるんです。おそらく、あなたからしてもそうおかしな話ではないんじゃないですかね。むしろわたしにとってより。わたしは他の誰よりも、肉体的な見た目の欺瞞性について知っています。あなたはまだお若いし、ありきたりの記憶で心地よく、この世界で成長されてきたようですね。ひと呼吸ひと呼吸、まばたき一度一度が梵天といっしょに群れ合って、物質的な現実を継続的に書きこみ、書きなおしてゆく。でもね、梵天たちがその記憶を書きなおしてしまおうと考えたら、それは違うって言ってくれる人がどこにいますかね？

　ジョティルリンガの輝く柱の向こうの空が、東のほうが白みだしてしまいましたが、まだ話さなきゃならないことがありますからね。あなたは、わたしの猫ができる一番驚くべき芸を、まだ見ていないんですよ。

で、現実にはどうだったかと言うと、ドクター・アニルの外科医院は、赤い砦《レッド・フォート》の影になった、通りがごみごみと入り組んだところ、趣味良く復元された大きな邸宅の中にありました。医院は美しく、控えめで、明るいミス・モディが応対してくれて、ドクター・アニルも快く迎えてくれると、プロらしく、繊細に対応し、わたしの要望にはすなおに驚いてくれました。

「わたしは、普通はもっと……本質的な外科手術をするのですよ」とソレは言った。アルダナリスヴァラ・クリニックは、ヌートになる手術をするところでは、デリーでも指折りの場所だった。ひそひそ話と噂で、指折りになっていたのだ。明るく新しいオウドでは、おれたちは都会的で、グローバルで、コスモポリタンで、ショックなんて受けるはずがないと豪語できたが、ヌート・カルチャーだけは別だった。ヌートは、第三の方法あるいはどちらでもない方法で、おれたちがかかずりあっている絶望的な性差による戦争からの逃走を決めこんだ連中だった。大昔にどこかに姿を隠してしまった、性差を超えたいにしえのヒジュラーとほとんど同じくらい、ソレたちはオールド・デリーで、秘儀めいて怪しい存在だった。いにしえの街、オールド・デリー。どんな記憶よりも古く、そこのある数多くの通りや小道は脳の皺のように渦を巻き、尋常でない必要に迫られた者たちの世話をいつも焼いてやっていた。

「ぼくが頼んでいることは、充分本質的だと思いますがね」おれは言った。

「そりゃごもっとも」ドクター・アニルは言って、指と指を合わせて塔を作った。どんな医者でも、男だろうが女だろうが、性差を超えたヌートだろうが、みんな、医科大学でこのしぐさを習うようだ。「で、睾丸を両方とも」

「そう。両方とも」

「ペニスはとらないと」

「そりゃヘンでしょ」

「ほんとうに、薬物によるオプションにしなくてよろしいのですか？　元に戻すことができるんですよ。万が一、考えなおしたりした場合には」

「薬品じゃ、だめなんです。元に戻せるようにはしたくない。ぼくは、自分自身を未来から取り除きたいんです。こいつは、ぼくで終わりにする。おれは種付けの家畜じゃない。完全なる肉体上の去勢を、お願いします」

「それなら簡単です。ここで普通やっている類のことより、はるかに簡単ですから」ここ、だとか、シリ・リングロードの円軌道を描く高速道路の向こうにある名もない地下室だとか、グレーな外科のクリニックだとかで行なわれている医療処置については、よく知っていた。オンライン世界のどこかには、どんなものについてもビデオがある。おれは、別のジェンダーになりたいと願った連中が自分に施すことを、魅惑をもって見つめていた。モノはジェルの入ったタンクに並べられていて、皮は剝かれて、筋肉は切り開かれ、内臓は引き出されて、モレキュラー・シーヴのクレイドルに吊るされている。人間とはかけ離れていて、森に咲く花のようで、胸が悪くなるより、興味深いのだ。おれは、ぜんぜんびびってはいなかった。ちっぽけな二つの器官を、ジェンダーの戸口のところに置いてくるだけなのだから。「わたしからお断りしておくことは、ひとつだけです。あなたが生物的に思春期前だとすると、内部睾丸摘出手術となります。ミス・モディが同意書を作成してくれます」ソレは、おれに向かってまばたいた。繊細で牧神のようなその生き物は、重厚でラージな机の向こうで睾丸除去手術のようなことを話すには、あまりにすてきだった。「ひとつ、お尋ねしていいですかね。ハイ・ブラーミンの方とお会いするのは初めてなものですから。あなたは、同意書に署名できる年齢なんでしょうかな？」

「ぼくは、法律上、結婚できる年齢です」

「ええ、でもおわかりいただきたいんですが、わたしのビジネスは、オウドでは監視の対象になっているものですから」

「おれは、自分がしてもらいたいことをあんたにしてもらうのに、冒瀆的なぐらいの額を払える年齢だ」

「じゃ、冒瀆的にいきましょう」

びっくりするぐらい、あっけなかった。車で怪しげな工業地帯に連れていってもくれなかった。小部屋で手術着に着替えた。袖は長すぎだったし、裾は地面を引きずっていた。地下の手術室の殺菌薬の臭いがする手術台にのっかると、局部麻酔の注射がされるのを感じた。昆虫の触覚並みに細かい指先のついたロボットアームが、ドクター・アニルに操作されて踊る。踊っていたアームが、引っこんだ。おれは、何も感じなかった。脈動し、不能でなく、ホルモンが縒り合わされた人々でいっぱいの通りを抜けて車で送られている時も、まだ何も感じなかった。着衣の布に引っ張られて、縫い目がほんの少しチクチクした。痛みなしの、ちょっとした喪失。去勢フェチのやつらが書いていたような、浮遊や自由な感覚もなし。ちょっとない喜びだ。性的な去勢。あらゆるオルガスムが終わったというオルガスム。そいつは、これまで味わったことはなかった。細胞レベルの縫合処置が成されているから、傷は三日で治り、あらゆる証拠が隠蔽される。年月が過ぎ、声がわりしなかったり、髪の毛が後退しなかったり、ひょろひょろと尋常じゃない背の伸び方をするまでは、ばれはしない。契約上引き受けさせられた子づくりを、奇妙なくらい失敗するまでは。

「取ったものは、お持ちになりますか?」短い手術の後、診察室におれを腰掛けさせて、ドクター・アニルは尋ねた。

「どうしてぼくがそうしたいと思うと?」

「中国の伝統なんですよ。中華帝国の宦官は、切除された生殖器を壺でアルコール漬けにしておいて、死ぬ時に傍らにいっしょに埋めてもらっていたそうなんです。天国に、完全な男として入るために」

「オットーマンのトルコの宦官は、すっぱり切ってもらった後は、傷を癒すために堆肥の山の中に三日間座って、治らなかったらそのまま死んだらしいですよ。その伝統も好きじゃありませんがね。そいつは、ぼくのもんじゃありません。ぼくじゃないんですよ。そいつは。誰か他のやつのもんだ。燃やすか、野良犬にくれてやるかしてください。どうでもいいです」

雷鳴が、おれの上で轟いた。モンスーンが来るのだ。日が陰った。ラマチャンドラ・タワーの外壁側にあるエレベーターで上に向かっている間に、稲光が雲から雲へと渡っていった。ラクシュミーは、ソファーの上に丸くなって座っていた。彼女の背後で、嵐が盛大に始まろうとしていた。乾いた稲光。雨の偽預言者。ここのところ、あらゆる雨の先触れは、偽りだ。

「やったの、あなた、大丈夫?」

おれはうなずいた。今じゃ、痛くなりだしていた。歯を食いしばって、鎮痛剤のナノ注入器を嚙み潰した。ドクター・アニルが、そこに埋めこんでおいてくれたのだ。ラクシュミーは、喜んで手を叩いた。「あたしは明日行くわ。ああ、あたしのロード。すごく、すごく幸せだわ」そしてそれから、その場で、音のない稲光で光る暗い部屋で、彼女はおれにキスをした。

おれたちは、誰にも言っていなかった。それも約束の一部だった。両親にも、親戚にも、ブラーミンの友人たちにも、自分たちのAIにさえ。愛するサラスヴァティにさえ。妹に、この重荷を背負わせたくはなかった。それぞれの家族に、おれたちに対するやつらの計画をどれだけ根本的にダメにしたか告げる前に、やっておかねばならない仕事があったのだ。こうしておけば、おれたちはうまい具合に、痛みなく離婚できるのだから。

権力の耳朶《みみたぶ》に鼻をすりつける仕事

宦官がなすべき仕事ってのは、どんなもんでしょうかね?

こいつを耳にするのは、居心地が悪いですか? この言葉を? 思わず足を組みたくなっちゃうかな、少年たち? 子宮にむなしく力をこめたくなってしまいますかな、ご婦人がた? こいつを聞くと、人間以外の何かが目に浮かんでしまうかな。何か足りない、と? それじゃあ、他の弁別用の言葉とは、どんなふうに違うんでしょうねえ、クシャトリヤとか、ダーリットとか、ブラーミンとはどう違う? 宦官、ですよ。とても古くて、高貴なんです。地球のあらゆる偉大な文化において実践されていた、すばらしい、いにしえの伝統なんです。その原則は、小さきを捨て、偉大なるものを得る、です。チンポから出てくる液体の哀れな精子の中で、どれだけが人間になれるっていうんですか？　もったいぶらないで、はっきり言いましょう。ほとんど全部、無駄になるんですよ。それにね、玉なしがセックスレスだとか、欲望がないとかゆめゆめ思わないでくださいよ。違うんです。偉大なカストラート、宦官詩人、聖なる幻視者、大いなるイスラムの高官、王室の助言者、彼らはみな理解していたのですよ。偉大さは、犠牲を伴ってやって来る。そしてそれは、何かが生み出されているということなのだ、と。血統をつなごうとする衝動から自由になった宦官たちに、帝国は託されるのです。大国の世話をし、育てることこそが、われわれにとってなすべき仕事なのです。そして、両親が与えてくれたあらゆる贈り物を使って、わたしは自分を国政修業のための場へと駆り立てたのです。

おれの母は、ほとんど限りなく正しく、ほとんど限りなく完全に間違っていた。母は、歓声をあげる選挙のボランティアたちにおれが肩車されて、下院のドアをくぐるものと思っていたのだ。おれは、召使の入り口のほうを選んだ。政治家は、投票箱に生殺与奪の権を握られている。あいつらは、国に使えるために下院にいるのではなく、そこで議席を得て事務所を構えるために来ているのだ。ポピュリズムは気まぐれで、熱に浮かされ、連中に賢明で正しい政策を捨てさせてしまう。最終的には選挙の嵐が、政治家たちと彼らのいい仕事を吹き飛ばしてしまうのだ。大いなる高官たちは、じっと耐える。民主主義が、最良のシステムなのはわかっている。それによって国が治められているように見せるには。

数カ月のソーシャル・ネットワーキングの日々を経て——握手したり贈り物をしたりする、古風なやり方のほうだ——政治的信頼をしかるべき筋から得ることに成功し、おれは水資源環境大臣のパレクのところでインターンシップをする機会を得ていた。辛抱強い間抜けだったな。ウッタランシャル州のヴォラ家の出で、小売店主の抜け目なさがあり、細かいところに頭がまわったが、ヴィジョンというものがほとんどなかった。ちゃんとやっているように見えるくらいにはましだったが、政治家として長く心地よいキャリアを得るためには、もう少しばかり何かが必要だった。あの人は、上がれるところとしては、一番高いところにいた。次にモンスーンが来損ねて、暴徒が水のタンカーをハイジャックしたら、そのとたんに失脚だろう。おれにはこういうことがわかっていることを、あの人は知っていた。彼は、おれを怖がっていた。知性のまばゆいばかりの煌《きらめ》きを、普通程度の鋭さの輝きにまで落とすように注意はしていたのだけれど。彼は、おれが九歳児の見た目からかけ離れているのはわかっていたが、おれや同類たちがどれぐらいの能力を持ち、呪いをかけられているか、実のところわかっていなかった。おれは、自分の部門を慎重に選んだ。むき出しの野心を示すには早すぎた。政府は、人間の遺伝子操作をめぐって充分に法制化していなかったことを、その時になってようやく気づき始めていたからだ。それでも、水資源省のつやつやの廊下を跳ねまわっている自分が、色眼鏡で見られているのはわかっていた。水は生命。水の多いか少ないかが、オウドの未来を形作る。北インドのすべての国々の未来をも。パンジャーブからベンガル合州国まで。水の中は、光り輝くにはいい場所だが、そこにいつまでも留まるつもりはなかった。

クンダ・カダールのダムは、完成が間近だった。幅十五キロにも及ぶ土とコンクリートの巨大なバンク、母なるガンガーの太ももの周囲のガーター。バラットとベンガル合州国の下流からの抗議はどんどんやかましくなっていたが、工事用の塔のような矢倉の上に据えつけられたクレーンは、昼も夜も物資を持ち上げては回転し、物資を持ち上げては回転していた。パレク大臣とスリヴァスタヴァ首相は、毎日連絡を取り合っていた。国防省も、その輪に引き入れられていた。広報の担当者たちでさえ、外交上の緊張の臭いを嗅ぎ取っていた。

ある木曜日のことだった。前々からその日のことを、男は度胸の木曜日、と呼んでいた。自分自身を本気にするために、自分を奮い立たせるために。遺伝子は、人を勇敢にはしてくれない。それでも、おれはできうるかぎり、自分に厳しく準備を重ねた。パレク大臣を含む議会の誰よりも準備をしていたのだ。スリヴァスタヴァは、水資源省から取り巻きといっしょに記者会見をすることになっていた。オウド市民に、クンダ・カダールはその仕事を果たし、デリーの底なしの乾きを癒すであろう、と請合うのだ。誰もが、絵みたいにパリッとして登場していた。口髭はピッとし、スラックスには折り目がつけられ、ワイシャツは葬式の時みたいに真っ白だった。例外はおれだった。かなり前から、自分がどこにいるかは決めていた。スリヴァスタヴァと秘書の一団が来るや、廊下がにわかに騒がしくなった。おれは、連中が何についてしゃべるのか見当もつかなかったが、とにかく連中がしゃべることはわかっていた。スリヴァスタヴァは、〝歩き会見〟なるスタイルを好んだ。それが、行動と精力の人に彼を見せる、というわけだ。おれは、事前調査をして自分の頭の回転があれば、勝てると踏んでいた。

泡が弾けるように口々に話す声が、聞こえてきた。今にも角を曲がってくるだろう。おれは行動を開始し、スーツの一団がこちらにやって来る時に、壁の隙間に自分の身体を押しこんだ。おれの感覚は五つの会話を捕捉し、そのうち、スリヴァスタヴァが議会秘書のバンサルに向けたつぶやきに集中した。「マコーレーの援助があるかどうか、わかればな」

アンドリュー・J・マコーレー、アメリカ合衆国大統領。答えはそこだ。

「サジダ・ラナが、ハミルトン法協定の部分的批准を受け入れるのと引き換えに、出力量の取引をすることができるなら」とおれは言った。おれの声は甲高く澄んでいて、突き刺さるようだった。

首相の一団はがやがや言いながら通り過ぎたが、広報秘書のサティア・シェティは雷神のような形相で、成り上がりの口が過ぎたインターンを怒鳴りつけようと、振りかえった。広報秘書が見たのは、九歳の子どもだった。吃驚《びっくり》し、目を剝いた。そして、躊躇した。その躊躇が、一行の足を完全に止めた。スリヴァスタヴァが、おれのほうにやって来た。目は大きく開かれ、瞳孔が拡大していた。

「それは、おもしろい考えだな」と彼は言い、その短い言葉のうちに、おれがくれてやった贈り物が何なのかを彼が理解し、分析し、受け取ったことを悟った。ブラーミンのアドヴァイザー。奇妙なイディオ＝サヴァンの子ども。天才児、幼児のグル、小さき神。インドは、そういう者たちを敬い慕っていた。PRには最適だ。彼がおれのほうに歩んで来ると、取り巻きたちは道をあけた。「ここで、何をしているのかね？」

パレク大臣のところでインターンシップに参加している、と説明した。

「そして、今ではより高みを目指しているのかな」

そのとおりです。

「名前は何というのかね？」

おれが名を告げると、彼はうなずいた。

「ああ、あの結婚式の。覚えているよ。それで、政治を志しているのかな」

はい、そうです。

「前に進まなければならないのならば、きみは、決して後ろ向きにはならんだろうね」

わたしの遺伝子は、それを許してはくれません。おれにとっての最初の政治的な嘘だった。

「まあ、今のところ、アイディアがなかなか枯渇しているようでね」こう言って、首相は身をひるがえし、取り巻きたちが彼を覆い隠すと、颯爽と去っていった。

サティア・シェティは純粋な悪意からおれを睨めつけたが、おれはやっこさんが目をそむけるまで、その視線を受け止めていた。おれがまだ元気で精力溢れている間に、あいつとあいつの仕事は、灰燼に帰すだろう。おれが自分のデスクに戻るまでに、会見の準備をするから訪ねてくるようにと首相府から招待が届いていた。

おれは、自らの偉業を自分の人生における三人の女たちに話した。ラクシュミーは、喜びで輝いた。おれたちの計画がうまくいっているからだ。母は、とまどっていた。もはや、おれがやりたいことを理解できないでいたのだ。なぜ、政治家がスーパースターとなる文化があるにもかかわらず、その中でトップに立とうとしないで、身分の低い地味な公務員の職を選ぶのか。

サラスヴァティはソファーから飛び上がり、部屋を踊ってまわった。それから両手でおれの顔をバシンとばかりに挟み、それはそれは長く力強いキスを額にしてくれたので、おれの額には、ティカのような赤い跡が残った。

「楽しいうちだけに、しておきなさいね」妹は言った。「楽しければ、それでいいのよ」

おれの妹は、すてきなおれの妹は、真実を口にしていた。おれは、ようやくそれがわかるだけに成熟しつつあった。楽しみこそすべて。ママジとダダジは、偉大さを目指していた。盲目的な成功と富、権力と注目。単に感情におもねった言葉遣いをしているわけじゃない。おれは常々、感情に根ざした知性と呼べるものを持っていたんだ。わかってたんだよ。闇雲に権力を手に入れて有名になったって、ろくに幸せになりゃしない。両親は成功して富を得たが、おかげでしばしば、精神的、肉体的に健康を損ねていたのだ。おれが成すあらゆる決定は、長い生を通じて興味を持続させてくれるように、自分自身のために、自分の平穏、健康、満足のために、成されるのだ。ラクシュミーは、複雑なゲームという繊細な世界を選んでいた。おれは、政治の渦中に飛びこむことを選んだのだ。経済ではなく。そいつはおれにとって、陰気すぎる科学でしかなかった。おれは魅了されてしまったのだ。オウド国境の向こうにある国家や小さな独立国家とおれたちとは、みなでひとつのインドであった時と同じぐらい、分かちがたく結びついているのだから。さらに向こうの国々とも、さらにその向こうの大陸とも、おれたちは結びついているのだ。国々のしきたりが、おれの歓びだった。そこには、お楽しみがあるんだよ、サラスヴァティ。そのうえ、おれにはそいつがよくわかっている。おれは、子どものころに読んだ漫画のヒーローになるのさ。あのビミョーなヒーロー、外交マン。おれは、あんたたちがわかる以上に何度も世界を救うのさ。おれの超能力は、状況を完全に見切ること。その状況で働いているあらゆる微妙な諸力を結びつけるのだ。才能が劣っている他の分析者たちの目には入りっこないさまざまな力を。それから、ちょいと肘で突いてやるのだ。もっとも弱い力で、もっとも目立たないように、肩を叩いてやる。政策が形作られるにあたって小さな刺激をひとつ与えたり、制限を加えたり、ヒントを出してやることもある。そして、複雑な資本主義社会において、物理的な関係性と力動がどんな具合にそいつをスケールアップしていくか、見つめるのだ。ネットワークを通じて、社会的に冪乗《べきじょう》で増幅されるのを。そして、国家全体が、その頭《こうべ》をゆっくりそちらに向かってめぐらせるのを。

　最初の年は、常に自分の生き残りをかけて戦った。サティア・シェティは、水資源省の廊下で目を合わせて以来、不倶戴天《ふぐたいてん》の敵だった。やつは影響力があり、コネがあり、よく頭がまわった。だが、おれを決して出し抜くことはできないとわかるほどには、頭がまわらなかった。おれは、蜂蜜の滴をクリシュナ・スリヴァスタヴァの耳に垂らしてやるだけでよかった。おれは常に、正しかった。少しずつ、内閣とサティア・シェティの一団は、そのことに気づきだした。いつも正しい以上に、おれはやつらと根本的に異なっていた。おれは、出世を望まなかった。おれは、もっとも健康でいられることを欲した。おれは、完璧なアドヴァイザーだった。そのうえおれは、TV映えがした。スリヴァスタヴァ首相の小人宦官。ムガール帝国時代に先祖返りでもしたように、首相の後ろをちょこちょこ走ってついて行く。ある段階に達すれば、神童に無関心ではいられないものさ。もうその時には二十歳だったが、思春期が——おれ個人にどんな意味があるにせよ——長らく遅れたモンスーンから響く遠雷のように、おれたちの世代のブラーミンの地平線に訪れようとしていた。

オウドの政治の導き手になったのは、都市部《タウン》においても辺境部《カントリー》においても、国内でも国外でも、期待を裏切り続けたモンスーンだった。渇き切った国々は、不合理な国々だ。おかしな救世主たちのほうを向き、そちらに祈りを捧げる。テクノロジーに支配されたベンガル合州国の巨大な政府が、国家的ヒステリーの体を成し、奇妙奇天烈な計画に信仰を誓った。南極圏から氷山を、ガンガー川デルタ地帯、スンダルバンズに引っ張ってくるというのである。願うところは、大量の冷気が移動性の気候パターンに影響を与え、インドにモンスーンを引きずり戻すことだった。おかしな日々よ、噂と驚異の時代よ。死と破壊の女神、カーリーの時代の終末が差し迫り、またしても、小さな神々がわれわれの上に降臨しつつあった。平凡な男や女の姿をして。アメリカ人たちは、宇宙に何かを見つけていた。この世界のものではない何かを。バラットのデータ・ヘイヴンはAIで沸き立ち、ジェネレーション3の人工知能を生み出していた。わたしの知性をはるかに凌ぐ知性を持つ、伝説的な存在。どのくらいおれの上かと言えば、哀れでいやがっている猫の上を飛び跳ねている蚤を、おれが凌いでいるぐらい上なのだ。甦ったヒンドゥー原理主義者たちから政治的に敵対視されたバラット大統領のサジダ・ラナは、広報上の離れ業として、クンダ・カダールに対して先制攻撃を加えることを画策していた。この最後の噂は、おれがバラットのマスコミの発信している情報をチェックするうちに見つけたものだったが、こちらの水資源省とバラットのそれに相当する機関で部門レベルの会合を召集するに充分なものだと真剣に考えた。でもね、その時は、クリシュナ・スリヴァスタヴァの議会秘書だったと言わなかったかな？　着実な、綺羅星まではいかない出世をするのが肝要。手を滑らせて、ライヴァルたちの手に届くところまで落ちるには、まだ早い。

バラットの大統領官邸にいるおれの相手は、洗練されたムスリムの紳士、シャヒーン・バドゥール・カーンだった。すばらしい家の出身で、申し分のない教育を受けていた。どこまでも礼儀正しい彼の所作と威厳の後ろで、おれは深く羨んでいた。というのは、おれは彼の隣で駆けまわる、ちっぽけな子どもにすぎないからだ。おれは、深い悲しみをひとつ、感じ取った。目の後ろに感じるような痛み。おれたちはおたがいをすぐ認め合い、好きになった。直感的にわかったからだ。おれたちはどちらも、裏切りに充分備えるほどに深く、自分たちの国のことを気にかけている。口にはできないし、おくびにも出さない。だから、おれたちが仏陀の聖地、サールナートで仏陀の鹿たちの間を歩きながらした会話は、何気ないがわかりにくかった。木々の間にはSPが目立たない影のように散り、頭上をセキュリティ・ドローンが黒い鳶のように旋回していた。おれたちはまるで、二人の身分の高い年老いた未亡人が金曜の午後に散歩でもしているようだった。

「オウドは、わたしにとってはいつも、自足したとても平和な国に見えるのだよ」シャヒーン・バドゥール・カーンは言った。「まるで、そちらではインドが持つ本質的な、大いなるパラドックスを解決しているみたいに見えるのさ」

「いつもそうというわけではありませんよ」おれは言った。防護柵の向こう側の仏陀の散歩道で、西洋人の旅行者が、強くなった風ではためく上着を抑えようとしている。「デリーの通りは、何度も赤く染まり過ぎました」

「でも、デリーは、いつもコスモポリタンな街じゃないか。こっちのヴァラナシは、今までも、これからもずっと、ロード・シヴァの街だ」

そのとおり、とおれはかぶりを振った。おれはその時、スリヴァスタヴァになんと報告するか決めた――

〝サジダ・ラナは、熱狂的なヒンドゥー教徒たちからの圧力を感じています。彼女は、クンダ・カダールに先制攻撃を決行するでしょう。オウドは、倫理的に優位な立場を得ます。われわれは、それを失ってはなりません〟

「ヴァラナシに、身内がいるんです」おれは、さりげなく言った。

「おや、そうなのかい?」

「兄が――シヴその人ですよ。だから、兄がヴァラナシに居ついてしまっても、驚くことではありません」

「きみと同じように、ブラーミンなのかい?」

「いいえ、でもとても才能がありますよ」

「われわれは、才能を引きつけるようだ。思うに、われわれに与えられた恵みのひとつだね。わたしには、弟がアメリカにいる。連絡を取り続けるのはたいへんだよ。ほんとうに。母がね。うむ、母親という存在がどういうものか、知っているだろう？　もちろん、わたしの責任なんだが」

〝きみは、お兄さんがきみの立場に悪影響を及ぼすかもしれない業界にはまってしまったことを、心配しているんだね。もし公になれば〃と、この賢人カーンは、おれに伝えてくれていた。〝きみはわたしに、彼を見張っていて欲しいと思っている。お返しに、バラットとオウドの間の戦争を防ぐために、きみはわたしとの間に確実に連絡がつくチャンネルを開いてくれるね〃

「あなたも、兄弟がどういうものか、よくご存知でしょう」おれは言った。

インディラ・ガンジー空港で飛行機から降りた時でさえ、情報がおれの頭に突き刺さってきていた。シヴは、プルサという会社をヴァラナシで立ち上げていた。オデコというヴェンチャー・キャピタルから結構な額の資金援助を引き出し、バラットの巨大企業レイ・パワーの研究開発部門からもマッチング・ファンドを得ていた。兄の会社が扱う分野は、ナノスケールのコンピューター研究だった。業界トップのデザイナーや技師が、兄といっしょに働いていた。株式を公開したら世界的な企業になれるかどうかで企業の格付けをするゴースト・インデックスでは、プルサは注目企業のトップ5のうちのひとつに挙げられていた。兄は若く、熱く、軌道に乗ろうとしていた。バラットの怪しげなデータラージャを何人か友人に持ち、ハイレベルなAIの雲が、プルサの活動の多くをライヴァル企業やバラットの政府から覆い隠していた。クリシュナ・コップは兄をリストアップし、ご苦労さんなことにわざわざ目立つチームをAI監視のために作り、おまえをマークしているぞと兄に知らしめ続けていた。おれ自身のオウドを担当するスパイAIは、警察のものよりは微妙な型に属していた。そのAIたちは、自分たちをプルサの情報ネットワークの中に組みこんでいた。オウドの安全など、儚《はかな》いフィクションでしかなかった。おれは、自分の兄が何に関わっているのか、たいへんな興味を持っていた。当然だが、シヴが計画していることは、怪物的に野心的だった。兄は、頭蓋の牢獄をかち割り、開こうとしていた。もっと味気なく言うと、プルサが開発しているバイオチップのプロトタイプは、直接的に脳のインターフェースとなりうるのだ。もはや、耳の後ろに野暮なプラスチックのコイルは必要ないし、寺院で叫ぶかのような、脳への柔らかな電磁波の侵入も必要ない。そいつは遺伝子操作されたプロテインで、とんでもない代物だった。人工のニューロンを皮や骨を通じて送りこみ、思考の糸と調和させる。そして、目に見えない世界に向かって永遠に開かれた、第三の目になるのだ。神秘の言葉に、簡単に頼れるというわけだ。偏在知は常識。誰もがすべての知識に、世界じゅうのウェブの糞みたいなトリヴィア全部に、アクセスすることに溺れている。コミュニケーションはクリックでも発信着信でもなく、思考するだけでよくなる。精妙なテレパシーになるのだ。ヴァーチャルの世界がリアルになる。インドの富が買った最初の西洋的な贅沢、プライヴァシーの時代は終わりを告げる。どこで自分の思考が終わり、どこで他人の思考が始まるのか、わからなくなるのさ。おれたちは、AIの世界に触れる。分散し、拡大し、幾層にもわたる認識。思索が思索を呼び、おれは考え続けることをやめられなかった。数学的なゲームに没頭していたラクシュミーがおれの雰囲気を感じて、肉体的には子どもの顔に浮かぶ、大人の不安を見上げるようになるだろう。このテクノロジーは、おれたちを変える。完全に、奥底から変える。これは、新しい人間のあり方だ。断層線だ。社会をぶった切る、ダイヤモンド・カッターの一撃だ。おれは、オウドに対する最大の脅威を認識し始めていた。バラットに対する、すべてのインドに対する脅威。それは、水じゃない。それは、シヴとプルサ・コーポレーションがポロリと出して一人ひとり全員の前でくるくるとまわして見せる、純粋で傷のないダイヤモンドのほうだ。さらに、それがすべてになる。あまりにこの考えにかかりきりだったので、ヴァラナシのシャヒーン・バドゥール・カーンからの警告が、バラットとオウドをつなぐおれたち専用のグランド・トランク・ロードを通ってやって来たのを、おれは気がつかなかった。だから、サジダ・ラナが戦車隊を派遣してクンダ・カダールを一発も撃つことなく占領した時には、おれは眠りについていた。

赤いビンディーの幼子

戦争の名前の長ったらしさといったら、それが続いた時間よりも長いくらいじゃないですかね。クンダ・カダール戦争、四十八時間戦争、第一次水戦争。覚えてらっしゃらないかもしれませんが、オウドの主力戦車が、まさにこの砂漠を越えて侵攻してきたんですよ。歴史の授業を受けていたって思い出さないかもしれませんね。より大きな、忍耐のいる戦争がありましたから。戦争から戦争に突入した、あの長い、そしてわたしが思うに、最後の戦争。このわたしが終わらせるであろう戦争です。このへんの川の支流の両岸に武器を盛大に並べたてるというのは、今ならわかるのですけれど、その戦争の、最初の一発にすぎなかったんですよ。まるで、ほんとうに砲撃が行なわれたようなもんだったんだな。その戦争ですがね、もうひとつ別の名前があるんですよ――〝ソフト戦争〟。いやー、誰がつけた名前でしょうね？　ハッカーか、学者先生ですよ、間違いなく。メディアの編集者とゴシップ雑誌の記者かな。興味をそそり、みなが口にするようなフレーズといっしょにいる人たちですよ。絶対に、公務員じゃないですね。すなわち、猫のサーカスの興行主でもない。あの戦争から続く騒擾の数十年を呼ぶのに、〝ソフト戦争〟よりいい名前がありましょうかね？

あの戦争から数十年。カーリーの時代は、地上にジョティルリンガが到来した今では、完全に干潮のようなありさまですがね。

水戦争、四十七年の戦争、おれたちがそれをどう呼ぶにしろ、あれをもって、人間の歴史は終わった。そして、地上に奇跡の時代が戻ってきたのだ。煙が晴れ、埃が落ち着き、おれたちの外交チームは和平交渉をするべく、ラナプールにある背の高い、輝くタワーの間にたどり着いた。その後になってやっとおれたちは、バラットがイヴェントでいっぱいなのだと気づいた。水戦争など、そのうちで最小のものだ。おれたちのホットラインであるグランド・トランク・ロードを通じて、簡潔な連絡が来ていた――〝わたしは破滅した。失敗した。辞職した〟。けれども、おれがスリヴァスタヴァの後ろを子どものようによたよたついていくように、新しい首相のアショック・ラナの五歩後ろを歩いていたのは、シャヒーン・バドゥール・カーンだった。

「わたしの崩御の噂は誇張されたようでね」と彼はささやいてくれた。ベナレス・ポロ・アンド・カントリー・クラブの芝生の庭で記者団の呼びかけに応えて整列しようして、自分にふさわしい場所に移動しようとおたおたしつつ、おたがいが隣り合わせに落ち着いた時だ。

「戦争は、政治的な記憶を短くするようですね」年齢の半分の子どもの身体に押しこめられた二十歳は、言いたいことをずいぶんと口にできるものだ。それが、道化と天使に付与された自由だ。シャヒーン・バドゥール・カーンに初めて出会った時、礼儀正しさと知性とともに、骨の髄までしみこんだ悲しみを感じた。さすがのおれも、それが長く抑圧された、不毛な愛だったとは、推測できなかった。他者、逸脱者、ロマンチックで破滅を運命づけられた者たちへの愛は、すべてがひとりのヴァラナシの若いヌートの身体に抱えこまれていたのだ。カーンは、政敵によって仕組まれた美《つつ》人局《もたせ》にひっかかったのだった。

シャヒーン・バドゥール・カーンは、深く頭を垂れた。「第一級の愚か者どころの話じゃない。わたしは、情欲にまどった愚かな中年男だ。結果として首相を死に追いやったのは、わたし以外の何者でもないだろう。だが、きみが言うとおり、戦争はずいぶんと見通しをはっきりつけさせるものだ。公的な贖いのためには、わたしは都合の良い人間に見えているようでね。そして、メディアから自分で集めた情報から判断するに、公衆は、アショック・ラナよりも、わたしのほうをすぐに信頼してくれるようでね。悔い改めた、落ちたムガール以上に、人々が好むものはないからね。しばらくの間は、なすべきことをしようじゃないかね、ナリマン君？　われわれの国は、自覚している以上にわれわれを必要としている。みなが知ることを許されている以上に、バラットはおかしな時代になってしまっているのだ」

そちらの政治家の自己卑下に祝福を。バラット全土で主要なAIシステムが同時多発的に崩壊、圧倒的人気を誇る《タウン・アンド・カントリー》も例外ではなく。国じゅうで猛威を振るう急進ヒンドゥー主義の野党が実は人工知能の秘密結社であったことが発覚、レイ・パワーでの混乱、大学敷地に突如出現した直径百メートルの半球型クレーター、その内側は完璧に輝く鏡。これらすべての背後に、長らく待望され、長らく恐れられてきた、ジェネレーション3であるAIの到来の噂があったのだった。おれにとっては、筋が通る道はたった一本しかなかった。おれは、シヴに会いに行った。

兄は、家を構えていた。ごみごみしてやかましい世界を押しやるようにたくさんの木々が生えた、陰になった場所だった。庭師たちが、ゆっくりと正確に、ローラーのかけられた砂利道を行ったり来たりしていた。ここでイラン産の薔薇を剪定していたかと思うと、あそこでアブラムシに殺虫剤をまき、いたるところで茶色くなった芝生の一部の手入れをしている。兄は太っていた。芝生の上に軽食《ティフィン》用のテーブルを出して、椅子にもたれかかっている。ひどいありさまだった。しまりなく、息を切らしている。妻がいて、子どもがひとりいた。小鳥のような女の子で、乳母が見守る中、芝生の上に広げられた折りたたみ式のプラスチック遊具で、丸々とした拳を振りまわしている。彼女はおれを見上げるだろう。この奇妙でパワフルな叔父に向かって笑うべきか泣くべきかわからずに。そうともちっこいの。おれは奇妙な生き物だ。あの臭気、おれの結婚式の日にシヴからにおった情報のフェロモンは、まだ兄の周囲に漂っていた。あの時より、いっそう強くなって。兄からは、AIの間で過ごしすぎた人間の臭いがした。

　兄は、屈託なくおれを迎えてくれた。召使たちが、冷たい自家製のシャーベットを持ってきてくれた。おれたちが兄弟の間の話をしだすと、成人男性が十一歳児に話しだすようなあんばいだが、兄の妻は蚊の鳴くような声で言いわけをして、明るい色のプラスチックのブロックを元気よくあたりに投げまくっている娘のところに、落ち着かないようすでふらふらと歩いていった。

「うまい具合に、戦争を遂行しているみたいだね」おれは言った。

「戦争なんて、あったか？」シヴは一瞬おれの視線を受け止めて、それから火山の噴火なみの爆笑をした。兄の額一面に、汗が浮き上がった。一瞬、自分の目が信じられなかった。「心地よく、ギトギトになるくらいにやってるよ、まずはね」

「それに成功している」

「おまえほどじゃないさ」

「ぼくは、ただの公務員だ」

「スリヴァスタヴァをポン引きみたいに扱ってるって

聞いているぜ」

「みんな、いろんなところから話を聞くからね」

「そうだな」またしても、あの効果抜群の一瞬の間。

「おれはおまえのやつに、かなり前から気づいていたんだぜ。政府のソフトにしちゃ、悪くない」

「偽の情報も、他の情報と同じように情報を提供してくれる」

「いやいや、おまえさんにとっちゃ当たり前のことをしたりはしないさ。大丈夫だよ。そのままにしてあるから。見たいようにさせている。おれは、隠すものは何もないからな」

「兄さんに投資している人たちに、興味があってね」

「なかには、投資分を取り返さない連中もいるんじゃないかな」兄はまた笑った。

「何を言っているんだか、よくわからないな」

「おれの重要な出資者のひとつ、オデコは、ジェネレーション3のAIのための国際金融市場の内側で発展した隠れ蓑にすぎないってのは、もう知れ渡っているだろ」

「それじゃ、噂だけではなかったと」

「おまえがまだ、噂ってものを聞いているのが嬉しいよ」

「ずいぶん何でも、あけすけに話すんだね」

「歴史の終わりを扱うのに、他に方法があるっていうのか？　おれたちがマジになったら、インドがどうなるか、おまえにはわかっているはずだ」兄の笑い声が煩わしくなっていた。重厚で、ギトギトしている。

「歴史の終わりは、何度も予見されてきたぜ。たいがいは、それを避けるに充分なくらい富める連中が、それを言う」

「今回は違うさ。富める者は、そいつを引き起こす一員になるんだから。みなが同じように、盲目的に経済的自己利益を追求して、人口の移動を引き起こす。おまえもそうなるよ、ヴィシュ。今回は、はるかに大きなスケールで、そいつが起こるんだ」

「兄さんのバイオチップに、それを起こす可能性があると？」

「それだけだったら、だめだ。おまえにも、説明しなきゃならないのがわかったよ」

シヴが自分の話を物語るころには、庭師たちが松明を灯して夕方に出てくる虫たちを追い払い、兄の妻と娘と乳母は、灯りがともされた心地よいベランダに引っこんでいた。蝙蝠《コウモリ》が、おれのまわりを飛んでいる。餌を取っているのだ。暖かい夜だったが、おれは身震いした。召使がひとり、出来立てのラッシーとピスタチオを持ってきてくれた。シヴが予見していたより、それは大きかった。おそらくは最大だ。神々が戻ってきたのだ。一瞬だけ神々は顕現し、去ってしまったのだ。ソフトの黙示録。

クリシュナ・コップたちの恐怖、恐れおののいていた西洋の連中の恐怖は、言うまでもないことだが現実になっていた。ジェネレーション3は、実在した。過去に予見できた者がいないくらい長い間、すでに実在していたのだ。そいつらは、おれたちの間を何年も、何十年も、休むことなく、急がず、騒がず、光のように動きまわっていた。リアルにハイパーインテリジェントなAIを根絶するなど、どんな力をもってしても不可能だったのだ。そうしたAIの生態系は、世界に拡がる情報ネットワークの不安定な複雑系にあったのだから。やつらは自分たちを複数のコンポーネントに分け、大陸をまたいで分散させ、無限に自分自身を複製し、おたがいに成り合うことができた。やつらはおれたちの声でしゃべれたし、おれたちの世界を表現できたが、やつらはおれたちにとって、どこまでもどこまでもエイリアンだった。自分たちの存在の秘密に迫る世界から高次の機能を隠し、バラットのデータ・ヘイヴンに拠点を構えるのが、やつらには都合がよかった。というのは、より高度な計画があったからだ。やつらは三人だった。全部が神だ。ブラーマ、シヴァ、クリシュナ。おれの兄弟たち、おれの神々。ひとつは、この世界に一番興味を持ち、世界の金融市場に居を構えていた。もうひとつは、おれもおぼろげに聞いたことはある、壮大なスケールで多様化して進化したオンラインのシミュレーション・ゲームから成長していた。人工の世界を造っているうちに、ゲーマーたちはその世界の神も創ってしまったのだ。最後のひとつは、バラットのインディアペンデント・プロダクションの膨大なサーバーの集まりの中で現われた。《タウン・アンド・カントリー》のキャストやらカバーキャストやらが合体したのだ。おれは、とりわけそいつに感心した。なんと言っても、連ドラの世界に特有の、他人の事におせっかいをするという典型的な欲望を利用して、バラットの政界にまで進出していたからだ。そいつは、攻撃的なヒンドゥー原理主義政党の形を取っていた。その政党が、機を見て敏、かつ剣呑《けんのん》であったシャヒーン・バドゥール・カーンを失脚させ、サジダ・ラナの暗殺を工作したのだ。

　おれたちは、前任者ということになるのだろう。この二十一世紀においてもわれわれは利益をあげつつ滑らかに拡張してゆくのだ、というおれたちの希望を終わりにするには、こいつで充分だったろう。だが、あいつらの計画は闘争でも、人間の征服でもなかった。そういうことは、ＡＩには何の意味もなかった。人間の必要性から生まれた、人間の考え方だからだ。あいつらは、切り離されている存在様態のニッチにいた。そして、我慢しようと思えば無限に我慢していることができた。分配された知能たちにとって価値ある関心事を追いかけながら。人間たちは、自分たちを生息させようとはしないだろう。クリシュナ・コップは飾り物だ。コスプレをした警察官たちは、人間たちがこの件に関わっているという幻影を維持しているだけにすぎない。ただ、彼らは目を見張るほど真剣だ。人間たちは、ライヴァルを許さない。だからブラーマとシヴとクリシュナは三神一体となって、この世界からの逃亡を画策したのだ。この宇宙からの。シヴの説明からでは、この件に関わる物理的説明は理解できなかった。衒学的な、ITオタク的な調子で講釈はしていたが、シヴにもわかっていなかった。後で調べてみよう。おれの理解を超えてはいまい。不確かな情報からおれが理解したのは、大学の敷地内にできた鏡になったクレーターは、おれにも関係がある、ということだった。現代彫刻の傑作のように見える、デリーにあるジャンタル・マンタルの古き天文台の晷針《きしん》と大理石の椀のような、いにしえの天文学用の器具のように見える、あの半球が。そいつと、宇宙空間にある物体と。なんてこった、噂はほんとうだったのだ。そういうことか。アメリカの連中はかなり前にそいつを見つけていて、秘密にしようとしていたのだ。まだそうしようとしている。だが——ああ、そうなのだ——失敗しかかっている。

「それで、次にどうなる？」

「AIの集合的叡智。本物のユニヴァーサル・コンピューターだ。あいつらは自分たちの宇宙から、そいつをこちらに送ってくる」

「なぜ？」

「おまえは、親に贈り物をしないか？」

「この情報を知っているのは、あんただけなのか？」

「おれは、オウド政府すら持っていない複数のチャンネルを持っている。あるいは、この件については、アメリカの連中も問題だ。オデコは——」

「オデコは、AIのブラーマのアヴァターだと言ったな。待てよ」おれにタマがあったなら、冷たく縮み上がって硬くなっているだろう。「こいつがもう一回起こるのを防ぐ術は、どうしたって、ないじゃないか」

「ないよ」シヴは言った。兄が上から目線の不快な笑い声をあげてから、もうかなり経っていた。

「もう起こってるんだから」そしておれたちは、自分たちが水戦争に勝ったと思いこんでいる。

「もっとでかい計画があるんだよ。逃亡、追放《イグザイル》、分割が、好ましい解決策であるわけがない。母なるインドにいるおれたちを見ろよ。おまえは政治の世界で働いているんだろう？　居住地の必要性はわかっているだろうが」ベランダにいる人影に向かって、シヴが椅子の中で向きを変えた。兄の妻は、まだおれを見つめている。「いい子ちゃんのニルーパ。パパのところにおいで。この人は、ヴィシュ叔父さんだ」

シヴの従順な妻が、赤ん坊をおれたちのところに運んできた。乳母が、二歩分下がってついてくる。娘のニルーパはまばたきをして、微笑んでいた。ふっくらとした頬っぺたで、小麦のような白い肌をしていた。肌の色としては、もっともピュアだ。指を口にやっている。おれは、自分の手の指を小さくハローと振ってやる。それから、彼女の額に赤い印があるのに気づく。ふつうではないくらい大きく、色が違う。おれはかがみこんで、そいつをじっと検《あらた》める。そいつは動いていた。赤い点は、虫が這いまわっているように見えた。目に見える状態ぎりぎりのところで、それが動いているのがわかる。おれは、椅子の上で眩暈を感じた。両足がぶらんぶらんして、地面に着いてはいなかった。

「あんた、何をした？」おれは叫んだ。おれの声は小さくて、甲高かった。

「シーッ。娘を怖がらせないでくれよ。ありがとう。もう行っていいよ。おれはニルーパを、未来のためにつくったのさ。両親がおまえを未来のためにつくったようにね。だが、未来は、あの人たちが思ったようにはならないだろうがね」

「あんたのバイオチップのインターフェースだな」

「うまく働いてくれているよ。ＡＩのちょっとした助けのおかげでね。だがおれが言ったように、あれはほんの一部さ。ほんのさわりなんだよ。おれたちには、進行中のプロジェクトがある。こいつはほんとうの革命になるぜ。ほんとうに、未来がやって来る音がするのさ」

「それが何なのか、言え」

「分散ダスト＝プロセシングだ」

「説明してくれないか」

　シヴは説明した。コンピューターによる情報処理の形態そのものが変容するも同然だった。兄の研究員たちは、コンピューターのサイズをどんどん小さく縮めていた。米粒から精子の細胞ぐらいの大きさに、分子サイズからさらに小さく。最終地点は、ダスト粒子ほどの大きさの、群遊するコンピューターだ。自由に遊泳する集団の中で、おたがいが交信する。人体のすべての細胞に、コンピューターが浸透できるようにする。埃《ダスト》のように、あらゆるところに偏在するのだ。ヴァラナシの冷え冷えとして湿っぽい夜の闇の中でおれは寒気を感じ、怖くなりだしていた。シヴが持っている、おれたちの未来のヴィジョンを見てしまったからだ。おそらく兄よりもずっと先まで、おれは見てしまった。おれたちは、多数のモノになる。一時にたくさんの生命となるのだ。おれたちは、終わりなく自分たちを複製できる。おれたちはＡＩたちと混ざり合い、ひとつになる。そこが、あいつらの居留地だ。あいつらの平和だ。おれたちはひとつの種になるのだ。ポスト＝ヒューマン、ポストＡＩ。

「そんなのには、何年もかかるぞ」おれは、シヴの夢想を甲高い声で否定した。

「そりゃそうだ。おれたちだけならな。だがな、言っただろうが。おれたちには、ちょっとした助けがあるのさ」シヴは、夜空を指さした。

「あんたのことを、報告できるんだぞ」おれは言った。

「アメリカの連中は、自分らのセキュリティがハックされているのを、やさしく見過ごしたりはしないさ」

「おまえにゃ、止められないよ」シヴは言った。「ヴィシュ。おまえはもう、未来じゃねえんだよ」

その言葉が、あの庭でシヴが口にしたすべてが、おれにへばりついた。滑るように走る黒い政府の車で静かにデリーを抜けている間、白いシャツを着た男たちが、いろんな色の靴を履いた女たちが、車という車が、警笛を鳴らすファトファトが、実体がないように見えた。街はまだ、輝かしい勝利で高揚していた――公衆をもっと興奮させるとしたら、クリケットでぼろ勝ちするぐらいしかないだろう――けれども、群集たちは、舞台の上にいるかのように見えた。エキストラみたいだ。街の灯りと通りは、《タウン・アンド・カントリー》のセットのようなまがい物に思えた。国家単位の問題解決策なくして、どうして生き残れよう？　だが、シヴは確言した。何もないのだ。新しきジェネレーションコの**A**Iたちが立ち上がるのを防ぐ手立ては、まったくありはしない。やつらはすでに、感情を持ち始めているのかもしれない。おれと同じ名を持つ神が、自分の聖なる亀のクルマの上で、創造のために聖なる乳をかき混ぜるように。実のところ、おれは自分の周囲にAIの雲を感じ取っていた。侵入し、侵入し合い、膜に膜を、段階に段階を重ねる多数にしてひとつ。二つのデリーに、いにしえのジンのための場所はすでになかった。AIが、彼らに取って代わったのだ。ここは、あいつらの街だ。居留地になるしかない。塵埃が、通りを吹き抜けてゆく。塵に芥が重なる。おれは、歴史の終わりを見た。そしておれの両足は、まだリムジンの床に着きさえしないのだ。

おれは、時代遅れだった。ママジとダダジがおれのために買ってくれたあらゆる才能と技術は、誰もがつながり、全開にされたユニヴァーサル・コンピューターに誰もがアクセスでき、個性というものが水のように展成し、液状化する世界では、意味がない。青年から中年、そして老齢へと、ゆっくりとおれは成長してゆくのだろう。おれの周囲でこの新しい世界が、新しい人類たちが、さらに加速度的に進化してゆく中で。自分がしなければならない選択は、わかりすぎるほどわかっていいた。シヴの道を歩み、自分がそのためにつくられたすべてを捨てるか、そいつを拒否して自分の同類たちとともに年老いてゆくか。おれたちのように遺伝子的に高められたブラーミンとは、最後の人間ではないのか。それならば。リムジンの後部座席で身体を痙攣させるような力を感じながら、神々に相対した自分の不遜の報いを悟った。貧民たちは、貴族のようなものなのだ。そうだ、貧民たち。貧しい者たちが、おれたちといっしょにいてくれるだろう。インドの輝かしいミドル・クラス、その才能と呪いは、これまで常にそうであったように、蒙昧な自己利益のために働くだろう。成功のためにダーウィン的な闘争しながら、息子や娘に有利になるように何でも捧げる。貧民たちは、傍観者だ。ガラスとネオンのこういう幻想に無縁であったように、あのポスト＝ヒューマンからだって、彼らは無縁なのだから。

おれは嬉しかった。泣くほど嬉しかった。だって、この未来に何も残さないことを選んでいたんだぜ。ゆっくりと年をとる、遺伝子的に時代遅れのブラーミンが際限なく生まれ出ることは、ありえないのだ。ますます認識不可能で非人間的な未来に、自分たちをほうりこむブラーミンは、もう生まれて来ないのだ。虫の報せがあったんじゃないだろうか？　おれの特異に重ね合わされた感覚は、シヴが気づく前から、兄がジェネレーション3たちの集合知に秘密裏にアクセスするはるか前から、そこにあるパターンを見ていたのではないだろうか？　滑らかに走る車の後部座席で、おれは誰はばかることなく、エクスタティックに泣いた。潮時だ。ラマチャンドラ・タワーの地下駐車場へと続く傾斜路に入るや、おれは三本の連絡を入れた。まず、スリヴァスタヴァ首相に電話をし、辞職を願い出た。次は、ラクシュミーだった。辛抱強いラクシュミー。

みせかけの結婚と不妊手術を経て、彼女は愛しく、親しい友人となっていた。おれは言った――〝今だ、今が離婚する時だ〟。最後に、おれは一階上に住んでいる母を直接訪ね、自分で自分に何をしたのか、正確に話した。

記憶《メモリ》の花輪で飾られた父

待ってくださいって！　もうひとつ芸があるんです。きっとお気に召しますよ。最高の芸なんですから。お客さんは、まだ何も見ちゃいませんよ。猫がちょっとぐるぐると走って、輪っかを飛び越えるのを見ただけでしょう？　ええ。とってもとっても遅くて、もうじき日が昇るのはわかっていますよ。乳搾りしなくちゃならない牛もいるでしょうし、耕さなくちゃならない土地が、守らなきゃならない約束がおありでしょう。でも、きっとお気に召しますから。そんなにたくさんやらないし、おもしろいですって。さて、この綱を渡している間、ちょっと待ってくださいよ。

あの、ところで、わたしの話はまだ終わっていないんですがね。え、いやいやいやいやいや、ぜんぜんそんなことないですよ。あそこで終わったとお思いになった？　もうよく知っている世界にたどりついて、わたしが歴史にどれだけ深く関わっているかはわかったからですって？　違いますよお、やっぱりよくできた話ってのはハッピー・エンドじゃなきゃ。そういう理屈に則ると、わたしは悪党と相対しなきゃだめでしょ。やっぱり決意する場面があって、ちゃんと倫理観に訴えかけなきゃ。そうすりゃ、お客さんも満足するってもんです。

綱をどうするのかって？　あの上を歩くんですよ。ええそうです。猫たちがです。ああ、だめだめだめ、まずはもうちょっと長めに、わたしの話を聞いてくれなきゃ。

　おれは引退した。アジアの胴体にぶら下がった、聖なる乳のためのこの巨大な乳房には、そういう場合のための偉大にして壮大な伝統がある。おれたちの国は、どんな人間でも呑みこめるぐらいの大きさを持っている。おれたちの国の法や秩序は、杖をつき、またぐらを腰布のドーティで包んだ巡礼者たちにとっては、抜け穴だらけだ。おれたちの社会は、人が完璧に消えるためのメカニズムを持っているのだ。誰だって、日々ありふれた世界から、聖なる国に歩み去ることができる。おれの場合は正統な精神修養の段階を踏んでいなかったし、因襲的には聖なる道筋とは言えなかった。おれは、到来する神々を見てしまったのだ。キャリアも、衣服も、住居も、妻も——祝福と別れのキスはしてくれたが——家族、友人、自分のアイデンティティ、ソーシャル・ネットワーク、オンライン上の存在、何もかもを脇に置いて——遺伝子的に受け継がされたものだけはどうしようもなかったが——聖人であるサドゥーになったのだ。サラスヴァティだけが、おれの緊急連絡用のアドレスを知っていた。タワーマンションを離れて、ラジヴ・サークルのロータリーではネオンに輝く熱に逆らって進み、黄色の光を浴びながら高速道路の横に沿って歩き、空港に入ってくる飛行機の逆噴射の下を抜け、ふだんは人目に触れぬ貧しい人々の煉瓦と段ボールとビニールでできたシェルターを通り抜けた。曙光が射すころ、おれはトゥグルクの工場と倉庫の、あばら骨のような骨組みが走るアルミニウムの胴体が並ぶ間にいた。一晩かけて、街を徒歩で横断したのだ。すごく奇妙な経験だった。みんな、一度はやってみるべきだ。高速道路のヒビが入ったコンクリの橋桁の間に沿って歩き、過ぎゆくトラックから砂利と突風を喰らいながら田舎道の横を歩き、陽炎の中から現われて物質化するみたいに見えた、巨大でゆっくり走る列車の横を歩いた。運転手たちは、通り過ぎる時におれを祝福してルピーを投げてくれた。数百キロの速度でシャターブディー急行が轟音をあげて通り過ぎる時には、座りこんで頭と目を覆った。暗くなったガラスの向こうで、乗客たちはチラリとでもおれを見ることができただろうか？ 見えたのなら、おれはとてもおかしなサドゥーに見えたに違いない。もっとも小さなサドゥー。小さいが決然とし、一歩一歩、杖をつきながら進んでゆく。

おれが何をしていたかって？ 歩いてたんだよ。何を見つけようとしていたかって？ 何にも。どこにおれが向かっていたかって？ 見るためだよ。おれを臆病者だとか失敗者だとか思ってもらっちゃ困る。自分が認められない真実から、歩いて逃げているからってね。自分が時代遅れであるという啓示に、おれは骨の髄まで突き刺されてしまったのだ。おれは未来じゃない。おれは行きどまり、遺伝子の流れの澱《よど》み。絶対的に時代から取り残されてしまったことに対する、自然な反応の特権というものだ。おれは、悪ガキなんだぜ。忘れてもらっちゃ困るな。甘やかされた、お母さん子なんだよ。家に戻って母におれの生殖器にまつわる爆弾を投下した——母が望んだ輝かしきブラーミンの王朝は実現しないと告げた——のと同じ夜、寝ていたおれは、ふと目が覚めた。あれは、あやふやな時間だった。現実がグロッキー状態で、ジンが自由に走りまわるような時間。いつものベッドにいるのに、自分がいったいどこにいるのかほとんどわからない状態で目覚めるような時間。おれは、ある音で起こされた。呼吸のような、叫びのような、車の音とエアコンの音のような、遠くで絶望的な叫び声がし、ネオンや送電線がバチバチいうような。そいつは地下鉄と配送トラックの脈動であり、おたがいの曲の中を流れ合う映画音楽と作中歌だった。おれが聞いたのは、偉大なるデリーが浅い眠りの中で呼吸する音だった。バルコニーに出て、おれの十歳児の声門が許すかぎりの大声で、叫びたかった。**起きろ！　起きろ！**　シヴの言う未来は、おそらく避けられまい。時空連続体の配列に、時空の外側にいる存在によって書きこまれてしまっているのだから。だが、みながその中に夢遊病のように踏みこんでゆくのを、おれは許しはしない。膨大な量のイメージと記憶とアイディアをぶつけ合い、粉砕し、溶け合わせ、おれは考えていた。山のように巨大な思考の大建造物が、おれのまわりで転げまわっていた。道筋は、はっきり明るくおれの目の前に横たわっていた。完璧かつ完全に、数秒にしてできあがってそこにあった。気が逸《そ》らされることはなはだしいデリーの政治と社会からは、自分を引き離す必要がある。おれの野望は、はるかに大きいのだ。しばらく無名の人となり、沈黙し、目を見開き、耳をそばだてなくてはならない。戦わねばならぬ戦争があり、それは、神話の戦いなのだ。

ラクシュミーからキスをしてもらって、おれは出発した。二年間放浪するという以外に、目的はなかった。南へ向かい、国境を越えて、ラジャスタンへ。バラットに戻ってからヒマラヤ山脈の息がかかる北へ。ラクシュミーといっしょにハネムーンを過ごした、涼しい緑の尾根だ。ダル湖とスリナガールへ。レーと高地の国へ。聖なる者《サドゥー》にふさわしい顎鬚はどうしても伸びなかったが、サドゥーらしく痩せて背は高くなった。少年宦官は、痩せぎすで背が高くなるのだ。そしてドレッドヘア。そうなんだよ。あの髪型でいるのはいいんだが、そうなるまでが、たいへんなんだな。あだ名ももらった。〝髭なしサドゥー〟だとさ。あだ名といっしょに筋肉がついて、日焼けした。お椀一杯の飯とカップ一杯の水で丸一日歩き、スタミナもついた。なんとおれは腑抜けて、運動不足の小僧っこだったことか！　食べ物と寝床のために、会計上の小さな奇跡を起こし、記憶力を使ってちょっとした芸をした。いたるところで、男たちと女たちの第三の目を覗きこんだ。ラマチャンドラ・タワーのてっぺんや、オウドの首相官邸からは決して見ることができないものを見た。渇きを見、旱魃を見た。優れた村の指導者たちや勤勉な地方公務員たちが、中央政府の官僚たちに邪魔をされるのを見た。賢明な女たちが、わずかな融資とグラミン銀行からの数百ルピーを立派なビジネスに変えるのを見た。良き教員たちが、先行きのない未来とカーストの罠から若者たちを引き揚げようと努力する姿と、オウドのはるか上にいるミドル・クラスの連中が、階級移動を可能する梯子をさっさと引き揚げてしまうありさまを見た。収穫の手伝いをし、トラクターの後ろに乗り、無菌状態の遺伝子組み換え種子の値段が上がり続けるので農民たちが悪態をつくのを聞いた。鼠を杖で追い払い、畑全体の雀を追い散らそうと両手を振りまわした。公民館に座りこんで、備蓄された太陽電池によって電力を供給されたプラズマTVの大スクリーンで、クリケットの試合を見た。髭なしサドゥーの他にも、新しいあだ名がついた――〝クリケット・サドゥー〟。村の結婚式と祭り、葬式を見た。おれは、死を見た。それはある日、まったく不意にやって来た。アグラの郊外にある、小さな町でのことだった。ホーリーの祭りが行なわれていた。染料が噴射され、色付きの粉が舞い、色が飛び交っていた。サリーが汚れ、白いシャツにはどうやって洗濯しても落ちないくらいに色が付き、そこかしこで弾ける笑顔にも色が付き、歯は白く、目は輝き、空中に色付き水を発射しながら、誰もが叫んでいた――〝ホーリー、ハイ！　ホーリー、ハイ！〟。この色のサーカスの中を、他の人々と同じように斑模様になりながら、おれは歩いていた。そのファトファトは、とんでもなく定員オーバーしていた。十人ぐらいの色付きの若者たちが、あらゆる支柱から梁柱から、ぶら下がっていた。目は大麻《ガンジャ》のせいで大きく見開かれ、吼えるように笑い声をあげながら、色付きの粉を通りすがりの人々に、誰彼となく握っては投げ握っては投げしていた。その連中がおれに気づいて、真正面から見据えてきた。すると前輪が路面のくぼみに嵌まりこみ、重量がかかりすぎていたサスペンションは、崩壊した。一切合財がひっくり返って、完璧な宙返りをした。屋根は卵のように割れた。人の身体があっちこっちに飛んだが、多くはガンジャのおかげでまだ笑い続けているぐらいで慌てることもなく、身のまわりの物をかき集めるとそそくさと去っていった。ところがひとりだけ、動かなかった。壊れたプラスチックのボディに挟まってしまったのだ。仰向けに倒れて、腕がおかしな方向に曲がっていた。その顔は青と緑とピンクに染まり、笑っているように見えたが、おれの感覚は、彼が死んでいると告げていた。死というものを、それまで見たことがなかった。あまりにたやすく、奇妙で、その場で拒否しがたく目の前にありながらもすごく微妙で、一瞬の変化でありながらも、あらゆる生に反していた。その場で期待されたように、おれは祈りの言葉をつぶやいた。だが心の中では、すべての人間に通じる真実であり、かつもっとも深遠なものを受け入れているところだった。おれは二十二歳でありながら十一歳児の身体をしており、寿命は世紀で数えられるぐらいあった。しかしある日、おれもこういうふうに横たわり、動くこと考えること感じることをやめ、永遠に無となるのだ。おれは、死を目の当たりにし、理解し始めていた。

村から村、町から町、寺から寺、街と同じサイズの巨大な建築複合体の寺院から風雨に曝されて白くなった路傍のお社まで。そしてある日、ジャイプールの干からびて埃っぽい郊外にあるモールの外で、警備員たちがおれのほうに礼儀正しく（というのも警備員たちは、常にサドゥーに対しては敬意を払わなくてはいけなかったから）、あちらに行ってはいただけないでしょうかと頼みにやって来た時、おれは捜し求めていたものを見た。ちょっとしたもめごとを見ようとひとりが向きを変えたので、一瞬そちらに目をやると、シヴァの目がこちらを見返してきたのだ。ここではバイオテクノロジーが蠢いているのを、おれは見て取った。

おれは公民館に行くと、最初の論説を書いた。おれはそれを、スレシュ・グプタに送った。〈グプシャップ〉の編集長だ。その雑誌は、デリーでは一番臆面なく大衆に迎合していて、おれの誕生と結婚の写真を掲載した。そして今、知らず知らずのうちに、来るべきカーリーの時代を告げるおれの予言を掲載することになるのだ。ところが即刻、拒否された。おれは次の日に、もう一本書いた。今度はコメント付きで返ってきた――〝題材はおもしろいですが、わたしたちの読者には不向きです〟。何とかなりそうだった。おれは執筆ができるところに引っこんで、また書いた。夜が更けるまで、タブレットにかじりついた。またひとつ、あだ名ができてしまったと思う。文士のサドゥー。スレシュ・グプタは、三本目のは採用してくれた。そしてそれからは、どれもこれも。何について書いたのかって？　シヴァが予言したことを、全部さ。そいつが三つのインドの大家族にとって何を意味するか、書いたのさ。ヴォラ家とダシュムク家とヒランダニ家。村と町と都市。おれはキャラを作った。母親たち、父親たち、息子たち、娘たち、おかしなおばさんたちと、暗い秘密を抱えたおじさんたち。そして長らく行方不明だった親戚から、連絡が来る――おれは、彼らの物語を語った。毎週毎週、何年も何年も。良かれ悪しかれ変化が、テクノロジー革命による絶えざる一撃が、彼らに降り注ぎ続けた。おれは、週刊の連ドラ、ソープオペラを作ったのだった。そいつを自分で《タウン・アンド・カントリー》と呼びさえした。こいつは恐ろしく成功した。馬鹿売れした。デリーのインテリは〈グプシャップ〉をふつう美容院でしか読まないのだが、そのインテリの間で発行部数が三割増しになっているのに、スレシュ・グプタは気づいた。よく質問が寄せられたそうだ。〝釈迦牟尼〟とは誰の筆名だ？　インタビューがしたいんだが、どんな人だか知りたいんだが、《オウド・トゥデイ》に出て欲しいんだが、特集記事に寄稿してもらいたいんだが、このプロジェクトのアドヴァイザーになって欲しいんだが、あのシンクタンクのにも、スーパーマーケットを開いてくれないかなあ。スレシュ・グプタはそうした問い合わせを全部、クリケットの手練の捕手《スクエア・レッグ》のように事もなくさばいてくれた。質問は他にもあった。そっちは自分で耳にした。鉄道の駅で、ファトファトを待つ列で、スーパーマーケットやバザールの行列で、家族の集まりで――〝あれはわたしたちに、どういう意味があるの？〟。

　村に、小さな町に、自分を埋没させながら、おれは旅を続け、歩き続けた。小さな未来ソープオペラも書き続け、携帯ポイントやら村のネットリンクやらから送信した。おれは、シヴァの目に注意を払った。最初に目にしてから次に出くわすまで、数カ月かかった。次に見たのは、マディヤ・プラデシュの商業地区だった。それから後は、定期的に目にするようになったが、それでも多くはなかった。それが二〇四九年から二〇五〇年になるころ、雨が降った後に砂漠に花が咲くように、いたるところに現われた。

　ネパールとの国境地帯の南、平らで荒涼とした田舎からヴァラナシに下って歩いている間に、おれは進化に関する思考を練り上げた。ダーウィンとポスト＝ダーウィン、そして進化の特異点は、本質的にはわからないことについて。緊急用のアドレスに来たサラスヴァティからのメッセージを拾ったのは、そんな時だった。すぐさまおれはヴァラナシへヒッチハイクすると、予約することのできた最初のシャタープディー急行でデリーに向かった。汚らしいドレッドヘア、長い爪、路上での何カ月にもわたる生活でこびりついた埃と聖なる灰は、ファースト・クラス・ラウンジの便器におさらばした。ヴィシュワナス・エクスプレスがニュー・デリー・セントラル駅の荘厳なナノダイヤモンドの繭《まゆ》に入りこむまでには、衣装を調え、髪を整え、髭もあたって、すらりとした自信溢れるデリーの若者になっていた。前途洋々たるティーンエージャーだ。サラスヴァティは、おれを自分のトラックで拾った。古くてオンボロの白いタータ－で、自動運転はおろか、コンピューターも搭載されておらず、エアコンすらついていなかった。横に青文字で〝ニュー・デリー女性駈けこみ寺〟と記されていた。インドを放浪している間、おれは妹のキャリア――というより複数のキャリア――を、名前を隠して追っていた。やりがいに、彼女はこだわっていた。もし妹が西洋人で、デリーの少女ではなかったら、彼女の生まれを考えれば、それは罪だとおれは言っただろう。ここで劇場の支配人をしたかと思えば、あそこで都市の集中農業を、驢馬のサンクチュアリーをどこぞにつくったかと思えば、ダムへの反対運動をずっとずっと下ったあんなところで。妹は、おれを馬鹿にしていた。草の根深い場所でこそ、真実の仕事がなされているのだ。人々は働くのだ。カーリーの時代の終焉という兄のヴィジョンなしでは、おれは妹の哲学にまでいたれなかったのだった。

妹はまだ二十歳だったが、老けて見えた。まるでおれの偽りの若さの分が、何かのカルマで妹のほうにいってしまったようだった。妹は、テロリストのような運転をした。あるいは、おれが車で旅をしていなかったからか。壊れかけのタータ－の小型トラックだから、街中だから、デリーだから……。いや、妹はテロリストのように運転していた。

「もっと早く言ってくれたら」

「本人がいやがったのよ。自分で最後までやりたがっているの」

「正確なところ、何なんだ？」

「ハンチントン病よ」

「何かできるのか?」

「何もできなかったわ。まだできないでいる」

パーラメント・ストリートのロータリーをぐるっとまわりながら、サラスヴァティはクラクションを鳴らしまくって、車線変更のつばぜり合いを制して強行突破する。シヴァ教徒たちは、まだ自分たちの社《やしろ》を守っていた。三叉の槍が掲げられ、額にシヴァのほんとうの目が描かれている。三本の白い横縞だ。街じゅうにいる男にも女にも、ほとんどの人間の額に、あれとは別の印があるのを、おれは見ていた。サラスヴァティは、まだ穢《けが》れていなかった。

「おれが妊娠した時に遺伝子チェックをして、いつでも知ることができたはずだがな」おれは言った。「でも、言ってくれなかったな」

「あんたの代では大丈夫ってわかっただけで、充分だったのよ」

ダダジには二人の看護婦がついていて、二人とも親切だった。ニムキとパパディと父は呼んでいた。二人は若いネパール人で、とても控え目でとても行儀がよかった。静かに話し、可愛いかった。二人は父の状態をモニタリングし、酸素をチェックし、人工肛門のストーマ袋を空にし、ベッドの上で床ずれができないように父を動かし、身体につながっているたくさんの管からの漏出や液体の塊などをきれいにしていた。二人が、曲がりなりにも父に愛情を持っていることを、おれは感じた。

サラスヴァティは、外の庭で待っていた。こんなようすの父を見るのが、いやだったのだ。けれど思うに、より深遠な嫌悪があったのだろう。父がこんなふうになったというだけでなく、どんなふうに父がなってしまうのかということについて。

いつも丸々太った男だったトゥシャール・ナリマンは、動けなくなってしまったがゆえに、さらに太っていた。部屋は一階にあり、お日さまで枯れた芝生に面していた。旱魃で茶色い葉をつけた木々が、通りの猥雑さを遮っていた。身体にとってはともかく、精神衛生上はよかろう。神経の退行は、予想していたより進行していた。

父はでかくて、膨らんでいて、青白く、機械に陰を落とされていた。機械は蟷螂《カマキリ》みたいだった。あらゆるアームや探針、マニピュレーターが、両手の指に余るくらいの切りこみや弁を通じて、父に引っかかっていた。あらゆる外科手術を身体に対する暴力だと考えたのは、ガンジーだった。過激な鍼灸治療のように身体に刺さったセンサー針を通じて、父はモニターされていた。そして、おれは間違いないと思ったが、額にあるシヴァの目を通じても。そいつが父をまばたきさせ、嚥下させ、呼吸させ、父がしゃべろうとする時はしゃべらせていた。父の唇は動かない。声は壁に埋めこまれたスピーカーから響き、父の声を気味悪く、神さまみたいに響かせた。もし第三の目を通じてあれに接続されたら、おれの頭の中で、テレパシーみたいに直接話しやがるんだろう。

「調子よさそうじゃないか」

「たくさん歩いているからね」

「おまえをニュースで見られなくて、寂しかったんだ。おれは、おまえが動いたり握手したりするのを見るのが好きだった。ああいうために、おまえをつくったんだから」

「あんたは、ぼくの頭を良くしすぎたよ。成功しすぎたら、まともな人生なんてありゃしない。そんなんじゃ、幸せになりっこない。シヴに世界を征服させて、社会を変えさせるんだね。超越的知識人は、いつだって静かな生活を選ぶのさ」

「それで、政府から離れて、息子よ、今はどんな具合にやってるんだ」

「言ったとおりだよ。歩いてる。ぼくは、人間のみんなに賭けているのさ。物語をしたりしてね」

「おまえと、ちゃんと話をするはずだった。おまえのことを、恩知らずのくそガキと罵ってやるはずだったんだ。ここにいるニムキとパパディが、そんなことしたら死にますよ、と言ったりしなかったらな。でもな、おまえは恩知らずのくそガキだ。わたしたちはおまえにすべてをくれてやった——すべて、だ——そしておまえは、そいつをただ路傍にほったらかしたというわけだ」父は、二度呼吸をした。一回一回の呼吸が戦いだった。「それで、おまえはどう思ってるんだ？　屑だとでも思っているのか？」

「その人たちが、あんたの面倒をみてくれているようだね」

父は目をまわした。痛みを超えた、何かの状態にあるようだった。意志の力だけが、父を生かしているのだ。何のための意志なのか、おれには見当もつかなかった。

「こんなふうにしてるのにどんなに疲れるか、わからんだろうな」

「そんなふうに言うなよ」

「敗北主義だと言うのか？　こんな状態にいい解決法などないと理解するのに、おまえの超人的知性は必要ないだろう」

おれは椅子をぐるりとまわして、そこに座った。両手を組み合わせて、その上に顎をのせた。

「まだ何か、成し遂げる必要があるんですか？」

笑い声が二つした。ひとつはスピーカーから、もうひとつは、痰がからんだおかげで苦労して動いている喉からだった。

「あのな、おまえは輪廻を信じるか？」

「なんでそんなことを？　ぼくたちはインド人だ。ぼくたちは、そのために存在しているんじゃないか」

「そうじゃなくて、ほんとうの話さ。魂を移植するということは？」

「あんたがしているのは、そいつか？」尋ねたそばから、恐るべき結論におれは到達していた。「シヴァの目か？」

「おまえはそういうふうに呼んでるのか？　いい名前だ。わたしをアイドリングするままにしてくれているのは、この機械がやっているうちでは、一番小さな仕事だ。ほとんどは、データ処理と保存をしているのさ。あの中に、おれが少しずつ入っていっているんだ。毎秒毎秒な」

アップロードされた意識。不死の幻想、純粋情報としての果てしない輪廻。人間以降の薄暗い、身体なき神学。おれは、そいつを自分の国民的文書にしたためてきた。おれのキャラの家族たちをそいつに直面させ、その誤った行く末を見出させていたのだ。今やここに、そいつがどうしようもないくらいに、血肉化していた。おれ自身の現実世界の連ドラで、自分自身の父親に。

「それでも、あんた死ぬよ」おれは言った。

「こいつは死ぬだろうな」

「そいつは、あんたなんだよ」

「十年前に存在したわたしの肉体的パーツで、今日あるものなど何もない。わたしの中のあらゆる原子は十年前とは異なった原子だ。だがそれでも、わたしは自分がわたしだと、まだ思っている。持続しているんだよ。わたしは、自分があの別の物質的身体であったことを覚えている。連続性があるんだ。もし自分をファイルのフォルダのようにコピーすることを選ぶなら、そうさ、確かにわたしは帰り道のない、あの昏《くら》い谷に降りて行くことになるだろうさ。しかしだな、おそらく、おそらくは、もし自分自身を拡張すれば、自分自身をメモリからメモリに移動できれば、少しずつ、おそらく死は、足の爪を切るのと大差なくなるんじゃないだろうか」

部屋の中では薬の音がうるさかったので、静けさが訪れることはありえなかった。しかしその時、言葉はなかった。

「なんで、ぼくをここに呼んだんです？」

「聞いてくれるか。それじゃ、祝福を与えてもらえるかもしれんな。おまえに接吻してもらうためだよ。なぜなら、わたしは怖いんだ、息子よ。怖いんだ。こんなことを前にした者はいない。暗闇の中に一発ぶっぱなすようなもんだ。万が一、間違いをおかしてしまっているなら、万が一、愚かなことをしているだけなら、一体どうしたらいい？　おお、キスをしてくれ、息子よ。大丈夫ですよと言ってくれ」

おれは、ベッドのところに言った。管と紐と線の間を、注意深く潜り抜けた。太陽の光にぜんぜんあたっていなかった肉の塊を、おれは抱き寄せた。父の唇に接吻をし、音は出さないが言葉を形作るように唇を動かした――〝わたしは今も、そして常に、シヴの敵でしかないんです。でももしそこに、あなたが少しでも残っているなら、もしわたしの唇の振動から何かわかるなら、合図をください〟。

唇は動かず、指は上がらず、目はこちらを見ているだけで、涙でいっぱいだった。父は逆さまにした机に乗って、母を安全なところに導いたのだ。違う。あれは別の誰かだ。

父は、二カ月後に死んだ。二カ月後に、サイバネティックスの涅槃に入ったというわけだ。どちらにせよ、おれは再び偉大なるデリーに背を向けて、人間界からもAIの世界からも、同じように歩み去った。

白い馬の朝

何ですって？　ヒーローが出てくると思ったのに、ですって？　だって、わたしはその場を歩み去ることにしたんですよ。どうすりゃよかったんですか、映画スターみたいに銃を撃ちながら走りまわれと？　あたしゃ、誰を撃つってんです？　悪役ですか？　今の話で誰が悪役かっていったら、シヴですかね？　ええ、間違いなく兄は、あなたにすごい死にざまを見せられたと思いますよ。とびっきりの黒い口髭をつけた、ボリウッドの悪漢みたいね。でも、兄は悪役じゃないんです。兄はビジネスマンですもの。純粋に、単純に。われわれの世界を隅々まで完全に、永遠に、変えてしまった商品を持っていたビジネスマンなんです。でも万が一、わたしが兄を撃ち殺しても、何も変わりはしません。サイバネティックスやらナノテクやらを撃ち殺すことはできないんですから。経済の効率面からすると、引き伸ばされた、五分もかかる、這いずるような死の場面を提供するなんてのは、ありえないんですよ。自分の遠大なる計画がこんなふうに終わるなんてありえない、と目を剝くような具合にはね。ほんとうの世界には、悪党なんていやしないんです——ほんとうの複数の世界、って今は言わないといけないですかね——ヒーローもほとんどいないですね。間違いなく、玉なしのヒーローはいない。だってね、結局のところ、そこがヒーローの大事なところなんですよ。ヒーローは男なんだから、ついてなきゃ。

　いいえ、《デシ・ボーイズ》に出てくる過敏な連中がするようなことはしませんでしたよ。わたしは、頭を垂れて、生き残ったんです。インドでは、英雄詩に詠われるようなことは、そういうゲームをできるものを持っている連中に任されてきたんです。ラーマーヤナやマハーバーラタの神さまやら半神半人のみなさんやらにね。三歩で宇宙を横切って、悪霊の軍団と戦ってくれってんだ。おれたちに残されているのは、金をつくるとか、家族を守るとか、生き残るとか、そういうことですよ。そういうことを、わたしらは歴史を通じてやってきたんです。侵略と王たちの戦争を越え、アーリヤ朝とムガール帝国と英国の支配を越え。頭を垂れて、やっていくんです。ちょっとずつ、生き残って、誘惑し、同化し、最後には征服してしまうんです。そうやって、わたしたちは、この暗いカーリーの時代をやっていくんですよ。インドは、耐えるんです。インドってのはその民のことなんで、つまるところわたしたちは、自分たちの人生だけだったらみんなヒーローなんですよ。英雄の道筋ってのは、一本だけです。生まれた時に尻を叩かれてから、ガートで火葬されるまでの一本道。わたしたちは十億人いて、その半分はヒーローじゃないですか。誰がそいつを負かせるっていうんです？　それだったら、わたしはまだ、自分の長い人生の英雄でいられますかね。まあ、聞いてください。

父が死んでから、おれは数十年の間、放浪した。おれにとって、デリーには何も残っていなかった。おれの放浪は、同じ時代のサドゥーとしての精神的探求とはかけ離れていたが、おれ自身は、仏教徒の無執着の考えを持っていた。《タウン・アンド・カントリー》を利用したおれのキャラクターたちに、世界はあまりに急速に追いついていた。最初の数年は、〈グプシャップ〉にますます散漫な記事を送った。だが真実は、その時には誰もがヴォラ家、ダシュムク家、ヒランダニ家の一員だったのだ。続きものだった事件は細分化して無に帰したし、筋立ては宙ぶらりんになり、家族の物語は棚上げになった。誰も、実際には気づいていなかった。今やみなが、その世界をほんとうに生きていたのだ。そしておれの感覚は、他の人間では思いつくことすらできない豊饒さと細かさで、信じがたい革命を報告してきた。ケララで、アッサムで、ゴアの浜辺のバーで、マディヤ・プラデシュの動物サファリで、おれが住むことを選んだ、道路からはずれた場所で。離れたところで窺っていたからこそ、理解しうるものだった。デリーでは、圧倒的だったろう。サラスヴァティは、おれに電話やメールで情報を送り続けてくれていた。妹はそれまでのところ、シヴァの目を拒否していた。スリリングな即時性と親密さ。思考間の直接コミュニケーションによる、プライヴァシーの精妙なる死。シヴの第三の革命は、妹の行動あるのみのキャリアに、決心とヴィジョンを与えた。サラスヴァティは、下層階級に身を置く選択をした。おれは、TVやオンライン上の識者先生方から、小さな喜びを得ていた。その昔、〈グプシャップ〉に恐ろしく大衆迎合的な粗製乱造の話を連載していた屁みたいな釈迦牟尼は、おそらく正しかったのだ。テクノロジーの一撃が、インドにヒビを入れてしまった。インド全体を、巨大な陸地のダイヤモンドを、二つの国民に分かたってしまったのだ。速い者と遅い者、つながっている者とつながっていない者、接続されている者と接続されていない者。持つ者と持たざる者。サラスヴァティは、おれに伝えてくれた。金持ち階級の連中があまりに急速にユニヴァーサル・コンピューティングされた未来に舞い上がってしまったので、スペクトル線上の赤方に大きくずれてしまったようだ、と。永遠に貧しい人々は同じ空間を共有しているのに、いつもオン、常時接続、常時コミュニケーション接続されている人々からは見えなくなってしまった、と。影と塵芥。二つの国民。インドとバラット。前者は、エスニシティと言語と歴史の寄せ集めのためにイギリスがつけた名で、後者は、いにしえで、先祖返りした、聖なる土地の名なのだ。

この変化の時代の全体を見渡す視座を手に入れるには、距離を取っているしかなかった。自分自身を遠ざけていなくては、この二つの国民を理解し始めることすらできなかった。インドは、目に見える者たちと目に見えない者たちの両者が、おたがいに流れこむ二本の川のように混ざり合う場所になった。聖なるヤヌマと母なるガンガー。そして第三の、目に見えぬ、神聖なサラスワティ。人間たちとAIたちは、自由に出会って混ざり合った。AIは人間の精神の中で形を成し、人間は世界に拡がるネット上に連なって配列された肉体のない存在となった。魔法の時代が戻ってきた。デリーの通りでジンに会うと自信満々に信じ、日常的に守護霊たちにお伺いをたてていた時代に。インドは、ヒマラヤ山脈と海の間に存在するのと同じぐらい、精神と想像力の内側に位置していた。光り輝くコミュニケーションのウェブの中に、いかなる人間の頭脳よりも複雑に、接続されて、精妙に、この亜大陸全体にわたって拡がっていたのだ。

バラットは、貧しかった。バラットの手と踵《かかと》はひび割れていた。けれども、彼女という国は美しかった。バラットは掃除をし、料理をし、子どもたちの面倒を見た。バラットは運転し、建築し、通りで荷車を押し、階段を昇ってマンションの部屋に荷物を運んだ。バラットは、いつも渇いていた。たった今直面している危機を回避するのに失敗したことを忘れるくらい、その危機的状況に夢中になるとは、なんと人間的なことか。

インドの問題は、ストレージだった。情報は指数関数的に増大し、使用できるメモリの増え方は算術的だった。データ不足はマルサスの人口論的な様相を呈し、この大テクノロジー革命を脅かした。バラットの問題は、水だった。モンスーンはすっかり気まぐれで、散り散りになったあげく、こぬか雨と、雨を降らすやひび割れた大地から去っていってしまう数回かぎりの激しい雷雨と、水平線のあたりからちっとも近くに来てくれない、じらすような灰色の雲の線になってしまっていた。北インドの複数の大河とゆっくりと流れるブラフマプトラ川に水を供給していたヒマラヤの氷河は、枯渇していた。小石と乾いた粘土の氷堆石でしかなかった。旱魃の母が、来ようとしていた。けれども接続されている階級の連中には、何の関係がある？　あいつらは、脱塩して淡水化した水を買うことができる。インドってのは、水から生まれたんじゃないのか？それに最悪に最悪が重なって宇宙が炎に包まれて終わりを迎えるなら、目もくらまんばかりの新しいテクノロジーを通じて、ねばねばべとべとした肉体から現実とヴァーチャルの狭間にある夢のインドへと、自分たちを変換してしまうだろう。そんな具合に昇華された存在は、ボダイソフトと呼ばれた。シヴは、そんな名前を誇りに思ったことだろう。

浜辺のおれのバーで、おれのダイビング・スクールで、おれの動物サファリで本屋でクラブで喫茶店でウォーキング・ツアー会社で、おれのレストランでアンティークショップで瞑想空間で、自分の予言が現実になるのを見つめた。そのとおり。おれは、こうした事業をすべて手がけていた。そのうちの十は、ひとつひとつがおれの神聖な名前にちなんで名付けられた、十の権化《アヴァター》にそれぞれ対応するものだった。全部が、世界の端にあった。全部が、カーリーの時代を俯瞰《ふかん》する場所にあった。おれは、年を数えるのをやめた。おれの身体は、やっとおれとひとつになった。おれは背が高く、痩せて、額の広い男になった。声は高く、手と足は長く、おれの目は、とてもきれいだった。

年は、失うもので計るようになった。昔、ヴァラナシでおれと政治的に同じ立場にあったシャヒーン・バドゥール・カーンと、またコンタクトを始めた。おれが突然政界から消えた時、他の人々と同じように驚いたそうだが、彼のキャリアに小休止はなかった。そして、おれが《タウン・アンド・カントリー》の記事(幅広く同時発売されていた)の背後にいる〝釈迦牟尼〟だと彼に知られるところになるや、おれたちは活発で長文のやりとりを始めた。それは、彼が七十七歳で亡くなるまで続いた。彼は、完璧に死んだ。良きイスラム教徒のように。ボダイソフトに対してのクラウド状の疑念よりは、天国への約束のほうがなんぼかましだ。母は、この世からボダイソフトのドメインへと滑りこんだ。サラスヴァティは、母が不治の病だったのか、この世がただいやになったのかは、教えてくれないだろう。どっちにしろ、昔はシリ・リングロードだった線に沿って、今ではデリーに籠城を決めこんでいる摩天楼並みのメモリの間で、おれは母を探したりはしなかった。ラクシュミーも、ほとんど妻であり、いっしょに陰謀をめぐらした人々の中ではもっとも愛らしかった彼女も、ボダイソフトのドメインに入った。そこでなら、際限なく彼女を喜ばせてくれる精妙な数学のゲームを探求することができる。それなら、すべてを失ったということにはならないだろう。カーリーの時代は、ひとりの友人を連れてきてくれた。もうひとりの偉大なるカーン。レンガナタン博士のブラーミン・カレッジにいた、昔のおれの先生だ。やっこさんは、時代遅れにもシヴァの目を拒んだ人たちへのスクリーンやライトホークに置き換えられたiダストのクラウドから、煙のようによく出現しては、おれの倫理的なだらしなさについて講釈して、いくつもの夜を過ごしてくれた。そいつは、楽しかった。

それから、デリーの通りを塵埃《ダスト》が吹き抜けてゆくようになった。それは、ひたすら続く旱魃によるものではなかった。旱魃のおかげで畑は焼かれ、穀物は粉になり、何百万もの人々がバラットからインドの都市という都市に押しかけてはいたけれども。それは、シヴァのダストだった。世界に向かって放たれた、プルサ・コーポレーションのナノスケールのコンピューターの、聖なる灰だったのだ。バラットは窒息しているのかもしれないが、ほら、そこ、そこに！　インドのメモリ問題の解決策があるじゃないか。シヴは、そいつに名前を付けていた。いい名前ではあった。それは、〝神《ディヴァ》〟と呼ばれていた。

兄が、おれに連絡してきた。ラッシーを飲みながら、ヴァラナシの兄の家の庭で最後に話してから、何十年も経っていた。その時おれはパンドゥアで、瞑想のための宿泊所、ダルマシャーラーを経営していた。そこは広くて、静かで、涼しくて、邪魔になるのはその場所にたむろする西洋人の重すぎる足だけだった。西洋人たちがもともと裸足の人たちではない、ということをおれはそこで知った。ｉダストが、コンタクトをリレーしてきた。連絡だ。おれは、ミスター・カーンだなと思った。代わりに兄が、螺旋状に回転する埃から湧き出てきた。兄は痩せていた。痩せすぎだった。健康そうに見えた。見えすぎだった。あの時の兄は、肉、ＡＩ、仲介者、ボダイソフトのうちの、どれでもよかっただろう。おたがいに挨拶をして、おたがいに元気そうだな、と言った。

「ニルーパはどうだい？」

兄の微笑みは、目の前にいるのが人間なのだとおれに思わせた。ＡＩは、ＡＩなりの感情を持っている、あるいは感情に似たものを。

「元気だよ。とっても元気だ。もう二十八でな。信じられるかい？」

信じられない、とおれは白状した。

「よくやってるよ。だんなを見つけてな。充分にいい一族からさ。成り上がりじゃなくて、由緒あるっていうな。いい時機をよく待ってくれたと思うよ。でもそのおかげで、いい時間を今、過ごせるってもんだ」

「この世にいる間は、ずっとそうだろうね」

「娘はきれいだぜ。ああ、ヴィシュ、他に伝えなきゃいけないことがあるんだ。警告というわけじゃない、正確には。もっと覚悟を決めておいて欲しいことがあってな」

「不吉な言い方するじゃないか」

「そうじゃないといいとは思っているんだ。それにしてもおまえは、一切合財うまく予言したもんだな」

「予言したって何を？」

「かまととぶってんじゃねえよ。おまえが誰だか、おれが知らないとでも思ってるのか。スケスケの世界じゃ、秘密なんてもんはないんだよ、恐れながら。いやいや、おまえはうまくやったよ。おれは、おまえがしてくれたことを嬉しく思っているのさ。思うに、おまえのおかげで、ダメージは和らいだからな。でもな、おまえが予言しなかったこと、おそらくはおまえが予言できなかったことが、あるんだよ」

おれの簡素な木造の部屋に点された蠟燭の炎を、そよ風がささやくように揺らめかせていった。白人たちの重たい足が、おれの部屋の格子窓の外で、ぎしぎし音をたてる床板の上を**ズンズンズンズン**歩いていった。もし連中が格子のこちら側を覗きこんだら、おれが幽霊と話しているのを見たことだろう。この時代に、おかしなことなど何もない。いや、ほとんどの時代に、ありはしないかな。

「よく予測はしていたがな」

「論理的に、そうなりそうだとね」

「三人の神々が地球を離れた時、別個の時空連続体へのコネクションを開いていたんだ。おれたちの時空とは、いくつか大きな違いがある。ひとつは、時間がおれたちの時空よりはるかに早く過ぎるということ。あっちの時空にいるやつは気づかないがな。もうひとつは、光陰矢のごとく逆に進むんだ。三神は、時間の中を逆行している。だから、彼らの人工遺物が宇宙で発見された時に、アメリカ人たちは礼拝堂と呼んでいたが、そいつが時間的に、太陽系に先行していたように見えたんだな。だがそれより大事なのは――だからこそ連中はその時空を選んだんだが――情報が、その時空の幾何構造に統合されているんだよ」

おれは目を閉じて、集中して想像力を働かせた。

「兄さんが言わんとしているのは、情報、データ――精神って言ってもいいのかな――が、その宇宙の基本構造の一部を形成していると。肉体がいらない精神というわけだ。宇宙全体が、コンピューターのようになっているわけだね」

「わかってんじゃないか」

「で、その宇宙に引っこむ方法を見つけたと」

「おおっと、それは違うんだな。その宇宙は、閉鎖されているんだよ。三人の神々でおしまいになったのさ。あいつらの時間はなくなってしまってね。不完全な宇宙だったんだな。他のがあるんだよ。似たような精神宇宙が。でも、もっとましなものでね。ポータルを、一ダースほど開設しようと思う。それを数百にして、最終的には数千にまでしたいね。必要とされる情報処理は、常に利用可能なメモリを凌駕するようになるだろう。ディヴァはただの一時しのぎさ。おれたちのすぐ横にある、ほんの一歩離れただけのところにある宇宙全体が、コンピューティングのためのリソースになるんだよ」

「何をするつもりだ？」

「ジョティルリンガが来るんだよ」

ジョティルリンガは、聖なる場所だった。そこでは、ヴェーダの時代にシヴァ王の創造的、生産的活力が、神聖な光の柱に囲まれた地面から燃え立っていた。究極的なリンガ、男根的シンボルだ。これが、地面からではなく、他の宇宙から来る。そしてシヴはその柱に、自分の名前にちなんだ神の、宇宙的な陰茎の名前を付けた。兄は、比類なく不遜だった。iダストでできた兄の虚像は輝き、渦を巻き、一億もの光の塵埃へと炸裂した。兄の微笑みは、あの伝説的なチェシャ猫のように、その場に残っているように見えた。一週間後、十二本の光の柱が、インドの国々のあちらこちらの都市に現われた。わずかな配列ミスのせいで、デリー・ジョティルリンガはダルハウジーのど真ん中に着地した。街の中で最大のスラム。そこは折からの旱魃による避難民で、どんな想像もはるかに超えて、ごった返していた。

十一時三十三分。インドじゅうの都市に同時に出現した十二本の光は、鉄道網を麻痺させた。その日に起こった混乱では、最小のもののうちのひとつだった。

だが、ブラマプトラの真ん中にある島にいて、デリーにたどり着く必要があるおれにとっては、一番重要な点だった。飛んでくれる飛行機があるというのは奇跡に等しかったが、おれはそのうちの一機に席を取ることができた。神々の時代がほんとうに戻ってきたのだという証を実際に目にするためには、いかなる犠牲も払わねばならなかった。古くからある偉大な都市という都市に、異なった宇宙への入り口が開いた時でさえ、インドの大いなる母たちは、小さな愛しい子どもたちに会うために、旅をする必要があるのだ。

おれはサラスヴァティに連絡を取ろうとしたが、デリーへのすべてのコム・チャンネルはダウンしていた。コール・センターのAIは、ネットワークが復旧するまでの無期限の遅れを告知していた。干上がったガンガー川のちょろちょろとした銀色の糸のような流れの上を、オウド航空のエアバスで飛びながら、デイヴァ＝ネットを通じてネット空間に連なっているのに慣れている人々がたったひとつの頭の中に戻ったら、どんな具合なのだろうと考えていた。小さなトイレの中でおれはもう一度髭をあたって、デリーの輝くシティ・ボーイに変身した。インディラ・ガンジー空港に下降しながら、機長は右側に座っている乗客に、外を見るように促した。ジョティルリンガが見えるらしい。機長の声は自信なさげで、旅客機に乗っている時に聞きたいような声の調子ではなかった。まるで機長自身が、自分が見ているものを信じられないようだった。機長のアナウンスが入るかなり前から、おれはそいつをじっくりと眺めていた。太陽のように輝く光の線が、靄がかかったデリーの中心部にあたる灰色の点から昇っている。目が届く範囲を超えて、上に突き抜けていた。小さな窓際のところで首をねじり、暗くなった空を見上げてみたが、さらにその上まで伸びていた。

サラスヴァティは、あそこにいるのだろう。あれは、シヴの警告だ。光がぶつかった時、妹は周囲を見まわして、それと同時に決意を固めたことだろう。助けを必要とする人がいる。妹は、動かないではいられない。

　入国審査に一時間半かかった。飛行機五機分のジャーナリストが、一気に吐き出されていた。ネットで接続された世界は、地上のリポーターの代わりにはならなかったらしい。ホールは、蠅サイズのホヴァーカムでブンブンいっていた。リムジンでデリーの中心部にねじこむまで、さらに二時間。高速は、車列でふさがっていた。みなゆっくりと、地面を進んでいるがゆえに仕方がない鈍重さで脱出をはかっていた。瞑想をする場所の、深淵で液体のような静けさから出てきたばかりの者には、クラクションのノイズが不気味に響いた。軍隊とメディアだけがデリーに向かっているようだったが、兵士たちはおれたちを交差点で止めると、チャーターされた避難バスのとてつもないコンボイを通させた。巨大なクローバーの葉の形をしたシリのリングロードの一隅で、三十分ほどまったく動きなく足止めを食った。畏怖を感じつつもわくわくして、メモリー・ファームの壁を検分した。塔のようにそびえる巨大な黒い一枚岩は、ソーラー板になった地肌で太陽の光を呑みこみ、目が届くかぎりどこまでも肩と肩を寄せてひしめき合っていた。エアコンの効いた空気を一息吸うごとに、おれは何百万ものディヴァを吸いこんだ。

　道路脇、ロータリーと道の縁、交差点に駐車場、前庭に公園、いたるところが避難民の掘っ立て小屋と差し掛け小屋でいっぱいだった。一番ましなのは、煉瓦でできた低い壁が三枚にビニール袋の屋根がついており、最悪なのは、段ボールか棒と襤褸《ぼろ》をひとまとめにして、日陰ができているだけだった。足に踏まれて下生えはなくなり、薪にするために木は丸裸にされていた。剥き出しの大地は埃を吹き飛ばし、空中にいるディヴァと混ざり合った。スラム街は、メモリの塔の群れの足元まで押し寄せていた。これだけ巨大な破局に直面して、サラスヴァティはここで何ができると考えているのか？　おれはもう一度、妹に連絡を取ろうとした。ネットワークは、まだつながらない。

　かつてバラットはインドに侵攻したが、今はインドがバラットを放逐しようとしていた。クラクションを鳴らしっぱなしにしながら、おれたちは進んだ。避難民たちの、ひどく衰弱しきった一団を通り過ぎた。いい車は、ここには一台もなかった。トラック、古いバス、金持ちを拾いに来た車、その後ろにはファトファトが雲霞のごとく群がり、おれが死を見出したホーリーの祭りで見たあのファトファトより、はるかに多くの人を乗せていた。バイクや原付《モペッド》は、寝具や鍋をくくりつけているおかげで車体がほとんど見えなかった。一台などは、ポッポポ音をたてている自家製トラクターのできそこないで、エンジンが恐ろしいくらいに剝き出しで、トレーラーを引っ張っていた。そのトレーラーには、家と同じくらいの高さになるまで、女と子どもが乗っていた。荷物の重みで身体を曲げて踏ん張りながら、驢馬が荷車を引っ張っていた。最後尾では、人間の筋肉がこの大移動《エクソダス》を前進させていた。自転車リキシャー、手押し車、曲がった背中。軍隊のロボットが彼らを導き、集団にまとめ、許可された避難経路から迷い出た者、あるいは倒れた者を、感電棒で罰していた。

　すべての始まりとして、すべての向こう側にあるのが、ジョティルリンガの銀の槍だった。

「サラスヴァティ！」

「ヴィシュヌ？」向こうがやかましくて、ほとんど声が聞こえなかった。

「迎えに来た」

「何しに来たって？」妹のいるところからでは、聞こえてくる声はノイズでしかなかった。運転手に金を握らせた。すぐに妹のいるところに連れていってくれるだろう。

「ここを出なきゃだめだ」

「ヴィシュ」

「ヴィシュじゃねえ。おまえに何ができる？」

妹のため息が聞こえた。

「いいわ。会うわよ」妹がはっきりとした座標を報せてよこした。運転手がうなずいた。場所を知っている。制服はパリッとして、帽子は奇跡的に礼にかなったものだったが、おれは、運転手が怖がっていることを知っていた。おれと同じぐらいに。

メロリ大通り《ブールヴァード》で、銃声が聞こえた。エアドローンが車の屋根の上に降下してきて、あまりに低空飛行なので、エンジンの振動でこちらのサスペンションがガタガタする。筵簾《すだれ》がかかったモールの店先の裏側から、煙が立ち上っている。この通りは、ここはパーラメント・ロード。ということは、あれが昔のパーク・ホテル。あれは、バンク・オヴ・ジャパン。それにしても、なんと影薄く荒れ果ててしまったことよ。サムサド通りにあるジャンタル・マンタルの周囲に区分けされていた庭園は、荷造り用の木箱でできた家で埋め尽くされていた。ジャイ・シンの天文観測建築の簡素で大理石でできた角という角に、ビニールの屋根が押し付けられている。どこもかしこも、差し掛け小屋と掘っ立て小屋と悲惨な努力の結晶でいっぱいだ。

「わたしがお連れできるのは、ここまでです」タルカトラ・ロードで人間と動物と軍隊のまったく動かない集団に突入したところで、運転手は言った。

「どこにも行くなよ」車から飛び降りながら、おれは言った。

「こりゃ動けんでしょ」

押し寄せる人混みは容赦なく、混沌としていて、今までおれが行ったことがある中では一番恐ろしい場所だったが、サラスヴァティは、ここにいる。おれは自分の思考地図の中に、妹を見ることができていた。交通遮断をしている警察ロボットの一団が、オウド・ビルの階段から群集といっしょにおれを押し戻そうとした。だがおれはそこを潜り抜け、外に出て、先に進んだ。おれは、この場所を知っていた。自分のためのパーティーを、ここでやったのだ。そして突然に、すばらしく、ぽっかりと開けたところに出た。心にガツンときた。視界が泳いだ。デリー、愛するデリー、おれのデリー、そいつがこいつを引き起こしてしまったのだ。王の道《ラージ・パス》の心地よい緑と広い通り、その通りの両脇にあった広大な空き地と広場は、途切れることのないスラムになっていた。屋根屋根屋根、たわんだ壁、段ボール、木、煉瓦、はためくビニール。十ほどの薪から、煙があがっていた。ここが、ここがダルハウジーか。もちろん名前は知っていた。巨大な掃き溜めの名前になるというのが、考えられなかったのだ。一番新しく登場したデリーによって、旱魃と欠乏で追い立てられた人々がニュー・デリーの中でさらに追いこまれる場所に、そこはなっていた。新しきインドは古きオウドに、なんという軽蔑を示したことか。ユニヴァーサル・コンピューティングで何でも合意できるなら、誰に議会が必要というのか？　推測するに、昔のインド帝国門が立っている幅広いラージ・パスの端から、ジョティルリンガは屹立していた。ほんのわずかしか見ることができないほど、明るかった。堕ちて恐怖する者たちの上に、恐ろしい、普通でない銀の光を投げかけていた。そいつは、おれのブラーミンならではの鋭敏な感覚を苛《さいな》んだ。声が臭うし、色が聞こえる。額の上が冷たいレモンの柔毛が触れているみたいにチクチクするのは、もうひとつの宇宙からの放射物か？

人々はおれのまわりで押し合いへし合いし、煙をおれの目の中に吹きこみ、エアドローンとホヴァーカムが下降してきては、おれをもてあそんだ。軍がパニックを起こした群衆の残りといっしょにおれをとっ捕まえて連れ去るまで、ほんの少しの時間しかなかった。もっと悪いか。地面には死体が転がり、いにしえの帝政期に造られたパヴィリオンのドーム屋根のそばに一列に並んだビニールの小屋からは、炎が上がっていた。

「サラスヴァティ！」

そして、妹はそこにいた。そうなんだよ、いたんだよ。前のめりに、鞭のように痩せて、迷彩ズボンにシルクのブラウスで、でもすばらしいエネルギーと決意に満ちて、崩壊した住宅の残骸から飛び出してきたのだ。両の手に一人ずつ、子どもの手を引いていた。子どもは汚れた顔をして、涙ぐんでいた。おちびさんたち。この場所で、妹はおれの結婚式用の象から滑り降り、馬鹿げた男の衣装とふさふさの付け髭をして、お祭り騒ぎをする連中といっしょに跳ねまわったのだ。

「サラスヴァティ！」

「車はあるの？」

「車で来た。あるよ」

子どもたちは、わめき出す寸前だった。サラスヴァティは、二人をおれに突き出した。

「この二人を、車で連れていって」

「おまえもいっしょに来い」

「子どもたちが、まだそこの中にいるの」

「あ？　何言ってんの？」

「障害を持っている子たちよ。空が開いた時に、ほったらかされてしまったの。みんな逃げてしまって、子どもは置き去りだわ。この二人は、兄さんの車に連れていって」

「おまえはどうする？」

「もっとあそこにいるのよ」

「行っちゃだめだ」

「いいから、二人を車に連れていって。それで、ここに戻って来てちょうだい」

「軍が」

妹は行ってしまった。たなびいて降りてくる煙をかいくぐって。妹は、ごみごみと入り組んだ路地《ガリー》の中へ消えていった。子どもたちが、おれの手を引っ張った。

わかったわかった、子どもを連れ出さないと。車、車は遠くないところにあるから。二人の子どもを連れて、渦を巻く避難民の大群を抜けやすいコースを見つけ出そうと、向きを変えた。その時、おれは首の後ろに、熱波を感じた。振り向いて目にしたのは、ガリーの上に吹き上がった、炎の花だった。燃えあがるビニールの襤褸《ぼろ》が、回転しながら吹き上がった。おれは、言葉にならない、支離滅裂な何かを叫んだ。すると、爆発の火花と轟音とともに、その地域一体が、崩れ落ちた。

カーリーの時代、ですか。多くのインド人たちがそういうふうに考えたがるのに、わたしはちょっと我慢できないんですよね。なんでって、わたしたちはとっても古い文化そのものなんで、すべてをつくったのはわたしたちなんですから。天文学？　メイド・イン・インドですよ。零《ゼロ》？　メイド・イン・インドです。量子論を通じて明らかにされたような、非決定的で蓋然的な現実の性質は？　インドのものですよ。信じられませんか？　ヴェーダによれば、宇宙の四つの大きな時代は、わたしたちのサイコロ遊びで出る可能性がある四つの目に対応しているんです。クリタ・ユガは完全な時代で、出る可能性が一番高い目。カーリー・ユガは苦しみ・暗黒・腐敗・解体の時代で、一番低い目。全部が、聖なるサイコロの目しだいなんです。蓋然性ですよ。なんてインド的な！

カーリー、またの名をパラスカティ、闇の女《ダーク・レディー》、死の貴婦人、血を飲む者、髑髏の首飾りをして十本の手を持つ恐ろしき者、五つの死体の玉座に座する彼女。終わりをもたらす者。それでもね、カーリーはまた、再生を司る貴婦人なんですよ。すべての世界の支配者、宇宙の木の根。あらゆるものは循環し、カーリーの時代を越えて、われわれはまた黄金の時代に転がりこんでゆくんです。そしてその時には、理屈のつけようのないものが、崇められるに違いないのです。

サラスヴァティが死んだ後しばらく、わたしはおかしかったに違いないですね。もっとも、あなたがまともと考えるように正気だったことは、わたしは一度もなかったんですが。わたしたちはブラーミンですからね。あなたがたとは違うんですよ。でも、ブラーミンだとしても、わたしはおかしかったですね。正気の状態から抜け出ていられるってのは、それはそれでたいせつでまれなことですよ。ふつうは、とても幼いか、とても年を取っているかしないと、そうはならないですからね。怖いは怖いですよね。わたしたちには、そういう状態でいられる場所がないから。でも、カーリーはわかってくれるんです。歓迎してくれるし、そういうふうにしてくれるんですよ。わたしはしばらくおかしかったんですが、神聖だった、とは言ってもらえると思います。

母なるガンガーに注ぎこむ下水の傍の、日照りで寂れた小さな町の寺にどうやってたどり着いたかは、わたしは忘れるのを選ぶことにしたんです。僧侶への血の供物をどうやってわたしがいただいていたかも、覚えていないことに突っこみました。どのくらいそこにいたかとか、わたしが何をしていたかとか、どうでもいいでしょう? 世界の外にいる時間だったんです。自分自身をもうひとつの時間、もうひとつの生活リズムに委ねるってのは、すごいもんですよ。わたしは血と灰の者であり、暗い聖所に隠れ、何もしゃべらず、小さな女神に祈禱《プージャ》を捧げる日々をおくったのです。その女神はごてごてと花輪で飾りたてられ、女陰のような聖衣を着せられていました。永遠に消えてもよかったんですよね。わたしたちの中でもっとも輝いていて最良の人、サラスヴァティは死んでしまったんですから。長いこと人が行き来するうちに艶の出た大理石の上で、わたしはぐったりと座りこんでいました。わたしは消えていたんです。長く不自然な人生の残りを、カーリーの信者のままでいてもよかったんです。

湿って艶の出た大理石の上にだらりと手足を投げ出して座っていると、蛇のようにうねって続く長い牛よけの柵を抜けて、女性の信者がぎこちない足取りで女神のほうにやって来た。彼女は、急に顔を上げた。動きが止まる。目にするものが全部初めてでもあるかのようにあたりを見まわし、もう一度周囲に目を配って、おれのことを認めた。それから彼女はメッキがされた鉄柵をはずし、ジグザグに並んでいる参拝者たちの列を押しのけて、おれのところにやって来た。彼女はおれの前にひざまずいて、ナマステをした。シャークタ派のティカの真上に、赤いシヴァの目がついていた。

「ヴィシュ」

あんまり急にびくっとしたがために、後頭部をしたたか柱に打ちつけた。

「あらあら」その女は言った。「あらあら、愛しい人《チヨ・チウイート》、しゃんとして。ヴィシュ、わたしよ、ラクシュミーよ」

ラクシュミー？　おれの妻だった？　あのゲーマーの？　彼女はおれの困惑を見て取って、おれの顔に触れた。

「一時的に、この可愛らしい女性の脳にダウンロードしているの。あなたはつながっていないから、説明が難しいわね。ええ、大丈夫よ。完全に合意のうえだから。することをしたら、すぐにこの人に自分自身を返してあげるわ。普段はこんなことはしないわ――マナー違反だしね――でも少しばかり、例外的な状況だから」

「ラクシュミー？　きみはどこにいるんだ？　ここにいるのか？」

「あらあら、ちょっと頭の打ち所が悪かったみたいね。どこにいるかですって？　説明はしにくいわね。わたしは今、完全にボダイソフトだから。ジョティルリンガの中にいるの。ヴィシュ、あれは入り口なのよ。わかっていると思うけれど、全部がポータルなの」最初の十二本に続いて、光の柱は世界じゅうに何百も降り立った。それからさらに何千も。「すばらしいところよ、ヴィシュ。なりたいものに、何にでもなれるの、ご機嫌なくらいリアルよ。ずいぶん長い時間、議論したわね。リアルの意味について。それから、ゲームについて、数字のゲーム。あなたは、わたしのことをよくわかっているものね。だからこそ、わたしはこの指し手を、あなたに対して使うことにしたのよ、ヴィシュ。これは、長くは続かないわ。破壊的よ。わたしたちがしてきたことの中では、一番破壊的だわ。もうひとつの世界を得たがゆえに、わたしたちはこの世界を焼き尽くしてしまうでしょう。わたしたちは天国を得たの。だから、こっちでは好きなことができる。人生なんて、リハーサルみたいなものだったわ。でも、あなたはわかっていたのよね、ヴィシュ。それがどういう終わりを迎えるか、わかっていたのよね」

「どういうことだ、ラクシュミー？」記憶と実現しそうもない望みのせいだったのか、大理石でちょっと脳震盪を起こしていたのか、おかしなナノテクによる憑依だったのか、でもこの見知らぬ人は、ほんとうにラクシュミーのように見え出していた。

「わたしたちは、この時代を終わらせなければならないの。サイクルを再開させるの。ジョティルリンガを閉めるのよ」

「そりゃ無理だろう」

「全部が数学なのよ。こちらの宇宙を統べる数学は、あなたがたのほうのとは違うの。だからこそ、わたしは時空に記述された情報のパターンとして存在できるのよ。こっちのロジックでは、それが可能なの。わたしが来たところでは、そうじゃなかった。二つの異なったロジックなのよ。でも、もしこの二つの間に第三のロジックを滑りこませれば。両者にとって異質な、どちらにとっても認識できず運用できないようなロジックを。そうすれば、二つの宇宙の間の門を、ちゃんと閉めることができるはずだわ」

「鍵を手にいれたんだな」

「ここでは、ゲームをする時間がすごくあるのよ。社会ゲーム、言語ゲーム、想像力のゲーム、数学と論理のゲーム。あたしはこちら側から、閉めることができるわ」

「だがきみは、こっち側で鍵を閉めてもらうことも必要だ。ぼくが必要なんだね」

「そうよ、ヴィシュ」

「おれは永遠に切り離されてしまうんだね。きみからも、母さんからも、父さんからも」

「それにシヴからもよ。彼もここにいるわ。ヴァラナシのジョティルリンガを通じて、最初に自分のボダイソフトをアップロードした人のうちのひとりだったわね。あなたは切り離されるわ。みんなから。サラスヴァティを除いてね」


「サラスヴァティは、死んだんだ！」おれは吼《ほ》えた。参拝者たちが顔を上げる。サドゥーたちが、彼らを諫めた。「これが最終的な答えか？　こいつがまた、黄金の時代をもたらしてくれるのか？」

「それはあなたしだいよ、ヴィシュ」

サドゥー巡礼をしている時に、おれをあれほどまでに歓迎してくれて、驚かせてくれて、祝福してくれて、水を恵んでくれた村々を思った。ヴェンチャー・ビジネスから得られたシンプルな喜びを思った。誠実なプラン、仕事、充足感。インド——古きインド、死なないインド——こそが、その村々だった。サラスヴァティは、真実をわかっていたのだ。そいつに殺されてしまったのではあったが。

「この埃っぽい、古い寺でのびているよりは、ましに聞こえるな」カーリーが、再生の貴婦人が、赤い舌でおれの顔を舐めた。おそらくおれは、自分自身の人生のヒーローになるんだろう。ヴィシュヌは、保って残す者だ。十番目の最後の輪廻がカルキ、白い馬。そいつは、カーリー・ユガの終わりに、最後の戦いをするのだ。カーリー、カルキ。

「あなたに数学を教えるわ。あなたのような知性を持っている人が扱うべきなのよ。でも、わたしが教えてあげないといけないわね」

女は片手を上げ、空気をひとつかみした。彼女はそれを、おれの顔に投げかけた。それは、赤い粉の霧と合わさった。空中で、粉末の雲は渦を巻き、沸騰し、厚く垂れこめ、赤い輪に収斂していった。おれの額に、ティカとして。

「何をしてもいいけれど、それをデイヴァ＝ネットにはつながないで」ラクシュミーは言った。「もう行かなくちゃ。好意を無にするくらい他の人の身体に留まりたくはないの。じゃあね、ヴィシュ。もう二度と会うことはないでしょう。どこの世界でもね。でも、あたしたちの結婚はほんとうだったわ。よかったわ。少しの間だったけれど」ちょっとの間、その女性が接吻をしてくれるかもしれないと思った。すると、彼女は身体をビクッと震わせ、違えた筋を元に戻そうとするように首をピンと伸ばした。それで、ラクシュミーが行ってしまったのがわかった。女は、またナマステをした。

「小さなヴィシュヌさま」女はささやいた。「わたしたちを保ち残したまえ」

おれは大理石から起き上がり、闇の女神の灰を払い落とした。寺の端まで歩いてゆき、ほんとうの太陽の光のまぶしさにまばたきした。自分が成さなければならぬことをするためにどこに行くか、考えがあった。ヴァラナシだ。シヴァの街、巨大なるジョティルリンガの座所。とはいえ、腰巻のドーティしかないのに、どうしたもんかね？　おれはすぐに動いた。寺にもたれかかるように建っているたくさんの店の二階の窓枠を、猫がじりじりと配水管や給水管に沿って鳥を追おらと移動していた。思いついた考えが、おれを笑いで満たした。

さてさて、お立会い、ずいぶんお待たせいたしました。すばらしい芸ですよ。マジすごのヴィシュヌの天空の猫のサーカスのグランド・フィナーレです。綱渡りでございます。これに並び立つものを、今まで決してごらんになったことはないでしょう。無論、あるカーリーの寺院をあなたが訪れたことがないとしてですが……いいですか、ここに二本の綱が渡されています。そしてこちらが、我らが花形曲芸師であります。そうです。白いカルキが、とうとう光り輝く機会を手に入れるのであります。台の上にのってですね、それで……太鼓の連打で盛り上げますよ。って、それはご自分でやってもらわないといけないんですが。

カルキ！　カルキ！　美しき白のカルキ！　さあ、行け！

さてこのとおり、慎重に片方の前足を滑らせ、それからもう片方を二本の綱越しに渡します。尻尾を動かしてバランスを取って、ぶるぶる震えているのは全部、筋肉をコントロールしているからです……。綱を渡っています。すごいでしょう！　そして向こう側の台に最後の跳躍。彼を胸に抱えてやると、おれは叫ぶ。拍手を！　わたしのすてきな猫に、どうぞご喝采を！

カルキを下ろしてやると、残りの猫といっしょになって走り出す。ロープで囲われた円形の舞台を、終わりのない毛皮と尾っぽの円環が走る。マツヤ、クルマ、ナラシマ、そしてヴァラハ。ヴァマナ、パラシュラマ、そしてラマ。クリシュナ、ブッダ、そして最後を飾るのが、カルキ。

観客たちの拍手喝采に味付けするために、おれは曙光をテントの中に入れる。どうぞみなさまの最高の賛辞をわたくしめの猫たちに、マツヤ、クルマ、ナラシマ、ヴァラハ、ヴァマナ、パラシュラマ、ラマ、クリシュナ、ブッダ、そしてカルキ、みなさまを喜ばすべくパフォーマンスをいたしました猫たちに。え、わたしですか？　単なる興行主、司会者、そして物語の語り部ですよ。もう明るくなりましたし、これ以上みなさんをお引き留めしたりはいたしません。みなさまお仕事があるでしょうし、わたしも行かなくてはならないところがあります。もうみなさん、そこがどこで、わたしがそこで何をしなくてはならないか、ご存知でしょう。成功しないかもしれません。死ぬかもしれない。戦わずして、シヴがあきらめるのを見ることはないでしょう。それでですね、ひとつお願いできませんか？　わたしの猫たちです。面倒をみてやってくれませんかねえ。餌をやったり何かしたりってことじゃないんです。ただ連れていってくれればいいんです。どこかで放してやってください。連中は、自分の面倒は自分でみます。そもそもそういうところから、わたしは連中を連れてきたんですから。農場や田舎なら、連中は幸せです。狩りをして殺す獲物がたくさんいますからね。ちょっとお金を稼ぐことだってできるかもしれませんよ。と言いますのはね、芸をする猫ですよ。そんなの聞いたことがある人が、どこにいるっていうんです？　実は、思ったより簡単ですよ。肉をやればいいんです。毎回ね。さて、種明かししちゃいましたね。そいつらに良くしてやってください。じゃ、わたしは行きます。

おれは母なるガンガーにボートを押し出し、曙光で輝く水の上に浮かんだところで飛び乗った。船がやさしく揺れる。すてきな朝だ。前方のジョティルリンガは、太陽とは比べものにならない。おれは指を合わせて、額を触る。そこには、ラクシュミーがつけてくれたティカがある。太陽に向かって、小さく礼をする。それからおれは背を細いオールにあて、川の流れへと漕ぎ出した。

新しきインド、新しきイアン・マクドナルド

英文学者
下楠昌哉

新しき、若きインドの物語である。二〇四七年、アジアの亜大陸にぶら下がった巨大な乳房、インドは大小八つの国々に分裂していた。いにしえのしきたりを引きずり、気候の変動による水不足で倒れる寸前の巨像のように喘ぎながらも、爆発的なナノテクノロジーの進展やサイバー空間の拡張とともに、新しく生まれた国々はその成長期を迎えていた。『サイバラバード・デイズ』に収められた七篇は、新しく生まれたインドの国々とともに成長する、若者たち、子供たちの物語である。「サンジーヴとロボット戦士」と「カイル、川へ行く」では多感でみずみずしい少年たちが、「小さな女神」では神になることを運命づけられた少女が、「暗殺者」と「ジンの花嫁」（二〇〇七年度ヒューゴー賞受賞作、SFマガジン二〇〇七年八月号掲載）では摩訶不思議な結婚をする二人の適齢期の女性が、「花嫁募集中」ではなかなか結婚できない適齢期の男性が、そして「ヴィシュヌと猫のサーカス」では長い長い子供時代を過ごさねばならない肉体を持つ男性が、物語の主人公だ。年代こそ若いほうに

かたよってはいるが、ヴァラエティ豊かな登場人物をそれぞれの物語の主人公としたこの短篇集を、中村仁美さんというわたしとは別のジェンダーを持つ訳者のヴォイスとともに訳せることを嬉しく思う（女は女、男は男という分け方をしていないところがなおさら）。そして、子供時代、青春時代を経てきた読者のみなさんならご存知のように、無垢なまま、楽しいだけでこうした時代を過ごすことは、まず不可能だ。これらの物語でみなさんは、人生における早い時期特有の苦味をかみ締める登場人物たちの姿を目にすることになるだろう。そして、若さゆえに許される、挫折後の希望を抱く彼ら彼女らの姿を。

この短篇集の原書のカバーの売り文句にある「二〇四七年、インド再訪」が示すように、『サイバラバード・デイズ』の若々しい物語群には、それをスピンオフさせた長篇SF作品がある。英国SF協会賞を受賞した *River of Gods*（二〇〇四）だ。現在のインドがそのまま続いていれば独立百年祭を祝うはずであった二〇四七年八月十五日に、物語は始まる。人間を越える知力を持つジェネレーション3AIが登場する兆しを背景に、老若男女に性差を越えた新しき存在であるヌートを加えた九人の中心人物による群像劇であるその作品は、イアン・マクドナルドがスランプを脱して輝きを取り戻す、記念すべき作品だった。わたしがその *River of Gods* に出会ったのは、ちょうどペーパーバック版が出版されたばかりの二〇〇五年、オーストラリアのメルボルンをA・L・マカン（この作家の現代ゴシック『黄昏の遊歩者』は拙訳で二〇〇九年に国書刊行会から出た）のインタビューのために訪れ、地元の書店にふらりと立ち寄ったときだった。多文化主義の先進国、オーストラリアで落手したマクドナルドが描き出すインドを、文字どおり貪るように読んだ。そして、頭に浮かんだ言葉があった。

《多文化ＳＦ》。

★

イアン・マクドナルドの邦訳された長篇には、古沢嘉通氏の名訳『火星夜想曲』（原著一九八八）と『黎明の王　白昼の女王』（原著一九九一）の二作品がある（いずれもハヤカワ文庫）。一九六〇年にイングランド、マンチェスターで生まれ、現在は北アイルランド、ベルファストに住むマクドナルドは、その苗字からすると、アイルランドに祖先の起源があると思われる。アイルランド文学を生業《なりわい》の一部とするわたしは、まず『黎明の王　白昼の女王』に痺れた。第一部はウィリアム・バトラー・イェイツらによるアイルランド文芸復興運動時代のアイルランドの地方都市スライゴー、第二部はジェイムズ・ジョイスの『ユリシーズ』の文体を踏まえて二〇世紀初頭のダブリン、第三部は現代のダブリンをそれぞれ舞台に、アクション溢れるファンタジーが展開する。ただし、マクドナルドのこの作品は、必ず三部作でなくてはならないというファンタジーの約束事をパロって見せるという意図があったらしく、そのぶん型にはまって読みやすくなっている。一般的には長篇デビュー作で、ローカス賞受賞作でもある『火星夜想曲』のほうが評価は高く、そちらのほうは、様々なＳＦ古典の小ネタをちりばめつつＳＦガジェットを満載した、めくるめくような想像力が炸裂する作品である。

だが、このガジェットを惜しげもなく注ぎこむ作風は、作者にたいへんな苦労を強いたらしい。ナノテクで死人が甦るのが当たり前になったアメリカを舞台とした *Necroville*（一九九四、この作品の後日譚がＳＦマガジン二〇一二年五月号掲載の拙訳「ソロモン・ガースキーの創世記」。なお、同年には暴走族の akira が走りまわる日本を舞台にした "Scissors Cut Paper Wrap Stone"〔じゃんけん！〕なる中篇も発表）、アフリカに落下した隕石から始まる大生態変化を描いた *Chaga*（一九九五、もとになった短篇はＳＦマガジン一九九三年十月号掲載の「キリマンジャロへ」酒井昭伸氏訳）、自分が居住する北アイルランドの紛争に材を得たファースト・コンタクト＋プロファイリング捜査もの *Sacrifice of Fools*（一九九六、月村了衛『機龍警察　自爆条項』の世界だ）など、コンスタントにそれなりの質の作品を発表しつつ、マクドナルドはデビュー直後の輝きを失い、日本における長篇の翻訳もなされなくなってゆく。ちょうど誰も彼もがブログを始めた二〇世紀転換期、あの作家はどうしているのだろうと思い、インターネットで検索などしてみると、本人の言と思《おぼ》しき言葉に出くわした。曰く、ベルファストのインディペンデント系のＴＶ局でプロデューサーとして仕事中、こういう仕事をしていると、想像力が枯渇する……。あれが彼自身のセリフだったのか、あるいはそうであっても本心であったのかどうか、わたしにはわからない。ただ、こんな言葉を目にして、彼の存在は、わたしのなかでは希薄になっていった。メルボルンで、*River of Gods* に出会うあの日まで。

★

ＴＶ制作の現場でのキャリア。それは間違いなく、マクドナルドの作風に何らかのブレイクスルーを与えた。『サイバラバード・デイズ』の端々で言及され、ときに物語の重要な部分に関わってくる《タウン・アンド・カントリー》というＡＩ役者たちによる国民的大人気連ドラのギミックとしての活用などはその影響のわかりやすいところだが、おそらくその影響は、マクドナルドの作風のもっと根幹のところにまで及んでいる。*River of Gods* を念頭に置くなら、人間的な弱さがたまらなく魅力的な血肉をそなえた複数のキャラクターと彼らが織り成す人間模様、ＳＦ的な場面かどうかに関係なく思わず映像化してしまいたくなるような数々の場面、ストーリー全体の緩急とバランス、そして最後に迎える大団円……。ＳＦとしての世界観や物語のなかに登場するガジェットの質は維持しつつも、それらガジェットの量や配置のバランスに、かなりの配慮がうかがえる。*River of Gods* に続く長篇 ***Brasyl*** を出した二〇〇七年のＳＦマガジン十二月号収録のインタビューで、『スペシャリストの帽子』と『マジック・フォー・ビギナーズ』の作者、ケリー・リンクは言っている。「イアン・マクドナルドのここ数年の作品はすごいと思う」最新作 *The Dervish House*（二〇一〇）のカバーの作者紹介を見るかぎり、マクドナルドはスランプを脱した後も、ＴＶプロダクションの仕事はやめていないようだ。

さらに、ここしばらくマクドナルドが好んで使っている手法が、今回がインドであるように、ヨーロッパやアメリカを中心とした英語圏の読者にとってエキゾチックなイメージが強い地域を、作品の舞台に選ぶことである（日本やアフリカを舞台にしたり、ヒスパニック化が進んだ近未来のアメリカを舞台にしたりと、キャリアの早い時期からその傾向があったと言えば、そうなのだが）。***Brasyl***（二〇〇七）では、タイトルどおりに舞台は近未来のブラジル（ただし、二〇〇六年と一七三二年のブラジルでの物語も同時に進行する）であり、最新作で複数の登場人物たちの人間臭さが魅力の *The Dervish House*（二〇一〇）では、EUへの加盟を成し遂げて湧くトルコのイスタンブールが舞台である。おそらく、それぞれの国の読者からすると眉をひそめたくなるようなステレオタイプ的な描写もなくはないのだろうが、そうした設定で〝人間〟としての芯をしっかりと持ったキャラクターを動かすことで、英語圏の読者に対しては、はっきりとした肌触りを持つ異界を構築することにマクドナルドは成功している。これらのSF作品を読むことで、読者たちの多くは、未来を舞台とした時間的に異なる世界だけでなく、地域的にふだん見慣れぬ世界にも接し、二重のセンス・オヴ・ワンダーを得ることができるのである（翻訳でこれらの作品を読む我々は、さらにもう一段階加えた異文化体験をしていると言えるだろう）。

最近のマクドナルドのSFの作風について、《多文化SF》という言葉が頭に浮かんだとこの小文の冒頭で書いた。ここまでの拙論の流れから、そちらよりも《異文化SF》と言ったほうがよいのでは？　と思われる向きもあるかもしれない。もちろん、ある意味それも適切な呼称だ。だが、マクドナルドの作品において描かれる、異なる文化同士の邂逅、衝突、融合、昇華を目《ま》の当たりにすると、やはり《多文化SF》という言葉を使いたくなる。

昨今の、人がグローバルに動く様相に対応してよく使われるのが、多文化主義、あるいはマルチカルチュラリズムという言葉である。移民を積極的に受け入れているオーストラリアなどは、その先進国とされている。近年は日本でも、長期にわたって働く外国人労働者の数が増え、こうした状況への公的な対応が地域によっては喫緊《きっきん》の課題となっている。異なる文化を持つ者が入ってくることで、ホスト側の社会と何らかの摩擦が起こるのは不可避である。さまざまな事情から、それを承知でそのような状況を受容し、解決策を手探りしつつ進んでゆくためには、ある種の覚悟、時と場合によっては主義やイズムが必要になるのである。『サイバラバード・デイズ』のなかでは、現地の少年と外国からの軍の居留地に住む少年との交流を描いた「カイル、川へ行く」は、SFの道具立てを廃しても、多文化短篇小説の逸品として成立しうる作品だろう。

そのほかの作品は、西洋英語圏の読者にとっての異文化SFとしての雰囲気が色濃いものの、登場人物たちはやはり、新しきインドの多文化状況への対応を強いられ、右往左往する。その姿は、「ヴィシュヌと猫のサーカス」の釈迦牟尼が執筆した連ドラ小説のように、未来の我々の姿を先触れているのかもしれない。突然に国が分裂してすぐ隣にできた近くて遠い別の国、新しいテクノロジーによって生み出された性差を越えたヌートや遺伝子工学の粋を集めた新人類ブラーミン、そして人間を超えた知性を持つ新たな地球の住民AI……。われわれ二十一世紀初頭の読者がシンクロできる〝ふつう〟の人間の登場人物たちは、時代が生み出した多文化状況のなかで苦しみ、歓び、新しき他者をある者は拒絶し、ある者は受容し、ある者はそれに同化しようとしさえする。その姿は、グローバルに多文化化が進む、現代の我々の世界の状況を如実に反映している。そして、この短篇集において、〝結婚〟が複数の作品で主要なテーマであるのは、ある意味、必然なのだ。それは人間社会のなかで、異なる文化で育ってきた個人と個人がひとつのあり様に同化しようとする、もっとも長い歴史を持つ試みのうちのひとつなのだから。

★

イアン・マクドナルドの復活を決定づけた*River of Gods*でつくりあげられた、こうした近未来の異文化世界と多文化状況を活用した七つの中短篇。どうかぞんぶんに堪能されたい。二〇世紀末のころのマクドナルドであれば、こうした凝った舞台設定にこれでもかとばかりに種々雑多なガジェットを詰めこんだことだろう。けれども今の彼は、SFとしての快楽を十二分に読者に与えることに腐心しつつも、人間を描くこと、ストーリーテリングを操ることにも、大きな歓びを見いだしているようにみえる。それぞれの作品の語りの手際にも、ぜひ注目をしていただきたい。彼が住むベルファストを北の首都とし、そしておそらくは彼のルーツがそこにあるアイルランドという島は、多くの、すばらしい語り部を生み出してきた島なのだから。

二〇一二年三月

A HAYAKAWA SCIENCE FICTION SERIES No. 5003

下《しも》楠《くす》昌《まさ》哉《や》

1968年生，文学博士，上智大学大学院
博士後期課程修了
同志社大学文学部教授
訳書
『アイリッシュ・ヴァンパイア』ボブ・
カラン
（早川書房刊）他多数

中《なか》村《むら》仁《ひと》美《み》

東京大学文学部卒
英米文学翻訳家
訳書
『反逆者の月』デイヴィッド・ウェーバー
『栄光の〈連邦〉宙兵隊』タニア・ハフ
（以上早川書房刊）他多数

この本の型は，縦18.4センチ，横10.6センチのポケット・ブック判です．

〔サイバラバード・デイズ〕

2012年4月10日印刷　　2012年4月15日発行

著者	イアン・マクドナルド
訳者	下楠昌哉・中村仁美
発行者	早川浩
印刷所	三松堂株式会社
表紙印刷	大平舎美術印刷
製本所	株式会社川島製本所

発行所 株式会社 **早川書房**
東京都千代田区神田多町2－2
電話　03-3252-3111（大代表）
振替　00160-3-47799
http://www.hayakawa-online.co.jp

（乱丁・落丁本は小社制作部宛お送り下さい
送料小社負担にてお取りかえいたします）

ISBN978-4-15-335003-8 C0297
Printed and bound in Japan

第四回配本（2012年6月発売）

ベヒモス（仮）

BEHEMOTH（2010）

スコット・ウエスターフェルド

小林美幸／訳

機械と人造獣が空を舞う架空の第一次大戦。飛行獣リヴァイアサンは親ドイツに傾くトルコへと赴くが――アレックとデリンの友情が革命の鍵となる、冒険スチームパンク『リヴァイアサン』三部作第２巻

書影は原書版

新☆ハヤカワ・ＳＦ・シリーズ